愛呦文創

你無法預料的分手，我都能給你送上。

two-timing system

3

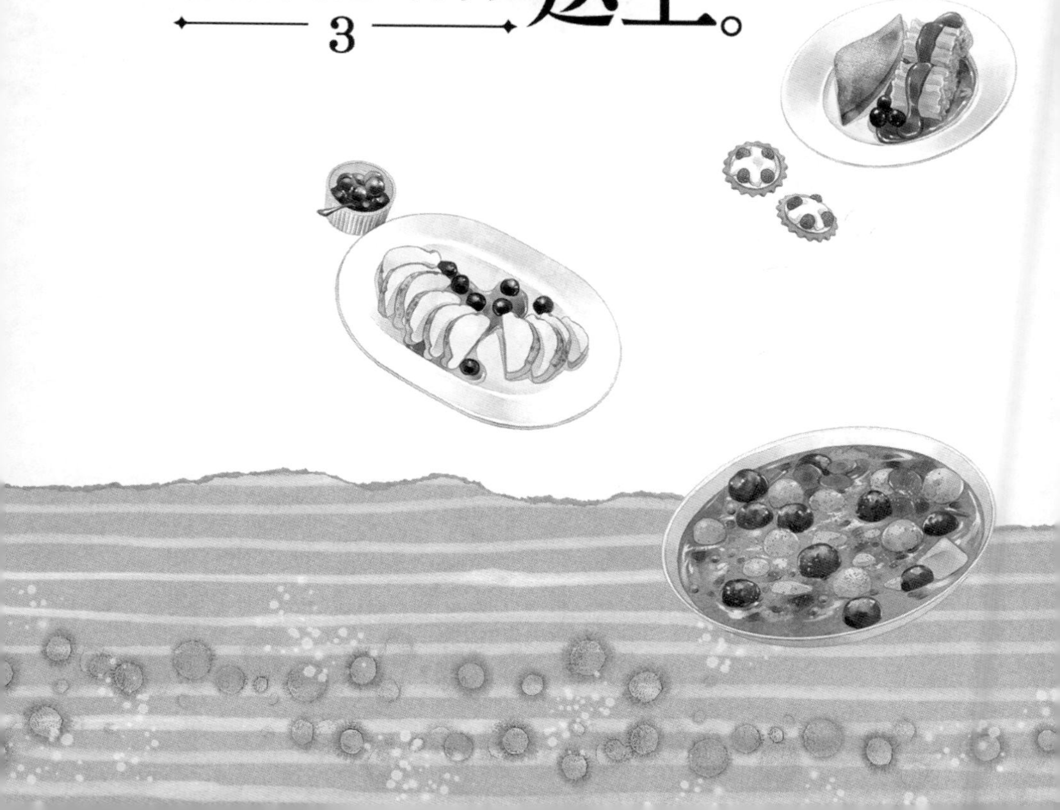

目錄頁

CONTENT

【第一章】

雞鳴狗盜亦有大用

霍銀山在彪城一代勢力龐大，因此命令一出，容城周圍的幾座城鎮都立刻停止和容城的商貿往來。哪怕是一斗米、一塊布頭，在禁商令的威懾下，其他城鎮的商戶都不敢賣給容城的人。

前幾天倒也無妨，可漸漸事情就變得麻煩起來，百姓的生活倒是還好，可守備軍卻開始捉襟見肘。宋禹丞這些日子都在練兵，將士們體力消耗得快，食物糧草也自然消耗迅速。原本可以拿銀子去別的城鎮購買，但現在礙於禁商令，讓他們全都斷貨了。

「爺，您看現在該怎麼辦？咱們手裡的食物糧草，最多還能支撐一個月。」容城的軍需官過來稟報，因為太過著急，嘴上起了一圈的燎泡，只覺得容城的命真是苦透了。

以前是狗官橫行鄉野，現在好不容易盼來了容郡王，卻又被霍銀山整，只怕翻遍史書都找不到比容城更淒慘的地方了。

而宋禹丞聽完後卻並不著急，反而冷靜地詢問軍需官：「有哪些地方和彪城一起孤立容城？」

「襄城、蕒城還有涼城。」

「涼城？怎麼還有這種名字？」宋禹丞感到奇怪，古代建城取名一般都有些寓意，可「涼」這個字不像是什麼好聽的。

「這涼城是來自以前的涼國。」軍需官趕緊解釋了一下。

在東晉十六國的時候，這邊有個小國家，國號皆稱「涼」。後來十六國統一，涼城作為曾經涼朝的國都，就延續了「涼」這個名字，而後大安建朝，認為無傷大雅，沒有改掉城名，因此現在依然還是稱作涼城。

「原來如此。」宋禹丞終於明白，然後在地圖上仔細看了看幾座城鎮的位置，心裡有了主意，吩咐傳令兵：「明天叫人，和爺我走一趟。」

「爺，現在還沒練好呢！」傳令兵以為要帶兵打仗，趕緊簡單報告了各部最近的訓練情況。

然而宋禹丞的打算卻和他想的不大一樣。

「沒練好也無所謂，這次就當是演習了！不用多，兩千人就行。對了，記得帶一個會做飯的炊事班，這個很重要。」

「一天都不用帶，爺帶你們去借糧！」

「那食物糧草呢？大概去幾天？」

借糧？那傳令兵先是一愣，接著就反應過來。

而軍需官和隨後被叫過來的喬景軒幾人卻全都懵了，完全無法想像要怎麼借糧。喻祈年可是堂堂郡王爺！這麼光明正大地喊著打秋風真的可以嗎？

然而宋禹丞卻毫無感覺，好像在說晚上要吃飯那麼正常。

至於宋禹丞自己帶來的兵，早就風風火火地開始準備拉糧草要用的車子了。

看著一排一排的板車，喬景軒和軍需官的心情越發微妙，郡王爺到底是要借多少糧？

等聽到眾人叫嚷著「快去把以前的破爛軍服找出來，明兒要用」的時候，兩人的表情就更加精彩了，他們不禁想起容郡王帶著五千人去尨城軍鬧的事情。

宋禹丞看他兩人不斷變換臉色，覺得十分有趣，乾脆揚聲問道：「怎麼？覺得爺太不要臉？」

「不敢、不敢，屬下……」喬景軒和軍需官趕緊否認，可話不過剛說一半，就被宋禹丞攔住了：「是不敢，而不是不會，所以還是這麼覺得了？」

宋禹丞輕笑一聲，「喬書呆我問你，你們以前每次去尨城要軍餉可要到了嗎？」

「沒有。」不僅沒要到，還經常被羞辱，想到過去，喬景軒和軍需官的臉色都相當難看。

「那要臉面有什麼用？活不下去，面子一斤能值多少糧食，要它何用？」宋禹丞說得理直氣壯。

「呃……」喬景軒就和軍需官面面相覷，都愣住了。

是啊！活著都費勁了，還要面子作什麼？雖然郡王爺的邏輯乍聽之下有點怪，但是仔細想想還真的就是這麼回事。既然要面子只能被羞辱，那還不如流氓一點，既能不費力地把那幫人氣死，還能得到實實在在的利益。

越想越覺得容郡王說得有道理，甚至連借糧的決定也變得十分順理成章。

喬景軒沉默了半晌，突然開口：「爺……屬下有個想法……」

「什麼想法？」

「屬下祖傳有一種易容藥劑，咱們既然去借糧，那要不要配一點給大家塗上？裝成餓了好幾天的模樣，這樣應該會更顯逼真。」

臥槽！居然還能這樣！

喬景軒話一說完，原本吵鬧的屋子頓時安靜了幾秒，除了宋禹丞以外的所有人，都用一種很奇異的眼神看著他。

「爺，屬下說錯了嗎？」喬景軒突然感到緊張。

「不是。」宋禹丞忍笑，「說得很好，只是沒想到你這個書呆子還能有這種算計。就照你說的做，去配藥吧！」

一屋子的人都跟著笑了，傳令兵一邊拍著喬景軒的肩膀，一邊笑道：「喬書呆你幹得漂亮，走走走，咱們一起見識你的藥劑。」

屋子裡的其他軍將也跟著一起擁著他往外走。

「就是、就是，成大事者不拘小節，就要這樣才行。」

「話說你這藥劑除了看起來顯得面黃飢瘦外，能不能做出快餓死的樣子？」

一個接一個的問題，喬景軒被眾人拉去研究易容問題。容城的士兵和宋禹丞帶來的騎兵們，原本之間那點子微不可查的隔閡，也從這一刻起徹底消失。

此時的涼城還全然不知危險即將來臨。

不過太子的消息卻是一向靈通，霍銀山一有動作，他就立刻知道了。

「主子，您看咱們要不要幫容郡王一把？霍銀山這招太可惡了！容城原就苦寒，再徹底斷絕貿易，搞不好連容城的百姓也會性命不保。」侍從一邊和太子回稟最近的消息，一邊義憤填膺地罵了霍銀山幾句。

這真不是他逾矩，而是霍銀山的做法著實令人不齒。身為大安朝臣，不能為國為民，反而以一己私欲，不顧百姓死活。容城不算守備軍，也有五萬平民。禁止貿易買賣，城中無糧，短時間內可以靠海吃海，可時間長了要出問題的。

太子聽完，眼裡也同樣壓抑著怒意，然而不過一瞬就煙消雲散。畢竟現在喻祈年就在容城封地，霍銀山這點低劣的手段，不可能壓得住他。

如果他沒猜錯，喻祈年要用的法子不外乎是那幾種，如果是這樣……

太子思索片刻，吩咐侍從道：「不用做得太明顯，叫兵部裡咱們的人，給容城補一車糧草就可以了。不過也不用太急，最好一天內把補糧草的條子用信鴿送去。」

「主子，那有什麼用？京城這麼遠，就算今兒晚上點了糧草運過來，也是遠水止不了近渴。」侍從感到不解。

太子回道：「不是止渴，只是給他一個正大光明的理由，要不然，這容郡王的名聲只怕都要被他丟乾淨了。」

太子說得好似嫌棄，可語氣卻充滿寵溺，就連眼神都極為溫柔。

然而侍從卻仍然弄不懂太子究竟葫蘆裡賣的什麼藥，只覺得這個做法太古怪了些。此時容城正處於缺糧的情況，容郡王看到這張空頭糧草條子，難道不會以為太子爺這是在嘲諷他，繼而懷恨在心？

不過太子爺心思縝密，照著做定然不會出錯。這麼想著，侍從趕緊領命下去辦事。

其實侍從不知道，從聽到霍銀山意圖斷了容城食物糧草的時候，太子就大致猜到宋禹丞的打算。

如果他沒猜錯，宋禹丞多半是要去借糧，而他借糧的對象應該就是涼城。太子之所以讓人往京城帶話，不過是為了給宋禹丞一個更名正言順的理由借糧罷了。

畢竟，按照宋禹丞的這種「借」法，早晚會被上摺子彈劾。但有了這張條子，就不用擔心這個問題了。

大安有軍律，非常時期各軍糧草可以互通。這條子一出，喻家軍有糧卻沒拿到，因此向旁邊的涼城借糧就是理所應當，哪怕涼城知州想要彈劾，也找不到彈劾的理由。

不過太子覺得自己這個做法，也不過是錦上添花。按照宋禹丞的性格，就算沒這條子，也會找到完美的藉口，讓涼城知州主動承認這是借糧。

所以，終究不過是他的私心罷了。只要一想到宋禹丞之前曾經的殫精竭慮和苦苦掙扎，太子就希望現在的他能夠真正恣意痛快一些。

而且算算時間，也到了該見面的時候，就是不知道他到底還記不記得自己。

另外，喻祈年，真是個很不錯的名字！

這麼想著，突然有響聲從窗外傳來，太子循聲望去，正巧看到自家海東青叼著什麼東西飛進來，然後快快不樂地窩在窗邊。

「這是怎麼了？」

「追求媳婦兒，結果反而被媳婦兒當成討飯的，還送了一塊肉。真是一個心地善良的好姑娘，奈何太呆萌，毫無下手的機會。」海東青怏怏地叫了幾聲，又重新趴好。

太子雖然聽不懂，但是看牠的模樣也明白多半是追求不利，所以鬱悶了。

「都說她太小，是你太心急。」這一句話，說得一語雙關。

太子安撫地摸了摸海東青的頭頂，然後就拿起旁邊的書，悠閒地看起來。

宋禹丞還不知道太子暗中出手幫忙的事，但這不妨礙他在收到上京那頭傳來的消息後，感受到送條子的人主動遞過來的橄欖枝。

原本他帶人去借糧，有點名不正言不順，畢竟容城是眾所周知的窮，自家城裡的產出更是少之又少，借了也未必能還。但是現在不一樣了，上京那頭批了糧草，此去就不是打秋風，而是戰略需要。更何況，自古就有城池之間互相借糧的做法，又有軍律規定在後，他現在也算規矩之內，自然沒人能說什麼。

畢竟又不是搶，等糧食到了，就會還嘛。還真是省了他不少事兒。

這麼想著，宋禹丞的心情又好了幾分，忍不住多問了一句：「上京這條子是誰批的？」

「據說是太子。之前容城這邊就有申請糧草的摺子，但是到了兵部就給留下了，一直沒法往上交。然而這次太子殿下聽說爺您到了容城，就乾脆讓人給批了，說不能委屈了郡王爺。」

「不能委屈了我？」宋禹丞琢磨著太子的這句話，突然就笑了。

他覺得，這大安的太子有點意思，是個玲瓏心思的人。只是不知道原本的世界裡，他是怎麼輸給七皇子的？

宋禹丞在原身的記憶裡搜索了半晌，也沒有找到答案。

沒辦法，原身過去被吳文山困在後宅困得死死的，對朝堂上的事情幾乎一無所知，只知道最後是七皇子登基。

不過如果太子一直這麼識趣，他倒是可以嘗試和太子結盟，畢竟他是絕對不會讓七皇子上位的，這樣看來，和太子結盟反而是水到渠成。更何況，他母親是皇帝的親姊姊、他是太子的親表弟，表兄弟之間走得近些也順理成章。

這麼想著，宋禹丞叫來傳令兵，讓他抽空去查查太子現在在哪裡？有什麼特殊喜好？

「爺，您難道想……可據說聖上屬意的是七皇子。」傳令兵有點猶豫。

他是喻祈年的心腹，雖然掛著傳令兵的頭銜，平常也讓人覺得他大大咧咧、頭腦簡單，但實際上心思細膩，並且在喻家軍地位不低，所以知道不少祕密，覺得郡王爺現在就要找太子結盟的決定，有點過於倉促。

可宋禹丞卻用一句話打消他的遲疑：「你覺得神算子送進京後，咱們和七皇子還能和平共處嗎？」

「……爺高瞻遠矚，屬下明白了。」傳令兵神色一正，瞬間明白郡王爺這麼做的原因。

他趕緊告退，出去辦事。這一陣子事務很多，他必須要好好安排，以免耽誤大事。

萬事俱備，只欠東風。

第二天一早，宋禹丞等人拉著車直奔涼城。依舊還是那身破破爛爛的軍服，但是和上次去尨城要軍餉不同的是，這次他們沒有披麻戴孝，而且每兩匹馬拉著一輛車，看架式竟像是打算把一年份的糧食都帶回去。

涼城知州聽到回報，頓時冷笑了一聲，「這容郡王只怕把我當傻子了，霍將軍已經下令四周城鎮都不許和容城商業往來。一會兒別開城門，就算他們要無賴也不用管，涼城可不欠他們什麼，要是鬧得厲害，就上摺子彈劾他意圖謀反，發兵攻城。紈絝裡的一個流氓罷了！本官見得多了，不用管！」

「是。」屬下應聲而去，趕緊吩咐城門口的守軍，讓他們不管發生什麼事，都要對容郡王一幫人視而不見，無須搭理。

可如果宋禹丞真像他們想的這樣簡單，那就不是宋禹丞了，他根本沒打算進城，而是直接拐到距離涼城七十里外的涼城守軍大營。

宋禹丞一行人去的時間還十分湊巧，正好在飯點抵達，包括宋禹丞在內，每個士兵手裡都拿著一個破破爛爛的飯碗。

就見他們二千人一股腦兒地聚在軍營門口，接著傳令兵帶頭上前叫門，他先把喻家軍的腰牌一亮，開口第一句話就是：「兄弟，我們是喻家軍，偶然路過此地，正巧沒糧食了，想和你們混口飯吃！」

什麼情況？涼城守軍乍一看還以為是叫花子來了，等仔細一看也懵了，竟然是喻家軍。

可他們的穿著是怎麼回事？軍服是十年前的樣式，有的甚至連襪子都充滿補丁。士兵們個個面黃肌瘦，難看到了極點，像是一輩子沒吃過飽飯，幾千人木著臉擠在門口，比殭屍還嚇人。

「是不是有點不對勁？」在大營門口守衛的士兵覺得不可思議。

因為他分明記得喻家軍是整個大安朝裡裝備最精良的軍隊，畢竟有容郡王那種紈絝當主子，可眼前這些個拿著破碗要飯的是什麼鬼？

然而喻家軍才不在乎他的百思不得其解，只見傳令兵一馬當先衝到他面前，大力拍著他的肩膀，一口一個「兄弟」叫得非常親熱。

接著，他都還沒搞清楚是什麼情況，就被傳令兵帶著進營。

沒錯，不是他帶著傳令兵，而是傳令兵帶著他。那熟門熟路的模樣，簡直比他這個涼城兵營的人還要熟悉。

先是把馬安置在馬廄，然後就直接往飯廳走。

「不是，你們不能這麼進來！我需要回報主將。」守衛試圖掙扎，可很快就被喻家軍的傳令兵大力制住。傳令兵的嘴裡還一刻不停地念叨著，一邊走一邊給他洗腦：「四海皆兄弟，同為大安的兵，咱們就是親如一家啊！」

誰和你們親如一家！

那守衛兵都快要瘋了！無故放人進來，他是要受軍法處罰的啊！奈何喻家軍人多勢眾，一時間他也沒有任何辦法，只能由著他們在軍營裡亂逛，最後全都拎著飯碗闖進飯廳。

此刻正好是飯點，各軍將們正準備開飯，宋禹丞一群人就趕在此時衝進來。

「哎呀！兄弟！伙食不錯啊！」

「就是，有肉有菜！果然還是咱們涼城的兄弟仗義，知道我們要來，還刻意給我們加餐。」

「多謝涼城的兄弟，我們喻家軍不客氣了！」這麼嚷嚷著，就看宋禹丞這幫兵根本沒有把自己當外人的意思，拎著筷子、就著飯碗大口開吃。

彷彿這頓飯真的是為他們準備的接風宴般，毫無半點違和感。

至於那些被搶了飯的涼城士兵，全都當場懵住了，紛紛看著自己旁邊的陌生人，半晌回不過神。

「欸，別光看著，吃啊！咱們一起吃！」喻家軍還挺好客，自己吃著痛快，也一個勁兒招呼其他人，好似他們才是這裡的正經主人。

這下讓涼城士兵更加徹底震驚了，完全不知道該怎麼形容現在的心情。

然而等到吃完飯後，更加不要臉的一幕再次刷新了他們的下限。

他們從沒見過像喻家軍這麼流氓的人，吃霸王餐就算了，還要帶走！

「哎呀，我們老弱病殘很多的！你看看我們瘦成這樣，都是太餓的緣故！」傳令兵一邊說著一邊把喬景軒拖出來，指了指喬景軒的小胳膊。

可涼城士兵卻只覺得他在放屁，瘦？這明顯是睜著眼睛說瞎話，除了這被拉出來的書生以外，喻家軍裡剩下的人，眼瞅著比自己還壯實呢！真的是一個人吃了兩個人的飯。

這一下，飯廳裡的氣氛立刻變得詭異起來。而等到涼城守軍的將領接到消息時，喻家軍都已經吃完了，並且把要帶走的剩菜都打包好。

「郡王爺您這是……」守軍將領也被氣得夠嗆，然而他還沒說完，只見容郡王走到近前，拍了拍他的肩膀，親熱說道：「兄弟！爺有件事和你商量一下。」

「什、什麼？」宋禹丞下手很重，即便將領是名武將，也差點被宋禹丞拍得一個趔趄，頓時心生警惕。

然而宋禹丞卻像是看不見一樣，自然而然地說出他的要求：「最近手頭不湊手，爺和你借點糧。」

「那可不行！」將領趕緊反駁：「我們這裡的軍糧都是有數的……」

「有數的怎麼了？爺有條子，回頭給你補上不就得了！給他念念，別說爺占他便宜！」宋禹丞把手裡那張太子批下來的糧草條子扔給傳令兵，讓他念出來給涼城將領聽。

之後，刻意指了指紙條上的字，對他說：「聽見了嗎？等這邊的糧草一到位，爺就立刻還你，不過是暫時的。」

「那也不……」

「怎麼，你這是瞧不起爺了？」宋禹丞眼睛一瞇，肅殺之氣頓時油然而起。

傳令兵也湊到他面前，不懷好意地勸說道：「都是兄弟，何必鬧這麼僵呢？我們又不會騙您，容城現在是真的缺糧。您要是不信，可以和我們去容城看看，現在彪城守備軍的副將也正好在那裡，您也不用擔心知州那頭，畢竟……是郡王爺請您回去的對不對？」

這是赤裸裸的威脅！

容郡王是個真紈絝，如果不順他的意，他真敢直接拿人。丟了軍糧固然丟臉，可如果在自己軍營裡被抓走，那以後他將領的位子也徹底不用做了。想到容郡王之前在彪城大大方方搶了軍備、綁了副將和軍需官的壯舉，將領也忍不住認慫。最後咬咬牙，從嗓子眼裡擠出一句話：「借，我們借。」

「借多少？」宋禹丞把玩著手裡的鞭子。

「四……四……」

「四？」宋禹丞冷笑，明顯不滿意。

將領頓時改口：「不不不，我是說，是兄弟，容城守備軍有難，咱們涼城一定會幫忙。」

「好好好！這才是我喻祈年的好兄弟！」得到想要的答案，宋禹丞緩和了神色，用力拍了守軍將領的肩膀，然後就讓傳令兵去裝糧食。

只能說涼城果然富饒，即便是軍營裡這一小部分儲糧，也依舊裝滿一半糧車了，宋禹丞心滿意足地帶著自家吃飽喝足的將士們走人。

而涼城守軍將領，此刻拿著一張借條欲哭無淚。

至於涼城知州在聽到回報後，更是被氣得吐血，一個勁兒罵街。

這他媽到底是什麼郡王！還能不能更不要臉一點？

涼城的悲劇很快就傳到莧城和襄城那頭。

其中，襄城緊挨著涼城，明顯是容郡王的下一個借糧對象。因此，在襄城知州的命令下，襄城守軍立刻做好迎接容郡王的準備，只是糧食要怎麼保住依然是個大難題。

「這可怎麼辦？」

「不行就把糧食都收起來，反正離城近，咱們就隨用隨取？總比全被搶走好！」

「你是傻了嗎，容郡王都不要臉到什麼程度了，你要是敢這麼弄，他就敢守著你去取糧。到時候，萬一把人引到糧倉去……」

「估計整個糧倉都會被搬走。」

眾人面面相覷，心裡不約而同浮現出一個餿主意：實在不行，他們就不給容郡王進門的機會。

因此，這樣的想法很快得到落實。襄城守軍連夜加固了營牆，並且告誡全營的士兵，就算天塌下來也絕對不能給喻家軍的人開門，就當做這些人不存在。

然而他們這些小動作，很快就被宋禹丞他們發現。

距離大營有一段距離的小山丘上，宋禹丞帶著將士們遠遠眺望，只見襄城守軍大營營門關得死死的，就連偵察兵都換到高處，既不耽誤探查，也不會因為距離營門口太近而被喻家軍搭訕。

「爺，這可怎麼辦？」喬景軒現在跟大家也熟悉了，在容郡王面前自在了不少，不懂的時候也敢主動詢問。

然而剛問完就發現自己好像問了個蠢問題，因為不論是容郡王還是他的騎兵們，都露出不懷好意的神情——我們就喜歡這種貞潔烈營。

傳令兵湊到容郡王身邊，一臉壞笑地問：「爺，咱們換上那套衣服不？」

「換。」宋禹丞也笑了，「今天晚上奇襲！」

「是！兄弟們都準備好了，爺說了，現在就換上那身衣服，準備晚上奇襲！」傳令兵立刻傳下去，所有的將士都興奮起來。

喬景軒一開始還不懂那身衣服是什麼？緊接著就被其他人拉走。

再然後，他苦笑著看著自己一身凌亂而粗曠的短打裝扮，還有頭上的頭巾，覺得自己不論從那個角度看，都不像是什麼軍隊，反而像是……山賊。

「欸，喬書呆，你回頭得多吃飯，你看你這樣哪裡像是在寨子裡混過的，一點匪氣都沒有。快，我給你貼上這個疤痕，馬上鳥槍換炮。」

「……」所以，竟然還真的是山賊的衣服嗎？喬景軒頓時覺得自己的認知徹底被顛覆。可接著就明白容郡王的打算，心底對郡王爺充滿了敬佩。

這大安朝上下，所有認識喻祈年的人都說他是個紈綺，可只有他們這些在容郡王手下當兵的人，才知道自家郡王爺手段多厲害、心思多玲瓏。

那些輕視他、覺得他是靠出身得到一切的人，才是真正的蠢貨。

一時間，喬景軒對晚上的行動也充滿期待，包括其他第一次跟容郡王行動的容城士兵們，全都興奮到了極點。

郡王爺這個計畫實在是太有意思了！

然而宋禹丞這邊憋足了勁兒要使壞，襄城守軍那頭卻還在嚴陣以待。

箭樓上，兩個巡邏兵謹慎交換著各自視野中的資訊，同時小聲猜測。

「你說，喻家軍他們真的會來嗎？」

「不好說，可都這個點了，感覺不會來了。」

然而就在這時，他突然發現遠處的土丘上情況不對，似乎有好幾千人騎著馬，正朝著他們營地這頭奔來。

再仔細一看裝扮，不像是兵將，倒像是……賊寇！

「不好！有山賊攻營了！」

「是山賊！是山賊來了！」

兩個巡邏兵大聲預警，號角響起，整個襄城守軍大營都亂了起來。

襄城地處平原，周圍又有彪城、萁城守望相助，從未遇見過山賊、馬賊這樣的情況，哪怕是當地的地痞流氓，他們都沒怎麼見過，更別提這種有規模、看著有千人之多的大型賊團。

「列陣！準備！弓箭手！步兵！」頃刻間，整個大營亂成一團，幾乎每一個兵將的心都提到頂點。

按理說，他們其實並不用擔心，畢竟，過來的賊寇再多也不過幾千人而已，而他們襄城守軍卻足足有數萬人。

所以，真正應該害怕的反而是那些山賊，可不知道為什麼，這些山賊離得越近，就越給人一種莫名、說不出的危機感，並不是因為生命受到威脅才感到緊張，反而像是要倒楣之前的那種彆扭之感。

尤其是襄城守軍的將領。

雖然他也沒有真正上過戰場，但是剿匪卻是實打實的參與過。眼下，他看著遠處正朝著兵營襲來的賊團，越看越覺得不對勁。

「你說，正常的山賊會這麼訓練有素嗎？」將領詢問副將。

副將看著也覺得十分奇怪，因為單看那些山賊的行軍速度和列陣，與其說是山賊，不如說像是歷經百戰的老騎兵團。

等等，騎兵團？不會吧！副將心裡一沉，忍不住抬頭和主將對視，腦子裡不約而同浮現出一個想法——要完，他們中計了！

果不然，下一秒，山賊團的馬隊中竟陡然豎起一面軍旗，金色的喻字，在夜色中也依然特別顯眼。

接著，他們就聽到那個足以讓他們記住一輩子的吆喝聲。

「襄城守備軍的兄弟們！我們路過求混口飯吃！」

襄城瞬間淪陷。

喻祈年畢竟頂著郡王名號，沒法接觸也就算了，若看到還故意無視，容郡王是可以直接要了他們腦袋！蔑視皇室，可是大罪。

只要見了面，容郡王開口借糧的話，他們想要拒絕就更是天方夜譚。

最後，襄城守備軍損失慘重，喻家軍所經之處，糧倉猶如被蝗蟲過境般，連一粒米都沒有剩下。更有甚者，就連廚房門口醃著的鹹菜疙瘩，都被整鍋端走。

「流氓！喻祈年就他媽是個臭不要臉的大流氓！」襄城知州聽完急報，差點一口老血直接噴出來。

那是四萬軍隊大半年的軍糧啊！說借走就借走，連一粒米都不留下，他們襄城的守軍接著要吃什麼？

一時間，襄城知州又氣又後悔，氣喻祁年不要臉，後悔自己幹什麼要招惹這個煞星。現在好了，他後面要花多少錢才能把這些軍糧補上，想想就肉疼不已。

至於等容郡王主動歸還？那根本就不可能。大家都不是傻子，容城若真能等來糧草，容郡王何必要挖空心思到處打秋風？他們襄城的糧食就是肉包子打狗，有去無回了！

越想越憋悶，襄城知州最後連霍銀山都恨上，覺得他就是個腦子有病的，好端端的非要對付喻祈年，這下好了，連帶著他們也跟著吃瓜落。

短短三天，涼、襄兩城相繼淪陷，整個平原亂成一團，至於最後剩下的莫城自然不會等死。

莫城知州和霍銀山是拜把子的兄弟，霍銀山想要報復喻祈年，他自然立刻跟上。至於眼下喻祈年想要借糧？那更是絕對不能讓他得逞。

更何況，有襄城和涼城的情況在前，莫城知州也有自己的辦法。他乾脆把莫城守軍都調回到莫城附近。

這樣，糧草就隨用隨取，喻祈年願意過來就正常接待，只是不讓他進城。至於想要借糧？可以啊！這一天的糧食直接送你，畢竟大安士兵皆兄弟，他連欠條都不要。

「呸！這麼賤竟然還是名知州！」之前去探查回來的傳令兵，一邊向郡王爺回報情況，一邊吐槽莫城知州，覺得這個人也太小家子氣。

然而宋禹丞沒有生氣，反而指了指身後的糧車，「已經差不多了，有沒有莫城的糧，都不要緊。」

「是不要緊，但是不幹一票，總覺得不舒坦。」傳令兵語氣有點失望。

宋禹丞也看出他的想法，反而笑著說：「你不覺得這樣也挺好？」

「什麼好？」傳令兵完全沒懂郡王爺話裡的意思。

「他守備森嚴，咱們也正好利用這個來練兵，容城那些新兵都太生澀了，總得經點歷練。」

「爺，您的意思是說……」那傳令兵眼前一亮。

宋禹丞點點頭，「去把人都叫來，傳我的命令，特殊訓練開始。除了守護糧車的人以外，剩下每十人一組，不管你們用什麼辦法，必須在三天之內混進萁城。三天之後，咱們在萁城知州的府衙集合，直接攻了萁城知州府！他不是不想借糧嗎？咱們就親自上門找他談！」

宋禹丞這道命令讓那些老兵相當興奮，但對於容城的新兵來說卻十分迷茫。

可即便如此，軍令如山，即便他們不懂，十人小隊仍很快就分好了。

宋禹丞大致看了一眼，基本上都是老兵帶新兵，至於剩下的幾個，出乎意料竟都是熟人，正巧是之前和楊青一起打劫宋禹丞和傳令兵，被宋禹丞一箭釘在地上的那兩個，一個叫老高、一個叫小六子，另外七個都是後勤兵。

這就有點意思了。不僅是宋禹丞，喻家軍的其他人也都露出微妙的神色。至於傳令兵見狀，和其他幾位喻家軍的老兵對視了一會兒，接著露出了促狹的神情。

「爺，就這麼混進去也沒意思，要不咱們討個彩頭吧！」

「怎麼說？」宋禹丞一看就知道這小子準沒好事，但也沒揭穿，而是順著配合。

「依我看，咱們可以比賽，看哪一組能最先全部混進萁城，至於最後的那隊就脫光了遛鳥跑回去。怎麼樣，爺你敢不敢？」傳令兵滿臉挑釁，至於其他喻家軍也同樣躍躍欲試。

宋禹丞沒說話，但心裡相當清楚，傳令兵是故意給他下套呢，當初原身練兵，就曾經有過這種比賽，不過是分成兩隊，輸的繞著校場遛鳥。

別看原身拿這幫兵當兄弟對待，但是訓練起來可是一點都不含糊。喻家軍裡的兵都被原身踹過、懲罰過，乃至於遛鳥這種小事全都無所謂了。

然而這裡卻有一個例外，就是喻祈年，他每次都是裁判，從未參加過比賽。加上跟郡王爺組隊的人手都是新兵和炊事班，不趕緊趁這時候「報仇」，還要等到什麼時候？

很顯然，不少人也都和傳令兵有同樣想法，圍著郡王爺使勁兒嚷嚷：「爺，比一場吧！」

聽著他們這頭鬧哄哄的，宋禹丞也沒有反駁，就這麼看著他們鬧。等到全都消停了，才說了一句：「那就比吧！」

這麼輕描淡寫的一句話，反而讓所有人都愣住了，而郡王爺唇邊的笑意也讓他們覺得不寒而慄。

誰不知道，郡王爺輕易不賭，逢賭必贏。雖然他們猜不到郡王爺現在打算用什麼方法進城，但肯定能進去，並且相當容易，要不然，絕不可能答應得這麼痛快。

「算、算了，畢竟是訓練！」

回憶起曾經被處罰的恐懼，喻家軍趕緊全都散了，各自準備。

而留在原地的宋禹丞，就這麼看著他們散開，甚至還饒有興致地逗起海東青，一點都不著急。

突然腦中響起系統的聲音：「大人！【暴風式哭泣.jpg】」

自從到了這個世界之後，系統就異常安靜。突然一開始說話，宋禹丞還有點不適應，但是看它這麼可憐兮兮的模樣，也挺不忍心的。

過去多愛貧嘴的一個萌娃啊！現在都被生活和現實摧殘成這樣了，也挺命苦的。這麼想著，宋禹丞主動安慰了系統一句：「別擔心，這個世界我一定會成功給吳文山戴上綠帽。畢竟我都和他成親了不是？只要找到靠譜的人，就能戴。」

然而這次系統卻絲毫不覺欣慰，反而用更沉重的語氣回答：「和海東青嗎？」一個可攻略的對象都沒有，宋禹丞這個承諾根本就毫無公信力。

「……」宋禹丞被懟了一臉，頓時沉默，直過了半晌才回道：「寶貝兒，你學壞了。」

可系統不想說話，只回了他一個【葫蘆娃式冷漠】的表情包，表示無聲的抗議。

第二天一早，宋禹丞起床時，除了他帶領的這個小隊，喻家軍的其他人全都離開了。

而小六子幾個則是守在郡王爺帳外，一動不敢動。

「高哥，冀城戒嚴，你說咱們要怎麼進去啊？」小六子的年紀最小，也活潑些，但很快就被老高糊了一巴掌。

「別多話，爺還在睡覺呢！跟著爺，怎麼可能進不了城。」老高雖然這麼說著，心裡卻有點打鼓。不是他懷疑，而是他們這九個人著實太拖後腿了，小六子不說，只是個半大孩子，至於那些炊事兵就更別提了，他們的身手還不如自己，做飯還行，想抖點機靈混進城去，談何容易。

再加上他們之前大鬧襄城和涼城守備軍大營，現在的冀城不說風聲鶴唳，也相差無幾。這種時候，他們這些生面孔想光明正大躲過盤查，就跟白日做夢沒有任何區別。

越想，老高心裡就越忐忑，至於那幾個炊事班的人更是緊張萬分，這可是頭一次跟著郡王爺出來，要是扯了後腿，裡子面子就全都丟乾淨了。

因此，這九個人除了小六子以外，這一晚上都沒睡好。等宋禹丞起來之後，更是全瞪著一雙熬得發紅的眼睛，專注地盯著他。

「爺，咱們怎麼進城？」

「噗。」宋禹丞看著面前一雙雙兔子眼，忍不住笑出來。

「……」面對宋禹丞的調侃，老高幾人都有點不好意思。

然而宋禹丞卻沒有繼續笑的意思，而是直接把他們原地解散，「都回去睡覺，進城的事不用你們操心，爺有法子。對了，你叫小六子是不是？」

「是！」

「騎馬去附近的農家給爺我買一個蘿蔔回來。」

「好嘞。」

「還有你們幾個廚子，有會食雕的嗎？」

「爺，小的會一些。」

「嗯，那就齊了，都先回去睡覺，養養精神頭，等下午睡醒了，會食雕的那個人過來找我。你要是弄得快，咱們晚上就能進城。」

「晚上就可以？」這九個人頓時都震驚極了，看著郡王爺半晌說不出話來。可宋禹丞有心賣關子，他們也只好把好奇的視線聚集在那個會食雕的廚子身上，似乎就這麼看著，就能看出什麼不同。

看他們這副模樣，宋禹丞也沒有多做理會，又回到自己的帳篷裡，開始準備等一下要做的事情。等到下午大家都補好眠，小六子也成功買到蘿蔔，宋禹丞才把自己要做的事情說出來。

他的法子很簡單，扮成商人就可以了。

「可是爺，我們沒有商家的路引。」老高及時提出問題。

可宋禹丞並不在意，從懷裡掏出一張紙，並拎起一旁小六子買的蘿蔔，一把扔到那個會食雕的廚子面前，吩咐道：「照這張紙上的圖案刻成一模一樣的，咱們就有路引了。」

臥槽！所以這是要做假章？那廚子手一抖，蘿蔔直接掉地上了。偽造印鑑是要掉腦袋的，然而看著郡王爺淡定的目光，廚子還是老老實實又把蘿蔔撿起來，帶著刀去後面琢磨了。

畢竟，服從命令是軍人的天職，郡王爺是他們的統帥，即便他不理解，也必須完成王爺發布的命令。

至於老高他們也十分默契地閉口不言，並且決定把這件事作為祕密，死也不能說出來。

宋禹丞看著他們嚴峻的神色，眼裡多了一絲滿意和欣慰。老高幾個雖然功夫不行，也不聰明，但是卻意外有著一顆忠心。而做將領的，最需要的其實就是這種忠心。

宋禹丞突然明白原身為什麼死不瞑目，有這樣的士兵、這樣的兄弟，卻因為自己的忽略讓他們慘死，不論換成誰，都閉不上眼，不過還好，現在一切都能從頭來過。

正當宋禹丞的心裡百感交集時，系統卻澆了一盆冷水：「大人，私刻公章是違法的。」

「沒關係。」宋禹丞溫柔安慰它：「這並不是公章，只是蘿蔔。一會兒吃掉就可以毀屍滅跡了。」

什麼吃掉，這麼不要臉的話，宋禹丞是怎麼說出來的？系統十分無語，並且覺得，自家原本嚴謹溫柔且沉穩的執法者大人，似乎到了這個世界以後，開始放飛自我，完全不顧及半分原本的男神形象。

系統甚至感覺，是時候張貼一則尋物啟事，尋找宋禹丞離家出走的臉皮了。

然而系統不知道的是，其實宋禹丞的這種想法已經算是十分靠譜，喻家軍的其他人才是真正的不要臉加流氓。

畢竟在宋禹丞手裡訓了這麼久，之前又經過原身的訓練，現在這幫喻家軍的老兵，各個多才多藝，精通各種方言和角色扮演，裝得了風流才子，演得了地痞流氓。

之前聚在一起，可能還顯現不出來，現在一散開那就是八仙過海各顯神通了。

至於原本平靜的莨城，也因為宋禹丞放出來的兩千名喻家軍，頓時混亂一片。

第二天一大清早，城門邊就鬧了起來。

「開門，開城門！趕緊開城門！」也不知道這喊人開門的到底是誰，破鑼嗓子還挺亮，這麼一嗓子下去，不僅把周圍樹上的鳥震飛，甚至把還處在困倦中的莨城守衛一嗓子給嚇醒。

「趕著去投胎嗎？這麼大聲幹什麼？你什麼人……」後面來不及說出來的話直接就嚥下去了，守衛被眼前的情景糊了一臉。

這什麼情況？只見八、九個青年，抬擔架的抬擔架、哭喪的哭喪，各個一身孝，那擔架上還躺著一個看著挺壯實的小老頭，看模樣竟像是死了。

「大人、大人！您得給我們做主啊！」和最開始嚷著開城門的那個不同。這個瘦點的青年明顯更機靈些，拉著守衛的衣袖開始哭訴，他嘴皮子也俐落，三言兩語就把自家這點事給說明白了。

原來擔架上躺著的是他大哥，被媳婦戴了綠帽，一個忍不住就喝了農藥，現在那姦夫淫婦仗著家裡有錢，還要搶他們家的地。

「大人啊！我們這日子是過不下去了！要去衙門找青天大老爺告狀！」

一大清早就這麼勁爆嗎？守衛聽得一愣一愣的，最後看青年哭得傷心，也覺得心裡不是滋味，還掏出十個銅錢遞給他們，並且勸他們不要難過，先去府衙外找位秀才給他們寫訴狀。

「沒有訴狀，開堂都不知道你們狀告什麼。另外一定要和那些訴狀的秀才把話說明白了，別漏了具體的罪名和事件。」

「謝謝大人，您的大恩大德，小的兄弟幾個沒齒難忘。」

「行了，快去吧！」那守衛怕他們耽擱時辰，沒有再查，趕緊把人放進城，還覺得自己做了件好事。

殊不知，這些人不過剛一進城就繞到一個隱祕的角落，再出來的時候，儼然換了一身打扮，甚至還找間不錯的客棧，舒舒服服地住進去。

這正是喻家軍裡的其中一個小隊，然而他們並非是第一個進來的，早在昨天傍晚，就有一隊靠化妝成波斯過來的雜耍團，混進了城。

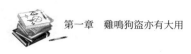

後面，混進城的法子就更多了。

傳令兵那一隊自然不用提。他們是最早跟著郡王爺的一幫人，就算是王宮大內他們都能像逛自家後花園那般輕巧，一個小小的莫城，潛伏進來，簡直手到擒來。

而那些功夫次一些的人，也同樣有自己的法子，例如藏在進城商賈的馬車車廂下面，雖然難受了一些，但也能順利混進城。

不過，最值得一提的其實還是喬景軒、楊青那一組。本來他們是最沒有可能混進城的，可傻子自有天顧，誰能想到，他們竟然在城外破廟來場英雄救美，姑娘立刻對喬景軒芳心暗許，連問都沒問，直接聘了他們十個人當自家護院，大大方方帶進了莫城。

至於宋禹丞就更不用說了，炊事班那幾個大師傅可以說是手藝極其精湛，雖然只是一個蘿蔔章，但以假亂真的程度估計擺在真的章面前，都會讓真的變成假的。

因此他們帶著商賈通行證，連盤問的過程都沒有，就直接走進莫城。

等到了第三天的時候，兩千喻家軍便準時聚集在莫城知州的私宅門口。

而此時莫城知州還摟著小妾，做著美夢，以為自己這招閉城的法子把容郡王給制住了，眼看著過去三、四天，也沒有人來找自己。

然而夢和現實總是相反的。

就聽一聲洪亮的嗓音陡然響徹整條街道，頓時嚇得莫城知州和懷裡的小妾一個激靈。等聽清楚在嚷嚷什麼的時候，更是直接氣得蹦起來。

只聽外面的聲音不停嚷著：「王瘸腿！裝孫子躲債也沒有用！我們郡王爺問你，你哥哥霍銀山欠我們容城的三萬軍餉啥時候還回來？再不歸還，我們就要鬧了！」

【第二章】

太子表哥的意圖

「來人！外面什麼情況？」萁城知州一邊穿衣服，一邊喊著外面的小廝，等聽到回報之後，氣得直接摔了漱口的茶杯。

「豈有此理！這喻祈年也太膽大包天了，把我萁城當成什麼地方了？」

等走到院門，看到宅子外黑漆漆的一群人之後，萁城知州腳下一拐，險些摔倒。這些突然冒出的喻家軍到底是什麼情況？他分明千叮嚀、萬囑咐，要注意城門口的動向，為什麼喻祈年依然能帶著這麼多人混進來？甚至還能圍住他的私宅，如果他有殺意……

萁城知州心裡一涼，頓時怒意高漲，狠狠踹了來報信的小廝一腳。

「這些人怎麼進來的？守門的都是瞎子？」

「這……大人我們真不知道，都按照您說的做了，可這些人就像是從地裡突然冒出來的一樣。每天都有巡城的，可愣是沒有一個人見過他們。」

「先去看看。」那些都是秋後算帳要做的事，眼下得先讓容郡王的這些兵閉嘴。

這些人實在是太流氓了，再嚷嚷下去，別說裡面有一部分是真的，哪怕每一個字都是假的，他的名聲也徹底完了。

這麼想著，萁城知州開了宅院的門，外面的所有喧鬧瞬間停止。萁城知州抬頭一看，正對上容郡王帶著笑意的眼，瞬間明白了，喻祈年這是故意耍他。

「郡王爺，您看，鬧成這樣咱們是不是都不大好看。」萁城知州說得咬牙切齒。

可宋禹丞卻懶洋洋轉了轉手裡的馬鞭，「欠錢的是你兄弟，爺我就是個要債的，這欠錢的都不嫌丟人，爺我光明正大，有什麼可害怕的。」

「就是！王瘸腿，你可別太過分。我們容城人少地窮，可再窮的也有幾塊地的積蓄，你兄弟霍銀山借了我們三年軍餉，拒絕歸還，你現在不幫著我們去勸你兄弟一下，還在這裡顧左右而言他，是不是你兄弟借來的錢，其實是你們倆一起花的？」

「臥槽，搞不好是真的，不然他兄弟欠錢，他幹麼攔著不願意讓人要錢？」

「喪盡天良，太喪盡天良了！我們容城一城老小，連飯都快吃不上了，你還用我們的血汗錢養小妾。」

「可養了小妾也沒有用，我聽說這貨打仗的時候，傷到第三條腿，根本就生不出兒子，要不他明明雙腿健全，怎麼會有個外號叫王瘸腿？」

頓時，不僅僅是門外的那些兵，就連莧城知州的侍從，看他的眼神都開始變得不對。

這八卦也太大了一點。不少人的目光都下意識聚集到莧城知州的下半身，即便官服寬大，這麼看也根本不可能看到什麼，但被這麼多人圍觀，這種屈辱根本無法讓人忍耐。

可嘴長在容郡王帶來的這些喻家軍身上，他根本無法控制。

莧城知州終於明白為什麼之前其他三城會敗在容郡王的手裡，一個流氓頭帶著這麼一堆胡攪蠻纏的流氓兵，根本沒有半分應對的方法。

不過好在他們莧城別的沒有，就是勢力龐大。容郡王這兩千兵，不過是仗著他們不要臉及喻祈年的郡王爺身分，才敢這麼胡鬧。可他要是不把喻祈年這個郡王爺的身分放在眼裡，自然就不需要小心翼翼。

這麼想著莧城知州也冷下臉，命令道：「來人！去把守軍給我叫來，有人無故在城裡鬧事，抓住後立刻攆出城去。」

宋禹丞卻並不害怕，反而嗤笑一聲，「看來王大人這是不打算給我臉面了？」

「不是我不給，是郡王爺您太得寸進尺。更何況，我今天事情也忙，您看這城裡平白無故多了幾千暴民，您就算是想要兵餉，也得給我留出時間，先把城裡的內務處理好不是？」

隨著萁城知州的話落，就聽遠處傳來沉重整齊的腳步聲，轉頭一看，原來是從軍營趕來的萁城守軍。這也是下了狠心，守軍統領足足帶著一萬多人趕來，直接把宋禹丞一行人給團團圍住。

「郡王爺，要不，您先跟我到屋裡歇歇？」萁城知州不懷好意地看著喻祈年，心裡十分痛快。如果被其他三座城的知州看見，他心裡會更加舒爽。

別看喻祈年不要臉久了，可也算讓他吃虧一回。

至於那些守軍更是躍躍欲試，看著喻家軍，就跟看著一群無辜誤入狼窩的小白兔一般，恨不得立刻將他們拿下。

氣氛陡然變得危險起來。

但是出乎他們的意料，不論是容郡王，還是喻家軍的將士們都不把他們放在眼裡。甚至傳令兵還湊到容郡王身邊，用他們都能聽到的聲音問了一句：「爺，可以見血嗎？」

這句話，傳令兵是笑著說的，但是眼裡卻沒有笑意。

距離近的萁城守軍下意識地後退一步，只覺得後背發涼，彷彿是被什麼毒蛇盯上。而更讓人不寒而慄的還是喻家軍的那些老兵，在收起流氓神色後，看他們的眼神，不是裝腔作勢，而是真正的強悍嗜血。別看他們這裡足足有一萬多人，但是對於這些喻家軍來說，他們這一萬人還不如幾個窮凶極惡的山賊帶來的威脅更大。

而那句見血也並非是什麼威脅，只是最平常的句子，就跟問院子裡的雞能不能宰來燉湯一樣家常。

這些人，實在是太囂張！

萁城知州心口的怒意越發難以壓制，衝動之下，直接下令道：「有人冒充郡王，意圖謀反，立刻抓人！」

然而宋禹丞的聲音卻遠高於他，就見宋禹丞的那隻海東青凌空飛起，一聲鷹鳴響徹雲霄。接著宋禹丞清越而又冷淡的嗓音響起：「蓂城知州意圖刺殺郡王，汙衊宗親，按律當斬！」

這句說完，所有喻家軍立刻拔刀，嗜血之氣迎面撲來，混戰一觸即發。

然而就在此時，卻有一個出乎意料的聲音把這僵持的局面打破。

「大人，我們收到手諭，說是太子來了！」來人穿著驛站的服飾，應該是驛站那邊的勤務兵。

接著聽到不遠處傳來馬蹄聲響，兩位看著身分不俗的人隨之而來。

「這是……」宋禹丞盯著馬車上的車簾，總覺得上面的花紋十分熟悉。可等車裡的人下來，看到他的容貌之後，宋禹丞也跟著愣住了。

美人，那種恍若從畫上走出來的美人，完美得幾乎沒有任何言語能夠形容。

然而蓂城知州卻遠比他還要驚訝，撲通一聲跪倒在地，叩頭喊道：「太子殿下！」

太子？宋禹丞皺起眉，越發謹慎幾分。他的確存著和太子合作的想法，但現在見到真人後，還是下意識地變得小心翼翼。

畢竟，太子在原身的記憶裡幾乎沒出現過，對太子的個性喜好更是一無所知。因此眼下對宋禹丞而言，太子反而比蓂城知州更危險。

不過接下來太子的一句話，就讓宋禹丞忍不住勾起唇角。

太子問過事情起因後，竟然直接拍了拍蓂城知州的肩膀勸道：「都是自家人，何必鬧成這樣？說白了還是錢的關係，他們過不下去，只能向附近幾城求助，而且按照軍律，守望相助原本就是規矩。祈年被我們寵壞了，性子也天真，您別拿官場那一套欺負他。」

性子天真，別欺負他？太子這心只怕是偏到黃河去了，蓂城知州差點直接噴出一口老血，驚詫地看著太子，半晌說不出話。可即便如此，他也不得不順著臺階下，叫人收兵。

和宋禹丞這個閒散郡王不同，太子是真正的儲君，而且太子出行，隨侍眾多，他敢動生擒容郡王的念頭，卻連太子的一片衣袖都不敢碰。

因為碰了就是造反，只能忍了。這麼想著，蕒城知州看了喻祈年一眼，似乎有意警告。

而宋禹丞也難得沒有較勁兒，異常沉默安靜，甚至聽從太子的安排，把自己的兵都暫時安排在驛站。

太子突然出現，打亂不少他的後續計畫。但即便如此，對宋禹丞來說也未必是件壞事，他甚至覺得可能是件好事。

畢竟若真的打起來了，他們雖然能贏，但也要費不少波折。而太子的出現，卻給了他們一個光明正大留在蕒城的機會，反而更有利後續的計畫。

宋禹丞決定，這次無論如何也要辦了蕒城知州，並且讓他把欠下的軍餉，一分不少的全部歸還。

原本危險的場面瞬間化險為夷，而回到驛館後，宋禹丞和太子也不約而同摒退左右，一起走進太子暫居的院子。

「多謝殿下近日照顧，祈年替容城上下謝過太子殿下。」宋禹丞先對太子一禮。這一句話，就是把之前那個空頭糧草條子的事情也涵蓋在內。

然而太子卻並沒有接話的意思，反而笑著逗了他一句：「怎麼這麼生疏，不是應該叫表哥嗎？」

「……」宋禹丞頓時沉默下來，想到原身和太子的關係，發現還真的是表兄弟。可不知道為什麼，從太子的口中說出來，宋禹丞卻奇怪地有種被調戲的感覺？

面對原身記憶裡從未出現過的太子，宋禹丞也說不準他到底是什麼想法，是表兄弟間的玩笑，還是有什麼其他的深意藏在裡面？

然而對於宋禹丞的糾結心情，最近沉默寡言到幾乎毫無存在感的系統卻是完全不同，幾乎要high翻天了。

「啊啊啊！大美人啊！【皮皮蝦式要上天.jpg】」

系統在宋禹丞的腦中激動道：「大人你之前說過，找到好看的對象就去攻略，這個太子太合適了。【兩隻黃鸝鳴翠柳，一條紅線牽一牽.jpg】」

「……」被系統的老父親式土味表情包糊了一臉，宋禹丞原本就有點糾結的心情，頓時變得更加糾結，因此他決定暫時遮罩這個不靠譜的系統。

還皮皮蝦式上天？這個太子看著就是個心思深沉的人，一個弄不好，只怕是他和系統要一起被送上天。

不料太子說出更加出乎意料的話，讓宋禹丞越發顯得謹慎。

「我覺得，我們可以合作。而且如果你願意，容城安定之後，霍銀山手裡的兵權可以交給你。」

「殿下這麼直接，就不怕我反水？」太子的開誠布公，讓宋禹丞感到格外震驚。

可太子卻笑得篤定而溫柔，「你不會。你對喻家沒有歸屬感，自然不會效忠他們看好的老四。至於老七，有吳文山的事情在，你們多半也是不死不休。剩餘的皇子中，小的太小、蠢的太蠢，很明顯，我是最好的合作對象，而且，你的抱負，只有我能幫你實現。」

「我的抱負？」宋禹丞不動聲色地反問。

「你想要大安海清河宴、太平盛世，這個想法，只有我能替你實現。」

宋禹丞心裡一驚，看向太子的眼神有更多審視。太子說的一點都沒錯，海清河宴、太平盛世，這就是原身的願望，也是他一直在努力達成的目標。可太子不過和他只有數面之緣，卻能一眼看破，只能說心思太細密。

這麼想著，宋禹丞在心裡衡量著利益關係，直到過了一盞茶的時間，他才再次開口詢問：「那殿下想要什麼？」

「我想要江山……」以江山為聘，和你共度百年。後面的半句話，太子藏了起來，畢竟追了這麼久，他也算瞭解宋禹丞的個性。

宋禹丞就像是隻性格多變的貓咪，上一秒或許因為你漂亮的外表而看得目不轉睛，可下一秒就會因為一些細小的懷疑，而伸出爪尖。

所以，他千萬不能操之過急，一定要徐徐圖之。

只能說太子的偽裝太過完美，就連宋禹丞也沒有察覺到他隱藏的真心，反而因為他的直白而安心不少。

畢竟，宋禹丞從不擔心合作者有野心、有目的。甚至覺得跟這樣的人合作反而更放心，因為在沒有達到目的之前，不用擔心他會背後插刀，畢竟，他更加期望獲得成功。

這麼想著，宋禹丞在太子面前也放鬆許多。

然而系統卻突然發現一些微妙之處。人對人的印象大多留在外表，可系統看人，卻是分析靈魂參數。

上個世界的陸冕其實就曾引起它的懷疑，但是證據不夠。而這次不同，它之前留下陸冕的靈魂參數，現在再分析太子的，果然發現許多有趣的事實。

如果真的是這樣，那麼後面的主線任務就一定能成功完成，哪怕他家宿主大人繼續沉迷執行支線任務。

因此，系統喜上心頭，忍不住歡快地笑出了聲：「嘻嘻嘻嘻嘻嘻。」

「怎麼了？」宋禹丞剛結束和太子的對話，就被系統嚇了一跳，還以為自家未成年系統是不是被任務逼成神經病。

然而系統卻並沒有回答他的意思，反而順手放出幾十個【拍桌狂笑】的表情包，這讓宋禹丞越發摸不著頭腦，最後只能先放在一邊，繼續琢磨後面的安排。

不過驛站這種地方，不管怎麼看都不是促膝長談的好地點，因此宋禹丞和太子不過是彼此交個底就各自離去。

宋禹丞要安頓他的喻家軍，太子也忙著給京城寫封信，說白了，這也是他私心要給霍銀山添點堵，順便給宋禹丞出口氣。

他家小孩都窮得快養不起兵了，撒潑打滾地要錢，霍銀山怎麼還扣著容城的軍餉不放？這樣毫無同情心的人非常值得上摺子彈劾。

更何況，這個人最近霉運纏身，卻還妄圖攀上枝頭當鳳凰，總得給他點顏色看看。

太子一邊想著一邊把手裡的密信交給心腹暗衛，囑咐他送到京裡。

「主子，那萁城、襄城和涼城彈劾郡王爺的摺子，要不要扣下？」

「不用，就讓他們交上去。」

「那皇帝會不會對郡王爺……」

「不會。祈年就是這麼霸道囂張的性子，他在京裡連皇子都照打不誤，現在不過帶人上門鬧鬧事罷了，都是小事。更何況……我那位父皇巴不得他這麼跋扈，否則哪敢支持他以後去搶奪喻家的兵權呢！」

太子的語氣意味深長，暗衛也似乎聽懂了他話裡暗藏的深意，便不多言，領命而去。

待暗衛離去後，太子對身邊的侍從下達了第二道命令：「等會兒去把隨行的太醫叫來。」

「主子您不舒服？」侍從頓時緊張起來。

「不是我不舒服。」太子安撫了一句，卻接著說：「是我很快要不舒服了。」

後面這句話讓侍從放下的心又再次提起，變得更加忐忑。

沒有過多的解釋，太子轉身進屋倚在軟榻上。他若沒猜錯，就算他剛剛沒現身，宋禹丞多半也會暫時偃旗息鼓，但接下來肯定會有更大的動作，至於是什麼，他就猜不到了，不過這並不妨礙他留在莫城給宋禹丞當靠山，順便看戲。

至於病了，他的確是要病一下的，要不然，萬一王大人過來請求他管教弟弟，那可怎麼辦？

太子忍不住在腦中浮現宋禹丞笑著喊他表哥的畫面，耳朵就控制不住地紅了。

太子滿腦子想著宋禹丞，而宋禹丞其實也在琢磨太子。

只可惜想法大相徑庭，或者說，與其是琢磨太子，不如說是琢磨太子的那隻海東青。

宋禹丞坐在椅子上，歪著頭看著在自己面前自我推銷的雄性海東青，忍不住有點想笑。

之前他聽傳令兵說過一嘴，有隻雄鷹長得很好，結果萬萬沒想到竟然是太子養的，怪不得會在抓烏鴉的時候出現。

不過和太子的心思深沉不同，眼前這隻雄性海東青的心思十分單純，明顯是看上宋禹丞家那隻愛撒嬌的胖啾。

所以，現在這是把自己當成老丈人來討好，想要曲線救國？

宋禹丞看著放在面前的死兔子，以及站在兔子旁邊，昂首挺胸一副「我超能幹，爸爸你可以放心把閨女交給我」的雄性海東青，徹底被逗笑了。

他摸了摸雄鷹的頭，表示友好，同時慢條斯理地警告道：「你想追求可以，但是不能傷到她，否則我把你的毛拔光！」

「不會不會，這麼好的姑娘，我喜歡她還來不及，岳父大人您就把心放在肚子裡吧！」

感覺自己得到老丈人的認可，雄性海東青立刻興奮起來，並且試圖飛到宋禹丞的肩膀上，蹭蹭他的臉頰表示親暱。

可不過剛飛起來，就被一道白色的身影一腳丫子給踹到了地上，原來是宋禹丞的那隻海東青突然飛回來。

牠方才出去玩，聽隔壁的八哥說有隻想跟牠搶主人的雄性海東青，叼著兔子往驛站那頭飛。果不其然，剛一進屋，就看到那不要臉的試圖靠近喻祈年，頓時滿腔怒火。

「不許和我搶年年，年年只能有我一隻鳥！」雪白的翅膀死死地摟住宋禹丞的頭不鬆手，恨不得整隻啾都貼上去，看著那雄性海東青的眼神更是凶狠到了極點。

——哼，這個飯都吃不飽的傢伙，竟然因為貪戀我家的伙食，試圖搶走年年，這絕不允許！

充滿戰意的小啾，今天也要努力霸占主人，非常凶，且強悍。

然而被當做叫花子實則真高富帥的雄性海東青，卻只能癱在地上，內心淚流滿面。

他才不是想要搶走喻祈年，是想搶走那隻漂亮小啾啦！

「哈哈哈！」宋禹丞被牠們倆這通鬧騰逗得夠嗆。但最後還是安撫地拍了拍雄性海東青的頭，說了一句和之前太子說的幾乎一模一樣的話：「別著急，她還小呢！」

然後，就抱著自家啾出去遛彎，順便為後面的計畫做準備。

至於那些早就等在外面的喻家軍，看見他出來後全都興奮不已，激動地上前圍住他，不停問道：

「爺，都準備好了，咱們明天上哪條街去賣藝湊軍餉啊？」

「知州府衙正門。」宋禹丞也跟著笑，漂亮的眼裡寫滿狡黠和促狹。

不給錢？沒關係啊！我們可以自己掙！

蓂城知州原本以為有了昨天的震懾，太子殿下在蓂城應該會多少管住喻祈年，不會讓他再像之前那般胡鬧。

然而宋禹丞的夭蛾子遠遠比他想像的更多。

照常理一般大眾眼中的紈絝都是愛招貓逗狗，順便仗勢欺人，橫行鄉里。然而喻祁年這個紈絝，卻與之大相徑庭，雖然論起胡鬧和囂張，只怕大安全部的紈絝加在一起都比不上喻祈年的一根手指頭，可偏偏他幹的事又讓人說不出一句不是來。

因為喻祈年仗勢欺人，欺負的永遠是那些有權有勢、橫行鄉里的高官權貴之家。他是公主之子，當朝皇帝的親外甥，甚至連郡王都是靠軍功實打實地打出來的，等閒之人還真不敢和他叫板。

畢竟喻祈年這人混不吝，真急起來連皇子都照樣揍，還要倒打一耙告歪狀。這樣的耍流氓，不論換成誰都不願意招惹，因為一旦招惹上，除非有機會直接把他弄死，要不然就是後患無窮。

而現在的蓂城知州面臨的就是這種尷尬場面。原本他以為找到了整治喻祈年的法子，容郡王敢哭喪、軍鬧，他就用擾亂治安的罪名抓捕他。可萬萬沒想到，容郡王竟然藏著比軍鬧更坑爹的法子，而且他還沒有辦法制止。

更有甚者，竟然連太子的暗衛都跟著一起下水。

現在知州府衙那條主幹道的兩邊，到處都是穿著喻家軍正規軍服在賣藝的軍將，甚至連容郡王都換成郡王宮裝，在路邊擺攤。

莧城知州根本想不透，堂堂郡王為什麼能不要臉到這種程度。

然而宋禹丞這種做法，雖然讓莧城知州十分頭痛，可對於莧城的百姓們，就是千年難遇一次的熱鬧場景。

往日知州府衙前的主幹道總是安靜肅穆，然而今天卻意外呈現宛若過年般的歡樂氣氛。

宋禹丞帶出來的喻家軍，別看都人高馬大，但是各個身懷十八般武藝。

如果以為賣藝就是在胸口碎大石、吞刀吞劍，那就太孤陋寡聞了，喻家軍的兄弟們只要能夠吸人目光，任何技能都能夠拿來賣藝。

就看這一溜煙的攤子，從活人極限橫條三公尺火圈，到反彈琵琶江南小調，說書講古的，甚至連算命看手相的都有。

還真別說，那說書的嘴皮子賊溜，還有一把好嗓子，講起戰場上的故事，講得跌宕起伏。尤其有一位姓王的副將，在剿匪時被弄傷了第三條腿的故事更是有趣！

估計翻遍史書，都沒有比這個王瘸腿更倒楣的人。原本家裡情況不錯，結果非要算計同村窮到哭的二嬸子家的堂哥。最後陰差陽錯，堂哥沒去服兵役，是王瘸腿被帶走，可這老天爺有的時候也不長眼，這種諂媚小人反而才能步步高升。

這王瘸腿進了軍營啥都不會，但擅長抱大腿，認了一個上京宮裡派去監軍的宮人當乾爹，宮人說俗一點就是太監。

王瘸腿認了乾爹後，日子是真的好過了，什麼上戰場的事兒都和他沒有關係。

但好景不長，王瘸腿這乾爹不過兩年就走了。他一走，王瘸腿的好日子也到頭了，後來去剿匪，竟然還傷到下半身，這下好了，有個太監乾爹，自己也乾脆變太監了，這就叫天道好輪迴，蒼天饒過誰。

「哈哈哈，軍爺這書說得好！」

「再來！再來一段嘿！」

只見說書的這一攤熱鬧非常，最後幾乎所有給錢的人都想聽王瘸腿這個倒楣蛋的故事，銅板是一個接一個地落在裝錢的簍子裡。

而這個說書的大兵也是個人來瘋，看見這麼多人欣賞自己的表演，忍不住掏出自家的祖傳八哥，光他自己講不夠，這八哥也得配合著來一段。

而這八哥也是巧，兩個瓜子賄賂下去，說什麼學什麼。一盞茶的工夫，就把那順口溜給學會了。

「王瘸腿，王瘸腿，偏偏少第三條腿。斷子絕孫也不怕，認個太監當爸爸！」

八哥那聲音聽著本來就有點賤賤的，偏偏還是念這種內容，頓時整條大街都被逗得笑翻天。

至於宋禹丞就更加促狹了，他沒弄什麼出格的事，只靠著逗貓逗狗博人注意。只見宋禹丞往那裡一坐，全城的貓狗都跟吃了春藥一樣往他身邊湊，每一隻都乖得不行，「喵嗚汪汪汪」聲一片，甜得人心都要化了。至於貓狗見面就要大戰什麼的，在宋禹丞這裡根本就不可能發生。

再加上宋禹丞長得好看，安安靜靜不開口的模樣，就是標準的漂亮小公子。再加上旁邊還有傳令兵幫著科普容城有多窮，那裡的百姓都不得不啃樹皮草根過日子，還被無良的狗官惡意扣住兵餉，欠錢不還。

「我們也是沒有辦法，這年頭搬出郡王的官銜也沒用，一分錢難倒英雄漢，所以爺就帶我們出來賣藝了。各位莨城的老少爺們，有錢的捧個錢場，沒錢的捧個人場，五湖四海皆兄弟！我們替容城上下謝謝各位了！」

「好嘞！」不少人答應著，紛紛往宋禹丞那錢簍子裡扔錢，郡王爺當街賣藝，別說這招貓招狗的本事讓人大開眼界，就憑著容郡王這身分，已經夠讓他們驚訝的了。再加上傳令兵的一番說辭，越發讓這些淳樸的百姓們，把容郡王想成一位百年難得一遇的好官，更加願意支持他，哪怕是平時吝嗇的人也打開了錢包。

如此這般，大街上喧鬧聲此起彼伏，府衙大街徹底變成宛若東邊菜市場的熱鬧狀態。

府衙內，整座大堂到處充斥著從外面傳來的叫好聲和嘻笑聲。

而其中不時穿入耳中的「王瘸腿」更是讓萁城知州的臉色難看到了極點。

喻祈年昨天雖然是在他的私宅帶人鬧事，但那條街卻是萁城有名的富人區，但凡有家有業的都把宅子建在那裡，因此，自從昨天早晨過後，幾乎萁城消息比較靈通的人都知道他有個「王瘸腿」的外號。

至於那些百姓即便眼下並不知曉王瘸腿就是在說他，但依照喻祈年這個鬧騰方式，估計用不了多久就會全城皆知了。

萁城知州坐在主位上面沉如水，下面的一眾官員也都面面相覷，不知道該如何處理。

雖然喻祈年這麼鬧騰，很有擾亂公堂、蔑視府衙的嫌疑，奈何大安並沒有任何一條律法或明文規定，說府衙前的街道禁止擺攤賣藝，再加上容郡王和這幫喻家軍，今天出來賣藝時都是穿著正經軍服和官服。

知州也無法再像昨天那樣，故意把他們視為盜匪之流捉拿到案。

「不能再這樣下去了！」萁城知州怒氣沖沖地說道：「必須要嚴加處理！」

「可大人，咱們沒有辦法啊！容郡王帶頭擺攤，說書的是百夫長，跳火圈的是副將，就連那個裝瞎子算命的都是喻家軍軍法處的頭。那一串的軍銜下來，咱們守軍的人都沒資格和他們叫板啊！更何況，現在就連太子的暗衛都跟著下水了。容郡王的攤位那頭，幫著維持秩序的可是太子殿下的暗衛！」

「……」這話一出，原本還有其他想發表意見的人，頓時全都沉默以對。

萓城知州更是氣得快要原地爆炸，拿著杯子的手氣到發抖。

氣氛變得冷凝起來。直到良久，一直一言不發的師爺終於開口說話：「大人，小的有一個想法，不知當講不當講。」

「說！這都什麼時候了，你還在這裡賣關子。」

師爺見狀，又斟酌了一會兒才說道：「我覺得咱們可以以毒攻毒。」

「怎麼說？」萓城知州一臉不解。

師爺獻上一計：「是這樣，小人覺得，容郡王最大的優勢就是豁得出面子。既然這樣，不如咱們也跟著效仿一番。」

「你是說叫我也跟那喻祈年一樣……一樣……」萓城知州想了半天，也沒找到一個準確的詞來形容容郡王。

然而最後，師爺還是成功用一句話說服了知州：「您看，現在太子爺正在萓城啊！」

對啊！現在太子殿下就在萓城，容郡王這樣折騰他管束不了，大可去找太子哭訴。他也不用破口大罵或者義憤填膺，就學著喻祈年的無賴模樣，跪在太子房門口求恩典就行。

這樣的話，即便太子偏坦容郡王，也不能真的完全不管。等把容郡王趕回容城，再送走太子，這萓城還是他的地盤，而且霍銀山估計也就回來了。

到時他們兄弟兩個，想對付一個容郡王加容城，簡直易如反掌！

越想越覺得這是一個好辦法。

萓城知州趕緊換了衣服去太子那裡，然而萬萬沒想到，他剛一踏進太子的院子就差點被嚇尿了。

「大人，您可來了！太子殿下從昨天夜裡就開始不舒服，原本想連夜通知您，但是殿下說大人您公務繁忙，不該叨擾。」萓城知州一進門，就被太子的侍從拉住。

「那隨行的太醫怎麼說？」萁城知州趕緊詢問情況。

可侍從的描述卻十分嚇人，張口是太子殿下病情嚴重，閉口太子殿下昏迷不醒，差點沒把萁城知州的魂給嚇散一半。

「要不要招容郡王過來侍疾？畢竟是太子殿下的表弟。」萁城知州靈機一動，頓時想到容郡王的身分，覺得這是個好機會。雖然太子病了十分麻煩，可如果能就此讓容郡王安分下來，倒也是意外之喜。

然而侍從卻一撇嘴，「昨兒我們就說了要叫郡王爺過來，可我們主子爺說什麼也不同意，就連太醫都被封口了，說是不讓郡王爺過來，免得招了病氣。」

「……」真的是很完美的說辭了，連半分反駁的餘地都不留給別人。

萁城知州愣住了，而後面更是不知道為什麼，聽侍從和太醫說著說著，他就當場被留在太子這裡侍疾，甚至連回去交代一下的時間都沒有。

偏偏一切如此順理成章，即便萁城知州總隱約懷疑，太子是不是裝病故意把他留下？但是又讓他找不出半分破綻。

眼下太子這邊就算是位看藥爐的小童，都時不時抹把眼淚，怕太子有個萬一，他們也要跟著掉腦袋。如此看來，應該不是假的。

萁城知州心下十分矛盾，可侍從把他安排進藥房後，就趕緊回去稟報太子。

「主子，都安排好了。」

「嗯。」太子應了一聲。

他這會正躺在床上，看臉色還真有點病重的樣子，可再看他翻著書的閒適模樣，立刻就能明白分明是裝的。

「主子，咱們郡王爺的本事可真大，您不知道，王瘸腿被氣得半死，還找不到法子。這會子竟然還想來找您哭訴，也是很打臉了。」侍從的語氣滿是幸災樂禍。

然而太子卻回覆了一句：「沒有咱們，新年可是正經的郡王爺。」

「是是，主子您說的都對。」侍從是從小就伺候太子的，被點了一句也不害怕，反而促狹了起來，「不是咱們，是您一個人的郡王爺。」

他這話說的俏皮，也存了點試探的意思，不過事情到了這會兒，就算他不試探，太子的心思也已經昭然若揭。更何況，容郡王那樣心思玲瓏的人，哪裡是吳文山這種人配得上的，放眼全大安也只有太子爺了。

太子沒回答，但是微微勾起的唇角，還是顯示了他的好心情。

只能說，宋禹丞是真的好本事。這麼一兩天的工夫，就把他身邊的人籠絡了。就看那幾名暗衛，現在已經跟喻家軍的兵稱兄道弟，當然肯定還是效忠於他，但是太子相信如果宋禹丞找他們幫忙，只要不背主，這些人肯定都會義不容辭。

用暗衛的話說「小郡王才是真正的聰明人」，不過太子覺得宋禹丞的能幹，遠遠超過他們看見的。

「一會兒把那幾個在街上玩瘋的叫回來，讓他們去霍銀山那頭看看。霍銀山一直想進京，現在既然進去，就別再讓他回來。」

「您的意思……」

「新年費心設了局，我總不能浪費。還有，如果我沒猜錯，這次我的封地估計也要下來了。」

「給您封地？他怎麼敢！」那就跟廢太子有什麼區別？侍從頓時大驚失色，眼裡更是充滿恨意。現在太子的位置，且不論皇后母家為大安的和樂做了多少貢獻，也不提當年皇后為了幫皇帝擋刀而丟了性命，就只說太子這些年為了大安百姓盡心盡力，那狗皇帝就沒有資格說廢太子的事情。

至於給太子封地？呵呵，這就跟發配邊疆有什麼區別？簡直不明所以！越想越生氣，侍從眼裡的怒意幾乎要實質化，恨不得下一秒就要破口大罵。

可太子卻無所謂地搖搖頭，「沒有什麼可生氣的，這是好事。就看現在上京混亂的情況，要是陷進去了才是只能等死，真正聰明的人都已經出來了。」

「那主子您的意思……」

「彪、萁、襄、涼四城是個好地方，等霍銀山一倒，咱們就在這裡落腳如何？」

那侍從先是不解，接著頓時恍然大悟，連忙說道：「主子高瞻遠矚，是屬下短見了。」

「無妨，去辦事吧。晚點請容郡王過來一趟。」

「是。」侍從應聲而去。

至於獨自留在房間裡的太子，又重新躺回軟榻上陷入思索。

太子明白，宋禹丞現在看似胡鬧的做法，不過是在拖時間。實際上，他是要等霍銀山那頭進城，好一舉收拾了這個萁城知州。

容城一面靠海、三面環城。從宋禹丞在容城練兵的方式來看，他多半是要練水軍，那就肯定和前些日子的海盜傳言有關。

可如果他想要開戰，就必須穩定容城和其他三城之間的關係。

否則，一旦出事，就是退無可退。

因此，對宋禹丞來說，霍銀山必須要除，四城也得重新洗牌。那麼現在，自己應該做的就是把四城握在手裡。

總得展現出自己的實力，要不然憑宋禹丞那現實的個性，弄不好就要另外找人合作。

太子又琢磨了一小會，接著寫了一封密信，叫了另外一位心腹進來，讓他想法子悄悄送出去。

如果太子沒有算錯，最多半個月，霍銀山必定死在上京，所以他也要快點動作了。

在萁城，知州就是最大的官。而太子把萁城知州一關起來，萁城剩下的官員頓時亂了套。至於喻家軍當街賣藝的事情也再沒人理會，大家就這麼高高興興像是過年般玩了一天。

等到晚上收攤回去後，這些喻家軍還依然興奮地數著簍子裡的銅板，甚至還忍不住互相攀比起來。

此時系統忽然出聲：「所以他們平時是有多窮？【河豚式震驚.jpg】」

宋禹丞：「不是平時多窮，而是雙手掙來的錢，特別讓人珍惜。」

系統：「那過去的錢都是哪裡來的？」

宋禹丞：「自然是搶來的啊！」

為什麼搶來的錢還能說得如此理直氣壯？再次回憶起前兩個世界裡，非常正直且正能量的宋禹丞，系統突然有種十分悲痛的感覺。

都是它的錯，它好像又把宿主給引導歪了。

系統敏感的察覺到，宋禹丞似乎又一次因為原身遺留下來的情緒，而過於代入原主的性格，這讓它越發感到不安。

不過它立即想到太子，突然覺得或許不要緊，因為這次和過往不同，以前宋禹丞都是獨自前行，現在有人陪伴，悲劇一定不會再次發生。

否則，再出紕漏……它就陪著宋禹丞一起自我毀滅。

系統的憂慮，宋禹丞並不能知曉，此時他有別的事要忙。太子的侍從過來請人，說太子意外重病，昏迷一整個白天，現在那邊亂得不行，想請容郡王過去看看。

「殿下病了？要不要緊？」宋禹丞嘴上問得焦急，可語氣裡卻帶著笑意。心裡琢磨著，這太子看著一本正經，實則也是個唯恐天下不亂的人。怪不得今兒一天莨城知州都沒派人過來找麻煩，看樣子竟然是被太子絆住了。

有點意思，這麼想著，宋禹丞跟在侍從後面一起往太子住的院子走去。

太子的院子距離宋禹丞的屋子不遠，不過穿過兩條迴廊就到了。

都說做戲要做全套，宋禹丞一進院子就聞到格外濃厚的藥味。來回忙碌的侍從、侍女全都面色凝重，至於太子隨行的兩位老太醫也都愁眉不展，恨不得把鬍子一根一根揪下來。

如果看表面，還真像是太子已病入膏肓的模樣。

「郡王爺，王大人一早就來侍疾，現正在藥房幫忙煎藥呢。」侍從看似給容郡王介紹情況，實際上在提醒莨城知州也在這院子裡。

宋禹丞頓時心領神會，一嗓子帶著哭腔的「表哥」直接脫口而出，腳下的步子加快，一陣風地衝進太子的屋子。

說來也巧，此時正在藥房煎藥的莨城知州，剛把處理好的藥材端出來，就被容郡王這一嗓子嚇得全都抖落在地上。

臥槽！這可怎麼辦？莨城知州頓時心裡只想罵娘，恨不得立刻跑去掐死容郡王。

這藥材他處理一天了，那兩位老太醫就像在故意整他，說一定要從裡面選出最細的一根細芽，並且修剪成相同大小，這樣才能將藥效發揮到極致。

可事關太子，他也不敢輕易怠慢。加上兩位老太醫又死死盯著他，只要他有點偷懶的意思，立刻表現得就像他要害死太子。

好不容易弄得差不多可以離開了，容郡王突如其來的一嗓子，又讓一切歸零，還得從頭再來。

看著一地的狼藉，莨城知州只有想哭的衝動。

然而蕢城知州被折磨得恨不得一腦袋撞死，可太子臥房裡，宋禹丞和太子之間的氣氛卻十分融洽。蕢城知州的事情讓宋禹丞再次感受到太子的合作誠意，而後兩人關於上京的一些細節商討，讓宋禹丞越發欣賞太子。

「殿下有這種魄力，祈年十分佩服。」宋禹丞臉上的笑意變得真實許多。

然而太子卻只是笑著接受，並不著痕跡地換了話題：「祈年，其實你不用這麼客氣。除去其他，你還是我表弟。」

所以這是在暗示自己要叫他哥哥？但這也算正常，古人講究長幼有序，太子為了禮賢下士，表示親近倒也沒有什麼問題。

如果是普通情況，換一個人做這種舉動，宋禹丞肯定就順水推舟地接下，並且與之達成更進一步的同盟。可不知道為什麼，碰上太子那張俊美漂亮到找不到言語能形容的臉，宋禹丞就又覺得有些彆扭。

甚至感覺，太子哄著他喊表哥，沒准會有別的意思。

宋禹丞想不明白，可情況特殊，他也只能和系統念叨一句：「你說，我應該是想多了吧？太子怎麼看也不像是個不著調的人。」

系統卻回道：「真有這個意思不是最好？省得你還要費心思攻略他。」

「……」這和攻略不攻略沒有關係吧！宋禹丞覺得無力吐槽，但面對太子有些期待的目光，他最後還是彆彆扭扭地喊了一聲「表哥」，接著覺得耳根子發熱，竟然少見地忍不住主動起身告辭。

然而在他背後傳來太子低低沉沉的笑聲，像是印證了他的想法，太子果然是故意的！

「……」宋禹丞頓時危險地眯起了眼。

向來只有他挑逗別人的份，今天竟然被太子逗弄了。宋禹丞的好勝心頓時被挑起，決定下次見到太子後，一定要扳回一城。

可此時屋裡的太子，看著空蕩蕩的房門，臉上卻是滿足的笑意。想到宋禹丞逗弄起別人時一向遊刃有餘，可被別人挑逗後反應卻意外單純，甚至連一聲普通的「表哥」都能讓他彆扭到害羞逃跑。

這種反差真的相當可愛。太子忍不住低聲笑了起來，可隨後就被窗戶那頭傳來的聲響打斷。

他抬頭看去，發現是自家海東青從外面回來，只是表情不管從哪個角度看來都像不高興。毋庸置疑，一定又被宋禹丞家裡那隻有點呆的白色小啾拒絕了。

「過來！」太子招手，示意牠飛過來，接著摸了摸牠的頭當做安慰。

「難過，自從試圖討好老丈人之後，就被媳婦當成搶主人的敵人，每次見面都想打我，完全看不到我的誠意，這日子沒法過了。」海東青一肚子憂傷，對著太子一聲一聲嘮叨個沒完。

太子雖然聽不懂，但也大致能猜出牠想要表達的意思。最後等牠鬱悶地趴下之後，才溫和地開口：「別著急，凡事要有耐心，認定了怎麼可能會讓牠跑掉，不過是徐徐圖之罷了，時間還很長。」

太子這話說得意味深長，像是在安撫海東青，也像是在說自己。

宋禹丞回到自己院子後，立刻傳喚傳令兵，詢問霍銀山那邊的具體情況。

距離那批烏鴉放出去已經有一陣子，算算日子，霍銀山應該不久能抵達上京。

傳令兵回報道：「爺，您別擔心，神算子已經進入七皇子府，不過在門客中並不受重視，七皇子只把他當成取樂的人。」

「這樣就對了，讓他穩住，別露出馬腳。另外，在霍銀山進京之前，咱們的人也該把消息散開，這次太子也會幫忙，但是無論如何一定要讓七皇子娶了霍銀山的閨女。」

「好嘞爺，我們辦事，您放心！」說完，傳令兵轉身離去。

宋禹丞算著日子，還有幾天才能光明正大地摘了王瘸腿的狗頭！

宋禹丞和太子都各自有所行動，然而霍銀山才是最苦不堪言的。

誰能想到，之前在驛站偶遇的那群烏鴉，竟然整整跟了他們一路。

沒錯，就是一路，而且像是根本不需要休息般，幾乎一天十二個時辰都在呱噪叫喚。

走路叫喚、吃飯叫喚、睡覺叫喚，就沒有歇口氣的時候，而且這些烏鴉飛的隊形也格外奇特，總像是在拼一個「瑞」字。

【第三章】

代表太陽來懲罰妳

正常來說，烏鴉雖然記仇又喜好群居，但絕不可能會聚集這麼多，並且還一刻不停地跟著人飛，事出反常必有妖。

霍銀山不是傻子，自然第一反應就是猜測有人故意陷害，可偏偏找不到任何蛛絲馬跡，他們查了一路，竟連一絲端倪都沒發現。

「將軍，現在可怎麼辦？眼看就要進京了，要是烏鴉再跟著咱們，只怕大小姐她們這些秀女的名聲……」烏鴉報喪，一群被烏鴉眷顧的秀女，想也知道送到宮裡後結果會如何，根本是在自尋死路。

霍銀山也愁得不行。

這些烏鴉實在是太邪門了，聰明到簡直嚇人。這一路，不管是下藥還是設陷阱，射箭還是驅趕，試了幾百種方式都不奏效。眼瞅著離上京越來越近，霍銀山都急得起了滿嘴燎泡。

可就在他們到達上京的前一天，那些烏鴉竟然奇跡般地飛走了。

就像是從未出現過一樣，牠們就這麼迅速消失，了無影蹤。

「終於走了！」

霍銀山的士兵們終於露出興奮的笑容，至於那些受盡折磨的秀女更是感動到快要哭了。她們這一路可說是相當狼狽，按照正常的情況，她們應該被照顧得十分妥貼，並且盡可能讓她們保持最佳的精神容色，好參加進京之後的選秀。

然而現在，她們不僅不是一路繁花似錦，反而比逃難還要落魄。

吃不好、睡不好都已經是小事，最大的問題是不能洗澡。這麼多天下來全都窩在車裡，那味道簡直嚇人。這些秀女在家的時候都是大小姐，哪裡遭過這種罪，最開始鬧過也吵過，最後也只能認了。但是有人的地方，就有江湖，她們雖然不能反抗，但是互相之間能做的小動作就太多了。

霍銀山的女兒霍靈就是最被排擠的那一個，甚至這些秀女間還傳聞，這群烏鴉說不定就是衝著霍家父女來的。

然而面對這種情況，霍銀山父女卻做了一個相當愚蠢的決定，他們不僅打壓，並懲罰了其中一位秀女，用來殺雞儆猴。

秀女入京路途遙遠，但凡有體弱的發生意外，死在路上，也並非是什麼特別的事情。因此霍銀山的膽子也大，直接懲罰了一個鬧得最厲害的人。

是涼城守軍裡一位偏將的女兒，那女孩性子也直，沒有什麼多餘的心思，尤其討厭霍靈那副白蓮花的做派，所以，這一天又鬧起來，這女孩當眾罵了霍靈兩句，說霍靈父女不祥，所以才招來這麼多烏鴉。

而霍銀山就因為她這一句話，說這女孩汙衊秀女、擾亂秩序，雖然沒打她，但是剋扣了兩頓飯食。

原本行程就艱苦，再吃不好飯，那偏將的閨女不到三天就病了。霍銀山也夠狠，病了不請大夫，說時間緊張，竟然隨便找了兩張偏方、弄了些不知道是什麼的藥丸，強行給那女孩灌了下去。

這病要說厲害，那真的就是兩三天的事。不過短短一周的工夫，那女孩就徹底沒了氣息，霍銀山竟沒將她的遺體送回家，而是命人把屍體就地草草埋了，便繼續趕路。

這簡直跟暴屍荒野沒有區別，按古人的想法，這女孩死後也將不得安寧。隊伍裡的氣氛頓時變得壓抑起來，秀女們日益沉默。

按照常理，如此不明不白死了一個人，剩下的人肯定鬧翻了，可這些秀女卻都是些文弱的女孩，在家裡接受的教導雖多，但也都是嬌寵慣了的。

再加上霍銀山帶兵，又是專門管理她們這些秀女的。宮裡出來的監管宮人，也和他沆瀣一氣。這些女孩求救無門，原本就沒有反抗能力，再被這麼一嚇唬，更是連反對的聲音都不敢有。

如此一來，這一路就走得更加艱難。等到快要到上京的時候，除了霍靈以外，幾乎所有的秀女都要被逼瘋。

可即便如此，烏鴉走了對於她們而言依舊是一件令人高興的事情。

等到霍銀山確定可以進城，不會再被指指點點之後，這些秀女們更是激動地痛哭。因為淒慘了一路，現在可算是要熬出頭了。

可與此同時，她們心裡對霍銀山的恨意也越發深刻，不少人都在心裡暗自決定，如果能夠被皇帝看中，不管是嫁入宗室，還是進入皇宮，只要有機會，都一定要好好教訓霍靈及霍銀山父女。

畢竟這段時間，她們可是被這父女兩人照顧良多啊！

但是這一次，這些女孩都沒有把恨意表露出來，而是深藏心中。

然而她們這些隱祕的心思，霍銀山卻完全沒有察覺。而更令霍銀山沒有想到的是，這群烏鴉並不是真的離開，而是先他一步進入上京，並且還當著全上京的百姓的面，演出一場「金烏送祥瑞」的好戲。

就在霍銀山帶著秀女們入京的前一天，東邊不過剛泛起魚肚白，就連太陽都沒開始升起，就聽不知道從哪裡傳來的振翅聲，緊接著，天空出現一群黑色的身影，成群結隊地朝著皇宮飛過去。

粗啞難聽的烏鳴，響徹整個上京的主要道路，那些還在沉睡中的上京百姓們，幾乎瞬間被驚醒。

「天吶，太吵了，外面都是什麼情況？」

「烏鴉，好多烏鴉啊！這是老天爺發怒了嗎？上京怎麼會有這麼多烏鴉？」

不少人都披上衣服出去看，甚至有些膽子小的立刻在家裡擺起香案，拜起菩薩，跪求厄運不要降臨在自己頭上。

然而讓人比較安心的是，這些烏鴉並沒有停留的意思，不過是一晃而過。接著，就奔著皇宮去了，而且還頗有幾分打算住在皇宮裡的意思。

皇帝此時正在鶯妃那裡睡著。就看那群烏鴉井然有序地全都落在院子裡，接著運了運氣，「哇啦」

一嗓子，集體吼了出來。

如果宋禹丞在的話，肯定要被這些烏鴉們笑死，因為這幫小混蛋們的嘴也太損了點。

「屋裡那個一枝梨花壓海棠的老皇帝！您那些醜絕人寰的秀女已經送到，快點出來迎接啊！」

「特別特別醜的秀女來了，但是別的地方送來的秀女更難看喔！」

這幫烏鴉嗓門賊大，再加上這些日子也很辛苦。都知道這是最後一站，戰完了就可以回家放假，所以都特別賣力，甚至那些沒有什麼話說的，還乾脆說起了這一路的經歷，就連在霍銀山腦袋頂上拉了多少屎都說了一遍。

然而像這種故意噁心鳥的，自然也不會有什麼好待遇，很快就被周圍的其他小夥伴們聯手胖揍了一頓。

可即便如此，這也都是些無傷大雅的小問題，不過短短幾分鐘，這些烏鴉堪稱能把人逼瘋的噪音吵鬧，就很快引起屋裡的皇帝和鶯妃的注意。

「外面什麼情況？」皇帝起身問了一句。

「回陛下，是……是有些鳥兒落在鶯妃娘娘的院子裡。」侍女回答得戰戰兢兢，哪裡敢說是烏鴉？生怕說完，自己就丟了腦袋。

然而皇帝多半是因為沒有睡醒，一時間沒有發現，反而邊讓人伺候他穿衣，邊和鶯妃開了句玩笑：「妳這封號倒是取得巧了，還真的是個小黃鶯，就連這院子裡一大清早都招了鳥來。」

然而這話不過剛落，就立刻被打臉。

的確是招來鳥群，可惜這些鳥都是烏鴉。足足有幾百隻，一起在院子裡「哇啦」大叫，場景詭異而可笑，既讓人覺得吵鬧得想要撞牆，又充滿一種說不出的微妙，讓人下意識不寒而慄。

可這不過是個開始，接下來的一幕才是最令人震驚的。這些烏鴉，原本吵鬧得不行，可在見到皇帝之後居然瞬間全都飛起來。

不僅飛起來，牠們一邊飛還一邊排成一個字，乍一看，有點認不出來，可離遠了看，卻是一個「瑞」字。

「這、這是什麼情況？」不僅是鶯妃和院子裡的宮人，就連皇帝自己都愣住了。

鶯妃趕緊帶人跪下，叩頭恭喜道：「恭喜陛下，金烏送瑞，國之大安啊！」

「恭喜陛下！賀喜陛下！」

「金烏送瑞，國之大安！」

「好好好！」皇帝也很快反應過來，笑著拍了拍手。鶯妃這兩句話逗得他心裡舒坦，可下一瞬他就收斂表情，順手賞了這些宮人，接著行色匆匆地離開。

雖然鶯妃這話說得漂亮，可到底這「瑞」是烏鴉送來的，皇帝的心裡總是不舒坦。

鶯妃的反應也相當迅速，幾乎皇帝前腳一走，鶯妃的心腹後腳就想法子把話帶到司天監。

因此，當皇帝找到司天監的時候，所有司天監官員皆異口同聲表示，此乃吉兆。皇帝終於放下心，之後那些烏鴉也沒再出現，所以這個小插曲很快就過去了。

可不知道是不是那天烏鴉飛向皇宮的動靜太大。到了第二天，幾乎整個上京的人都聽說「金烏送瑞」這個典故，就連天橋下那些說書講古的都換了新段子，不約而同講起這件事來。

湊巧的是，不久之後有新的秀女入京，這話傳著傳著就變成新入京的秀女裡有仙女轉世，否則又怎麼會有這麼多金烏過來送喜報福？

至於霍銀山一行人，就在這樣的氛圍下入了京，在聽到這個傳聞以後，更是欣喜若狂。

「將軍，那群烏鴉還真有點用！現在全上京的人都在說，那金烏送瑞是在暗示新晉秀女。」

「你的意思是？」心腹的這個回稟給霍銀山一種提示。他突然想起來，霍靈是改過名字的，原本的閨名中有一個「瑞」字，後來因為覺得這瑞字太大，怕壓不住，所以最後才改成「靈」，如此一看，還這能跟這些烏鴉合上。並且這事兒也是邪門，這屆即將入宮的秀女裡，除了霍靈以外就再也沒有任何一名秀女是閨名帶瑞字的。

果然是天助我也！霍銀山心生一計，生怕耽誤時間，趕緊吩咐下去，叫人請兩位有經驗的老嬤嬤來為霍靈調養。還有小半個月就要參選了，他要霍靈用最漂亮的模樣，在一眾秀女裡拔得頭籌。

就在霍銀山一心送閨女平步青雲，做著當國丈的美夢，可他萬萬沒有想到，此時此刻他的後院卻亂了起來。

霍銀山做夢都想不到，之前喻祈年派了兩位喻家軍的士兵一路尾隨他，當霍銀山前腳一離開，他們後腳就立刻把他隨便埋的那位涼城偏將的閨女棺木挖出來。

就在霍銀山入京的那天，兩位喻家軍的士兵也帶著棺木趕到涼城守軍的軍營門口。

前些日子，宋禹丞剛帶人來大鬧一場，借走全部的軍糧，此時涼城守軍只要看見喻家軍的軍服就立刻氣紅了眼。

因此看到只來了兩名喻家軍時，恨不得一股腦地衝上去，把這兩人圍住先狠狠地揍一頓再說。

可不過剛剛湊近，就敏感地發覺事情有些不對勁。

這兩名喻家軍的大兵沒有半分往日裡不要臉的流氓模樣，反而風塵僕僕一身疲憊，就連眼神也十分複雜，充滿沉痛和惋惜。

「李偏將這會兒在營裡嗎？」其中一位累得嗓子都啞了，但還是小心翼翼地詢問了一句。

「你要幹麼？」涼城守軍都格外謹慎，生怕又是個圈套。

可當那喻家軍的大兵將馬車的簾子掀開後，裡面的棺木卻讓所有人都大驚失色。

「這是誰？不可能！偏將的閨女怎麼會死在這裡？」

棺木裡躺著的姑娘，幾乎整個涼城守軍都認識，甚至有不少人是一起長大，或者看著這姑娘長大的。畢竟是武將家的閨女，沒有文官家養得那麼多教條，這女孩從小就在軍營裡長大，和這幫大兵也算是青梅竹馬了。

這次選秀臨走前，涼城守軍還特意給女孩辦了酒宴送行，不少人都說：「丫頭別怕！沒選上也沒關係，回來哥哥養著妳。」

而那姑娘也爽利，滿口答應著說：「沒問題！可我要是選上了，就一定要在皇上面前好好說說咱們涼城守軍的辛苦，要讓全大安都知道咱們涼城是個多好的地方！」

然而現在，舊音仍在，女孩卻再也不能像以前那樣，甜蜜蜜地叫他們一聲哥哥。

「妹子啊！妳這是咋了啊！」有扛不住的直接哭了出來，可更多的是氣憤，恨不得將始作俑者碎屍萬段。

「是誰幹的！老子弄死他，給我妹子償命！」

「才十六啊！走的時候還好好的，怎麼現在就……」哭著哭著，就有人把目光落在那兩個喻家軍身上，赤紅著眼質問：「是不是你！是不是你們害死我妹子！」

面對這樣的場景，這兩個士兵也同樣感到不忍，只能搖搖頭，就別過頭不願意再看，心裡忍不住把霍銀山罵個透。

等那位姓李的偏將出來，看到屍體後更是腳下一軟，險些坐在地上。

這兩位喻家軍的士兵見狀，連忙上前一步，沉痛地說道：「您節哀。」

「節哀，我閨女都沒了，我他媽節的哪門子的哀？」李偏將陡然聽聞噩耗，幾乎快要瘋了。

把兩名士兵推開，撲到棺木旁邊仔細看起閨女。平時穩重如山的中年漢子，就這麼嗚嗚咽咽地痛哭失聲，旁邊諸人也全都紅了眼圈。

死得太慘了啊！分明是去求前程，可現在卻丟了性命，早知如此，何必要讓她進京？

「是誰？是誰害死我閨女？」那偏將狠狠摸了一把臉，眼裡的恨意顯露無遺。

「霍銀山。」

「不可能！霍將軍是秀女護衛，怎麼可能傷害秀女。」那偏將不信。

兩個士兵對視了一眼，最後嘆了口氣，給出建議：「您要是不相信，可以找營裡的軍醫驗屍。」

「就找軍醫驗屍，如果不是……別怪我不客氣！」愛女離世，這偏將心裡像是火燒了一樣，急於找到兇手手刃。因此，即便他不相信霍銀山有這樣的膽子，但還是找了軍醫確認。

可當結果出來，不光是他，就連軍醫也同樣震驚極了。

「婉兒、婉兒是被折磨死的啊！」軍醫不僅看出婉兒生前受過虐待，沒吃飽飯，還看出她重病卻沒有得到醫治，是活生生被病拖死的，遭盡了罪，死了才徹底解脫。

那偏將聽完，心裡像是被刀絞過般疼痛，他呆滯地站在原地，根本動彈不得，哪怕呼吸都能讓心上的傷口變得鮮血淋漓。

「您節哀，千萬保重身體，另外這我家爺給您的。對不起。」見到這個場景，兩個喻家兵也眼圈泛紅，按照郡王爺之前的吩咐，他們把郡王的腰牌遞給偏將，然後就退出營帳，把空間留給這個痛失愛女的父親。

這兩個人家裡也有親妹子，他們也感同身受地十分難過，甚至相當後悔。後悔為了謹慎，距離太遠，來不及發現秀女那頭的變故，等發現女孩出事後已經回天乏術了。

「是我們兄弟對不住，跟了一路都沒發現姑娘出了事。」這兩人越想越覺得窩囊。

「別這麼說。」之前驗屍的軍醫拍了拍他的肩膀，也是一臉哀淒。

涼城守軍的將領隨後趕來，臉色難看到無法形容，在聽聞事情始末後，他對兩名喻家軍躬身一禮。

「替我謝過你們容郡王，就說，這恩情涼城守軍記下了。」

「將軍客氣，我們爺說了，您要是不嫌棄，我們哥倆願意一起上京當證人。都是大安的兵，就是親兄弟！咱們妹子不能白丟了命。」

「好、好，大恩大德，沒齒難忘。」不僅將領，連裡面的偏將聽到後，也出來鄭重道謝。

他們都明白，這事兒和容郡王沒關係，喻家軍的人能來報信，並把屍體送回來就已經仁至義盡。畢竟霍銀山勢力龐大，喻祈年一個郡王守著容城一城窮苦，都要靠撒潑來要軍糧，更何況是這兩名士兵了，這官司一旦失敗，只怕連命也要搭進去。

可現在，容郡王的出手相助等於雪中送炭，越發顯得難能可貴。畢竟涼城知州和霍銀山狼狽為奸，一丘之貉，就算他們想進京告御狀也拿不到進京的路引，可有了容郡王的腰牌就完全不同了。他們只要說自己是幫容郡王傳話，甚至可以直接把話遞到皇宮裡。若只靠他們就不行了，霍銀山在尨城這一帶是土皇帝，等到了上京亦能一手遮天！

這麼想著，涼城守軍的將領和偏將對視一眼，心裡皆有了算計。

宋禹丞在聽聞這個消息後，臉色也沉了下來。

「爺，霍銀山太不是人了！好好的姑娘竟然也敢……」傳令兵也氣得要命。

宋禹丞很快吩咐下去：「那就讓他償命。讓咱們在上京裡的人都注意了，手腳都更俐落些。還有，這事多半也要和太子說一聲。」

「那我這就去拜見太子？」

「不，我親自去。」放下手裡的杯子，宋禹丞立刻動身去太子的院子。這霍銀山傷天害理自尋死路，在宋禹丞眼裡，這種人多活一天都是浪費糧食。

此時的太子也剛收到霍銀山惡意害死秀女的消息，見宋禹丞進來也乾脆和他交了個底。

「事情我已經知道了，我剛讓人吩咐吏部，只要李偏將進京，不論什麼時辰，都立刻送他進宮。」

「多謝。」宋禹丞沒有開口解釋，就得到想要的答案，然而他心裡卻並沒有太多的暢快，反而感覺壓抑至極。

太子看出他的低落，立刻就明白原委。宋禹丞這個人，好像什麼都不在乎，可心地是最軟的。那女孩子雖然是因為霍銀山而死，可宋禹丞卻依然會自責，認為自己如果能策劃得更仔細一些，是不是就不會發生這樣無謂的傷亡？

可太子明白，這些並不是宋禹丞的錯，即便沒有他的計畫，霍銀山也不會讓那個叫婉兒的女孩順利進京，原因無他，只因那女孩長得太美，完全豔壓霍靈。

「祈年，不是所有的事，都會這麼完美。你已經做得很好，無需自責。」太子走到宋禹丞身邊，猶豫了半晌，還是伸手把他抱住。

宋禹丞的身高比太子矮一些，這麼抱著，竟像是抱住了全世界。

太子衣袖上的藥香格外讓人覺得寧靜，一時間，宋禹丞甚至有種錯覺，好像連周圍的風都變得安靜下來。

「多謝。」知道太子是在安慰他，宋禹丞沉默半晌，又一次道謝。只是這次，或許是太子的支持太過溫暖，也或許是經歷過三個世界，他真的太累，宋禹丞竟然沒有把太子推開，而是就這麼由著太子抱著自己。

就連往日看到這種情景，肯定要立刻蹦躂起來、普天同慶的系統，都意外保持了沉默。

因為它也感覺到了，從上個世界開始，宋禹丞的情緒就有點不對勁，他受到原身殘留思緒的影響，似乎有點太深了。

這並非不好，反而能讓他更容易融入原身角色，可時間長了，卻容易讓他迷失自我。

但是很明顯，宋禹丞現在還沒有意識到這個問題，不過好在有太子的開導，短暫的緩和以後，宋禹丞也成功找回冷靜。

太子見狀，忍不住開口逗了他一句：「都是親兄弟，不說謝謝也無妨。」

這便是在暗示之前宋禹丞的兩次道謝。可偏偏太子說話的時候，和宋禹丞之間的距離很近，而這句兄弟就莫名帶上了些曖昧的味道。

與其說是客氣，不如說是挑逗。

「不用道謝的話，表哥想聽什麼呢？」又來了！想到上次這個人故意逗弄自己，宋禹丞壓抑許久的本性也乾脆不再掩飾。

他順勢轉身，推了太子一把，把他推倒在床上，接著自己也壓了過去。

「表哥三番兩次的暗示，新年是不是可以理解，這是邀請？」之前被太子一句表哥就逗得臉紅彆扭，可真放開了之後，宋禹丞這句表哥卻叫得順口急了。

甚至於在這樣的場景下，那混雜了笑意的清越嗓音，越發像是一根虎尾草，逗得人心尖發癢。

太子的心跳瞬間變快，就連耳朵也染上豔色，只有臉上表情還保持鎮定，彷彿並不受到影響。只可惜，這樣的偽裝，在宋禹丞面前根本不堪一擊。

笑著把兩人之間的距離拉得更近，宋禹丞吐出的每一個字，都是恰到好處的撩人：「心跳得好快，表哥，有沒有人，說你長得很漂亮……」

「不要胡鬧。」

「怎麼是我胡鬧？」見太子被動，宋禹丞眼裡的戲謔越發明顯，乾脆貼著他的耳朵，又換了一個更加親密的稱呼：「哥……」

太子身體下意識一顫，眼看著就要把宋禹丞推出去。宋禹丞見狀，終於忍不住笑出聲來，翻身坐到床的另外一邊。

「好歹是太子，難不成連個侍妾都沒有過嗎？」

「沒有。」對於宋禹丞的問題，即便再隱私太子也不會拒絕回答。然而說完之後，卻換來宋禹丞越發恣意的調笑。乾脆偏過頭，不想搭理這個逗起人來就沒完沒了，卻又不能親、不能碰的小混蛋。

所以說，這便宜表哥純情成這樣還挺招人的，見太子如此，宋禹丞唇角的弧度就更加收斂不住，最後他捏了捏太子的頭髮，翻身躺在他身邊，輕聲說了一句：「表哥可別記仇，你知道我嘴上沒譜，總是喜歡瞎胡鬧。」

「嗯。」太子沒有回頭看他，但還是應了一聲，表示自己並不在意。

屋內的氣氛就恢復了輕鬆，宋禹丞又換了個話題，和太子有一句、沒一句地聊了起來。可到底這段日子折騰得太多太累，宋禹丞說著說著就睡著了。

太子看他睡著，也不叫他，反而輕手輕腳地把床邊的紗被展開，給宋禹丞蓋在身上。

侍從進來的時候，正巧撞見這一幕。太子知道他有事要回，連忙指了指門外，示意他出去說，別吵到宋禹丞。

侍從會意，和太子一起出去。

「怎麼了？」即便在屋外，太子的聲音也壓得很低。

「主子，小主子的法子成了。咱們的人回報，說皇帝已經有意把霍銀山的閨女霍靈嫁給七皇子為側妃。」自從上次探了太子的底後，太子這幾位心腹，就給容郡王改了稱呼，不再叫他郡王爺，而是改口叫了小主子。

太子對於稱呼的改變也算默認了，沒有過多糾結，而是追問細節：「京裡的人都怎麼說？」

「還能怎麼說？不少大臣覺得不合適，上書諫言說霍氏女既然命格主貴，主子您尚且內院空虛，應該以您為主。結果全都被皇帝打回去了，還說您平日辛苦，內院一定要是位賢內助，真是虛偽。」侍從語氣憤懣，為太子十分不值。整個上京，誰不知道太子爺是個真正為國為民的皇子，只有眼睛被寵妃女色迷住的皇帝才是真正瞎了眼。

然而太子沒有半點生氣的意思，反而十分高興。他和皇帝之間原本就沒有什麼感情，而且，依照他和宋禹丞的計策，這皇帝越偏心，未來的可操作性才越大。因此，他恨不得全天下都知道他這個太子日子過得舉步維艱。至於霍靈那種女人，不沾邊才是最好的。

更何況，現在可是皇帝自己親口說「命理做不得數」，那以後也就沒有辦法反悔。霍靈指給了七皇子，他就必須迎霍靈進府。

不過即便如此，他還是得再做些準備，以免中途出了問題。

自家小孩的性子他是最清楚的，本來就對自己心懷防備，如果再合作不利，只怕立刻就會翻臉不認人。

可心裡這麼想著，太子的眼裡卻滿是寵溺，因為他明白，這一次宋禹丞是絕對不可能再跑掉了。

「過來，和司天監裡咱們的人說一聲，讓他們說帝星再起，太子留京，怕是對皇帝不利，暫避邊城，方得善終。」

暫避邊城，方得善終？這就跟流放有什麼區別？

那侍從聽完，臉色一變，「主子您這是何苦？咱們以後就真的不再回上京了嗎？」

「只是暫時，早晚還得回去。而且現在最重要的是給皇帝一個分封地的由頭。七皇子娶天命之女，太子純孝，為保父子平安，遠走邊城。這不是正好的理由嗎？」

「是，屬下明白了。」侍從只是氣不過，但跟著太子的自然都是聰明人，一下子就明白太子話裡藏著的深意，趕緊按著吩咐辦事。

然而等太子全都交代完了，一回頭卻看見本來應該睡著的宋禹丞竟然眼神複雜地站在門邊看著他。

「怎麼了？」並不在意他方才聽到了多少，太子反而更關心他的心情。

然而宋禹丞卻嘆了口氣，拍了拍他的肩膀，「好好的太子爺，怎麼也苦得跟小白菜一樣？以後我罩著你。」

這話聽著像是嘆息，可實際上卻表示承認他了。太子順從的點點頭，低沉的笑聲格外溫柔，對宋禹丞說道：「那以後就一切拜託祈年照顧了。」

太子和宋禹丞的關係漸入佳境，連遠在京城的霍銀山父女也開心做著飛上枝頭變鳳凰的美夢，唯獨宮裡的鶯妃正為此事大發雷霆。

「皇帝是瘋了嗎？什麼金烏送瑞，那都是哄人的話，烏鴉就是烏鴉，烏鴉送來的女人能有什麼好的？竟然許配給小七當側妃。」

「娘娘別生氣，一個破落戶家的麻雀罷了。您不喜歡，回頭知會殿下一聲，讓他養在府裡當個擺設也就罷了。更何況，凡事有兩面，您想啊，現在都傳言霍靈是天命之女，皇上把霍靈許配給咱們殿下，不就是有意讓殿下繼承大統嗎？這是好事。」

「說是這麼說，可我還是覺得……」鶯妃嘆了口氣，依然心裡不踏實。不管外面把霍靈吹捧成什麼樣，那天滿院子的烏鴉始終是她心中一塊移不走的大石。

鶯妃有種莫名的預感，總覺得那些烏鴉來者不善，可查遍每個細節都沒顯示有異狀。所以，真的是天命嗎？鶯妃嘆口氣，愁眉不展。

然而七皇子府裡，七皇子卻是一派春風得意，皇帝如此厚愛，甚至把天命之女指婚給他。

「呵呵，老三仗著外家好，占了太子的位分，可沒有父皇的寵愛，依舊沒有什麼用處。最終能登基為王的還不是要看那一紙詔書？」

「殿下說得有理。」不少門客都笑著恭喜，唯獨一人大相徑庭，他非但沒有祝賀的意思，反而面沉如水，一副欲言又止的模樣。

「黃先生似乎有話要說？」七皇子看見，忍不住多問了一句。

「是的，但懇請殿下不要怪罪，否則小人不敢多言。」

「你說。」

「小人以為，這樁親事結不得，必遭大災……」

「大膽！」黃先生話還沒說完就被其他人打斷，就連七皇子的臉色也十分難看。

這個黃先生，是半個月前上門自薦的，自稱是正統道教傳人，師從茅山，擅丹道命理。

七皇子原本不想收留他，可想到皇帝尚且建立司天監，自己身邊倒也應該有位擅長這些的人，更何況，日常聽他講講那些仙人話本也著實有趣。原本不過是當個逗趣的閒人養著，可現在這個人卻得寸進尺，說什麼必遭大災，只怕是看不得自己好！

七皇子一時怒上心頭，連話都懶得說就讓人將黃先生攆出皇子府。

可即便如此，黃先生留下的最後一句話，卻依然讓他心裡泛起不小的疙瘩。

「金烏暗指皇家，霍氏女指禍，報喪之鳥送來的不是天命，而是人命。」

如果真是這樣……不，絕對不可能！七皇子立刻否認了這個猜測，並且認為黃先生是在胡說八道！霍靈可是有金烏送瑞的稱號，怎麼可能和人命扯上關係？

一定是那臭道士故意嘩眾取寵，他絕對不會上當。

三天後正是秀女大選的日子。

這一天皇帝帶著後宮嬪妃及眾皇子坐在主位，共同主持選秀大典。

大安選秀一向按照地區排序，彪城湊巧排在最後。

這些秀女都是容色最好的年華，一個個走上來，每一張都是難得一見的美人，舉止學識也十分不俗。可再好看的美人，看多了也會審美疲乏。

就在這時，彪城四城的秀女到了。彪城四城隸屬邊境，習慣風俗皆與上京不同，一走出來便給人耳目一新的感覺。

為首的霍靈更是容色傾城，彷彿像是剛摘下的玫瑰，帶著刺，卻格外嬌豔欲滴。

「好！好一個天命之女！」霍靈的出色讓眾人不由自主讚嘆出聲，縱然是閱美無數的皇帝也忍不住連連點頭。至於七皇子更是高興得不能自已，離著老遠，眼睛就像長在霍靈身上一樣離不開。

可偏也巧了，霍靈像是感受到七皇子炙熱的目光，半低著頭，臉紅了一片，顯得格外可憐可愛。

「這便是看上了。」皇帝喜聞樂見，還抽空和身邊的鶯妃調侃了一句。

「嗯，您說的是。」鶯妃勉強應和，可心裡的不安越發深重。

然而變故也就在這瞬間陡然降臨。

就在皇帝把將霍靈指給七皇子做側妃的旨意頒布下去的那一刻，就聽到天空傳來不小的振翅聲，接著熟悉的「哇啦」噪音隨之到來。

之前「金烏送瑞」的場景只有少數人看到，這次卻幾乎是整個上京的百姓都看到這個所謂的祥瑞情景。

「我的天！竟然真的是個瑞字！這些烏鴉都神了啊！」
「老天爺，這一定是神跡！快，孩子他爸！抱著孩子出來一起拜拜金烏大神。」
「保佑風調雨順，莊稼茁壯，全家健康。」
這一刻，整個上京的百姓都從屋子裡出來，看那些神奇烏鴉。他們受到之前那些說書和話本的影響，幾乎所有人都把這幫烏鴉當成送祥瑞的金烏。
而此時剛剛進入京城的李偏將和兩名喻家軍，則是忍不住冷笑連連。
「霍銀山父女已經喪盡天良到連老天爺都看不下去的地步。」
「善惡終有報，湛湛青天不可欺。您放心，我們爺都安排好了，您隨我來。」兩名喻家軍一邊說著，一邊帶李偏將往吏部走去，尋找臨行前郡王爺說的那位接頭人。
不過，即便他們兩人表現得十分淡定，心裡實則有些打鼓，因為他們也是第一次和吏部打交道，但郡王爺之前說了沒問題，那就一定是萬無一失，畢竟他們家郡王爺安排事情一向穩妥。這麼想著，兩人越發鎮定。
果不其然，宋禹丞雖然人不在上京，但是上京裡的事情都安排得恰到好處。他們不過剛見到接頭人，就發現所有流程都已確認好，他們只要安心按照計畫行事就好。
「霍銀山這次完了，婉兒的冤屈一定能夠洗清。」其中一位喻家軍安撫地拍了拍李偏將的肩膀，然後就跟著接引的人往皇宮去了。
此時，皇宮裡已經亂成一鍋粥。
宋禹丞弄來的這群烏鴉，簡直就是奇葩中的奇葩，光是用「戲多」都無法形容牠們，簡直烏來瘋到了沒朋友的狀態。
「嘿，上京的兄弟們，我們回來啦！」

「皇帝那個老不修，竟然又選小閨女當嬪妃，真的太可怕了！」

「哎呀，霍銀山和霍靈這兩個老熟人也在，多日不見，真的怪想你們噠。」

原本好好的一場秀女選秀，立刻被牠們給折騰砸了，喧嘩程度比之前任何一次都更厲害，至於成片成片的「哇啦」聲，連皇宮最偏僻的冷宮都清晰可聞。

為什麼這些烏鴉還在！霍銀山父女心裡同時生起巨大的擔憂，緊接著，就像回應他們的擔憂般，這些烏鴉竟然全朝著霍靈一股腦兒地飛去。

簡直是邪門，大殿中分明站了這麼多秀女，可這些烏鴉就只盯著她一個，尖銳的鳥嘴更是一刻不停朝著她的頭和臉不停落下，「哇啦」的粗啞叫聲也變得更加難聽。

「害人精！殺人犯！快伏法！」

「什麼金烏送瑞，我們是烏鴉報喪。」

「討厭的女人，連姊妹都害，我們代表太陽懲罰妳！」

「走開！走開！不！放開我！我的頭髮！我的臉！」霍靈的頭上與手上一刻不停地傳來痛楚，被這麼多烏鴉近距離攻擊，這一路上那種被烏鴉統治的恐懼又再一次籠罩她。

難道，還真的像那些人說的，這些烏鴉是衝著自己來的？隨著這些震耳欲聾的噪音不斷衝擊，霍靈感覺自己快要瘋了。

而霍銀山卻比霍靈還要崩潰，因為從他的角度能清晰看到皇上難看至極的臉色。

畢竟選秀女充實後宮原本是一樁美事，現在在這些烏鴉的攪和下，卻徹底變成一齣鬧劇，不論哪位皇帝都要大發雷霆。

而更打臉的是之前眾人皆傳霍靈是金烏送瑞送來的真命天女，可依照烏鴉們現在的表現來看，什麼天女，分明是個霉女！連烏鴉都不願意放過的女人，只要這麼一想就覺得格外可怕。

這下事情變得蹊蹺起來，鶯妃的臉色難看到了極點。至於七皇子，也從美人的誘惑裡清醒過來，驚詫地看著眼前被烏鴉纏身的霍靈，突然想到之前府裡那位黃先生的話。

『烏鴉報喪，送的不是天命，而是人命。』

所以說，霍銀山父女不會真的有問題吧？七皇子終於後知後覺想到這種可能。

緊接著，那些來自彪城四城的秀女們突然全都跪下了。

「陛下、陛下，臣女有冤啊！這來京一路上，霍銀山父女折磨待選秀女，還導致其中一人死亡，請陛下為我們做主啊！」這些秀女早就對霍銀山父女恨之入骨，如今逮住機會自然不可能放過，當即全都跪下喊起冤來。

「什麼？」原本突然這群烏鴉已讓他目瞪口呆，現在這些秀女們的話，更讓他震驚到了極點。

「皇上明鑑，卑職不過小小將領，怎敢如此？這些秀女嫉妒小女美貌，一路多有欺壓，現在更看見小女得七皇子喜愛，所以故意陷害。請陛下明察。」霍銀山意識到事情不妙，趕緊跪下求饒。可他這話才剛落下，那些原本繞著霍靈的烏鴉就全都改變方向，朝著霍銀山去了。

就像生怕不能把霍銀山父女定罪般，此時一位宮人急忙從大殿外跑進來，跪下後說的第一句話就是：「陛下不好了！涼城守軍偏將李猛，狀告霍銀山害死秀女李婉兒。」

這次徹底完了！霍銀山冷汗瞬間滑落。至於那些烏鴉也像功成身退般，在宮人進殿後，也隨之飛了起來，不過這次烏鴉們飛走時，卻不再呈現之前的「瑞」字，而是觸目驚心的一個「冤」字！

一筆一劃，清清楚楚，只這麼看著，就能感受到藏匿其中的血淋淋的冤情。

皇帝頓時倒抽一口冷氣，鶯妃和七皇子更有一種大勢已去的絕望感。

如果這些秀女和門外那位偏將說的都是真的，那麼剛剛被皇帝把霍靈指為側妃的七皇子，就會成為整個上京，不，應該說是整個大安的笑話。

可證據確鑿，即便七皇子和鶯妃如何期待，在李偏將的哭訴下，霍銀山父女很快進了天牢。至於之前「金烏送瑞」的傳聞，也隨著霍銀山的問斬，而變成「烏鳥喊冤」。

與此同時，遠在邊境的萁城。

宋禹丞在得到上京傳來的確切消息後，立即把手伸向萁城知州。

他帶著喻家軍的兄弟們，在萁城鬧了小半個月，可並非表面看來的那麼悠哉，實則私下收集了許多萁城知州貪贓枉法的罪名。至於涼城和襄城的兩位知州，也同樣沒有逃過制裁和審判。

這樣突如其來的暴風雨，直接把彪、涼、襄、萁四城驚得翻天覆地。而宋禹丞極其囂張的作風，讓四城其餘的官員全都像是嚇縮了脖子的鵪鶉，恨不得藏進角落裡，好讓宋禹丞別發現他們的存在。

上京那頭，皇帝卻忍不住皺起眉頭。

喻祈年的摺子遠比皇帝問斬霍銀山的速度要快。

看著喻祈年那張狗屁不通的奏摺上，一口一個狗官當斬，一口一個送兩個省心的過去，皇帝立刻頭疼到不行。

最後還是一位宮人提議，不然給郡王爺找個活幹。

「能派什麼活？」皇帝好奇，就喻祈年那樣的，要是有仗可打肯定衝第一，但派其他事情根本管不住他。

然而宮人的建議卻還是讓皇帝正色起來，並且重賞了他。

這人說的是容城的稅收。容郡王之前三番兩次向皇上要錢要兵，現在都成了，可不就應該主動交稅了。這麼想著，皇帝的心裡頓時舒坦許多。

然而皇帝不知道的是，此時在容城的宋禹丞也同樣想到新的計畫。

宋禹丞打算掙錢。練兵是最花錢的事，眼下雖然鬥倒霍銀山，要回容城的兵餉，但這些不過都是杯水車薪，最好的辦法還是讓容城能夠富強起來。

然而看著容城的地圖，不管是喻家軍的老兵，還是容城守軍的骨幹人物，都不約而同露出迷茫的神色。因為在他們的認知裡，容城除了人，剩下就只有海水了。

然而宋禹丞卻搖搖頭，指了指地圖上代表大海的位置，低聲補了一句：「還有魚。」

海裡當然有魚，但是魚獲在大安卻值不了幾個錢，即便產魚也無法成為商品兜售，哪怕曬成魚乾也掙不到什麼錢。

可宋禹丞依舊搖搖頭，否認他們的猜想。

「我說的不是賣魚，而是其他用處。」

這些人依舊不明白，可就在這時突然有人來報，一句話就讓正在商議的眾人皆變了臉色。

報信的說：「爺，上京那邊來人了。說容城既然是您的封地，按律應當交稅，戶部核算之後，說每年至少交三十萬兩。」

三十萬兩？恐怕把整個容城賣了都掙不了這麼多錢，除非天下紅雨，否則容城這種窮得都快要賣褲子的地方，怎麼可能湊足三十萬兩！

而且，眼下距離第一次交稅，只剩不到一個月了！

【第四章】

籌措稅收大作戰

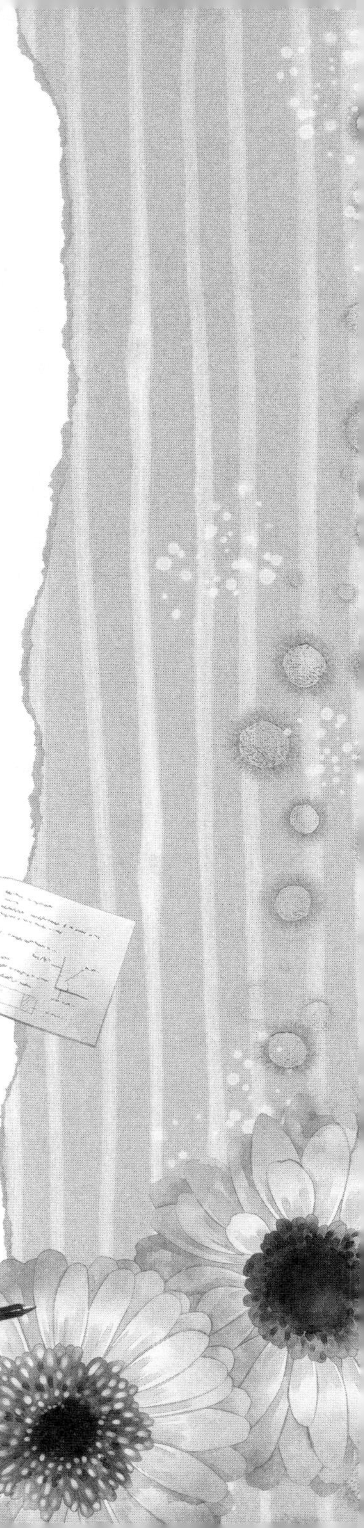

議事廳裡的人全都愣住了，包括宋禹丞的臉上也浮出一絲冷笑。

「這三十萬兩的稅收，是我那皇帝舅舅親口說的？」

「是，皇帝親口下的旨意，要戶部核算容城稅收。但是爺您知道，戶部負責核算的人是吳小公爺的親叔叔，最後這筆數目算出來的時候，皇帝也沒有反駁，就這麼讓人發下來，不知道是沒有看，還是故意試探。」

「是什麼都不重要，重要的是咱們要怎麼應付過去。」宋禹丞皺眉，突然想到另外一件事，「不過吳家那種破落戶，怎麼在朝裡還有人？」宋禹丞是真的意外，本來他都快忘記吳文山這號人了。

真有點意思，自己不去找他的毛病，吳文山倒是上趕著撞槍口，把他關在府裡，被盯得這麼死，居然還能搞出這麼多事情，看來他還不夠忙啊！

「估計是爺您離開他時間久了，吳文山生怕不能玩死自己。」看出郡王爺的心思，傳令兵也跟著冷笑，覺得吳文山真是不知好歹。

可關於吳文山的討論不過是幾句話的事情。很快，宋禹丞就有了對付吳文山的新法子，他的眼神依舊落在地圖上，同時給傳令兵下了命令：「去給上京那頭帶話，就說爺我要打仗了，身為郡王妃自然要為我祈福。」

這是要正大光明地囚禁吳文山了？傳令兵立刻心領神會，配合地詢問：「您的意思，是在家裡建座佛堂？」

「在家裡，豈不是便宜了他。」宋禹丞的臉上滿是壞笑，吩咐道：「去和太子爺求個恩典，想法子送他去宗廟。」

宗廟是皇室用來供奉佛祖的地方，同時也是變相關押犯錯宗親的監牢。別說吳文山想要搞事情，就算他長了翅膀也注定插翅難飛。

「噗，這個得爺您親自去說。」這是個好法子，可提到太子，傳令兵頓時就笑出來了。

「嗯？什麼意思？」宋禹丞沒明白，不過是傳一句話的事情，為什麼還要自己親自去說？

傳令兵和其他幾個人對視一眼，忍不住調侃道：「這不是爺您的家事嗎？」

這便是在暗示宋禹丞和太子的關係。

「滾！」宋禹丞一腳把他踹開，也有點哭笑不得。

倒也不怪他們八卦，因為太子的示好實在太明顯了。尤其經歷過霍銀山的事情後，喻家軍和太子的聯繫就更緊密，甭說太子對容郡王的縱容，就連太子的暗衛現在都聽從郡王爺的指揮。

至於那隻雄性海東青，更是恨不得住在容郡王的屋子裡，一天十二個時辰，有十一個都是待在他這裡。

因此，好多人都在調侃，絕色太子爺是看上小郡王了。可偏偏太子那頭也沒有制止流言的意思，反而往郡王府跑得更勤，這下兩人關係算是坐實，想要澄清都困難。

不過宋禹丞那隻有點呆的白色小啾，總算不再嫌棄那隻雄性海東青了，可卻並非是戀愛，而是乾脆把牠當成依附自己的小弟。

因此，太子的那隻海東青今天依舊十分鬱悶。

結束了議事廳裡的會議，宋禹丞回自己的臥房換身衣服。結果一進門，就看到雄性海東青蔫蔫地趴在桌上，儼然又在自家的白色小啾那裡受到暴擊。

「哼，蠢鳥的世界就是這麼無聊。」正臥在床上的黑毛奶貓見宋禹丞進來，老氣橫秋地吐槽雄性海東青一句，覺得牠簡直笨死了！連一隻呆到不行的小啾，都不知道如何降服。

奈何這話口氣說得很大，可奶貓的模樣根本無法使人信服。由於慣會撒嬌，這奶貓最近被宋禹丞寵得不像樣，然而本來就腿短，一番精心照料後胖了一圈，越發像顆球。

因此，那隻雄性海東青也沒有謙讓的意思，直接一句話就把黑毛奶貓給打擊得不行，「別總蠢鳥蠢鳥的，你這小矮子還是先長長個子吧！都還沒有水碗高。」

這一句話，頓時把奶貓氣得炸毛，後腿用力一蹬，朝著海東青撲去，奈何還沒等牠發力，就被海東青一抓按住頭頂，接著，就被封印了！

雖然，海東青的腿也沒有多長，奈何奶貓的腿更短，因此，只要被按住頭，就算拚盡全身力氣也沒法碰到那隻可惡的海東青。

仰躺在床上，奶貓只覺得自己非常的弱小無助且能吃，並且認為，今天若沒有年年親手做的魚肉拌飯作為安慰，牠肯定沒有辦法成功站起來。

而宋禹丞見牠一副大受打擊的模樣，也只能強忍著唇角的笑意，順手把牠撈在懷裡順了順毛。

上京。

宋禹丞去容城一個月，吳文山被困在郡王府裡也將近一個月了。時至今日，更是和往日大相徑庭，如果吳文山以前的好友看見他，一定會驚訝到不敢相認。

原因無他，吳文山現在哪裡像個爺們，穿的衣服就別提了，花花綠綠辣眼睛，腰更是束得死緊。可他到底是男人，再怎麼弄也不可能真的變成身軟的美少年，如此打扮下來，反而顯得不倫不類。可最讓他苦不堪言的還是下半身的調教。

宋禹丞留下的這些人著實太狠了，手段層出不窮，幾乎是把他當窯子裡不聽話的小倌來調教，吳文山甚至已經開始覺得以後會不會沒有男人就活不下去了。

可轉念一想，就算喻祈年真把自己調教好了又有什麼用？即便他真的只能委身男人身下，也不會從了喻祈年，還不如去找七皇子。

更何況，自己堂堂一個小公爺，為什麼就要隱忍到這種程度？

吳文山越想越不對勁，覺得自己是不是被喻祈年牽著鼻子走了？可等七皇子爆發娶了烏鴉送的霉妃這件事後，吳文山才徹底察覺到一絲不對。

吳文山當初和原身是真正談過戀愛的，原身性格直白熱情，又真心把吳文山當成生命中的另一半，很多本事和底細自然不會刻意隱藏。

因此吳文山也知道喻祈年能夠馭獸這件事。

雖然沒有親眼看見過，可到底並不蠢笨，加上聽到閨女被害死的那位李偏將，是拿著容郡王府的腰牌上京後，就越發覺得蹊蹺。

吳文山總覺得，這些烏鴉和喻祈年脫離不了關係。否則上京怎麼可能突然聚集起這麼多的烏鴉，還都頗通人性。另外吳文山對於喻祈年之前對自己的感情，也產生了不小的懷疑。

這些日子，他被困在郡王府後院這一畝三分地裡，抬頭只能看見方寸的藍天，太過無聊之下，自然只能反覆思考這些細節，越琢磨，越覺得不對勁。

喻祈年是個小霸王，自己喜歡的人，就恨不得連一片衣角都不讓別人碰。例如那隻海東青，養得金貴，就連借旁人摸一下都不肯。如果他真的對自己一往情深，把他鎖在後院倒是符合邏輯，可絕不可能找人來調教他。

所以，喻祈年是在騙自己！說不定，從最開始交往的時候，就是在欺騙。畢竟喻祈年是堂堂公侯世家出身的郡王爺，又帶過兵剿匪，怎麼可能真的如此單純？才略一出手，就能讓他沉淪？所以唯一的可能，就是他在故意配合。

更有甚者，他們成親之後發生的事情，都是他故意為之，包括當眾打殺皇子，囂張辱罵權貴，做這些都是為了能離開上京。

而眼下，不在京城的皇子就只有太子了。

當年喻祈年生母早逝，前皇后曾經照顧過他一段時間，對他頗有恩惠，如今太子勢弱，皇帝又存著廢太子的心思，喻祈年暗中幫忙，反而是順理成章。

如果是這樣，那烏鴉報喪的事情就解釋得通了。皇帝一直想改立七皇子為太子，所以出現金烏送瑞的傳聞後，就果斷地把霍靈指給七皇子作為側妃。

可現在，金烏送瑞變成烏鴉報喪，據說烏鴉飛走時排的那個「冤」字，幾乎整個上京都感受到一種鬼氣森森，因此，改立儲君的事情就不了了之。

這相當於間接給太子一些喘息的餘地。

吳文山恍然大悟。

好狠毒的計謀！什麼喻祈年是上京第一大傻子，分明他們才是喻祈年眼中的大傻子。就連皇帝都誤以為喻祈年對他吳文山一往情深，放心地讓喻祈年遠走容城，還把他當成留在京城做人質的女眷。

可實際上，若真有一天，喻祈年起兵謀反，皇帝想要用他來威脅，喻祈年說不定還會主動遞上利刃，生怕皇帝下手不夠狠辣。

終於琢磨明白一切，吳文山頓時氣瘋。可他也明白，自己現在被喻祈年的心腹盯死了，根本無法遞消息出去，即便再屈辱不甘，也唯有忍辱負重。更何況，連宋禹丞都能夠演出一往情深的戲碼，他吳文山自然也可以。

果不其然，吳文山的乖順終於讓郡王府裡的人放鬆了些，即便暗衛依然緊迫盯人，但是那些司寢嬤嬤終於不再像看犯人一樣死死盯著他。

而吳文山，就是趁著這個機會悄悄把消息遞給他在戶部的叔叔。

吳文山聽說皇帝要戶部核算容城的稅收，既然這樣，那他就讓自己的叔叔好好核算一下。

一年三十萬兩，憑容城那種地方，吳文山就不信喻祈年不回來找皇帝鬧。只要喻祈年回來，自己就有法子讓他再也無法回容城。

七皇子也同樣收到吳文山的暗示，只不過他並沒有當一回事。

在七皇子眼裡，喻祈年是皇室宗親，又是郡王，願意娶男妻做正妃，並且甘願不納妾斷了子嗣，表示他對吳文山喜歡到了極點，至於找人調教吳文山更是合情合理，否則以吳文山的身段，他若學不會伺候人，即便是喻祈年那種混不吝恐怕也下不了手！

至於說喻祈年想投靠太子，七皇子就更加不相信了。

因為在他的記憶裡，太子和喻祈年沒見過幾次面。

喻祈年年幼時，太子經常被皇帝派出去巡察民情，後來太子還朝，入主東宮，喻祈年又忙著帶兵打仗，長年不在上京，兩人間根本沒有交集。

「這吳文山只怕是在後院被關傻了，以後他的信不要再送進來！」七皇子早就對吳文山這個名字噁心至極。

之前喻祈年婚禮上的事情，已經讓他對吳文山敬謝不敏，而現在這些馬後炮更讓七皇子覺得吳文山應該是對喻祈年懷恨在心，故意挑撥，讓他對上喻祈年，替自己報仇呢。

七皇子冷笑說著：「如此蠢笨，還妄圖拉別人下水，難不成他以為本王和他一樣傻嗎？」然後轉頭對身邊的心腹問起別的事：「找到黃先生了嗎？」

「找到了，但黃先生說緣分已盡，不肯回來。」

「這可如何是好？」比起吳文山，七皇子現在更在意之前被他攆出府的那位黃先生。他原本不相信這些天運宿命，但經過烏鴉報喪這齣鬧劇後，開始相信了。更是把黃先生視為得道高人，恨不得立刻請回府裡供著。

畢竟，若守著這樣一位半仙在身邊，以後很多事情有這位先生輔助提醒，就能避開許多亂子，因此這幾天想盡法子想把人召回來。

如此一來，七皇子故意斷掉和吳文山的聯繫，等於讓吳文山徹底失去靠山，也失去最後一線希望。但即便如此，吳文山也沒有放棄，他為自己設計了很多條後路，可當務之急，是必須讓喻祈年回京。畢竟，只有見到喻祈年，他才有法子脫困，這次容城的稅收，就是吳文山最大的機會。

至於將他視為棄子的七皇子，日後一定會徹底後悔！

吳文山這麼想著，眼裡的陰沉更深了一重。然而他萬萬沒想到的是，一直等到最後，喻祈年都沒有回到上京，至於那三十萬的稅收喻祈年也真的交上了！

還是用一種讓所有人目瞪口呆的法子交上的！

就在七皇子忙著討好黃先生，吳文山一門心思在算計前程的時候，遠在容城的宋禹丞卻已經找到交稅的方式。

而且他的方式不僅讓人挑不出毛病，還相當缺德。

不過也真不怪他。容城百廢待興，需要用錢的地方實在太多，別的不說，單單快要塌掉的城牆就必須趕緊修補，還有海邊廢棄的碼頭，和那些需要重新打造的舊船也都迫在眉睫，還有不能停下來的練兵事宜。

每一處都要銀子，而容城又沒有什麼特別賺錢的營生。

可偏偏上京那頭派來收稅的兩稅使已經上路，屆時如果交不上，那就麻煩了。

「爺，要不然您回去上京和皇帝鬧一場？」

「就是！容城窮得連飯都吃不上，怎麼還要交這麼高的稅？爺，要不咱們回去上戶部瞧瞧，只怕咱們離京太久，那幫狗官忘了喻家軍的威嚴！」

「而且如果只有今年倒還好，若之後每年都是這個數字，容城就相當艱難了。沒有可以種糧的土地，也沒有什麼特產可以當做抵稅的物資，逐年下來，絕對會被稅收拖垮。」喬景軒也開口了，他在容城待了許久，自然比宋禹丞他們更加瞭解容城的情況。

然而宋禹丞反倒笑著指了指地圖上的海邊，突然問了一句十分讓人摸不到頭腦的問題：「我問你們，從捕魚到製成魚乾要用多長時間？」

「五到七天就能開始脫水，至多一個月能成。」喬景軒回道，但完全不明白宋禹丞為何問這個，可喻家軍的人卻全聽懂了，並且忍不住一起壞笑起來。

自古就有用特產抵稅的慣例，誰說三十萬兩白銀困難？其實根本就輕而易舉。

宋禹丞見他們都聽懂了，指著其中一人命令道：「去給爺查查，現在上京的鹹魚乾都怎麼賣。至於其他人，現在去挨家挨戶收稅了，對了，魚乾這玩意不好找零，你們帶上些糧食，和人家換換。記住，每一戶，交了多少都必須記錄在冊。剩餘不夠的，咱們的船是不是已經修好了？明天爺帶你們出海！」

順便提前熟悉一下未來跟海盜戰鬥的主戰場。

至於皇帝想從容城手裡拿到錢，根本就是天方夜譚，這些鹹魚乾，就算是送給他最好的禮物了。

「是！」這些大兵迅速從原地散開。

至於依然沒弄明白的喬景軒，也很快被人拉下去解惑。

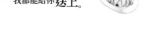

今天的容城，依然是一片忙碌。

就這麼過了兩週，當兩稅使抵達時，剛進城就被一股濃濃的魚腥味熏得差點吐出來。

接著，被喻家軍的將士們熱情地簇擁進城。至於兩稅使帶來的將士們也被一把拉走，並且還主動給了好幾個充滿鹹魚味的擁抱。

「這……容城是怎麼了？」兩稅使原本以為容城窮苦，稅收一事肯定要扯皮很久，然而萬萬沒想到，進了容城之後，不論喻家軍或全城百姓都相當歡迎他的到來，甚至一副把他視為救星的模樣，這讓他格外憂心，尤其喻家軍負責接待將士的回答，讓他越發心裡打鼓。

「沒什麼，大家難得看見京裡來人，又是第一次向朝廷交稅，所以都格外興奮。您放心！我們都是挑最大、最完整的，一定會讓您滿意。」

所以，最大、最完整的到底是什麼？為什麼聽著感覺這麼危險？

想到容郡王在上京的傳聞，兩稅使越發變得忐忑起來。而隨著他離庫房越近，那股子刺鼻的鹹魚腥味也越發濃重。

當兩稅使抵達存放容城稅收的庫房門口後，不好的預感終於成真。

只見庫房裡堆得滿滿的鹹魚，鋪天蓋地地朝他襲來。

而正在庫房門口做最後清點的喬景軒，看見他後也熱情迎上來，用相當愉悅的語調招呼道：「大人您可來了，咱們容城這次的稅收全在庫房裡了，這是各家各戶的交稅清單，請您核對。」

所以這是讓他核對什麼？又要怎麼核對？

兩稅使低頭看了一眼喬景軒遞過來的卷宗，還沒翻開就被上面彷彿抖一抖，都能抖出鹽粒子的手感嚇到了，讓他恨不得立刻把卷宗扔掉，根本不想多看一眼。

然後喬景軒他們一早就安排好了，怎麼可能給他反悔的機會？

因此，一時間，從喬景軒到其他喻家軍負責接待的士兵，對兩稅使一行人的態度簡直熱情如火，彷彿兩稅使是他們失散已久的親兄弟，今天久別重逢，非常值得好好親熱一番。

至於交稅更像是什麼天大的賺錢好營生，好似今天交完了稅，明天就能讓原本窮到沒朋友的容城立刻鳥槍換炮，變成大安第一富饒之城。

於是接下來兩個時辰，成為兩稅使及所有護送稅銀將士們最煎熬的兩個時辰。

喻家軍這些人原本就是三教九流，什麼脾性都有，是大安出了名的流氓軍隊。而容城守備軍這些將士，在喻祈年沒來之前還算中規中矩，可現在歸到喻家軍裡，很快就被同化，尤其喬景軒幾個常和容郡王混在一起的人，現在更是完全染上喻家軍的痞性，不僅臉皮厚，胡說八道的本事也格外出挑。

喬景軒捧著那一翻頁就掉渣的卷宗，一本正經地給兩稅使介紹容城的稅收情況，不但把普通鹹魚乾說成是容城特產、整個大安獨一份的神奇食物，並且還強行把魚乾分類，以顯示價格的高低不同。

就看庫房最外側的兩堆鹹魚，分明都是魷魚，可喬景軒讓人按照魷魚的大小各自計算價錢，哪怕大隻的不過比小隻的多個指甲蓋的長度，也依舊把這條破魷魚定義為大魚，並多加了兩個銅板，來顯示它更高的經濟價值。

至於河豚更是增加了「觀賞效果奇佳」的備註，而且所有喻家軍都堅持河豚是可以裝飾屋子的。

兩稅使聽著聽著，感覺自己像是在聽什麼笑話。即便容城的人可以讓河豚曬乾後仍保持著圓滾的模樣，可說到底，本質仍是鹹魚，到底怎樣的奇葩才會把鹹魚放在屋裡當擺設。

然而這麼扯淡的事兒，不過是剛開始，喬景軒竟然把海帶和紫菜也算成土產，並且故意曲解土產的感念，說這些都是從容城的海域裡撈出來的，和那些鹹魚一起被稱為土產，根本沒毛病。

兩稅使越聽越無語，感覺自己的智商受到了侮辱，恨不得掉頭就走。但是他畢竟是文官，怎麼可能掙扎得過喻家軍這一幫大兵，甚至連插話的餘地都沒有。

兩稅使就這麼和他帶來的士兵們，不得不聽喬景軒數了兩個時辰的鹹魚，等看完最後一種鹹魚的時候，兩稅使甚至產生他也被這鹹魚乾搞得開始發鹹的錯覺，可這種念頭一起，他就趕緊搖頭，努力做了半天心裡建設，讓自己冷靜下來，好和喬景軒討論稅收的問題。

「喬副將，您的稅收似乎有點不大對勁兒，的確自古就有用土產抵稅的慣例，但是從未聽說有用鹹魚抵稅的。」兩稅使動之以情，但喬景軒的回答卻滴水不漏。

「怎麼不對勁？我們容城的土產就是魚，容城靠海，又沒有適合耕種的土地，百姓們以牧魚為生，魚就是我們賴以生存的食物，鹹魚乾在我們這裡就相當於其他地方的糧食，海帶和紫菜就等同是蔬菜。請問為什麼我們不能用鹹魚抵稅？難不成兩稅使是看不起我們容城的土產？」

喬景軒話音剛落，臉色也跟著沉了下來，緊接著那些原本熱情如火的喻家軍也跟著變臉，肅殺之氣驟然而起。

雖然這些喻家軍的人沒有拔出武器，但是他們身上散發的氣勢卻足以讓人不寒而慄。

「不敢、不敢，喬副將別誤會，我們只是第一次遇見這樣的土產，所以有點驚訝，絕……絕沒有看不起容城的意思。」兩稅使慌忙開口解釋。

「是嗎？」喬景軒不依不饒，直到兩稅使連拜年的吉祥話都說了一籮筐，喬景軒才淡淡一笑，恢復方才的熱情，並且讓人把兩稅使一行人送到驛站休息，自己則去郡王爺那裡回報。

「爺，都安排好了。」喬景軒先換了外衫，然後才走進容郡王的屋子，可即便如此也沒有什麼用，畢竟喬景軒在鹹魚堆裡泡了許久。

窩在宋禹丞懷裡的奶貓，一聞到他身上的鹹魚味道就一臉嫌棄地鑽到宋禹丞的懷裡，生怕自己的毛也染上魚腥味。

牠可是容城第一扛霸子，萬一弄得跟賣魚的小魚郎一樣，哪裡還能體現出牠的英明神武、尊貴不凡？

揚了揚腦袋，今天依舊無法成功用後腿蹬到耳朵的黑毛奶貓，仍舊覺得自己厲害壞了。

宋禹丞被牠這副洋洋得意恨不得扠腰站會兒的模樣逗得不行，不禁想到自家那個同樣二到沒朋友的系統，忍不住輕聲笑了出來。

然而系統在察覺到他的想法後，感覺自己受到了侮辱。

「大人，我覺得我有必要提醒你，我的腿比那傻貓要長！【別惹象拔蚌.jpg】」

可宋禹丞的回覆卻懟得他啞口無言：「你不是腿比他長，而是根本沒有腿。」

「……」很好，這回答根本沒毛病。

作為一個活在宿主意識裡的系統，別說沒有腿，就連身體都沒有。

覺得自己受到暴擊的系統，立刻決定單方面遮罩宋禹丞，並且在心裡畫了無數個圈圈祝福他，甚至開始為太子打氣，希望太子能夠早點成功攻略宋禹丞，好好管管這個眼看著就要飛上天的人。

儼然已經忘記自己是綠帽系統，而真正應該去攻略別人的是宋禹丞本人。

不論這一人一系統的腦內對話到底有多不靠譜，宋禹丞快速把思緒抽回，在仔細聽完喬景軒的報告後，又囑咐他兩句才放他離開。

此時驛站裡的兩稅使十分憂傷。容郡王這一招鹹魚抵稅，相當於把問題推到他頭上，別的封地用土產抵稅都是奇珍異寶，或者少見的珍稀食材。可容城弄來一倉庫的鹹魚，除了惹人厭煩外，絲毫跟土產沾不上半點關係。

重點是，現在堆放倉庫裡就已經味道刺鼻，要是他們一路拉著回上京，只怕連城門都進不去，就會被轟出來。

可容郡王出身皇家，就算再不學無術，也不會在這種事情上出紕漏，難不成是故意的？他來之前聽聞彪城四城的知州被容郡王查出犯法，全都先斬後奏了。當時是喻家軍負責抄了這些知州的家，三年清知府十萬雪花銀，若說容郡王現在手裡沒銀子，怎麼想都覺得不大可能。

越琢磨越覺得不對勁，兩稅使忍不住和自家心腹商議起今天的所見所聞。

「你說容郡王這是故意的？還是真把鹹魚當稅收了？」

「這可說不準，容郡王向來是位混不吝的，皇上又寵著，就算是故意的，只要皇上不責罰，大人您又能說什麼呢？」

兩稅使沉吟道：「這於理不合，萬一怪罪下來，容郡王去殿前耍賴，這事兒或許就過去了，但是你我恐怕就難辭其咎。」

「是這個理兒，要不然，大人您先別急著走，在容城觀察幾天，看看容城到底有沒有錢，如果是裝窮，您大可直接揭穿，把稅銀要回來。如果是真窮，那您也可以原封不動上報聖人，這容城沒錢，只能拿鹹魚，不，是只能拿土產抵稅，這也是沒有辦法的事情。」

「言之有理，那咱們就再留幾天。」聽完了心腹的建議，兩稅使沉思半晌，最終決定留在容城觀察幾天。

可想法是美好的，現實卻格外骨感悲催。

早在一個月前宋禹丞已經安排好，如今怎麼可能輕易讓他們發現端倪？

因此接下來幾天裡，這兩稅使和他的屬下們，就在容城享受了一段至死難忘的「美妙」旅程。以至於他們臨走的時候，恨不得身上插雙翅膀，瞬間就飛出容城地界。

這麼窮且民風驃悍的地方，他們再也不想來了啊！更何況，每餐都只有鹹魚沒有別的食物，這樣的日子過久了，他們都要被同化成鹹魚了。

和兩稅使去過的其他城鎮不同，容城駐守邊城，雖然目前國泰民安，但扛不住地方窮啊！

在容郡王沒來前，連容城守軍為了維持生存都幹起劫富濟貧的買賣，更何況是海裡討食的百姓們，哪怕是稚齡小童都已經知道舉起魚叉了。

因此每每走在路上，看到的都是驃悍的百姓手裡拎著各種大魚回家，關鍵他們還特別好客，看見兩稅使這幫人非要熱情邀請他們回家吃飯。

鬼知道那些屋子到底是怎麼回事，家家戶戶都被魚腥味占領了，招待客人的美味就是剛捕捉的活魚，偶爾還會有岸邊撿來的螃蟹或是某些不知名的貝殼。

當然，這些如果放到上京的大廚手中，定然會變成絕頂美味，可偏偏容城人連基本的調味料都不齊全，最基本的魚腥味都去不掉，別說好吃，就連入口都困難。

至於書上寫什麼新鮮食材只要白灼就是一道珍饈，那都是騙人的。

因此原本打算體察民情的兩稅使，非但沒有探查出什麼蛛絲馬跡，反而在眾人的熱情下，嘗遍容城所有種類的鹹魚。

並且，他們還在百姓們的積極邀請下，跟著出海捕了一次魚。

當看到容城海邊隨便拋出網子，就能捕獲到大魚。兩稅使終於不得不承認，容城果然像他們表現出來的那樣，窮得只有魚了。

甚至包括容郡王在內的整個喻家軍，每天吃的也都是各種品種的鹹魚。

最可怕的是，驛站附近就是一個空曠的曬魚場，百姓捕了魚、醃好了，就送到這裡。現在是夏天，不開窗會悶死，開窗就會被鹹魚的腥味熏死。

最讓兩稅使崩潰的是容城竟然還拿鹹魚當做貨幣。喻家軍訓練任務重，鮮少下海捕魚，他們明明有軍糧補給，卻莫名其妙以保證身體健康為由，每天堅持吃鹹魚，不夠的還用新鮮蔬菜和糧食跟城裡的百姓們換。

長此以往，鹹魚在容城竟然還真的成為能夠以物易物、流通買賣的東西，而百姓們也習慣了魚乾可以當錢用。

不管兩稅使問到誰，即使是不大懂事的孩子，都明白魚乾等同銅板。

「所以這個容城到底是怎麼回事！」吃了整整五天的魚，連一口正經的白米飯都沒有吃到，平時養尊處優的兩稅使幾乎要瘋了。

可偏偏連一個毛病都找不出來，畢竟魚獲在容城是用來交易的重要物品，拿來抵稅也是理所當然。即便他們不願意，可就像負責接待的喬景軒說的：「律法裡並沒有規定鹹魚不能算是土產，即便是到了上京，聖人也不會怪罪，反而會認為我們容城百姓質樸純粹。」

因此，在百般無奈下，兩稅使最終還是不得不帶著滿滿幾十車的鹹魚上路。

「太丟人了！我都能想到回到上京後，會被多少人嘲笑！」兩稅使有種恨不得立刻撞死的衝動。

他的心腹趕緊勸慰他：「大人，您想開點，好歹咱們這一路不怕遇見山賊，也算是因禍得福了！」

「……」這似乎說得很有道理，可如此單薄的理由，卻並不能成功安撫兩稅使。並且，他們一路上也根本不敢多做休息，以至於大半個月後，當他們回到上京時，都恨不得轉頭給這幾十車鹹魚下跪。

的確，他一路上沒有遇見什麼土匪或山賊，畢竟，就算是窮兇極惡的匪徒，肯定也不會對鹹魚有覬覦之心。然而就在他們以為，哪怕味道刺鼻了點，但好歹可以高枕無憂回京時，卻出了另外一個亂子。

貓。誰能想到，他們不會成為土匪和山賊的獵物，卻招惹上這幫活祖宗。

只能怪這些鹹魚的味道太重，一路上只要停下來就會被來自四面八方的貓圍住，即便鹹魚在箱子裡保存得很好，可野貓依舊虎視眈眈，甚至有的還會執著地追著他們一起上京。

貓咪：「這可是朕看上的江山，你們這些刁民要把魚乾拉到哪裡？」

一來二去，就連沿路的驛站都不願意接待他們，因為這些貓實在是太坑爹了。畢竟一隻還好，十幾隻也是萌的，但當幾十隻、上百隻圍上來的時候，就只能說是災難。

尤其吃飯的時候，常常出現好幾十隻求分享的貓。如果不主動把食物奉上，下一秒，就會被貓爪襲擊。偏偏這些貓長年在野外生存，靈敏和凶狠程度堪比小型野獸。這樣群起攻之，非但沒辦法躲避，反而會被打得潰不成軍，比那些真正攔路搶劫的土匪還可怕。

因此，兩稅使一行人為了縮短路程，不得不快馬加鞭，以至於到最後，他們也想不明白，為什麼拉著好幾十車鹹魚，還要跑得像是拉了好幾十車銀子。

上京那頭，皇帝在收到兩稅使傳來的奏摺時也嚇了一跳。

此時此刻，皇帝還完全沒有預料自己接下來會經歷怎樣的衝擊，只是感嘆喻祈年還是有點能耐的，眼看著到容城沒多久，就能把三十萬稅銀收齊。

再打開喻祈年一起託人送上來的信件，裡面不僅和他問好，還表示已經託兩稅使帶了親手準備的禮物給他，特別稀少珍貴。

這讓皇帝越發有點感嘆。其實自己這位外甥雖然蠢、呆、楞，是個一根筋的武將，雖然一開始只存了利用他的心思，但到底還是把他養得不錯，最起碼絕對地忠君愛國。

「郡王爺一向是孝順您的。」心腹見他心情不錯，也跟著捧了一句。

「是這樣，如果不是姓喻，朕也該好好教導他。祈年這孩子和皇姊很像，是個聰明的。」皇帝也感慨萬分。

「能幫您平定疆土，本身就是幸事，您不用太過憂心。以後給郡王爺一個好結果就好，也不辜負當年長公主的臨終託付。」

「有道理。」皇帝點了點頭，突然又想起一件事，「祈年是不是也往家裡寫信了？」

「是寫了，在桌案上呢。」提到喻祈年的家書，皇帝的心腹也忍不住笑出來。

吳文山在沒有嫁給容郡王之前，也是京中有名的才子。然而喻祈年這樣的紈絝恐怕並不懂吳文山那顆風花雪月的心，也是糟蹋了。

「寫了什麼？」皇帝見他笑，也生出不少好奇，在聽完回報後，也跟著一起樂個不停。

喻祈年的家書上說，最近一直在容城練兵，沒有什麼特別的，只能帶些土產回來，讓吳文山別嫌棄。等他回頭平了容城，就給他換一品誥命。

並且還說，讓吳文山有工夫的話給他繡個荷包裝平安符，他看其他將士都有，也想要一個。

這是當爺們的在向自家媳婦要東西了，關鍵還是這麼私房的話，就算要說，好歹也要關上門兩口子自己說，哪能這麼光明正大講出來，估計全大安也就容郡王獨一份。

可仔細想想，倒也正常。大安有兵律，將士在外，家書必須經過相關部門層層檢查，可眼下是太平盛世，沒有外患，這條規定形同虛設。眼下朝堂上帶兵的將軍裡，也就只有喻祈年手裡的喻家軍還死死守著這條規定。

哪怕喻祈年是郡王，也同樣遵守。

想到這裡，皇帝對喻祈年的那點愧疚增加了不少，覺得這個外甥真是不錯，就算不看在已逝的皇姊份上，衝著他這顆忠君愛國的心，也值得好好提拔。

皇帝甚至已在考慮要不要和七皇子商議，在自己百年後，讓七皇子不要為難喻祈年，讓他當一輩子紈絝郡王也好。

他把喻祈年送上來的摺子又再看了一遍，在看到喻祈年懇請他幫著照顧吳文山後，最終還是嘆了口氣，並且對心腹說道：「吳文山這人心思深沉，不是祈年這個直性子能駕馭的。我之前聽人說，上京有傳言說以吳文山的學識才華，給祈年當王妃是屈才了？」

「是有這樣的說法，不過以小人之見，吳小公爺在其中也沒少折騰。畢竟之前大婚的時候，他可是哄著郡王爺穿了一次女裝呢！」那侍從說得平淡，可話中卻大有深意，暗示吳文山想要哄騙喻祈年一個堂堂郡王入他的後院為妃。

「哄祈年穿上女裝？這吳文山根本是痴人說夢！」皇帝聽完，頓時怒意四起：「祈年是宗室貴戚，豈是他一個吳國府的小小公爺能夠隨意擺弄的。去傳我的話，祈年在容城征戰辛苦，吳文山既然是郡王妃，理應為他祈福，送去宗廟齋戒一個月。對了，」皇帝說完又想到另外一件事：「祈年那孩子想要個媳婦做的荷包，從宮裡派幾個厲害的嬤嬤過去教吳文山，他若學不會，以後也不用從宗廟裡出來了！」

「是！」侍從應聲而下，並沒有對皇帝下的命令感到驚訝。然而當他下去傳令，路過某位宮中侍衛時，卻突然開口，小聲說了句：「成了。」然後就若無其事地離開。

侍衛也始終面無表情，好似根本沒有聽見一樣，立在原地不動。

在上京的消息傳回容城時，宋禹丞正好在太子這裡，他一聽完就忍不住笑了。因為就連宋禹丞自己也沒想到，只為了他隨手寫的一句話，皇帝竟然真的叫吳文山去學繡花。

當然，這其中肯定有太子的功勞，否則即便他想，也無法這麼輕易就把吳文山送進宗廟，只是不知道，太子到底是用了什麼辦法。

於是宋禹丞乾脆直接問了，太子也沒有隱瞞的意思，直接為他解惑：「皇帝身邊的心腹，有我安排的釘子。」

宋禹丞先是一愣，接著就用另外一種眼光審視太子。

太子在皇帝身邊有人，這是宋禹丞早就猜到的，但他沒想到，太子竟然連皇帝的心腹都能掌控。

「如此說來，未來彪城四城定然會落在你的名下？」想到之前兩人的密謀，宋禹丞又認真詢問了一遍。而這次，宋禹丞問的並非是彪城，而是包括襄城、涼城、莨城在內的四城。

果不其然，太子肯定回答：「嗯，會的。」

見他自信，宋禹丞也忍不住跟著笑了，覺得太子的確有些意思，以後合作起來想必會十分愉快。

這麼想著，宋禹丞對太子鄭重說道：「那就提前恭喜表哥了，以後也請多多指教。」

「當然，祈年放心。」太子笑著接下宋禹丞的恭喜，然而說出的話卻格外曖昧：「我這個做哥哥的，一定會好好照顧你。」

「……」宋禹丞莫名覺得太子這句「好好照顧」似乎有些歧義，有種莫名撩人的味道，可偏偏聯繫上下語意，又找不到任何紕漏，越想越覺得古怪。

然而此時一直沒出聲的系統卻興奮極了，因為它有預感，宋禹丞在這個世界肯定逃不出這人的身邊了。

呵呵，之前它趁著宋禹丞不注意，用前兩個世界掙來的積分，換了在這個世界多停留五十年。

系統就不相信，連攻略目標都主動湊到他身邊了，宋禹丞怎麼可能無法完成主線任務。

反正不管如何，它絕對不要變成隔壁的打臉系統。它分明還是個系統寶寶，打打殺殺什麼的才不適合它。

一時間，覺得自己厲害壞了的系統，忍不住偷偷掏出了【扠腰站會兒】的表情包，並且陷入極度的自我欣賞中，連宋禹丞叫它，都沒有立刻聽見。

而沒有得到回應的宋禹丞，也並不強求系統的回答，轉頭又開始忙起別的事情。

之前在動員全城民眾去捕魚的時候，宋禹丞曾經帶人上了修補過的大船，不管從什麼角度來看，都覺得船的品質不夠。

如果只是出海捕魚倒是綽綽有餘，可一旦涉及戰爭，那就跟作死沒有區別。

可如果原身的記憶沒有出錯，那幫海盜就是從海上過來的，所以未來一定會發生海戰，這戰船也必須要好好修整，當務之急，是要找到擅長造船的匠人。

「爺，這有點困難。大安這些年太平太久了，普通的造船匠人倒是不少，可會造戰船的人早就看不到了。」

「就連一個都沒有？」

「就連太子殿下那裡都沒有。」

這就真的難辦了，宋禹丞看著手裡的地圖，緊緊皺著眉，他現在還沒有辦法去工部要人。畢竟那幾十車鹹魚眼看著就要進京，皇帝肯定會被氣得七竅生煙，他這會子撞上去，簡直和自尋死路沒有區別。

而且工部那些官員，讓他們弄個園林宮殿肯定沒有問題，但如果是戰船，沒准還遠遠不如容城的這些老把式。

如果能直接弄到一艘製作精良的戰船就好了。

宋禹丞在心裡不停琢磨著，突然發現地圖上有個地點，在原身的記憶裡好像是那些海盜的老巢，距離容城海域幾千海里的一座小島。

宋禹丞眼前一亮，頓時恍然大悟，自己之前都是鑽牛角尖了，其實現在距離戰爭還有很長一段時間，那些老匠人們不會造船，但可以學習。

至於能夠用來學習研究的船隻，那些海盜手裡不就正有現成的嗎？

「爺，您有法子了？」傳令兵見他神色改變，也跟著興奮起來，可接著就被郡王爺的回答給震住了。

宋禹丞說：「是有法子了，沒船咱們就去搶！」

「什麼？」這下屋子裡的人全都愣住了，半晌說不出話來。

【第五章】

喻家軍的新成員

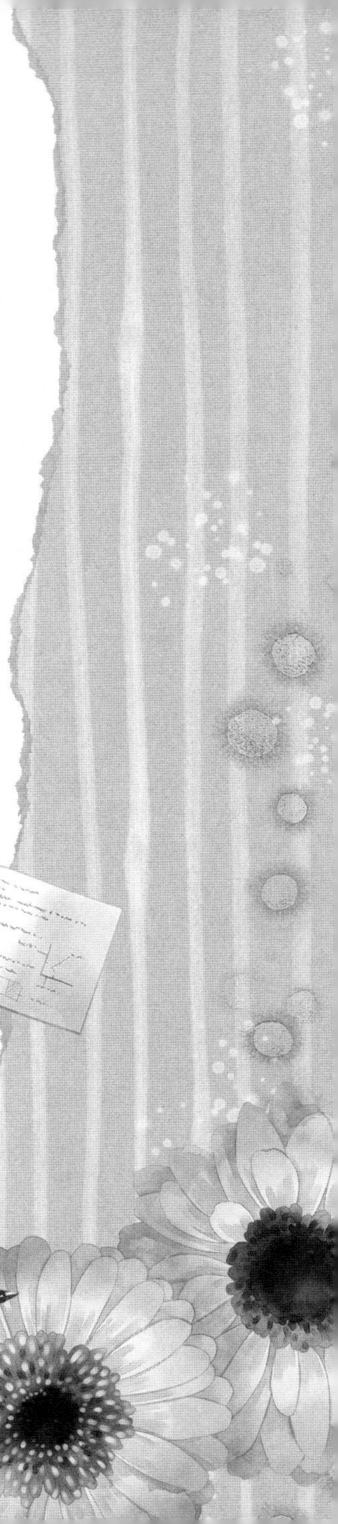

他們喻家軍走南闖北什麼沒幹過，沒有船，搶艘船而已沒問題，可關鍵是他們根本不知道要去哪裡搶。

而且聽容郡王的意思，明顯要準備開始打仗了，多半是海戰。

可大安現在河清海晏，為什麼容郡王會突然冒出這種想法？

一時間屋子裡的人，尤其是十分瞭解郡王爺習慣的喻家軍這些人，都變得疑惑起來，等著郡王爺接著解釋。

然而宋禹丞沒多說什麼，而是朝著海東青吹了一聲呼哨。

接著海東青似乎是飛去宋禹丞的屋子，很快又飛回來，爪子上抓著一個形狀特別的輕甲甲片。

「這種樣式的輕甲不是咱們大安朝的東西，被尨城的一個農戶撿到，在撿到這片輕甲之前，他們村子被洗劫了，匪徒搶走的不是金錢，而是糧食，就連地裡的菜都被挖走了。」

「爺，您的意思是？」喬景軒等人還沒反應過來，可喻家軍的卻已經恍然大悟。

他們跟著容郡王，原就擅長根據地圖和地勢打游擊戰，郡王爺點了一句，他們就明白他剩下要說的話。

嚴格說起來，尨城四城和容城一樣，都被稱為大安的邊城，唯一的區別是容城背靠海邊，是真正的入海口，而尨城四城，雖然也挨著海邊，卻只是普通沿岸。

但現在尨城農村被搶劫這件事，說明了似乎有人能夠跨過海洋，來到尨城洗劫這裡的菜農。重點是，帶著這麼多的糧食，竟然還能安然無恙離開，這就有點意思了。

傳令兵也湊近看地圖，指了一個和宋禹丞之前指過的十分相近的地方。

「這裡多半有問題。」

「怎麼說？」喬景軒還是不懂。

傳令兵看了容郡王一眼後，給喬景軒解釋：「很簡單，那個菜農已經告訴咱們了。這村子是有錢的，出事那天正好是收稅的日子，里正家裡有一百多兩銀子，雖然不多，但對農戶來說已經十分不易，但是他們卻沒拿銀子，反而選擇更加笨重且不好運輸的糧食和蔬菜，這說明了什麼？他們是來自一個缺少蔬菜和糧食的地方。這種地方，只有海上。」

傳令兵看喬景軒一眼，接著說：「至於銀子，則證明了另個細節，他們並非我大安人，否則為什麼不拿銀子？畢竟這一百兩銀子更好攜帶，拿走了也能買更多的糧食，除非他們根本不認識這種貨幣！」

「那搶了糧食，也未必就是走海路啊！缺少糧食也很有可能是山賊。」喬景軒還是不懂。

但這次給他解釋的卻是宋禹丞：「兩千斤糧食，還有那麼多的蔬菜，如果用馬車，至少要裝十幾車了，拉糧食的車走過，地上怎麼可能沒有痕跡？肯定早就被抓住了，但直到現在還是懸案，就說明他們其實是走海路。而距離彪城最近的地方就是這裡，而且可能出了什麼問題，正是缺糧的時候，故鋌而走險來咱們這裡搶一票。但是三千斤糧食早晚有吃完的一天，貪欲也會越來越重。等到那時，咱們可就被動了。」

「爺，咱們接下來該怎麼辦？」宋禹丞說完，這些喻家軍的人也都跟著緊張起來。

他們都不是短視之輩，自然明白如果放任不管，後果會有多嚴重，甚至十分慶幸郡王爺發現得早，否則真有一天，海盜傾巢而出，那他們容城就真的徹底完蛋了。

這麼想著，屋裡的氣氛也跟著變得緊張起來。

然而宋禹丞卻輕鬆地笑了，「其實不要緊，抓緊時間練兵就行。另外，搶船這件事必須得快點，最好在上京的斥責還沒到之前就趕緊出門，要不然恐怕短期之內咱們是出不去了。」

「哈哈哈！對對對！是這個理兒。」聽到郡王爺提起上京，這些喻家軍忍不住全都笑開了，一個個眼裡滿是戲謔，至於原因——當然是因為那些正在往上京路上的幾十車鹹魚啊！

他們敢肯定，皇帝肯定做夢都想不到，容城如此輕而易舉交上去的稅收竟然不是銀子，而是各式各樣的鹹魚。

然而不僅是他們，就連宋禹丞也都十分期待皇帝看見那些鹹魚時的精彩表情。

不過上京那頭的消息對於宋禹丞來說，到底也只是調劑。

大戰在即，尤其宋禹丞是行動主義者，他既然有了打算就會立刻執行，因此這幾天，他比過往更加忙碌。

不僅兩隻海東青都被宋禹丞放出去，他還特意命人找了一個善畫海圖的師傅，讓他幫著把舊的海圖重新修整一遍。海上不同於陸地，他必須要做到分毫不差。

然而，海東青那頭陸續傳回來的消息，卻並不樂觀。

出乎宋禹丞的意料，那幫海盜與其說是零散的海盜，不如說是自成一國的小國家。

按海東青的描述，那小島守衛嚴謹，上面住著的海盜數量相當多，還有一位類似大安皇帝那樣的海盜頭子。

所以，這幫海盜可能並非是單純的海盜，而是一個國家，只是這國家太小，所以大安從未發現罷了。

如果是這樣……宋禹丞突然覺得，或許原本的世界裡，在原身死後大安說不定也沒有保住，甚至可能被這些海盜侵略了。

怪不得原身的願望會是這樣……宋禹丞覺得自己終於明白了原委。然而就在這時，身後的響聲引起他的注意。

宋禹丞回頭，正對上剛進門的太子滿是關切的眼神。

「這幫小子，現在竟然連通報一聲都沒有了。」宋禹丞笑著打趣了一句。

而太子卻看著他手裡的海圖皺起眉，「最近就要走？」

「總得探探那幫孫子的底，悄無聲息地跨海到我們大安，不好好拜訪回去，豈不是顯得咱們不夠禮貌？」宋禹丞說這句話的時候，語氣裡充滿了煞氣。

太子卻伸手抱住他，「千萬要小心。」

「放心，家裡有這麼好看的表哥等著我，我怎麼捨得留在外面。」宋禹丞忍不住逗了逗太子。可出乎意料的是，太子竟然沒有反駁的意思，反倒乖順地點了點頭，「嗯，我在家裡等你。一定要注意安全。」

宋禹丞心裡一動，抬頭和他對視，卻發現太子的眼裡情緒複雜，有擔憂也有驕傲，卻沒有阻攔。

如果可以，太子根本就不想宋禹丞做這麼危險的事情。但是他明白，這是宋禹丞想要的，是他的執念，所以太子絕不會拖他後腿，只會盡可能給他最大的便利。

「我這裡沒有會造戰船的匠人，但是最會造船的兩個人，剛才已送去你軍裡。海上的伙食和陸地不同，你們的炊事班沒有熟手，我從京裡要兩個過來。還有糧草，上次兵部簽的那張白條已經兌換，我做主換了幾樣更適合帶上船的。最後……」深吸了一口氣，太子格外捨不得地把宋禹丞抱得更緊，低下頭抵在他的肩膀上，慢慢把後面的話說完：「你不用擔心容城，我替你守著，等你得勝歸來。」

「……」太子的話，讓宋禹丞啞口無言，賢慧溫柔成這樣，宋禹丞連拒絕的機會都沒有。

過往宋禹丞習慣在感情裡當主導者，這種被牽著走的感覺，總讓他有點彆扭。可與此同時，卻又好像有什麼和往日不同的滋味在心裡悄然而出，這種酸澀的味道，讓宋禹丞一時間不知道該如何回應。

因為這種感覺太陌生，不過又讓他覺得很舒服。

迷茫之下，宋禹丞沒有說話，也沒有掙脫太子的懷抱。

至於太子，卻因為宋禹丞態度的轉變，而露出一抹意味深長的笑容。

至於同樣接收到宋禹丞意念的系統，也在這一瞬間終於弄清楚一件事。它終於明白，為什麼第一個世界裡，宋禹丞分明對路德維希有好感，也寵著楚嶸。第二個世界，放任陸冕的喜歡，也會偶爾撩撥一下，但是卻都不會放真心進去。

因為他們三個都和原身的悲劇有著或多或少的間接關係。

第一個世界裡的楚嶸是許牧之的白月光，而路德維希是許牧之的依仗。而第二個世界裡，曹坤之所以敢為所欲為，不過是仗著他的表哥是陸冕罷了。

所以，即便陸冕並不知道原身，甚至在原本的世界裡沒有從國外回來過，但就因為他們和渣攻之間的這層關係，讓宋禹丞跨不過心裡的那道坎。

宋禹丞沒有辦法用原身的身分，和這些人產生任何實質性的感情關係。他覺得這是一種褻瀆，那就和當初……沒有任何區別。

系統心裡突然有點泛酸，而那些原本應該消除的久遠記憶，也隨之湧來。尤其是最後的慘烈畫面，即便它不過是個沒有實體的系統，每每回想起來，也都會覺得痛不欲生。

所以這一次，這一次它一定會好好保護宋禹丞。

系統暗自下了決定，並且發誓絕不能再變成隔壁的打臉系統，他要和宋禹丞一起撩撩美人、談談戀愛，輕鬆愉快地度過每一個世界。

這麼想著，系統連忙換了一種心情，挑了一張珍藏許久的【男耕女織】表情包糊了宋禹丞一臉。

「矮油，氣氛不錯喔！【海草式嘚瑟.jpg】」

然而剛剛送走太子，還沒能理清思緒的宋禹丞頓時十分無語。

畢竟這一次不需要系統調侃，宋禹丞也明白，他撩撥過這麼多人，這次自己沒准真的要栽在太子的手裡。

幾天時間轉瞬即逝，在太子的全力配合下，宋禹丞出海前的準備已經萬無一失，隨時能出發。

然而上京那頭，一路飽經折磨的兩稅使，也終於看到上京的城門。

可對上京來說，他們的到來卻並非是什麼好事，反而十分令人頭疼。

從容城遠道而來的那些鹹魚，縱然經歷千山萬水，味道也依然經久不散。因此，還沒等兩稅使的車隊走到城門門口，城門的守衛就被隱約傳來的鹹魚味給嚇了一跳。

「有海商上京？還真少見啊！」

「可不是，這腥味……嘖！離著老遠就聞到了，也不知帶了多少東西。」

兩個守衛一邊互相調侃，一邊往遠處看。緊接著，當兩稅使的隊伍浩浩蕩蕩出現時，他們從未見過數量如此多、種類如此豐富的鹹魚，竟然足足有幾十車。

與此同時，兩稅使面無表情地介紹，也讓兩個守衛臉上震驚的表情變得更加呆滯。

兩稅使：「這是容城交上來的稅收，趕緊檢查。你們檢查完了，我還要送去國庫歸庫的。」

容城送上來的稅收？這真的不是在逗他們？

守衛頓時就懵逼了，完全不敢相信自己聽見了什麼，甚至懷疑那些鹹魚裡面是不是藏著什麼刺客或奸細？否則容郡王再愚蠢也絕不可能送幾十車鹹魚來抵稅，難道他不怕龍顏震怒之下，直接要了他的腦袋嗎？

然而面對他們的謹慎，兩稅使和那些護送的士兵們，臉上皆浮出冷笑。就容郡王那種直腸子，怎麼可能搞出什麼夭蛾子？想要檢查？沒問題啊！只要你們不後悔。

於是，在兩稅使的示意下，所有將士將裝鹹魚的車全都打開，任由他們翻查。緊接整個城門口飄滿了鹹魚的腥味。

非常正宗且刺鼻，那些守衛立刻就後悔了，覺得之前自己一定是腦子有病，如此難聞的魚腥味，如果真有人藏在裡面，恐怕還沒等抵達上京就會被熏死在裡面。

可現在兩稅使已經將車子全部打開，這幫守衛瞬間淚流滿面，一個勁兒對兩稅使他們說：「大人，你們真的辛苦了。」

城門的騷動很快就傳到皇宮裡。

皇帝聽完，立刻被氣樂了。他原本以為喻祈年是出息了，這麼一看的確是出息了，越來越不像話！接著聽說連御膳房都收到喻祈年送來的一車鹹魚，臉色就更加陰沉，要不是喻祈年現在遠在容城，皇帝只怕要直接把人叫來狠狠打上二十板子。

簡直不把皇室尊嚴放在眼裡！

而眼下，皇帝生氣，御膳房也跟著惆悵，別看容郡王送來的這一車鹹魚看似不多，可整個御膳房卻要炸鍋了。

鹹魚味道重，御膳房裡的食材都是精挑細選過的，各位主子都習慣了錦衣玉食，這下不管多麼好的食材，被鹹魚味道一熏，也都染上腥味。

「師父，咱們這可咋辦？」御膳房裡打雜的小工惆悵地問御廚。

御廚也很無奈，只能決定先把這些鹹魚料理掉，好歹是容郡王送來的土產，就給各宮主子一起嘗個鮮。

於是宮裡今天所有人的晚餐都多了一道鹹魚，皇帝本來正為這件事在生氣，看見晚膳後，越發覺得那碟子裡的魚頭、魚眼就像是在無言嘲諷。

「混蛋！一會叫御膳房把剩餘的鹹魚都送去容郡王府。」皇帝勃然大怒，直接摔了筷子。

而這會陪著皇帝用膳的正好是鶯妃，聽到是容郡王出了問題，也迫不及待地落井下石。

「皇上息怒，祈年到底是赤子之心，您也別怪罪他了，萬一他覺得這鹹魚是好東西呢！」

這話就說得很誅心了，畢竟就算再腦殘的人，也不會覺得鹹魚是好東西，至於赤子之心什麼的更是挑撥離間。

鶯妃這是故意的，眼下她對容郡王可是厭惡至極。不僅僅是上次喻祈年大鬧婚禮，差點錯手殺了七皇子，就連霍銀山父女的事也被她算到喻祈年頭上，覺得從容城那邊來的全都沒有一個好東西。

皇帝果然因為她這句勸說變得更加憤怒，大聲道：「什麼赤子之心，都是朕給他慣得膽大包天了！土產抵稅，鹹魚算什麼土產？而且就算用土產抵稅，也是錢糧一起，哪有全都用土產來抵的？他這就是抗旨不遵！」

可就在這個時候，國庫那邊又傳來被洗劫的消息。

「什麼？」皇帝心裡陡然一驚，可接下來的話又讓皇帝哭笑不得。

「是被貓洗劫了。」

誰能想到，那些跟著兩稅使一路上京的貓，在沒有成功從兩稅使這裡得逞之後，竟然不放棄，一路跟到上京，並狡猾地混進國庫裡。

國庫的守衛對這些鹹魚並不在意。甚至覺得沒准皇帝明天下令懲處了容郡王後，就會把這些鹹魚處理掉，所以根本沒有仔細看管。

於是，這些貓就真的得逞了。只見在國庫庫房裡上躥下跳的大貓、小貓們，每一隻嘴裡都叼著一條鹹魚，上樹上房、上牆上窗戶，那叫一個跑得飛快。

等到守衛反應過來時，幾乎每一車鹹魚都遭到洗劫。至於庫房裡的其他東西也因此損壞了不少，畢竟，那些貓才不會管這些東西珍不珍貴。

在牠們眼裡，魚才是最重要的東西。

「陛下，這些鹹魚要怎麼處理？不能全堆在國庫的庫房裡，一是庫房裡的物件受不了這味道。另外，這些貓也是個問題啊！」負責國庫的官員滿眼辛酸淚，非常希望皇帝能夠趕緊把這些倒楣的鹹魚處理掉。

可他並不知道，皇帝比他還要厭煩，因為宮裡已經經受一波鹹魚的洗禮了。

聞聞這空氣中消散不去的腥味，御膳房那麼多大廚能人，都沒有辦法消除這些腥味，只能任由它慢慢飄散。

皇帝最後乾脆決定，所有鹹魚全都送到容郡王府裡，再派兩稅使去容城，這次交稅必須要銀子！並且，還要對喻祈年嚴加懲處。

然而此時外面又有人報，說是容郡王府和太子那頭來人了。

「來做什麼？領魚嗎？」皇帝氣不打一處來。

結果那人卻說，容郡王府是抬著東西過來的，不多不少，三十萬兩。

喻祈年的全部身家也就如此了，看到最上面那些許碎銀，就知道容郡王恐怕是把府裡當月的月錢都拿出來了，甚至最下面還有宮裡賞銀的官印。

來送錢的是長公主生前身邊得用的老嬤嬤及一位暗衛，見皇帝神色緩和了一些，那暗衛就稟報了具體情況：「陛下，我們爺託太子殿下的屬下傳話，說容城的稅銀讓府裡給備好了，讓您別生氣，都是他不懂事，給您添堵了。」

「這是不懂事嗎？根本是胡鬧！容城稅銀從他郡王府出，怎麼的？和朕示威呢是不是？」

「陛下恕罪。」暗衛和老嬤嬤立刻磕了個頭。

太子的屬下也順勢送上一張請安的摺子。

皇帝原不想看，可這一地的人全都和喻祈年送來的那車鹹魚有關，無論是哪一撥都氣得他胃痛，還不如看一眼太子的摺子。

畢竟這個兒子他雖然不喜歡，可總歸是有能耐的。

結果打開一看更加糟心了。比起喻祈年每次送來的不著調的請安摺子，太子的明顯條理更清晰，內容敘述也更明白。

他主要說了三件事。

第一，是容城及彪城五城知州貪贓枉法的事。裡面詳細列舉了包括霍銀山在內的五名知州，這些年在山高皇帝遠的邊城所犯下的全部罪行，竟然足足寫了三本奏摺。

皇帝直接翻到最後一本的匯總，在看到五城知州貪墨下來的銀錢總數，整個人都懵了一下。

將近七千萬兩紋銀，這是他們大安足足一年的稅收啊！然而現在，竟然從這五名知州的府裡湊了出來，而且還只是現銀，不算其他奇珍異寶。

「豈有此理！豈有此理！」皇帝原本對喻祈年的怒意，瞬間轉移到這些貪官汙吏上。

緊接著，看到太子彙報的第二件事，心裡就越發一緊。

是關於容城五城的現狀，其中彪城四城還算是平靜，可容城……卻是真的窮，用太子的話說，可能全大安都沒有比容城更窮的地方了。

沒有地，只有海，可偏偏周圍臨近四城也全都靠海。因此，容城的海貨根本賣不出去，容城又沒有鹽引，想要曬海鹽也沒有資格。

即便有人說，靠海吃海不會餓死，生命也是毫無保障的。藥材稀缺，糧食和蔬菜更是少得可憐，一些貧民甚至連過年都吃不上一口蔬菜。

喻祈年帶兵去了之後，也找不到更好的改善辦法，只能讓軍需官放話，把糧草中的一部分糧食和蔬菜換給城裡的百姓。

「胡鬧！那兩稅使呢？這樣的情況為什麼不報？」皇帝越看越生氣。兵將是保家衛國的根本，即便眼下武人地位低於文人，但是在軍糧這一塊，皇帝是沒有虧待過兵將的，甚至更加優渥。

所以，當他聽到喻祈年帶著的兵竟然連正經飯都吃不好的時候，心裡就別提是什麼滋味了。

然而稍後召來的兩稅使，再次印證了太子的話。

「容城是真窮，並且不只是百姓和守軍的將士們吃魚，就連容郡王的一日三餐也和軍將們一樣。」

「你是說祈年在那邊每天也吃這些東西？」

「是，因為容城就只有這些東西。」兩稅使雖然對容郡王的鹹魚恨到極點，但說到這裡也忍不住露出一些對容郡王的欽佩，都說容郡王紈絝囂張，可單從他帶士兵百姓的心來看，卻是個仗義有血性的人。

皇帝的怒意頓時消減不少，甚至有些唏噓。堂堂郡王，每天吃的恐怕還不如宮裡的普通宮人，如果不是這麼多人親眼所見，皇帝是絕對不會相信的。

可等看到太子回報的第三件事，這些嘆息又立刻變成心驚。

之前尨城農村被洗劫的案子已經查明，作案的竟是海盜。

「怎麼會有海盜？」皇帝心裡的疑惑越發加深。

遠在大安建國之初，的確每次臨近入冬，就有海盜從海上來，洗劫沿海村莊。但是後來大安先祖大怒，帶兵圍剿海盜出沒的鄰國，破國之後，沿海邊城就徹底恢復平靜，直到現在都一直沒聽說有什麼變故。

眼下竟然又聽到有海盜來襲，並且已經洗劫過一次，這對皇帝來說絕對是相當嚴重的事情。

「叫兵部尚書以及丞相過來，此事事關重大，必須嚴肅處理。太子現在還在尨城那邊嗎？」

「對！郡王爺到了容城後就一直在操練海軍，前些天我們出發時，郡王爺已經確定那幫海盜落腳的地方，看時間，估計已經帶兵過去圍剿了。」

「胡鬧！什麼圍剿？他有船嗎？容城連飯都吃不上，喻祈年還要帶兵打仗，拿什麼打？拿他容城的鹹魚嗎？」皇帝這會兒是真急了，連容城的鹹魚這樣的話都說出來了。

可太子屬下的回話，卻讓皇帝有種被澆了盆冷水的感覺。

「陛下，郡王爺說，讓您別跟著瞎操心，他就是帶人去看看，不真打，就去搶艘船回來研究。」太子的屬下說完，也覺得有點不好。可想到後面郡王爺千叮嚀萬囑咐的那句比這句更扯的話，又覺得搶船什麼的其實也沒啥。

於是深吸了一口氣之後，把剩下的話全都說完：「陛下，郡王爺還說，讓您幫著照看他媳婦兒，他一準兒能活蹦亂跳地回來，別讓他媳婦兒改嫁。」

皇帝徹底無語了，才這麼一會兒的工夫，又是憤怒、又是糟心、又是著急，現在更直接被一句「別讓我媳婦兒改嫁」給弄得哭笑不得。

都什麼時候了，自己這不靠譜的外甥還跟著胡鬧，海盜這麼大的事兒，竟然還念著吳文山，這喻祈年到底是多喜歡他？

皇帝越想越覺得頭痛欲裂，最後沒有辦法，只能先讓太子留在尨城，幫著看著點喻祈年。而海盜一事，就讓兵部和丞相先列個章程上來，再做打算。

至於喻祈年弄來的那些鹹魚……皇帝現在是連生氣的力氣都沒有了，乾脆命令按大安官員的每戶人頭數，挨家挨戶分發下去。

從今天起，所有上京官員包括皇室宗親，每日必吃鹹魚，算是一起體會容城百姓們的疾苦，以後當官的時候記得告誡自己，做個清明廉潔的好官！

把命令發下去後，皇帝心情總算是舒暢了不少，可那些官員和宗親們卻全都忍不住想哭。至於他們各府的廚子們，更是把容郡王罵了千遍萬遍。

也是苦了這些廚子，即便上京的官員宗親人數眾多，可也抵不過那價值三十萬兩白銀的幾十車鹹魚。

一時間，整個上京的內城裡飄滿了鹹魚的味道，甚至官員們上朝時，身上的官服都散發著深淺不同的海腥味。

然而上京正因為宋禹丞的折騰而怨聲載道時，宋禹丞已經無事一身輕地帶人出海了。

雖然喻家軍在容城就一直在熟悉海戰，也經常駕著船在海邊演習，可當他們真正入海之後，才明白海戰不是那麼打的。

光是想要在顛簸的甲板上拿著武器站穩，就已十分困難，更別提要打仗了。

更麻煩的是，士兵們暈船的情況嚴重，嚴重的更是吐到無法進食，這才不過是他們進海的第二天，重點是，他們的行船速度非常慢。

「爺，這樣不行，再折騰幾天，就算咱們到了，將士們這個狀態，恐怕也沒有打仗的力氣，不被抓住都還算是好的，別說搶船了。」

「我知道。」宋禹丞點點頭，皺起眉陷入沉思。

關於海上不適應的事情，他早就考慮過，並且也做了不少預防。可這些預防，在真正海上行軍後，就全都沒有任何用，畢竟人的體質和習慣不可能瞬間改變。

說到底，其實還是這船太晃，如果有什麼法子減少搖晃，這些兵將就能夠好過許多。

宋禹丞邊想著，邊和系統商議，就在他想詢問系統有沒有什麼法子的時候，突然一個厚重且虛弱的聲音從遠方傳來：「餓死俺了，想吃飯。」

這是什麼？好像是從海底傳來的？宋禹丞閉上眼細細感應了一下，接著，頓時眼睛一亮！他有更好的法子對付海盜了。

他突然想到，海上來的其實不只是海盜，還有其他生物。重點是，從來就沒有任何一本兵書規定，打海戰就必須是海軍！

宋禹丞叫傳令兵過來：「咱們船上還有多少補給？如果換成十五個人的小隊，大概能過幾天？」

「算上淡水和食物，一個月沒有問題。」傳令兵迅速算了一下，立刻給宋禹丞一個準確答案。

宋禹丞點點頭表示明白了，然後吩咐道：「讓其他人先回去，現在這個狀態，耗在海上也沒有用，而且身體也扛不住。先把人都送回去，然後和喬景軒說，以後練兵不要只有白天在船上練，要直接帶人住在船上！」

「嗯，有道理。」傳令兵連連點頭。他們喻家軍打仗一向是好手，現在最大的問題就是不熟悉海上的地勢還有船。按照郡王爺的說法，以後訓練多住在船上，就應該能夠逐漸適應。

傳令兵剛一轉身就覺得不對勁，忍不住又轉回來問道：「爺，您叫大家都返航回去了，您要自己留在這裡？」

「不，不是我要留在這裡，是我們。」宋禹丞搖頭。

「可咱們不是去搶船嗎？十五個人怎麼搶？都不夠給人家送菜的啊！」傳令兵目瞪口呆。

可宋禹丞卻踹了他一腳，「滾蛋！你們爺我怎麼可能是菜？再說了，叫你去搶，就咱們這個狀態，只怕都撂在半路上了。」

「是啊！」傳令兵越發不解。

宋禹丞也是無奈了，平時如此賊精，怎麼到了海上就變蠢貨了。可自家的兵沒法嫌棄，只能耐著性子給他解惑：「搶不了，就不要搶，乾脆讓他們自投羅網！」

宋禹丞說完和傳令兵耳語了兩句，傳令兵原本震驚的臉，聽完直接變成呆滯了。直到良久，才嚥了嚥口水，低聲詢問容郡王：「爺，這辦法靠譜嗎？」

「沒問題，照我說的做。」

傳令兵雖然覺得郡王爺的計畫十分不可思議，但他跟郡王爺久了，一直覺得自家郡王爺就沒有做不到的事情，在短暫的震驚後，反而淡定下來，便按囑咐把事情一樣一樣安排下去。

喻家軍最大的特點就是令行禁止。因此，不過短短半個時辰，七艘大船帶著足夠這些將士們一天食用的食物，打道回府。只留下宋禹丞這孤零零的一艘還在海上徘徊。

「爺，咱們現在怎麼辦？」看著自家兄弟們的船隻走遠，直至消失不見。偌大的海面上，就只剩下他們一艘船和十五個人孤零零在海上飄盪，環顧四周，傳令兵第一次有種冷清和對空間太廣闊的恐懼感。不過這些卻也實屬正常，畢竟，人生來對於海洋就是畏懼的。

宋禹丞明白他的心情，但是也沒過多安慰。因為想要打海戰，甚至未來那些讓容城徹底繁華起來的計畫，不管是哪一種，都要讓喻家軍的人先習慣海洋，並且戰勝心裡的恐懼。

敬畏無可厚非，但是恐懼卻只是阻礙。而且，宋禹丞還需要一些時間，等那些幫手從深海趕過來。

然而傳令兵卻對他的這種解釋十分疑惑。

「海上會有什麼幫手？」他想了半晌都沒有找到合理的解答。

不久後海浪的波動和下面隱隱浮現的影子，就讓他大致猜到郡王爺的打算。

他突然想起郡王爺那個潛藏的馭獸本事，他之前都是看郡王爺馴馬、馴鷹，甚至是馴烏鴉，現在海裡的魚要怎麼馴？

然而當他真正看到那個黑色的巨大身影在海灘上橫行的時候，傳令兵腦子裡突然莫名生出「不要瞧不起海鮮」的念頭。

這是傳令兵有生之年，第一次見到那麼大的螃蟹？應該是螃蟹吧！

足足四點五公尺的蟹腿，大大方方地在海盜巡邏的海灘上蹓躂，絲毫沒有半分自己對人類來說是食物的認知。

不，其實牠們才不是什麼食物，在牠們眼裡，人類……才是食物。沒錯，在海灘上快速登陸的巨大螃蟹，足足有上百隻，每一隻都相當悠閒自在，彷彿是在逛後花園。

「所以爺……這些都是啥？」那傳令兵有點困難地嚥了嚥口水。

然而宋禹丞的語氣卻相當自然：「牠們是喻家軍的新成員。以後多見見，牠們日後會是你們最好的搭檔。」

殺人蟹，生活在海盜國東南沿海海域中的奇特生物。在現實世界裡，這種蟹叫「甘氏巨螯蟹」，是已知世界上現存體型最大的甲殼動物。不過和凶惡的外表相反，這種螃蟹的性格其實非常溫順，甚至還有點逗比，至於殺人……那更是不可能的事，全都是謠傳。

因此，當宋禹丞聽到牠們在海底嘟囔的時候，就突然生出把牠們收編進喻家軍的打算。

他覺得海盜國和容城的海域相互連通，這些殺人蟹既然能在那邊生存，那麼搬到容城這裡應該也沒問題。畢竟容城別的沒有，就是魚多，而這些殺人蟹生活在深海裡，也算是容城周邊海域的特殊守衛了。

「……」傳令兵和船上其餘的喻家軍，全都用震驚的眼神看著容郡王，覺得自家郡王爺越來越神了，連這種嚇人的玩意兒都能召喚出來，甚至還說是最好的搭檔，確定不是最好的食物嗎？

喻家軍的將士們第一次對自家郡王爺的話產生懷疑，甚至認為他是不是被龍王爺附體了？要不然怎麼會這麼能耐？

用海鮮來打海戰，翻遍史書恐怕也只有自家郡王爺能想出這樣奇葩的法子。

此時在海的另一邊，海盜國的沿海正一片混亂。

萬物寂寥之際，一群他們意想不到的敵人突然降臨。

只見那些從海裡登岸的不速之客，身長四米，模樣猙獰，即便牠們性情溫和，但海盜們單單看到牠們巨大的鉗子就足以心生恐懼，更別提堅硬有力的蟹鉗，陡然落在他們的脖子上時，簡直就是死亡的預兆。

「天吶！海怪，是海怪！」

「會吃人的，要吃人的！」

那些海盜頓時被嚇破膽子，然而那些初次登陸的殺人蟹們卻被搞得十分懵逼。

「我、我們不吃人噠。」其中一隻比較小隻的，抓住一個從身邊跑過的海盜腳腕，試圖和他來一場友好的交流。

然而當冰冷的甲殼碰到那個海盜的肌膚時，他幾乎瞬間被嚇尿，大力掙脫後便朝著島中央的方向跑得飛快，身後彷彿有煙。

「……」交流失敗的年輕蟹，頓時覺得十分憂傷且難過。

然而牠旁邊經歷更多的年長蟹，溫柔地用蟹鉗拍了拍牠的頭：「不是所有的人類都像年年那麼友好，不要為這種蠢貨擔心。走！咱們去找船。」

「好噠！」被長輩安慰了以後，年輕的殺人蟹重拾愉快的心情，想到在等著牠們回去，還說要帶牠們去新家的喻祈年，年輕蟹頓時變得更加興奮，還忍不住在移動的過程中跳了一小段舞蹈。

牠是真的很喜歡海上那艘舊船上，會給牠投餵好吃食物、語調寵溺的青年，讓牠覺得有好多話想和他說，哪怕說上一百年也不會感到膩煩。

這麼想著，年輕蟹頓時幹勁兒十足，和其他長輩一起把海盜嚇跑後，就奔著海盜們放船的地方去了。

綁船的縴繩一向結實，尤其是這些大型戰船。然而對於這些擁有巨鉗的殺人蟹們來說根本不足為懼，牠們可是能夠獵殺鯊魚的，小小縴繩不過爾爾。

於是縴繩快速斷裂，至於戰船上還來不及逃跑的海盜，也在殺人蟹鋒銳的蟹鉗下，渾身顫抖地藏在船艙內不敢出來。

當船順著風遠離岸邊時，這些殺人蟹竟還靈巧地簇擁著船，讓它往喻祈年的方向行駛。而那些在船上的海盜也就這麼……被帶走了。

臥槽！所以，這些螃蟹是來偷船的？

之前被嚇跑的海盜們頓時目瞪口呆，看著船隻遠離的方向久久回不了神，甚至懷疑是不是有人故意養來嚇唬他們的？

然而轉念一想又覺得不可能，他們從沒見過這種怪物，如果是人為飼養，難不成是以活人當飼料？越想越害怕，在岸上的海盜像沒頭蒼蠅般，不知道該如何是好。

照常理，船被偷了肯定是要立刻搶回來，可這種丟船的方式也太驚悚了，與其說是螃蟹偷走了船，不如說是海神現世，要拿他們的船當祭品。

原本因為之前洗劫成功獲得不少糧食的海盜，剛平靜下來的生活頓時又亂了套。

而令人崩潰的事情其實還在後面。

就在海盜首領接到通知，並決定立刻出海追船時，他們發現自己被困在這座小島上了。

整個附近海域都被一種白色透明且十分夢幻的生物包圍，正是水母——這種看似柔弱的軟體生物，實則帶有劇毒。

不僅如此，他們剩餘的船隻，更在一夜之間被眾多貝類吸附住了。

可怕，實在是太可怕了！他們在這座島上生活了這麼久，第一次遇見這樣的情況，就像是有什麼上古妖怪陡然降臨，要把他們當成食物圈養，然後一天一天逐個吃掉。那些在船上被拉走的人，就是第一批要被海神吃掉的人。

就像為了證實他們的猜想，附近的淺海上竟然真的出現海怪——巨大的頭顱、彷彿是龍的尾巴，還有神祕的背鰭。每次靠近，都帶給他們巨大恐慌，還有令人膽戰心驚的驚悚畏懼。

最後就連島上供奉巫女的鸜鵒，也突然說了令人不敢置信的一大段話。

「第一天，有怪物登陸，船丟了。第二天，海怪圍城，所有人被困在島上。第三天，海怪們散了，丟了的船回來了，所有的東西都在，就連食物都紋絲未動，但船上那些人全都消失了。第四天，島上的人開始失蹤。十年後，這裡就是死亡孤島。會死的，手染鮮血終究要以命相抵，跑不掉，誰也跑不掉。」

那鸚鵡說完，陡然飛起，接著就離開牠長大的巫女殿，讓巫女和海盜首領嚇得面無人色。

「大……大人，現在要怎麼辦？」巫女渾身顫抖，半晌說不俐落一句話。

然而海盜首領卻像是被點燃的炮仗，直接罵道：「妳是巫女，面對這樣的情況，難道不是應該妳來想法子嗎？」

「是，我這就去。」巫女慘白著臉，趕緊帶人搭祭臺，做祭祀的準備。

海神已經發怒，他們必須立刻想法子平息怒火，希望天神能指引他們方向，安然度過這令人迷茫的狀況。

其實水母、螃蟹、皇帶魚，不過都是海中的常見生物，然而組合在一起時，卻把一整座島的海盜全都嚇尿了。

當海盜這邊亂成一片時，宋禹丞那頭卻十分悠閒。之前他只留下十五位最適應海上生活且武力高強的士兵，現在全都派上用場了。

之前在戰船上的海盜被殺人蟹襲擊後，一個個跟鵪鶉般縮在角落裡不敢動。等到殺人蟹把船推到宋禹丞的船旁邊時，宋禹丞站在船頭，估算著船裡還有多少人，並且下令列陣，喻家軍們也全都做好戰鬥準備。

結果萬萬沒想到，他們連武器都沒有抽出來，那些從船艙裡探頭出來的海盜，在看到宋禹丞的瞬間全都跪下了，並嗚哩哇啦說著一大堆他們聽不懂的話。

「爺，他們在說什麼？」傳令兵聽著頭疼，只能問宋禹丞。

然而宋禹丞的表情卻格外微妙。

至於系統更是在這些海盜剛開口的時候，就在宋禹丞的腦內笑翻了天，並且還懟了好幾十張【突然笑死】的表情包給他。

誰能想到，這些看似強壯的海盜，竟然會被一群螃蟹嚇成這樣。以至於在看到宋禹丞的剎那，就跪下喊起了「海神大人」。

沒錯，現在的宋禹丞，在這些海盜眼中，成了騰雲駕霧的神祇，無所不能。

【第六章】海神大人發威

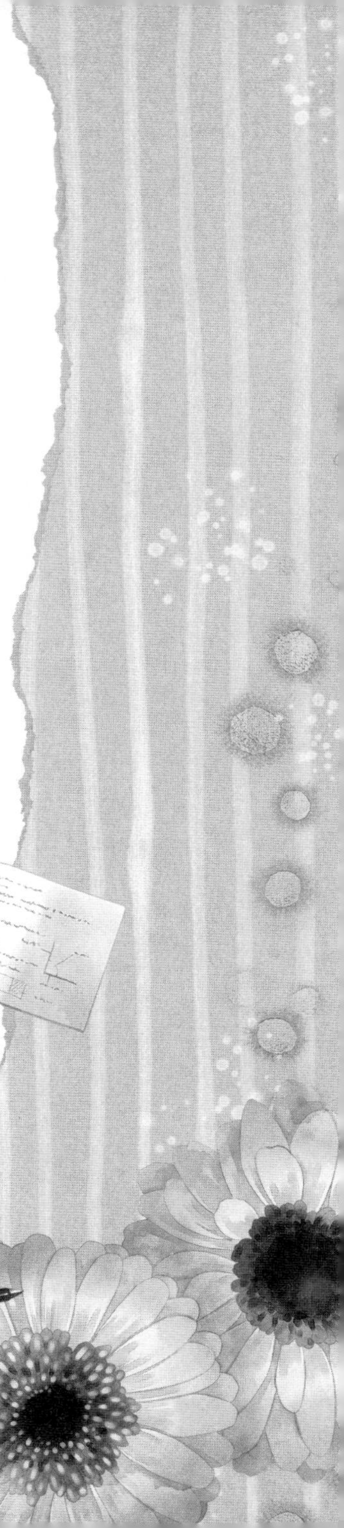

看到眼前滑稽的場景，系統忍不住在宋禹丞腦中大笑了起來。

「哈哈哈！什麼海神大人，他們怎麼不乾脆叫你海神爸爸。【笑出腹肌.jpg】」

「……」宋禹丞也十分無語，奈何還需要系統幫忙翻譯，只能忍下系統的吐槽。

「為什麼我念書的時候沒有把所有語言學起來？要是當初多學一點，現在就不用這麼麻煩了。」宋禹丞忍不住在心裡吐槽了自己一句。

他不過是隨口說說，可系統聽了卻心裡一顫。

因為系統明白，不是宋禹丞不會，而是宋禹丞……忘了。畢竟那些過往太過黑暗，最後就連唯一的救贖都失去了。

原本強行壓下的畫面又一次在系統的回憶中翻湧，如果它現在擁有實體，肯定會控制不住地顫抖。

「那大人你會想學外語嗎？」系統裝作不經意的樣子，追問了一句。

果不其然，宋禹丞回答：「不想，雖然不知道為什麼。不過沒關係，反正我有你不是嗎？」

「對，沒錯，你有我。」系統低聲附和了一句，然後就沉默不語。

「你怎麼了？」宋禹丞察覺到系統的不對勁，但是不管怎麼詢問，都只換來一堆【暈船】的表情包，接著他就被系統單方面遮罩了。

「……」所以說好的有它呢？沒有系統幫忙，他根本聽不懂這些海盜在說什麼啊！

被系統單方面任性地結束腦內對話，宋禹丞十分無語地看著面前跪著的這些海盜，最後只好自己想辦法處理這個局面。

根據眼下的情況來看，大概能猜得出來他們不外乎是在求饒。

「爺，咱們現在怎麼辦？」旁邊的傳令兵見他回神，趕緊湊過來詢問了一句。傳令兵也不怎麼喜歡這些海盜，聽著他們巴拉巴拉說個不停，就很想踹上一腳。

然而宋禹丞沒有立刻回覆，反而又陷入沉默。

因為就在剛才宋禹丞突然萌生新的想法，覺得原本的計畫似乎可以改一改。

他發現這些海盜的武器和大安的大相徑庭，尤其當中一人身上戴著一條特殊的皮帶，宋禹丞盯著看半天，雖然不能看出到底是裝什麼東西，但他本能覺得那應該是放火藥槍的槍袋。

根據那槍袋的樣式來看，這些海盜手裡的火藥槍多半和現實世界的手槍樣式差很多，但效果應該不會有太大區別。

眼下大安還處於冷兵器時代，如果這些海盜手裡有槍，等到海戰真正開打，那大安的情況就相當被動了。

怪不得原本的世界裡，容城明明有七萬人，最後卻毫無反抗能力地被血洗，或許原因就來自這些火槍。

想到這裡，宋禹丞猛地反應過來，海盜靠著搶劫為生，這海上過去沒有大安的船航行，但有別的國家，例如大洋的另一頭，定然還有另外一片同樣繁榮，但是發展路徑和大安截然不同的國家。

顯然這些海盜的火藥槍就來自於那裡。

幸虧沒有貿然登島，否則說不定會損失慘重。

然而轉念一想，既然這些海盜叫他「海神大人」，不如就真的當一次神。

思及此，宋禹丞轉頭和傳令兵小聲說了幾句，讓他和自己去船艙一趟。

傳令兵聽完後，用震驚的眼神看著郡王爺半晌反應不過來，忍不住笑道：「爺，您這也太壞了！」

「說什麼呢？你們爺這叫兵不厭詐，快點進去找東西。」

「好嘞！」傳令兵應著，趕緊往船艙跑。

宋禹丞讓他找的正是之前離開皇宮時，皇帝給他的那套郡王宮裝。

宋禹丞不習慣穿古代服飾，這麼繁瑣的宮裝必須有人幫忙穿戴。

一來二去，兩人在船艙裡折騰了一小會，等重新現身後，宋禹丞這一身行頭還頗有幾分仙氣，很有點東海小龍王的意思。

那幫海盜原本就懼怕宋禹丞，這下換了衣服就更害怕了！

真、真的是海神吧！都穿上神袍了！

那些海盜從沒見過真正的織錦，只見宋禹丞身上那身銀色織錦宮裝，在陽光下泛著柔和的光澤，便越發認定宋禹丞是真正的海神。

「海神大人，請您放過我們吧！」

「您有什麼旨意就和我們說，我們一定照辦。」

這幫人忍不住又開始嘰嘰喳喳念叨著磕頭。

宋禹丞這次沒有搭理他們，只是叫人把這些海盜從船上抓出來，不要耽誤他們接下來的計畫。

至於向海盜國傳話的事情，宋禹丞這邊沒有人會這幫海盜的語言，但是他意外得到一隻會說這些海盜語言的鸚鵡，就是從巫女殿裡飛走的那隻。

說來也湊巧，之前宋禹丞叫海東青去尋找海盜們的具體落腳地，這鸚鵡正好出來蹓躂，結果被海東青抓回來。

好歹也是巫女殿的供奉，宋禹丞原本以為這隻鸚鵡會威武不能屈。

萬萬沒想到，這鸚鵡竟然比之前那幫烏鴉還貧，說了一口流利的海盜語，劈里啪啦說個不停，還不如讓牠直接說鳥語，宋禹丞還比較能溝通。

可即便改說鳥語，十句話裡有九句半是廢話，讓宋禹丞有種想要打死牠的衝動。最後，同樣被吵得受不了的海東青就出手代勞了，一翅膀抽在鸚鵡的腦袋上，讓牠徹底消停下來，老老實實跟宋禹丞描述海盜小島上的近況。

問到最後，宋禹丞得到的具體資訊並不多。

這鸚鵡在海盜國算是供奉，平日養尊處優，鮮少飛出巫女殿。

宋禹丞在聽完牠所知的內容後，安排牠把那段海神預言背下來，就趕緊讓海東青把牠送回去。

可宋禹丞萬萬沒有想到，這鸚鵡在完成任務後，竟然又自己飛回來了，牠跟著那些殺人蟹，找到位於海上的宋禹丞。

這讓宋禹丞頭疼萬分，就在他考慮要不要把牠燉了的時候，正好出現這個語言不通的難題。

轉頭看了一眼停在欄杆上，一邊整理羽毛一邊碎碎念的鸚鵡，宋禹丞原本想讓這些被俘虜的海盜幫忙傳話，現在決定不如就讓鸚鵡來傳話。

他們的補給足夠在海上維持一個月，他就來當一個月的海神，想想其實也很不錯。

就這樣，宋禹丞為期一個月的海上悠閒假期就開始了。

然而對於海盜國的那些海盜們來說，這一個月是最艱難且令人畏懼的一個月。

誰能想到，之前那艘被殺人蟹帶走的戰船又回來了。

就像是陡然出現的幽靈船，分明船裡一個人都沒有，卻神奇地能在海上行駛。海盜首領見狀，命令一個先鋒小隊上去檢查，卻發現裡面乾淨得出奇，讓人覺得害怕。

接著發生更讓人毛骨悚然的事情。

位於船艙內的休息室，裡面的被褥凌亂，甚至仍有餘溫，桌上擺著依舊冒著熱氣的飯食和茶碗，就像是上一秒還有人在此用餐休息，下一秒就全體從船裡消失了。

「這、這是怎麼回事？」幾名上船檢查的海盜面面相覷。

就在此時，從船艙內突然傳來幽幽的女性哭泣聲，他們接著聞到一種好似魚腥味又好似血腥味的奇怪味道。

「什麼情況？你下去看看！」小隊隊長顫抖著聲音，指了一名隊員，然而遭到拒絕。

「我我我……這是在鬧鬼吧！我不去。」

「笨蛋！我們有天神保佑，怎麼可能會鬧鬼？」小隊長也怕極了，但是身為隊長他不能示弱。

可變故陡然發生，只見他話音剛落，就突然覺得腳腕被什麼濕冷的東西給抓住了，鬼？不會吧！

他僵硬著脖子往下看，只看到一團彷彿是水草般的綠色東西，接著，他腳下一滑，就被那水草般的生物迅速抓走，甚至連慘叫一聲的機會都沒有。

他旁邊的隊員親眼目睹整個過程，瞬間轉身要跑，可他的腰間也被那種綠色的水草給纏住了。

這種濕潤卻黏稠的海中植物，就像是怪獸的舌頭，想把他們綁住拖到深海，成為那些海怪們的腹中美食。

「怪物！怪物！要吃人了！」隊員一路喊著，一路被拖走。

等到小隊其他成員趕到時，只看到地上一片濕潤的拖拽痕跡。

「……」所有人都頭皮發麻，再也顧不上檢查，連滾帶爬地跳下船，回到岸上，臉色發白地不斷重複說著「有怪物」、「吃人」這兩句話。

海盜首領和巫女對視一眼，皆從對方的眼裡看到驚恐。

之前鸚鵡的預言已經實現兩條，剩下就是海神降臨、小島覆滅。如果真的這樣，那他們要怎麼辦？

首領已經完全懵住，至於巫女殿的巫女做完所有法事，仍沒得到半分來自天神的啟示。

然而眾人覺得走投無路之際，之前那隻鸚鵡竟意外飛回來了，並帶來一個十分令人振奮的消息：

「海神大人說了，你們過去傷害的海中生物太多，必須受罰，交出你們沾滿罪惡之血的武器，誠心跪拜，就可以得到原諒。」

「交出武器……」海盜首領頓時覺得有點古怪，他們的確殺魚吃魚，但是所有沿海城鎮都是這樣做的，為什麼海神突然找上他們？

再加上之前那些殺人蟹，上了海灘卻沒有殺人，只是偷走了一艘船，這更讓他覺得蹊蹺。

能夠當上首領的肯定不是蠢貨。之前他的確被這些突然來襲的海中生物所驚嚇，但是冷靜下來後，反而穩住情緒，變得不著急了。

畢竟，雖然他們信奉天地鬼神，但比起這些虛無縹緲的東西，握在手裡的火藥槍和武器才是真正讓他們賴以生存的根本，因此，縱然對方是海神，他也不會輕易把火槍奉上。

這麼想著，海盜首領狠下心，決定要和這個所謂的海神一戰。

他的這個決定，也很快被鸚鵡帶回去告訴宋禹丞。

宋禹丞反而笑著對帶在身邊的將士們說道：「他們敬酒不吃吃罰酒，怎麼樣，和爺去島上溜溜？」

「沒問題啊！」這一小隊喻家軍的將士也跟著咧開嘴笑了，海戰他們不行，打陸戰他們一個能打十個！

更何況，說好了第四天開始，島上的人要一個一個失蹤，明天就是第四天了！他們這些當海神的怎麼能說話不算話？

是夜，宋禹丞一行人上了小船，在鸚鵡和海東青的引路下，成功避開海盜的守衛，混上海盜所在的小島，並且準確摸進一座相當隱祕的森林裡，開始安營紮寨。

在海盜首領拒絕了海神的要求後，那傳達海神旨意的鸚鵡就立刻離開了。當天晚上感覺並沒有什麼變化，海盜首領幾乎一夜沒睡，全城戒嚴。

然而可怕的事情還是發生了，海盜首領萬萬沒料到，他的貼身侍從竟然憑空消失了。除了地上留下一個充滿魚腥味的特殊鱗片外，再也沒有其他東西能證明這裡曾經站著一個活人。

「去，去找！海神什麼的肯定是騙人的！這麼大的活人不可能憑空消失！」

所有海盜都在尋找這個失蹤的侍從，大街小巷每處都充斥著呼喊侍從名字的聲音。

可最終非但一無所獲，反而又有人失蹤了。

這次是海盜統領的侍衛隊長丟了！而且他是在眾目睽睽下陡然消失的，等其他人反應過來時，只剩下一片霧氣和留在原地的奇特鱗片。

「這、這一定是海神。海神發怒來抓人了！」

「這分明是直接吃了啊！連皮帶骨一口吞下，所以才會整個人憑空消失。」

「怎麼辦，現在該怎麼辦？」

海盜們一片恐慌，巫女殿更是一刻不停地在祈禱，至於海盜統領卻陷入進退兩難中。

到現在他依然覺得這不像是什麼海神，像是有人在故意製造混亂。

可即便這麼懷疑，他依舊找不到任何蛛絲馬跡，最後所有指向都是不遠處的海裡，而海裡有那位神祕莫測的海神。

島上的海盜維持著一天失蹤一人的狀態，防不勝防，每一個突然消失的人，消失的模式都大相徑庭。這種未知的詭譎和恐懼，把不少海盜的膽子嚇破了，甚至不少骨幹人員已經開始跟首領建議把武器交出去吧！

「愚蠢！武器交出去，以後我們用什麼謀生？」海盜統領氣得一巴掌抽在這些人的臉上，叫他們趕緊去加強島上的防衛。

在海盜國被宋禹丞折騰得雞飛狗跳之際，太子在容城也同樣擔心得不行。提前回來的喻家軍，第一件事就是去找太子彙報海上的情況。

「什麼？你說小主子只帶著十幾個人留在海上了？這不是……」胡鬧嗎？後面三個字不敢說出來，太子身邊的侍從聽完就急了。他是真的擔心容郡王，不僅僅是因為太子喜歡他的緣故，還因為容郡王這個人。

雖然才相處沒多久，但容郡王辦的每件事都讓人十分欣賞，看似流氓痞氣，可實際上卻屢出奇效。而且容郡王是真能成事的，並非紙上談兵，比起大安的其他將領，容郡王簡直是塊瑰寶。

這樣的人來守容城還可以說是歷練，但只帶著那麼少的人留在海上，萬一出事了就是莽撞了。

屋裡的幾名暗衛也都現出身影，看著太子似乎在無言詢問，要不要他們也出海看看。

然而太子卻皺著眉，沉思許久後，最終搖搖頭，「不要去，祈年敢留下，就是有法子。你們也沒有打過海戰，萬一打草驚蛇，壞了他的事就麻煩了。」

「主子，那小主子那頭……」侍從依然覺得不踏實，可太子卻示意他不用再說。

然而太子在看似鎮定的外表下，端著茶杯的手卻在輕輕發顫，其實他比任何人都要擔心宋禹丞。

這是令人輾轉難眠的一夜。

宋禹丞帶兵留在海上，一點消息都沒有傳回來。喻家軍都習慣了自家郡王爺無所不能，可太子身邊的人卻只擔心海上風雲變幻。

太子已經躺下了，可睡得並不安穩。似乎在他的夢裡有什麼可怕的場景在不停輪轉，讓他的額頭沁出一層薄汗。

直到他承受不住驚醒，這夢魘才算徹底醒來，太子猶豫半晌，還是從枕頭下拿出一個有點粗糙的小袋子，掙扎良久才把自家那隻海東青叫來，把東西交給牠：「去找祈年家那隻白色小啾。」所以自家主子這是害相思了？雄性海東青歪著頭看了太子一會兒，眼神裡竟然莫名多出一絲調侃的味道。

太子也讀懂了牠的意思，乾脆轉過頭不搭理這個不靠譜的傢伙，可耳尖卻已經紅透了。

不管怎麼樣，藏了許久的東西到底還是送出去了。

當太子的那隻雄性海東青找到宋禹丞的時候，宋禹丞這些人正在山林裡大大方方地聚餐。

仗著那群海盜不知道他們底細，又不擅長打陸戰，宋禹丞領著喻家軍們玩了一齣神不知鬼不覺的戲碼，就連民間賣藝那些裝神弄鬼的手段，也全都耍了一遍。至於綁走的人都被宋禹丞安置到那艘海盜船上，打算一起帶回容城。

「爺，您留著他們有什麼用？又不知道他們在說什麼，還浪費糧食。」傳令兵不解。

宋禹丞卻把玩著手裡一把沒有子彈的火藥槍，慢條斯理給他們解釋：「看到這個沒有？這是咱們大安沒有的玩意。而這些海盜只在這麼小的小島上生活，通共就兩萬多人，你說他們是怎麼得來這東西的？」

「這……」傳令兵也不是傻子，立刻明白郡王爺話裡的含義。

「爺，您的意思是海的那頭還有別的國家？」

「對，這個火藥槍八成就是來自那裡。咱們容城沒有能夠生產糧食的土地，也沒有什麼值得拿出手的土產，眼下的安穩只是暫時的，必須給百姓們找一個能夠真正富強起來的營生。」

「海商？」傳令兵的腦子轉得很快，立刻就想起這個已經消失很長時間的職業。

「有這個想法，但是還得先平了這幫海盜再說，要不然出海可不安全。」

「明白了，所以爺您留著抓來的海盜，是要他們帶路嗎？」傳令兵正和郡王爺商議著，天空突然傳來振翅聲。

宋禹丞順勢抬頭，原本以為是自家那隻小啾玩回來了，卻意外看到太子的海東青。

「這是什麼？」宋禹丞一眼就看到海東青腳上綁著的小袋子，拿下來一看，居然是個荷包。然而這荷包也做得太粗糙了一點，不倫不類的也沒有花紋，針腳凌亂，明顯是初學者弄的。

「噗，四歲的小閨女都比這做得好。這是哪個心大的姑娘送的啊！」見宋禹丞收到一個傳情用的荷包，這幫喻家軍的將士們也跟著起鬨起來，可當宋禹丞把荷包打開後，這些人卻瞬間沉默了。

因為荷包裡面裝的是枚護身符，護身符裡祈求神明保護喻祈年平安的字跡俊逸瀟灑，分明是正在容城幫著看守大營的太子殿下的筆跡。

原來如此！爺您很行嘛！

所有人都用揶揄的目光看著宋禹丞，不過很快就被宋禹丞一人一腳給踢開。

「滾滾滾！沒正經事做嘛！」宋禹丞嘴裡罵著這幫人，心裡卻不由自主泛起一絲甜味。

之前他讓人給皇帝傳話，想要吳文山給他做個荷包，不過是為了折騰吳文山罷了，但萬萬沒想到最後卻是太子給他做了一個。

想到那位純情到不行的太子殿下，紅著耳朵避開屬下，偷偷擺弄針線的模樣，宋禹丞的心裡就軟成一片。在摩挲著祈求平安的字上，這一筆一劃之間蘊藏的深情厚誼，更是濃重得連最好的徽墨都沒法將之完全化開。

太子對他可說是相當情深義重。

小心翼翼把荷包貼身收好，宋禹丞鄭重其事地詢問系統一句：「我能在這個世界待多久？」

「至少五十年！」似乎感受到宋禹丞和太子之間的甜蜜氣氛，最近一直情緒低落的系統也難得興奮地蹦躂起來：「大人我跟你說，咱們有好多積分可以換嗟！只要你想，就可以無限兌換停留的時間，完全能一直陪太子直到世界結束！」

「原來是這樣。」宋禹丞點點頭，接著又有了新的問題，繼續追問：「那我問你，咱們的好多積分是怎麼得到的？」

「當然是任務啊！大人您不知道，您的任務完成得多好，每次都是超額完成，評價特別高，自然積分超多，根本用不完……」

「可我怎麼記得我只走了兩個世界，並且第二個世界的主線任務還失敗了？」

糟、糟了！系統心裡一緊，感覺無法圓上，慌忙掏出來一張【四捨五入就是一個億】的表情包懟在宋禹丞的臉上。

宋禹丞頓時無語，失去繼續追問的打算。

如果放在往常，宋禹丞肯定會覺得奇怪，還要仔細詢問系統積分總數，包括主、支各線任務的積分數和評定要求。

可不知道為什麼，這一次他卻失了謹慎，根本沒想到要追問，在他的潛意識裡，直覺根本不用問，只要他出手評定就一定是高分，以至於宋禹丞本能地認同系統那句「積分很多」的說法。

對宋禹丞不再追問，系統也是悄悄鬆了口氣。隨後它變得更加焦慮，它跟了宋禹丞這麼久，自然明白宋禹丞有多敏感，那麼唯一的解釋就是，在宋禹丞的潛意識裡對過去還有印象。

不會的，就算有也肯定想不起來。系統在心裡拚命給自己鼓勁兒。

今時不同往日，在那些事情發生後，它回到快穿總局狠狠學習了好一陣子。眼下的它可能依舊不夠聰明，但絕對不是當初那個純粹傻白甜、只會拖後腿的新手系統了。

這一次不管付出什麼代價，它都一定會保護好宋禹丞。更何況，連當年那個人也跟著一起來了啊！

宋禹丞完全沒有感受到系統的憂慮，不過他到底還是因為系統說自己能夠一生留在這個世界的承諾，放下最後的憂慮。沒辦法，太子深情如此，他就算是塊石頭也要被捂化了。

「我替你報仇，幫你完成願望，所以這個世界剩下的時間，就留給我可好？」宋禹丞在心中低聲詢問殘留在身體裡的原身意識。

可出乎他意料，宋禹丞不但得到同意，而且那抹意識還徹底消失了。

所以，這是把身體全部留給他的意思？宋禹丞先是愣了一下，接著忍不住嘆了口氣。

喻祈年的確是個豁達且心懷天下的好將領，都是吳文山這個混蛋耽誤了他。

「放心吧，繼承了你的名字和天賦，我一定會代替你守大安百年盛世！」再次在心中鄭重承諾，宋禹丞終於心結全解。與此同時，也陡然生出對太子的思念。

也不知道這人現在有多擔心他，想必也是輾轉難眠。

摸了摸懷裡已經帶有體溫的荷包，宋禹丞把一塊從未離身的玉珮拿下來，小心地綁在太子那隻海東青的腿上。

「辛苦你替我跑一趟，把這個交給你家主子。」摸了摸海東青的頭頂，宋禹丞看著牠飛往容城的身影，半晌沒有說話。

「怎麼了爺？這是咱們家郡王妃換人了嗎？」傳令兵在後面看得清清楚楚，郡王爺送出去的玉珮可不普通，那是能號令整個喻家軍的信物。把這樣重要的東西送給太子，那可不是簡簡單單的忠君兩個字可以解釋。

況且，這幫喻家軍的人多精明呢，之前太子緊迫追人，他們就有點想法了。現在郡王爺這麼回應，越發看懂了情勢。

而這次宋禹丞沒有反駁傳令兵的調侃，只是笑著說了一句：「回去你想這麼叫著也行，別怕挨揍就好了。」

「挨揍肯定不會，說不準太子爺還得重賞我。」

「你就繼續貧吧！快點收拾收拾該去幹活了，今兒海神還沒抓人呢！」宋禹丞被調侃得有點臉紅，乾脆一腳踹在傳令兵身上，讓他趕緊滾蛋。

而他的好心情也影響了傳令兵，他一邊笑著發訊號，一邊集合隊伍。

「兄弟們，準備了，海神抓人啦！」

今天是他們抓人的第七天，按照宋禹丞的計畫，他們已經陸續抓了不少人。

但是今天這個特別重要，宋禹丞要帶著他們抓一位負責造船的匠人。

其實這個匠人也不是海盜國的人，對喻家軍而言這人長得還有點奇怪，黃頭髮、藍眼睛，但這都不重要，重要的是海盜們的船都是他監造的，連那些神奇的武器也都出自他手。

所以，他們今天晚上要去海盜的老巢，把這個關鍵人物偷走。

裝神弄鬼搞事情什麼的，比打仗還讓人興奮。這幫喻家軍的兄弟們兵分兩路，一路隨宋禹丞回到海上，另外一部分，則在傳令兵的帶領下，潛伏在海盜老巢的附近，準備隨時進去偷人。

於是，這天夜裡，這些海盜們終於如願以償，見到他們心心念念許久的海神大人了！

只見海面上薄薄的霧氣下，出現彷彿有一座房子那麼大的巨大鯨魚，在鯨魚的頭頂穩穩站著一個人，銀色的盤龍長袍在月色下泛著柔和的光芒，俊逸的五官看上去不過十七、八歲，可眼神格外深邃沉穩，彷彿歷經無數滄桑變幻，就和他們想像的海神一模一樣。至於海神身後站著的那些神兵神將，也都各個身姿威武，仙氣飄然。

「天吶，海神大人駕著龍神臨世了！」

「海神大人，放過我們吧！我們知道錯了。」

宋禹丞能馭獸，哄了一隻歲數大些的鯨魚過來配合，至於其他的水母、海龜、皇帶魚，那更是本能地想要靠近宋禹丞。

如此一來，這真有點神話裡東海龍王的氛圍。宋禹丞也因為自己的腦補畫面忍不住笑了，不過他覺得神話裡的龍王聽到的，肯定不是他現在聽到的這些話。

水母們嘰嘰咕咕表示，最近的季節水裡的浮游生物更加好吃。皇帶魚們在互相攀比，看誰的身體更長。至於那些海龜們則是慢吞吞講著什麼時候要生蛋、沒有特別好的海灘。而那隻巨型鯨魚卻是有一句沒一句地，和宋禹丞聊著這片海域裡這些年經歷過的光景。

另外那些非常溫柔的殺人蟹們，此時也都沉在海底碎碎念，吐槽自家首領總是要占據最高的石頭，還老把其他想要上去的蟹用腳無情踩下來，相當的官僚主義且不友好，非常值得批判一下。

聽著周圍或低沉、或緩慢、或歡快、或絮叨的聲音，宋禹丞的唇角控制不住地勾起溫柔的笑意。然而落在海盜眼中，這種溫柔就是死刑即將來臨的預兆，越發畏懼得跪地不起，原本不相信有海神的海盜首領，也瞪直了雙眼，目不轉睛地盯著宋禹丞，半晌回不過神來。

竟然真的是神兆？這、這根本不可能！

海盜首領完全不敢相信自己的眼睛，除了神跡以外，他無法解釋為什麼有人可以輕易驅使如此多的海獸。

偏偏此時有人跑過來說：「首領，不好了！又有人失蹤了，這次失蹤的是勞倫斯。」

「什麼？」海盜首領的臉色驟變。

勞倫斯是他從海上的商船強搶過來的一名工程師，專門為他們這些海盜製造戰船和武器。之前鸚鵡傳話，說不交出武器海神就會懲罰他們，現在看來果然如此。

真的是奔著他們的武器和船隻來的。

想到鸚鵡說的最後一句預言，十年之後成為孤島，海盜首領的心裡越發忐忑不安。

等到宋禹丞等人的身影完全消失在海面上後，他才滿頭大汗地站起身，陷入沉思。

「首領，咱們就把武器交出去吧！」

「對啊！海神大人已經現世，再不交上去，難道要等這裡成為孤島嗎？」

「首領，這是真的海神大人，不可能是人為啊！」

越來越多海盜向首領請命，可首領卻遲遲不願給出回應。

他覺得這一切相當蹊蹺，他必須再好好想一想，這些海盜眼光短淺，只顧著眼前的害怕，就沒有人想過，一旦失去謀生能力，他們要怎麼維持日後的生活？

交出武器，是絕對不可能的！

因此，首領最終決定，要想法子找出海神裝神弄鬼的端倪。

可他萬萬沒有想到，他能夠隱忍，他那些全被嚇破膽的屬下竟然反了！

這一夜，全島的海盜都鬧了起來，他們組織起來，強行包圍首領的府邸，並且把首領綁了，關到地牢，包括首領的親信也紛紛下獄。

至於巫女殿的巫女們也不得不配合，恭請新的首領上位。

畢竟，老首領一直不肯屈服海神，這些巫女也很害怕。

宋禹丞帶著喻家軍的將士們，站在山坡上往海盜城裡看。

在看到那裡出現一片炙熱的火海之後，他勾起唇角，「走了，回船上，明天一早，就會有人把武器送來。收拾東西準備回家了！」

「好嘞！」傳令兵聽完也相當興奮。

雖然這一票玩得很爽，但家這個字眼卻永遠是最吸引人的。

第二天，當那些殺人蟹再次推著幽靈船出現的時候，海盜的內戰已經結束。果不其然，就如同宋禹丞的推斷，新首領對「海神大人」十分敬畏，不但主動送上所有火藥槍，就連他們的佩刀也一併送上。

宋禹丞聽著那些殺人蟹的回報，抓住準確的時機又裝了一次神跡降臨，然後就大大方方帶著這些戰利品，往遠海離去。

那裡有他們之前停泊海上的容城戰船，也是他們回家的方向。

才不過出海一周多，可宋禹丞卻覺得自己彷彿出來一年多，尤其不知道為什麼，留在容城的太子格外讓他想念。

「說好的一心只有任務，任務讓你快樂呢？」系統忍不住開口調侃了宋禹丞一句。

然而宋禹丞的回應卻差點把他氣死。

「像你這種未成年且單身一輩子的系統，是不會懂得我們成年世界的美好。」

系統頓時沉默，直到半晌才鬱悶地反問：「大人你還記得我是你最喜愛的系統寶寶嗎？」

「根本不記得，我的大寶貝只有雲熙一個。」

所以說這個雲熙到底是哪個小婊子？系統憤怒地甩出數十張【渣男】的表情包，然後才後知後覺地反應過來，大安太子的名字可不就叫楚雲熙嗎？

這狗糧的味道簡直不要太噎人，嗯嗯，真好吃。

系統被宋禹丞一個人也要強行發出的狗糧噎得夠嗆，而容城那頭的喻家軍和太子親信，這些天也被太子強行秀了一臉。

就在收到海東青送回來的玉珮之後，太子立刻把玉珮戴在身上，並且毫不忌諱地四處行走。原本他為了避嫌，還會稍微避開喻家軍的核心，現在也逐漸放開了，到宋禹丞要回來那天，太子更是直接帶著自己的行李，住進容城的郡王府裡。

雖然不和宋禹丞住同一間房，可也不過一牆之隔罷了。原本只是稍微幫忙輔助管理喻家軍的內務，太子現在則是直接接手，就連喬景軒都被太子帶在身邊，從頭教導。

「主子爺，您這麼自作主張，小主子回來不會生氣嗎？」太子的侍從有點擔心，覺得太子會不會管得太寬。

然而太子卻搖頭笑了，「不會，祈年喜歡賢內助。」

「……」主子你好歹是堂堂太子，這麼一副想要自帶嫁妝嫁進郡王府的模樣到底是為了哪般？侍從感覺自己無形中被強行懟了一臉的狗糧，非常無語。

可偏偏太子的暗衛們對於這種情況，卻相當喜聞樂見。

他們也是武人，之前在蓂城就和喻家軍合作過，對這幫將士們相當有好感。現在可以光明正大共事，簡直求之不得。

至於喻家軍的將士們，對於太子樂意接手內務這件事，都很想跪下叫他爸爸。畢竟這一大兵營的武將，打仗是一個賽一個的厲害，可換成這些文書就全都麻爪了。哪怕是喬景軒，現在攤子大了也很難兼顧，之前都是靠著太子幫襯，才沒有出大亂子。

現在直接換成太子來管，整個喻家軍簡直又上升好幾個層次。這些原本因為容郡王才信任太子的喻家軍，也開始對太子徹底心服口服。

等到宋禹丞帶著戰利品得勝歸來的那天，太子正好在郡王府裡聽幾個軍需官回報喻家軍這一周的糧草情況。

宋禹丞到了碼頭，第一反應就是尋找太子，然而卻意外沒有找到。詢問了幾個人，才知道太子在自己府裡幫著處理內務呢，所以這算是明目張膽的投懷送抱？

對於太子的主動，宋禹丞心裡十分受用。他就喜歡太子這種直截了當、不拖泥帶水的痛快個性，都是爺們，心意相通就乾脆一點，大大方方處在一起，無所謂什麼面子上的矜持。

這麼想著，宋禹丞心裡的那份急切就變得更加明顯。他做事一向沉穩，習慣布局掌控，按理說，他最厭惡這種失控的情況，然而現在的宋禹丞，卻只覺得格外享受。

系統：「春天到了，萬物復甦，動物們又到了交配的季節。」

宋禹丞：「你要是嫉妒，我回頭向總局申請給你找個伴。不過，你得先趕快成年。」

系統：「#￥#@%#！@滾！【氣成河豚.jpg】」

被懟了一臉的系統，憤怒地遮罩了宋禹丞，並且決定十分鐘內都不要和這個忘恩負義的宿主說話。然而宋禹丞根本不在意，慢條斯理地向屬下交代一下自己帶回來的戰船、武器還有俘虜要怎麼處置，接著，就抱著興奮的心情回到郡王府。

彷彿此時的郡王府裡有一個急著待拆的禮物等著他。

眼下在府裡的太子，剛剛讓那些軍需官散了，正端詳著軍餉和糧草單子沉思。

容城本身的缺陷太大，光是沒有能夠種植的土地，無法自給自足這一項就很傷。而喻家軍在不停壯大，長此以往，很快就要入不敷出。

如果不行，就只能試試讓五城聯手，看看有什麼法子讓容城快速富裕起來。

或者是，海商。

太子琢磨著這兩個字，提筆寫在紙上。

而就在這時，身後突然出現一雙手把他摟住，接著格外親昵的熟悉嗓音在他耳邊輕聲說道：「不愧是賢內助，連我有什麼打算都猜到了，這算不算心有靈犀？」

太子驚詫地轉頭，卻正對上宋禹丞溫柔中透著戲謔的眼神，並笑道：「表哥，蕙質蘭心是有了，可手藝著實糟糕了點。」

太子下意識轉過頭，看了一眼宋禹丞指尖夾著的那個荷包，接著，陡然就紅了耳朵。

然而宋禹丞並不打算放過他，反而更加惡趣味地逗弄。

輕柔的吻落在太子敏感的耳垂上，宋禹丞壓低的氣音帶著一絲暗啞，和往日清越截然不同，蠱惑撩人：「雲熙，和我在一起的時候也會緊張嗎？」

「……」太子沒說話，全身都僵住了，甚至連身後摟著他的宋禹丞都能感覺到，懷裡這個看似不受影響的人，實際上連呼吸都屏住了，至於被他抓在手裡的指尖都灼熱得讓人心尖發顫。

宋禹丞饒有興致地盯著太子，幾乎在對視的瞬間就讓太子的臉染上豔色，但即便如此，太子也沒有想要逃跑躲避的意思，反而表現得越發鎮定。

太子專注的眼神，彷彿在說就是因為是你，所以才會害羞。

如此直白的純情，真的是誘人到了極點。

宋禹丞的視線越發放肆，視線所及的地方，都彷彿想將太子身上穿著整齊的外衫一件一件脫下。

至於原本落在耳垂上的吻也漸漸下移，落到頸子上，尖銳的虎牙劃過肌膚，留下曖昧的紅痕。

太子原本屏住的呼吸瞬間放開，頃刻就亂了分寸，卻依然維持任由宋禹丞折騰的模樣，一動不動。

這麼聽話，真是有點犯規了。

宋禹丞唇角的弧度越發透出一絲微妙的深意，太子是真的不懂自己有多誘人，宋禹丞見多了美人，而太子這種天然的純情才是最吸引他的，太子越青澀，就越能勾出宋禹丞潛藏在心裡的那一份惡劣，讓宋禹丞想要用力地、狠狠地、使勁兒地欺負他、挑逗他，看他露出與往日截然不同的誘人模樣。

忍不住把兩人之間的距離拉得更近，宋禹丞的手摩挲著太子的側臉，兩人之間的親昵距離，近到連呼吸都近在咫尺，能夠相互交融。

「還會緊張嗎？」宋禹丞的嗓音裡滿是笑意。

然而太子低垂的眼裡，卻充滿被壓抑的慾望。

與其說是宋禹丞以為的緊張，不如說是為了偽裝激動情緒的隱忍。深吸了一口氣，太子不經意地放鬆身體，讓宋禹丞能更好的控制他。

然而這種看似示弱的做法，卻並非是給人一種處於下風的懦弱，而是另一種因為過於在意喜歡，而寵溺到了極點的縱容。以至於太子纏綿的視線，都讓宋禹丞覺得自己被他勾引了。

「以後不許用這樣的眼神看別人。」宋禹丞忍不住命令道。

然而太子反而順從地回答道：「只看你。」

真是要命了，這樣的深情讓宋禹丞完全無法抵抗，他忍不住扣住太子的後腦，狠狠吻住他。

周遭的空氣漸漸變得炙熱，這種熱烈的甜蜜味道，藉由這個吻逐漸蔓延開來。

和外表的溫柔不同，宋禹丞的吻和他在這個世界的人設極其相似，霸道又侵略感十足。那種極具衝擊感的強勢，讓太子很快就隨之一起沉淪。

而這種勢均力敵的快感，不論是精神上還是生理上，都讓人感覺極其舒爽。

一吻結束，宋禹丞抵著太子的額頭，氣息有點不均。

「初吻，嗯？」這一次，宋禹丞的語氣充滿調侃的意味。

然而太子落在他耳邊的輕聲呢喃，卻讓原本遊刃有餘的宋禹丞，臉上也意外染上了豔色。

「是初吻不好嗎？我的一切，都只屬於你。」太子的嗓音低沉而華麗，在染上情慾後，更是恨不得每一個字都蘇得人骨頭發軟。

宋禹丞瞇起眼，眼裡的占有欲也越發深刻。仔細盯著太子的臉打量幾遍後，宋禹丞終於忍不住再次低下頭，狠狠吻住他，要不是時間不對，他都有種直接把太子帶進臥室裡的衝動。

然而宋禹丞因為太過興奮而完全沒有注意到，自始至終都是太子摟在他腰上的手在維持他們兩人的平衡。也完全沒有注意到，太子低垂的眼簾下，那種慾望壓抑到了極致的危險目光。

【第七章】

赴京休妻

宋禹丞和太子都是第一次動心的人，雖然一樣生澀，但是天生互補的個性，很快讓他們消除剛剛成為戀人的微妙彆扭感。

可即便談著戀愛，經常虐狗，該做的事也不能耽誤。在和太子短暫的親昵過後，宋禹丞又開始忙活起容城的政務，尤其是對未來的打算，更是盡可能考慮仔細，計畫周詳。

宋禹丞認為，海商要做的準備相當多，且十分繁雜。

首先就需要一張具體並且是最近描繪的海圖，否則海上千變萬化，也不像陸地上有很多標誌性建築物，一旦迷失方向，後果不堪設想，必須要格外謹慎才行。

而且，宋禹丞倒也不是沒有動過把海東青送出去探探路的念頭，可想想之前那隻鯨魚形容容城到西洋國家的大致路程距離，宋禹丞也不放心讓自家那隻愛撒嬌的小啾獨自飛那麼遠，就算有太子家的那隻陪著也不行。

至於另外一個麻煩事，就是武器和船。

從海盜這頭火藥槍的普及程度來看，可以推斷出海的那一頭的科技發展程度。反觀眼下大安實在相差太多，必須想法子補上，戰船的建造技術也同樣如此。

然而根據抓來的那個外國人勞倫斯的描述，喻家軍現在造船匠人和軍火處的匠人，工藝哪怕是想要達到海盜那樣的水準，都需要幾年，更別提要達到和勞倫斯故鄉所在國家的狀態了。

這就僵住了，火藥槍也好，戰船也好，每一樣想要研究都得要錢，沒有真金白銀砸下去，那是不可能有效果的。

可偏偏越急，越添亂子，宋禹丞萬萬沒想到，上京那邊傳消息說皇帝給他一封信。

宋禹丞接過信件，剛打開就看到皇帝在第一段裡寫，吳文山病重想見他一面。

「見爺有什麼用，容城離著千山萬水，就算真有個三長兩短，這會子見我不如去見大夫。」宋禹丞看完這段，第一反應就是冷淡的吐槽了一句，然而吐槽完了卻發現太子還在身邊，這就很尷尬了……

宋禹丞還來不及解釋，接下來信的內容就讓宋禹丞陷入沉思。

原本宋禹丞以為，皇帝說吳文山病重是要把他召回上京。可後面的內容竟然沒有讓他回京的意思，皇帝反而還試圖把他留在容城，讓他不要回來。

所以這是試探？或者說是懷疑。

「你怎麼想？」摒退左右，宋禹丞把皇帝送來的信原封不動地交給太子。

太子接過來看了一會，也陷入沉思。

這信寫得很有意思，先是隱晦暗示喻祈年，說那個正在給他求神拜佛的郡王妃吳文山身體不好。接著也不細說，而是轉頭問起容城的事情。

這種生硬轉移話題的方式，如果宋禹丞真的像表現出來的那麼愛吳文山，肯定會為吳文山擔憂，甚至立刻返回上京。

皇上這是在試探喻祈年對吳文山的真心到底有多少。

這次皇帝的試探著實來得太過意外，總讓他有種微妙的不安感。

太子的想法也和宋禹丞的感覺一樣。不回去不行，但是回去沒准就要落入什麼圈套或麻煩事情裡。畢竟，現在的上京儼然已成了全大安最混亂的地方。

在太子幾乎處於即將被廢的情況下，京裡的皇子們肯定不消停。

自古想要得王位就必須取得兵權，而現在擁有實權的將領，除了四方邊境的守軍外，就只剩喻祈年手裡的喻家軍。

自從接手容城後，宋禹丞鬥垮了五城知州，重整五城守軍，將這些守軍收編進喻家軍，因此他現在手上的兵，甚至比其他四位將領還要多上幾萬人。

至於那個在皇帝面前給喻祈年上眼藥，讓皇帝對他產生懷疑，召他回燕京的人，自然就是在覬覦他手裡的喻家軍。

如果是這樣，他必須立刻回上京一趟，一是看看吳文山現在被調教的結果如何；另外就是要想法子消除他那便宜舅舅對自己的猜忌，順便給上京的其他皇子們安排一下接下來兩年要做的事情。

最好可以讓他們內鬥，不要總是來打擾他。這麼想著，宋禹丞靈光一閃，產生一個模糊的念頭：「你說，如果這些皇子裡突然出現天選之子，會有什麼樣的效果？」

太子先是一愣，接著瞬間明白宋禹丞的打算，忍不住跟著笑了。

「那想必會發生特別有趣的事情。」

「是啊，尤其當他們發現這個天選之子並不只一人的時候。」宋禹丞的唇角勾起戲謔的笑容，終於有了章程。

然而太子卻嘆口氣，抱住他念叨道：「還是要小心行事。」

「放心，皇帝屁股下面的位置只能是你的。」

「……」太子感到無奈，他根本不是說這個。宋禹丞雖然大多時候都十分敏銳，可偶爾會變得遲頓。太子無聲輕嘆一聲，依然沉默地接受宋禹丞的安慰承諾，並把他抱得更緊一些。

甜蜜的時光總是格外短暫，宋禹丞和太子都很忙，不能總關在屋子裡談戀愛。

尤其如果宋禹丞過幾天回上京，那麼容城發展海商的事情就要全落在太子身上。

至於初期籌備戰船和武器的資金，也交由太子煩惱。不過好在抄了尨城霍銀山等五位知州後，他們手裡的銀錢還能維持一陣子，只要太子能夠精打細算，應能支撐到宋禹丞從上京回來。

而宋禹丞也開始準備去上京的事，尤其準備了一份大禮要給七皇子和吳文山。

上一世，吳文山深知原身馭獸的本事，為了能夠將原身困死在後院，不讓他得到任何一絲和外界聯繫的可能，硬是把吳國公府改建成一個巨大的牢籠，除了人，就再也沒有活著的生物，連一隻細小的飛蟲都尋不見。

至於七皇子就更不用說了，原本的世界裡，他手裡沒有兵權，覬覦喻祈年手上的喻家軍，為了得到這支號稱全大安最厲害的騎兵營，他也全力支持吳文山把喻祈年圈禁在府內的決定。

並且為了避免原身太閒，七皇子還特意給吳文山送了好幾個小妾，逼原身把所有的念頭都留在這小小的宅子裡，折斷了他的翅膀，不讓他飛翔。

這些過往記憶倒給宋禹丞一個新的思路。

那些人心心念念想把他留在上京，好方便算計他手裡的兵，那麼他就帶著騎兵回京，好好陪七皇子玩玩。

至於給他們的大禮，宋禹丞早就準備好了。

他吹了一聲呼哨，接著聽見一個十分欠打的聲音，用怪異的音調一路喊著：「年年啊！你家白色小啾又帶著牠爺們虐待我，你快給我找個美人湊成雙，讓我虐回去！」一路朝著宋禹丞的方向奮力飛來。

是之前海盜國裡巫女殿供奉的那隻鸚鵡。宋禹丞原本有點嫌棄牠，不想帶牠回來，可這隻鸚鵡卻像是認定了他一樣，賴在他身邊說什麼都不肯走。

不過這鸚鵡除了話多及嘴巴賤了點，倒也沒什麼其他的毛病，而且很快就學起大安的官話，竟也莫名學得還不錯。

可不知道是不是在巫女殿當供奉當得太久，這鸚鵡會說官話以後，就喜歡裝神弄鬼，有的時候晚上還會飛去軍營，給喻家軍的將士們念叨一些海盜國的特產鬼故事，以換一些瓜子來吃。

因此，牠眼下在宋禹丞這裡不再是之前巫女殿裡養尊處優的模樣，可不知道是不是容城的水土養人，非但沒有半分不適應，反而還長胖了不少，就連羽毛都變得更加豔麗。

宋禹丞打量著在自己面前一邊四處亂飛，一邊和他絮叨一日見聞的鸚鵡，竟也忍不住勾起唇角，露出一抹溫柔的微笑。

「所以談戀愛以後會讓人改變脾氣嗎？」系統忍不住調侃了宋禹丞一句。

奈何宋禹丞一個老司機，非但沒有半點臉紅，反而直接懟了系統一臉狗糧：「有雲熙這麼溫柔賢慧還能幹的大美人陪著，換成是你，你不會覺得幸福嗎？」

「……」宋禹丞說得好有道理，系統一時間竟無法反駁。

不料宋禹丞接著說：「不好意思，我忘了你還未成年，不能找媳婦，自然感受不到我的快樂。唉，太可惜了。」

「……」系統徹底沉默，被宋禹丞打擊得說不出話來，並且決定和宋禹丞絕交一小時來表達自己的憤怒。

然而宋禹丞卻根本不在意，反而拐到太子的書房。

自從兩人的關係挑明以後，太子就把書房也搬到宋禹丞的書房隔壁。不過從外面乍看是兩間房，實際上兩間書房緊挨著的牆壁上有個洞門，能夠將兩間書房連接起來。

宋禹丞推門進去的時候，太子正坐在桌邊看著彪城送來需要處理的信件。

「還要忙多久？」順手從後面摟住太子，宋禹丞趴在太子的背上，懶洋洋地蹭了兩下，又偷了兩個吻。

「還要一會兒，你事情都交代完了？」太子依然不習慣宋禹丞突然撲上來，但還是很快調整好姿勢，讓宋禹丞趴得更舒服些。

宋禹丞被他這個小心思暖得不行，緊接著餵到唇邊的茶水，溫度和味道也全都恰到好處到令人嘆息。「怎麼辦，服侍得這麼周到，我都不想走了。」

「那就不走了。」

「別鬧。」宋禹丞也忙了一早晨，現在膩歪在一起聊天後，就有點泛睏，但嘴裡還呢喃著：「要回京的，我得先休了吳文山，好回來娶你過門。」

「好，那我等你。」太子答應著，見宋禹丞迷迷瞪瞪要睡著，乾脆回身把他打橫抱起，動作輕巧地放在書房旁邊的軟榻上，再幫他脫了鞋襪，鬆開外衫的繫帶，蓋上涼被後才算完事。

然而做完這一切後，太子看著宋禹丞的睡臉，不知不覺開始出神。

宋禹丞最近真的很累，從到了容城後就一直沒歇過。先是鬥貪官，然後忙糧草食物、忙軍餉，接著是對付海盜，好不容易放鬆幾天，現在又要回上京繼續和皇帝那些人虛與委蛇。

即便他知道宋禹丞不會吃虧，依舊心疼宋禹丞如此勞累。

可就在這時，本來應該睡著的宋禹丞，突然開口笑說了一句：「你要是不打算偷親我，我可就睜眼了。」

竟、竟然沒睡著嗎？方才在發呆的太子頓時愣住了，可隨後手背上就覆上一隻手，掌心溫暖，和他肌膚相親，十指相扣。

「別瞎琢磨，你爺們可能幹了。」輕而易舉就猜出太子在琢磨什麼，宋禹丞依舊沒有睜開眼，可握著太子的手卻用力許多。

「剛不是說了嗎？我回去並不是為了那幾個廢材皇子，我得趕緊料理了吳文山，好給你一個名分。信物都收了，也住在一個府裡，哪能總這麼不明不白的，爺可不能當王八蛋。」

「那我等你回來。」太子依舊還是縱容地點頭。

「好，你爺們的身家可都交到你手裡了。」宋禹丞一邊說，一邊低低笑了，「來吧，現在廢話說完，咱們也該談談正事了。」

「什麼正事？」太子立刻收斂起神色，同時將最近喻家軍和容城五城的事情想了一遍，思緒卻被宋禹丞的一句話打亂。

「還是剛才那個問題。我說雲熙，你到底要不要偷親我？要是再不行動，我就主動了。」宋禹丞的唇角滿是調侃的笑意，卻溫暖甜蜜得讓人難以忽視。

太子先是盯著看了好一會，然後紅著耳朵低下頭，吻住宋禹丞的唇。

和戀人在一起的時間總是過得特別快，轉眼一切準備就緒，宋禹丞便帶上五百名喻家軍，踏上回上京的路程。

一路快馬加鞭，生怕擔誤事情，畢竟他們這次是有任務的。

在宋禹丞從容城出發後，上京那頭也被他的舉動驚動了。

畢竟，之前喻祈年和吳文山的事情鬧得很大，不管是容郡王大鬧婚禮，險些殺了七皇子，還是新婚夜夫夫吵架，喻祈年連夜帶著五千騎兵遠走容城，又或是郡王府裡找了一個小倌館的老鴇子來調教吳文山，最後還把吳文山送去宗廟。

雖然這一連串的事情都看似非常湊巧，但連在一起想就十分耐人尋味。

但這些都不耽誤皇子們與各自的親信門人看戲，因為最近上京有一個十分微妙的傳言，據說被容郡王千嬌萬寵的郡王妃吳文山，現在並不在宗廟替出征的容郡王祈福，而是躲在七皇子的府裡。

這下事情變得十分有意思了。

喻祈年可是上京有名的痞子，不管他對吳文山到底是真情還是假意，七皇子招惹上他，肯定不會有什麼好果子吃。

想想他之前在上京幹過的事，一般人遇到這種事可能會拉不下臉，可喻祈年根本沒有臉。不少人都在心裡琢磨，哪怕七皇子真給喻祈年戴了一頂綠帽，喻祈年都能喊著大丈夫何患無妻，接著大張旗鼓地找七皇子的麻煩。

實際上，這傳聞根本是假的，是有人故意捏造。

皇宮裡，皇上聽心腹說了最近發生的事，也忍不住皺眉。

前些日子，四皇子剛來找他說了喻祈年手裡的喻家軍人數眾多，容城又遠，太子也在那邊，他們表兄弟感情好，可別出了變故。

這讓皇帝心裡十分不舒服，所以趕緊找藉口騙喻祈年回來。可等上京流言四起後，他又突然懷疑起來，覺得四皇子之前的那些話像是挑撥。

在看到太子送來的信件，越發感到不大對勁。因為不論喻祈年還是太子，態度都很坦蕩直白。喻祈年雖然人在外面，奏摺送得可勤了，就連出海抓了多少魚都能詳細寫下來。

太子甚至還會把尨城四城的物價報回上京，供皇帝參考。

不管是宋禹丞的摺子，還是太子的摺子，都刻意和他說了兩人現在關係很好的事情。想想這也十分順理成章，畢竟容城靠海，海盜肯定會先從容城上岸，可卻在尨城最先發現海盜，兩人要聯手布防是正常不過的事情。再加上聽到屬下稟明，最近在上京這些與七皇子有關的傳言，其中有四皇子插手，讓皇帝忍不住開始懷疑起來。

「你的意思是，老四……」

「是有點奇怪。陛下您想，太子性子恬靜，不僅孝順，也能腳踏實地為百姓做事。您覺得七殿下好，他肯定也會覺得七殿下好，否則也不會幾次自請把尨城四城給他做封地。他現在可是名正言順的太子爺，又有前皇后和掌控三軍的外家，和您要封地，這就是懂了您的意思，給自己討了後路呢！與此相比，四殿下的心就太大了。」

「你覺得祈年這孩子如何？」

「小郡王啊……屬下不敢說。」

「說吧，朕恕你無罪。」

「謝陛下。」像是在斟酌詞語，屬下猶豫了一會才慢慢開口：「其實屬下覺得小郡王的忠心比太子爺的孝心還難得呢。別的不說，就看這些年，郡王爺帶著喻家軍經歷過不知多少大大小小的剿匪。容城就更別說了，前些日子小郡王不是還親自帶隊出海了嗎？喻家軍裡的海軍才剛剛開始練，也還沒有戰船，卻敢出海肅清海盜。如果不是真的心繫大安、心繫您，他再胡鬧也不會這麼魯莽。」

「唉，朕這麼多兒子，卻沒有你一個侍從看得透。」皇帝擺了擺手，吩咐道：「你先下去吧！容朕再想想。」

「是。」屬下悄無聲息地退出大殿，但是低垂的臉上，唇角的笑意顯得特別意味深長。

他覺得眼前留在上京的皇子全都是蠢貨，現在只要有長眼睛的都看得出來，皇帝屬意七皇子，與之相爭便是忤逆。唯有不爭，假意退讓，哄得皇帝心軟，才能保存自身實力、獲得最大好處。

至於試圖引起皇帝對容郡王產生懷疑的人，更是愚蠢得無法形容。那位小爺的性子，怎麼可能是隨便由著人擺弄的，他這次回京，只怕這京城都要跟著一起翻了天。

然而大殿中的皇帝，臉色卻和這名屬下截然不同，面沉如水，難看到了極點。

他承認，由於更喜歡鶯妃的緣故，連帶著最疼七皇子。而七皇子自小聰慧，是繼承大統的好苗子。

因此，即便已立太子，他也依然偏心得相當明顯。原本他擔心太子會有反意，可偏偏這個最不討他歡心的兒子，卻意外是最孝順的，甚至有些愚孝。

他一句「你七皇弟更適合這個位置」，太子就真的同意退讓，並且還自請討要彣城四城為封地。如果換成別的地方，他還會懷疑一下太子的居心。可偏偏彣城四城是真正的邊城，雖比容城富裕些，但與真正的富饒之地相比，這些邊城可真是又窮又亂。

重點是，彣城那邊隱患很多，幾個月前，彣城靠海的村落就被海盜洗劫過，可見其危險。而太子現在卻留在那裡，跟喻祈年一心想訓練海兵重掌海權一樣，都是拿命在護著大安、護著他。

這兩個孩子，別的不論，僅論一個忠心、一個孝順，已比什麼都難得。

如果沒有七皇子和鶯妃，他倒是該好好培養他們。不，或者是他看走眼了，其實七皇子都遠遠沒有他們優秀。

「唉，到底還是太委屈他們了啊。」

皇帝長嘆一口氣，心裡十分難受，對太子和喻祈年生出許多愧疚。

皇帝的確心懷算計，但是太子是他的親兒子、喻祈年是親外甥，現在一個被養得懵懵懂懂，是個只知道打仗的郡王，最後還娶了男妻，自斷子嗣；一個貴為太子，卻處處委曲求全，連自討的封地都是為了成全他的偏心。

可偏偏這倆孩子都這樣了，還有人想挑撥離間，懷疑他們的忠心，甚至想要把他們推向絕路。

想到四皇子那天的暗示，皇帝還有什麼不明白的。

四皇子其實就是看上收編後的喻家軍了，至於他想要軍隊作什麼，毫無疑問，自然是為了他屁股下的這個王位。

翅膀還沒長硬，就想要飛了，也不看看自己是不是那塊料。皇帝瞇起眼，眼中俱是駭人的殺意。

「去查查四皇子，看看他身邊最近多了什麼人，又在做些什麼！」

「是！」藏身大殿中的暗衛立刻現身。

皇帝翻著容城送來的信件莫名有點擔心。太子說，喻祈年剛從海上回來就收拾東西準備返京。

太子還特意在信裡提到，喻祈年這次的確出海碰見海盜，打了一個小勝仗。雖然太子把帶了新船、新武器和俘虜的事情隱瞞沒說，但卻刻意強調了一下，喻祈年這次出海重新畫了一份海圖，也已經確定距離大安海域不遠有一個海盜藏身的小島。

太子說，喻祈年擔心他離開後，那些海盜會回來報復，所以只帶了五百輕騎回來，並且把容城的相關事務全都交付於他，讓他幫忙看管。

估計他風塵僕僕地趕往上京會十分辛苦，希望皇上多留他幾天，讓他好好歇歇。

皇帝看著這幾句話，心裡越發不是滋味。容城和上京之間距離不近，這剛下了船，就又馬不停蹄趕路，想必真是累壞了。

「來人！現在就叫人去驛站守著，一看到容郡王回來，就趕緊把人接進宮裡，別讓他累著！」皇帝擔憂地把侍者叫進來傳話，並且決定喻祈年這次回來，一定要好好彌補這孩子，至於容城那邊的軍餉也可以再加一成。

至於吳文山那邊，原本皇帝為了哄喻祈年回來，讓太醫給吳文山下了點藥，現在又怕喻祈年著急，趕緊讓人快點把吳文山治好。

殿外的侍從都開始忙碌起來，有的去驛站傳話，有的去準備容郡王進宮後住的宮殿，還有人去太醫院吩咐太醫，生怕耽誤了吳文山病好的時間。

皇帝覺得自己該交代的全都交代完了，現在只要等喻祈年回來，看到健康的吳文山，就能夠萬事大吉。可他萬萬沒有想到，他被四皇子挑撥得一時衝動，卻直接坑死了七皇子。

要知道，吳文山不是傻子，一直想要逃脫。因此皇帝這邊剛有點小動作，就立刻被他利用上了。

吳文山現在恨死了喻祈年，也同樣恨死了把他當棄子的七皇子，至於他想盡辦法傳到外面的謠言，自然都是假消息。

他這是要給自己的失蹤找個合理的解釋。

沒辦法，喻祈年實在是太狠，前後幾個月的調教，硬生生把他從一個正常的男人，調教成了無法離開男人的賤貨。

現在的吳文山哪裡還有當初風度翩翩的小公爺模樣，這都是拜喻祈年所賜。他原本為了長遠之計，不得不暫時隱忍，然而萬萬沒想到，喻祈年看似莽撞，可若心思惡毒縝密起來，比真正的奸詐小人還可怕。

從容郡王府到宗廟，他愣是找不到任何一個逃跑的機會。

直到皇帝出手，吳文山才總算找到反撲的機會。

吳文山是個能說善道的，要不然當初原身性格再單純，也不會被他哄得團團轉，最後死心塌地。因此，在吳文山的小心利誘下，給他看病的太醫侍從，終於被說動，答應幫他往外傳消息。

而吳文山傳出去的第一條消息就是他沒有嫁給容郡王前，和七皇子關係很好。

那侍從看吳文山可憐，再加上這也的確是實話，並且無傷大雅，因此就答應了。

太醫這個職業經常在宮裡和各大王府世家走動，這侍從也就在不經意之間，把吳文山要他傳的消息順利傳了出去。

但連侍從也都沒有想到，這消息傳著傳著就變了調。

一開始的確傳言吳文山在沒有嫁給容郡王之前，和七皇子關係很好。可後來不知怎麼就跟容郡王大鬧婚禮的事情聯繫到一起，說七皇子其實和吳文山之間不清不楚，是被容郡王橫刀奪愛。

兩天後，這傳言就更離譜了。說吳文山生病是假的，實則是被七皇子從宗廟裡偷帶回七皇子府了。傳得有來道去，彷彿跟真的一樣。

「看不出來啊！吳文山還真有能耐。容郡王之前被他哄得一愣一愣的，現在竟然還抱上七皇子的大腿。」

「抱上也沒用，你沒聽說嗎，七皇子才是未來有可能繼承大統的人選，皇帝絕不可能讓他後院裡有男妃，哪怕吳文山只是個妾妃。」

「這可說不準，喻祈年可是娶了他當正妃呢！」

「別提了，不是說喻祈年快回來了？弄不好，這次就有樂子看了！你們說，那喻祈年回來，看見媳婦兒被搶了，會不會直接打上七皇子的門去？」

「肯定會！不是婚禮上就大鬧了一場，差點掐死七皇子嗎？」

這段日子，整個上京裡都是議論吳文山和七皇子的事情，到最後竟然所有人都認定，七皇子和吳文山之間有首尾。

至於那些和七皇子不對付的皇子和世家子弟們，更是巴不得看見七皇子和喻祈年對上。一時間，京城裡人人都期待著容郡王回來上演一齣好戲。

七皇子在府裡聽著屬下回稟的市井流言，氣到整張臉脹得通紅，哪怕當初喻祈年的婚禮上，他都沒感覺這麼丟人過，忍不住將一個杯子用力摔到地上。

「胡說八道！這都是誰傳出來的？去給本王把他們的舌頭拔下來！」

「殿下，現在整個上京的人都在傳，這有點困難。」

「那就趕緊制止。喻祈年快回來了，這不是給我找麻煩嗎？」七皇子越想越生氣。

最近這段日子，他真的是事事不順。先是婚禮上差點被喻祈年殺掉。然後又發生霍靈的事情，讓他跟著受了不少晦氣。

結果一波未平一波又起，吳文山好好地在宗廟給喻祈年祈福，就算病了也賴不到他的頭上，怎麼會傳出吳文山裝病，他把人藏在七皇子府了？

可偏這倒楣的事兒，總是一件接著一件。就在七皇子忙著想要平息謠言的時候，宗廟那頭竟突然傳來消息說吳文山丟了。

「什麼？那還不快去找？」

然而他這話剛落，就聽門口一陣騷動。接著一個他做夢都不想看到的熟悉人影陡然出現在面前，此人一身風塵僕僕，眉宇間滿是疲憊，用略帶沙啞的嗓音問道：「快去找誰？」

七皇子頓時打了一個寒顫，戰戰兢兢地轉頭看去，頓時差點被嚇尿了。

來的不是別人，正是喻祈年。不知道是不是因為最近這段時間都待在邊城軍營裡，喻祈年身上的冷肅殺意，遠比之前在上京的時候還濃重。

並且眼下多半在氣頭上，他手上那把鋒銳的長刀雖然沒有沾染半滴鮮血，卻依舊十分駭人，彷彿下一秒就能讓他人頭落地。

「喻祈年，你你你、你別胡來！這裡是上京，吳文山丟了可和我一點關係都沒有。」

「沒有？」宋禹丞勾起唇角，意味深長地笑了。他把長刀放在旁邊的桌子上，隨後走近七皇子，像是和他開玩笑般想伸手拍拍他的肩膀，可接著他方向一轉，就狠狠掐住七皇子的脖子。

「老七，再把剛才那句話和我說一遍可好？」宋禹丞陰沉的聲音在七皇子耳邊響起：「你是把爺我當傻子了嗎？我媳婦兒之前在宗廟祈福，連我的暗衛都進不去。也不過是半個時辰之前才發現他不見了，恐怕宮裡面現在都還不知道我媳婦兒不見的事。你說，你一個宮外的皇子，是怎麼知道的？」

宋禹丞越說，手收得越緊，力道大得讓七皇子快要窒息。

「放手！快放手！容郡王你瘋了！快放開我家殿下！」七皇子的侍從和侍衛全都嚇瘋了。

誰不知道七皇子是皇帝面前最受寵的皇子，容郡王要是錯手殺了他或許還能活著，但是他們這些侍從肯定是要給七皇子陪葬的。

因此全都一邊嚷嚷，一邊試圖把容郡王的手從七皇子的脖子上拉開。

然而宋禹丞帶過來的五百名喻家軍卻不是開玩笑的，手起刀落，所有敢上前的人全都被他們用刀背拍暈，倒在地上。

頓時整座七皇子府一片大亂。

等皇帝聞訊從宮中趕來，便看見喻祈年恨不得把七皇子掐死的一幕。

「喻祈年！你好大的膽子！還不放開你七哥！」

自家兒子的命掐在喻祈年的手上，而現在的喻祈年分明正為吳文山不見的事暴怒，皇帝也不敢太過刺激他，以免他錯手把七皇子弄死。

然而喻祈年聞聲回頭看著他的眼神，卻讓皇帝瞬間心裡就像被針扎了一下那麼疼。

「舅舅，祈年的媳婦丟了。」低啞的嗓音帶著點哭腔，眼眶已經泛紅，眼中的難過更是直撲而來。

和皇帝一起趕來的暗衛，見容郡王走神，趕緊衝上前把他擒住，將七皇子救下來，立刻送給外面的太醫醫治。

「陛下，我們郡王爺是累壞了，所以才會不管不顧地衝過來。您看在郡王爺剛從戰場下來的份上，就原諒他吧。」傳令官和喻祈年配合久了，哪裡不知道他心裡打著什麼主意，見郡王爺演得高興，自然也是配合默契。

而其他的喻家軍也立刻反應過來，不要臉地跟著一起演起戲來。

五百多人整齊地跪了一屋子、一院子。至於宋禹丞，則是失魂落魄地被暗衛押著，紅著的眼眶雖然沒有掉下眼淚，可由於極度的屈辱和難過而不斷顫抖的脊背卻一直不肯彎下，彷彿這是他最後的尊嚴。就連那兩名暗衛都不忍心地鬆了手。

他們覺得現在的容郡王真的是太瘦了，好歹是武將，但手腕瘦得他們一個手掌就能握住，比起剛離京的時候不知清減多少，可見容城有多苦，海上戰事又有多吃緊。

然而他們看得到，皇帝自然也注意到了。他原本就因為太子的那封信對喻祈年感到愧疚，現在看到本人後，更覺得心裡的坎兒怎麼都過不去。

「都起來，朕不會怪罪他。」先叫喻家軍的將士們起來，皇帝親自走到喻祈年面前，溫柔地摸了摸他的頭，「你這孩子過分了，好不容易回來，怎麼不先進宮和朕說一聲？」

皇帝這一句話直接就把喻祈年差點掐死七皇子的事給翻篇了。這下，整屋子的人都因為皇帝這次沒有偏袒七皇子而愣住了，這真是百年難得一見。

然而喻祈年卻只是搖搖頭，然後跪下給皇帝磕了個頭，「祈年給陛下請安。」

「連舅舅也不叫，這是怨上我了？怨著舅舅沒給你看好媳婦？」

「不是……」宋禹丞張了張口，像是想要說什麼，又像是有口難言，最後乾脆起身，從七皇子屋裡的桌案上拿出一張宣紙，接著從懷裡掏出一把匕首。

「快攔住他！」以為喻祈年要做什麼傻事，皇帝趕緊命人攔住，然而結果並不是。

宋禹丞沒有半分自盡的意思，而是沉默地用匕首把手指劃破，接著，用指尖的血在紙上一筆一劃寫下休書。

喻祈年，有妻吳文山。因長年在外征戰，生死不保，情願立此休書，任其改婚。願吾妻相離之後，重梳蟬鬢，美掃娥眉，巧呈窈窕之姿，選聘高官之主，解怨釋結，更莫相憎，一別兩寬，各生歡喜。自願立此文約為照。

立約人：喻祈年

寫完後他換了隻手，將休書奉到皇帝面前，再次一言不發地跪下。

皇帝接過來一看，眼淚差點奪眶而出，他看著喻祈年淡漠的臉，啞著嗓子半晌說不出話來。

這絕對是喻祈年寫過最好看的字，比平時送給他的奏摺不知好看多少倍，尤其是「吾妻」和「吳文山」這五個字更是大氣深情，不用想也知道，平時私下裡必是練了無數遍。

吳文山素有才子之名，喻祈年練這幾個字多半是想找機會討他歡心，然而萬萬沒想到最終卻是在休書上寫出來的。

皇帝幾乎不敢想，喻祈年剛剛是用什麼樣的心情寫下這幾個字。

他的外甥、堂堂長公主之子，分明應該嬌寵著長大，錦衣玉食，可現在卻不知道吃了多少苦，更不知道打了多少仗。

至於那句「長年在外征戰，生死不保」更是刺得皇帝心口發疼，這孩子才多大，竟然就做好隨時為國赴死的準備，可他這個做皇帝的，卻又是如何對他的？

為君，他沒有幫自己的臣子照顧好家眷；為長輩，他親手把喻祈年養廢，養成現在這個只懂打仗的模樣。

「祈年，是舅舅對不起你。」皇帝拉著喻祈年的手，眼圈都紅了。

可宋禹丞接下來的一句話，卻讓皇帝對他的愧意更深，連帶也增加了對太子的愧疚。

宋禹丞說：「不是您對不起我，而是您要對得起天下百姓。是祈年放肆了。」

皇帝再也說不出一句話，伸手把喻祈年拉起來，抱在懷裡。

「祈年，你放心，舅舅一定會給你個說法。你喜歡吳文山，舅舅幫你把他找回來。」皇帝以前不知道對喻祈年說過多少次這樣縱容的話，可唯有這次是真心的。

然而卻被宋禹丞拒絕了，「不必了，大丈夫何患無妻，走了便走了，舅舅要是不累，祈年就跟您一道回宮吧。原本您不召我，我也得回京一趟，海盜的麻煩不小，這次出海，祈年也畫了新的海圖，怕別人說不清楚，得自己當面和您說。」

「好好好，都聽你的。」分明難受成這樣，卻還想著要平定海盜，這樣的喻祈年不論說什麼皇帝都會答應，於是趕緊命人起駕回宮。

至於之前差點被宋禹丞掐死的七皇子，皇帝也只是命太醫好好醫治，一句話都沒過問。他的確喜歡七皇子，但這次他也真的生氣了。喻祈年是在為國守邊城，拿命在拚，可他平時最欣賞的七皇子，卻偷了喻祈年的人，簡直不著調到了極點！

越想越生氣，皇帝決定事後一定得好好審審七皇子，且不論他安插人手在宗廟的事兒，就先問問為什麼吳文山失蹤了，所有的線索卻全都指向他就好！

七皇子府距離皇宮不遠，因此不過一會，宋禹丞和皇帝就回到皇宮。進了上書房，宋禹丞沒有太多廢話和解釋，先拿出新的海圖放在皇帝面前，仔細說著自己這次出海的見聞，包括他瞭解到的海盜情況。穩重的模樣，就彷彿之前在七皇子府，恨不得殺了七皇子、以鮮血寫休書的人並不是他。

可皇帝知道，喻祈年的心裡絕對沒有表面上的那麼平靜，就連他說話的語調都是顫抖的。分明還處在極大的悲傷中，可即便如此，他也強行忍耐，並且把所有的注意力都放在海盜這件事上，可見這孩子對他有多忠心。

皇帝越發愧疚到說不出話來。

「大人，這樣欺騙一個老人，您不會覺得羞恥嗎？」看了半天的戲，系統終於忍不住開口吐槽宋禹丞。什麼處在極大的悲傷中都是扯淡，眼下的宋禹丞分明興奮到了極點。

至於他表現出來的隱忍，也不是心痛欲絕，而是因為他高興。畢竟終於可以正大光明休了吳文山，回去迎娶太子。

然而宋禹丞的臉皮厚度遠遠超過系統的想像，他非但不因系統的吐槽感到慚愧，反而試圖和系統商議，要給太子帶什麼禮物回去比較好？

「都沒有正式告白就在一起了，這次把上京的事情徹底處理好了，就趕緊回去補上。我家雲熙值得最好的！」

宋禹丞越想越興奮，甚至打算應付完父愛爆棚的老皇帝之後，晚上就和系統來一場秉燭夜談。

被他單方面餵狗糧餵一臉的系統，只能拋出一張【生無可戀】的表情包，並且瘋狂懷念起原本心裡只有任務的宋禹丞，雖然總愛執行支線任務，忘了主線的綠帽任務。

被系統遮罩的宋禹丞並不鬱悶，反而眼底多了幾分溫柔之色。

自家這個未成年有點呆又愛操心的小系統，終於恢復平時的歡脫。

雖然宋禹丞不知道也從不追問它為什麼到了這個世界之後，就經常變得憂心忡忡，但這並不代表宋禹丞不關心它。

在宋禹丞心裡，即便像他和太子這種伴侶之間也是可以保留小祕密，只要這個保留是善意的，那多一點神祕感亦無傷大雅。

這是相處中最普通的尊重。

這麼想著，他又把注意力放到哄皇帝身上。宋禹丞明白，只有徹底讓這個皇帝放下對他和太子的戒心，他才能好好待在容城。

照現在的發展來看，皇帝應該照預期的改變心思，剩下就是打破上京有野心的皇子間的表面平靜。算算時間，自己安排的人應該也開始行動了。

至於現在不知蹤影的吳文山，宋禹丞相信他跑不了多遠。

然而有些事，也會湊巧到了習慣算無遺策的宋禹丞也預料不到。

誰也想不到，吳文山從宗廟裡逃出來後，竟然一路奔著尨城去了。沒錯，吳文山在狠狠坑了七皇子之後，就打算去投奔太子，並有十足十的把握，能夠說服太子收留他。

吳文山是真的有恃無恐，並且還頗有幾分眾人皆醉我獨醒的優越感。

就連鶯妃都不知道，吳文山手裡有能置鶯妃和七皇子於死地的把柄。

這世上除了鶯妃，就只有吳文山知道這件事，就連七皇子都不曉得，至於皇帝更是始終被瞞在鼓裡。

七皇子，不是皇帝的親生兒子。如果吳文山沒有猜錯，喻祈年的父親喻景洲，才是藏得很深的七皇子的生父。

因為這樣才能解釋喻景洲為什麼一直有反意，卻能始終按捺住，甚至和長公主所出的嫡子都捨給了皇帝，無所謂是不是被養廢。

不是他不在乎喻祈年的命，而是在喻景洲的眼裡，喻祈年根本就不是他的長子，七皇子才是。至於這天下，也無所謂他反不反，因為皇帝早晚會親手交到他兒子的手中。

當然，這都是吳文山的推論，空口白話，太子定然不會相信，但吳文山有證據。

當初吳文山和七皇子走得很近的時候，曾意外發現喻景洲的兵符。

而還有另一件有趣的事情，就是喻景洲隨身帶著的荷包裡藏著一張鶯妃的小相，觀其顏色，是最近兩年畫的。但是眾所周知，嬪妃長居深宮，喻景洲又不能行走後宮，他是如何得到鶯妃近年來的模樣？這就十分耐人尋味了。

最後還有一個巧合，那就是不僅是七皇子，包括鶯妃後來生的兩位公主在內，活下來的全都是喻景洲在京期間懷上的，死掉的或意外流掉的，都是在喻景洲離京的時候。

那麼總結到一起，最後得出的結論就非常有趣了。

吳文山相信，太子殿下一定會對他這個把柄很喜歡。因為吳文山始終認為，太子絕對不是表現出來的那麼愚孝，而是在隱忍。

現在皇帝偏心七皇子，不爭才是真正的爭。像其他皇子那麼蠢蠢欲動的，全都是傻子，只有太子這樣才真的有心機，能夠成就大事。而且尨城地處偏遠，也方便他隱藏。

至於喻祈年……吳文山自認只要他能到太子身邊辦差，就早晚能挑撥太子弄死喻祈年。

所以，吳文山在逃離上京之後，做的第一個打算就是投奔太子。

【第八章】

小別情更濃

吳文山到底也算是個才子，當初在書院龐學雜書也看得不少。其中有一項就是易容術，湊巧現在就用上了。當然不可能百分之百換臉，但是改變自身的外貌和氣息，擺脫追兵還是可以的。

然而吳文山沒有想到的是，宋禹丞很早就對他嚴加防範，他那點小伎倆不過都是宮裡玩剩下的，對於宋禹丞留下的五名暗衛來說，更是一眼看穿。

因此吳文山從離開宗廟開始，就被宋禹丞的暗衛盯上了，但他們沒有管他，不過是想要看看吳文山到底要去哪裡。

等發現吳文山是往容城的方向而去時，這幾個暗衛心生好奇，誤以為吳文山是想去投靠郡王爺。

「這吳文山怎麼想的？分明恨咱們爺恨得不行，怎麼會往容城去？」兩個跟在吳文山身後盯梢的暗衛，對視一眼，眼裡皆是疑惑。

「很古怪，先別驚動他，你回去告訴爺，我留下跟著，看看這個吳文山到底想做什麼。」

「好，那你盯仔細點。他去容城這一路估計可消停不了。」準備離開的暗衛語氣裡淨是嘲諷之意。另一個人也立刻明白他話中的意思：「放心，就算是假的，也掛過咱們家爺的名字，我絕對不會讓他做任何出格的事兒。」一想到前一陣子吳文山被調教之後，看他們的神情，頓時讓兩個暗衛有種想吐的感覺。不過到底正事要緊，他們很快就分頭行事。

不僅暗衛這裡忙得不行，宋禹丞在上京安排下來的人也開始忙活開了。

只能說吳文山跑得恰到好處，他臨走這麼一坑，等於把所有的鍋都推給了七皇子，甚至讓皇帝和七皇子間多了一道無法解開的心結。

沒有辦法，這人吧，當喜歡的時候就是一葉障目，可當不滿的時候，任何一個小小的錯漏都會變成心思深沉的深淵。

對於皇帝和七皇子這對父子來說，就更是這樣。

由於之前對喻祈年的愧疚太深，即便他表示以後和吳文山一刀兩斷，皇帝也依然決定要幫喻祈年找到吳文山的下落。

當然不能大張旗鼓地找，而是要悄悄地找。畢竟郡王妃丟了，對於喻祈年來說是一件極為丟面子的事兒，即便經過喻祈年在七皇子府那麼一鬧，幾乎盡人皆知，但是皇帝依然希望儘量減少喻祈年受的傷害。

可皇帝萬萬沒想到，在查了一圈之後，不但沒有查到吳文山的下落，反而查到各皇子安插在自己身邊的眼線。

尤其是七皇子，只要能和他扯上關係的都會安排一個眼線盯著，只是這些眼線不能靠得太近罷了。至於其他皇子，雖然不至於像七皇子這麼有恃無恐，但是也手腳不乾淨。

查到最後，竟然除了太子和喻祈年，皇帝身邊就沒有一個乾淨的人了！包括鶯妃那些後宮妃子。

這種感受，頓時讓皇帝氣憤極了。但是事關重大、牽扯太多，他必須徐徐圖之。因此就更加憋氣，唯有在想到太子和喻祈年的時候才感到些許安慰。

他到底身邊還是有兩個好孩子的。

「回來了？東西送到了嗎？祈年今天看著情緒怎麼樣？」見自己派去給喻祈年送東西的侍從回來，皇帝趕緊追問了一句。

「回陛下的話，郡王爺看著哪兒都好，可……總讓人覺得不對勁兒。」侍從皺著眉，好像不知道怎麼說，但是眼眶有點泛紅

「怎麼說？」

「就是跟以前一樣，性子直白、說話爽利、沒什麼架子，可就是和以前太一樣了，反而讓人覺得怪難受的。」

「那跟著他來的喻家軍呢？」

「都守在宮裡的校場，郡王爺這幾天，一天不落地帶著他們訓練。我聽宮裡的侍衛們說，這些喻家軍都練得太狠了，可奴才瞧著，郡王爺自己比喻家軍練得還狠呢！」

「伺候他的嬤嬤怎麼說？」

「這……」侍從斟酌了一下用詞，「兩個伺候的嬤嬤說，郡王爺這兩天又清減了不少。」

「太醫去瞧過了嗎？」

「瞧過了，只說郡王爺是心病。」

「心病……」皇帝念叨著這兩個字，心裡越發不是滋味，「朕知道了，你下去吧！」

心病，皇帝自然明白喻祈年的心病是什麼，不外乎是吳文山和容城的海盜。可他現在這副模樣，皇帝著實不放心。

這麼想著，他打算親自帶人去看看，可剛一進校場，就被迎面而來的肅殺之氣震住了。

這是他在大安其他將士身上看不到的氣勢，堅不可摧、銳不可擋，那是唯有從最嚴苛的戰場裡爬出來的戰士，才會有的氣質。

皇帝看著帶隊練兵的喻祈年，半晌說不出話來。他突然覺得，即便是好意，自己這麼困著他也是不對的。

「陛下，不然讓小郡王回容城吧。」跟著來的暗衛，也忍不住勸了一句。

「不是朕不放他走，你看他現在這樣子，若是上了戰場，還……」還回得來嗎？後半句話，皇帝沒有說。但那暗衛很快就明白他話中的意思，也不知道該如何回應。

皇帝說得沒錯，容郡王現在的模樣，分明已經對人世間沒有什麼留戀，如果真有能拚死一戰的那一天，恐怕就會死在海上。

「唉！」皇帝長嘆了一聲，越發惆悵：「別去打擾他，傳我的話下去，全宮上下誰也不允許管著他，他要怎麼鬧騰，就讓他怎麼鬧騰。另外，吳文山找到了嗎？可有消息？」

「沒有，很奇怪，就跟消失了一樣。」

「消失？」皇帝冷笑，「那就從老七那裡開始查！我看京裡這些一個兩個都心大了！根本不把我這個父皇放在眼裡。」

皇帝憤怒地甩了甩袖子，突然覺得眼前這幾個兒子一個比一個礙眼。也就這麼湊巧，就在皇帝對其他兒子心生厭煩的時候，突然有人稟報說太子來信了。

「太子？他來信幹麼？」皇帝先是一愣，看過之後就沉默了。

送信來的是太子養的那隻海東青，起因也很簡單，是喻祈年先給他去的信。

和其他皇子不同，太子和喻祈年的來往信件都是有公中記錄的，喻祈年送出去的，按照兵律，會在兵部報備。至於太子的，則是每封信都會先交由皇帝過目。

兩人通信的內容也很簡單。喻祈年告訴太子他休妻的事情，並且拜託太子再照顧容城一段時間，他還得留在上京一陣子。

而太子的回信卻很長，大多數在說容城的瑣事，但是最後一句話卻格外意味深長。

太子寫道：祈年千萬保重，我和容城的十萬喻家軍都在等你回來。

「雲熙是個厚道的好孩子。」將信看了兩遍，皇帝嘆了口氣，突然明白太子的深意，反觀他對喻祈年的瞭解太少。

其實說白了，喻祈年之所以會對吳文山如此重視，不外乎是因為他擁有的太少。雖然喻祈年長到這麼大，看似什麼都有，可實際上真正能抓住的卻沒有幾樣。

生母早逝，又不得父親重視，自己這個皇帝舅舅，不過是提供他最好的物質生活，那些表兄弟估計也只有太子對他是真心的，剩下就只有他親手帶出來的喻家軍的將士了。

在這種情況下，哪怕吳文山不是什麼好人，喻祈年也不會捨得放開他。畢竟，就算是假的，最起碼吳文山還願意愛他。

這一切，其實都是他造成的，是他害了喻祈年。

這種想法一旦生起，就越發折磨得皇帝說不出話來。

是夜，皇帝去看喻祈年的時候，他還沒睡，正拿著太子的信坐著發呆。

「祈年。」皇帝喊他。

「舅舅，您來了。」

像是剛剛才察覺到皇帝的到來，喻祈年回頭看去，眼裡的迷茫和痛楚還沒有散去。

皇帝最看不得他這副模樣，忍不住別開了頭，叫外面的侍從把食盒拎進來。

「這麼些日子不見，過來陪舅舅喝一杯。」

「好。」宋禹丞答應著，坐在皇帝的下手，舅甥兩人就在安靜的夜色中喝酒聊天。

皇帝聊起天來也是言之有物，令人感到有趣，再加上他現在看喻祈年就是一副老父親急於彌補的心態，刻意誘哄下倒也顯得氣氛不錯。

一直等到酒過三巡，皇帝才終於說出這次過來的目的。

「祈年是不是過幾日就要回去容城？」

「嗯。舅舅捨不得我嗎？」

「是捨不得。」皇帝伸手摸了摸喻祈年的頭，一語雙關：「可我就怕你狠心捨下我。」

「什麼？」宋禹丞一開始沒聽懂，可很快就明白皇帝話中的意思，別過了頭沒說話。

皇帝看他這樣，還有什麼不懂的，「可是我說對了？」

「……」

「所以你現在真的打算為了吳文山，連我這個舅舅都不要了？」皇帝忍不住站起身，走到喻祈年面前，「祈年，你從三歲起就跟在我身邊。你母親是我親姊姊，舅舅對你比對皇子還好。從小到大，你想要什麼舅舅不給你？你想做什麼，舅舅不支持你？然而到了現在，就為了吳文山這個人，你想讓舅舅白髮人送黑髮人？」

「不是的。」抬頭看著皇帝，宋禹丞的眼神越發複雜，隨後像是終於爆發了一樣，眼淚瞬間流了下來，撲通一聲就跪下了。

「舅舅，祈年不是想捨了您，只是祈年想回容城，祈年……想表哥了。」

宋禹丞嗓子裡壓抑著哭音，眼裡的淚水更是一滴一滴落在地上。他沒說一個和吳文山有關的字，也沒有回應方才皇帝那番真情流露，可這種突然的示弱，卻反而給出一個信號——他是真的難受到了極點。

作為一個爺們，甭管媳婦是真的還是假的，被人戴了綠帽都極為屈辱，更何況喻祈年可是把吳文山捧在手上的，哪怕去平容城，想的也是為吳文山掙一份誥命。然而現在，卻全都是一場空。

一顆真心被辜負踐踏，他年紀又小，根本無法紓解，也無法承擔。

皇帝看著他，半晌說不出話，最後嘆道：「你想走就走吧！越大越不聽話，朕管不了你了！」

說完便拂袖離開。

而他身後的宋禹丞，卻恭恭敬敬地朝他磕了三個頭，一直到皇帝走得看不見了，才慢慢起身。

「爺？」傳令兵見他站起來，連忙進來。

「收拾東西，咱們即刻就走！另外……」宋禹丞猶豫了半晌，又吩咐了一件事：「把京城郡王府裡的僕人都散了吧！至於郡王府剩下的東西，明兒都叫人送到國庫去。另外，我母親的嫁妝，連著嫁妝單子一起，都親自送去皇帝手裡。」

「是。」傳令兵領命而去。

很快，半個時辰之後，宋禹丞便帶著跟著一起上京的五百喻家軍，踏上返回容城的歸途。

宮牆上的隱祕一角，皇帝披著披風，目送喻祈年帶著五百喻家軍離開的背影，突然老淚縱橫，覺得或許這是自己和喻祈年的最後一次見面了。

至於喻祈年留下的那封信裡「不平海盜，絕不返京」的話，也像是個千斤墜，死死地壓在他的心頭。「去和兵部說，以後喻家軍的軍餉糧草都要最好的。另外，容城貧窮，以後稅收就免了。彪城四城……同樣！」

這一夜，對於皇帝來說，是最難熬的一夜。然而對於宋禹丞來說，卻遠遠比皇帝還要崩潰。

就在他剛剛踏上歸途後的一刻鐘裡，他收到負責盯梢吳文山的暗衛的傳訊。

宋禹丞萬萬沒想到，吳文山竟然去的不是容城，而是彪城，並且還打算投靠太子。

眼下遠在容城的太子，也幾乎和宋禹丞同時收到了吳文山準備過來投奔他的消息。

「主子……」侍從戰戰兢兢地觀察著太子的反應，不知道該如何勸說，畢竟這事實在是太一言難盡。誰能想到，容郡王這次回去就是打算料理了吳文山，結果吳文山竟然打算過來成為太子的清客。重點是，根據這一路上容郡王的暗衛傳回來的消息來看，這吳文山不管怎麼看都不像是正經人。

這侍從不論怎麼想，都覺得事情太不妙了，他偷眼觀察太子的臉色，生怕被遷怒。

這種被戀人的前媳婦找上門的感覺，不論換成誰估計都會十分酸爽。

然而出乎他的意料，太子竟然十分冷靜，非但沒有立刻要把吳文山祭天的意思，反而叫人想法子把吳文山安全送到尨城來。

「主子，您這是為什麼？」侍從不解。

「吳文山不是傻子，我和祈年的關係雖然上京那頭並不知道，但是我們倆是好友這件事可說是盡人皆知。吳文山恨著祈年，卻想來我這裡當清客，必然是手裡握著什麼了不得的把柄，總要聽聽。」

「您是怕和小主子有關？」

「不，我是擔心喻家。祈年為人坦蕩，雖然計謀多變，但擅長用的是陽謀，哪怕拿到檯面上都是堂堂正正的，絕對不會有任何把柄。但是喻家不是，你不覺得喻景洲有些奇怪嗎？」

「是有些奇怪。按理說，小主子是唯一的嫡子，母親又出身尊貴，喻景洲就算再不喜歡他，也不可能放任嫡子不管。除非……」

「除非他還有個嫡子，並且還是真正的嫡長子。收拾東西，今天咱們就回尨城。」太子的語氣十分嚴肅，這個猜測也讓人隱約察覺到了危機。然而最後吩咐回尨城仍讓侍從的臉色變了不少。

「主子，你可別因為吳文山那種人和小主子……」侍從誤以為太子是因為吳文山的事情膈應，所以才離開容城。誰不知道，自從容郡王上次出海回來後，太子就和他朝夕相處。要是平日還好，偏在這個節骨眼上走了，真的很難讓人不瞎想。

可太子的解釋卻相當簡單粗暴：「他也配？我怕他到容城髒了祈年的地方。」

勾起的唇角滿是諷刺，森冷的殺機瞬間迸發，即便侍從明白，太子的反應並非因為自己，可也依然膝蓋一軟跪在地上。

侍從心裡明白，吳文山八成要死在尨城了。

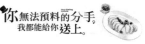

然而此時的吳文山並沒有意識到太子對他的殺意，因為他正陷入一個尷尬的麻煩裡。

宋禹丞找的那個老鴇，對他的身體調教得太過徹底。之前在宗廟的時候，因為處於為人魚肉的砧板上，所以還能忍耐。眼下終於遠離上京，再加上並沒有追兵，他的心也放鬆不少，忍不住也想放肆一把。

可說也湊巧，他這一路竟然就連一個合適的對象都沒遇到。有兩次差點找到機會，可偏偏湊巧碰上疑似搜查的追兵，頓時被嚇得慾念全無。

吳文山甚至開始懷疑，再多空曠幾天，沒准他整個人就要憋廢了。

因此，在經過一路艱辛後，當吳文山抵達彪城時，整個人已處在極度的敏感中。對於現在的吳文山來說，以往極其排斥的那些道具，已經是離不開的寶貝。可即便隨時隨地把這些淫靡的小玩意藏在身體裡，那種無法宣之於口的慾望依舊得不到滿足。

而彪城這種民風驃悍的邊城，對於吳文山來說更是致命的誘惑，哪怕是路邊因為天氣炎熱裸著上身的漢子，都能讓他承受不住地軟了腿。

「喻祈年！」狠狠地喘息一聲，吳文山靠在路旁的樹上休息，心裡只把喻祈年罵了無數遍。要不是他，自己絕對不會落到這麼淒慘的地步。

所以，只要有機會，他一定要把喻祈年狠狠拉下泥潭，把自己受過的苦楚千倍萬倍地奉還給他，讓他也嘗嘗自己現在的滋味。

吳文山努力讓自己的思緒清明，找了家店歇腳，決定先把自己整理好了再去見太子。在他心裡，除非太子是真的扶不上牆的愚孝蠢貨，否則他都有法子讓太子接受他，進而信任他。

吳文山不僅想當太子的清客，如果太子長得不錯，他甚至還可以和太子發生另外一種關係，聯想到君臣之間、朝堂之上那種禁忌的快感，越發讓吳文山的身體發熱，又是一夜的輾轉難眠。

第二天，吳文山仔細偽裝過，這才從客棧離開，去太子在尨城的府邸。

他原本做好了要白跑幾次的準備，畢竟即便是普通的清客，太子也絕沒可能來者不拒，除非他展現出自己特有的價值。

然而事情卻出乎吳文山的預料，他見太子的過程順利到讓他驚訝。而更讓他膽顫心寒的是，接待他的人並沒有把他當做普通求收留的清客，而是全都直接叫他小公爺，彷彿他的身上臉上，並沒有任何偽裝。

吳文山的心一下子就吊起來，與此同時，他對太子的印象也有了轉變，只覺得太子極為深不可測。畢竟他的偽裝可是連皇上的探子都糊弄過去了，可不過剛進了尨城就被太子發現，這是多麼可怕的一件事。

要知道，太子來尨城也不過就短短兩個月，竟能夠把尨城打理得和鐵桶一般，這種能力光用想的就足以讓人心驚膽寒。吳文山突然覺得，自己這麼直接闖來，會不會有些太草率了？

可帶他去見太子的侍從卻根本不給他反悔的機會，就直接把他送到太子的書房。

不知道是有心還是無意，當吳文山走進書房後，原本書房裡的所有侍從就全都退出去，甚至連門都被關上。

吳文山跪在地上，戰戰兢兢地抬頭看向太子，接著就愣住了。

竟然還有這麼漂亮的男人！吳文山的眼睛都看直了，張了張口，根本不知道要說些什麼。太子一直在外巡查，鮮少在上京逗留，因此吳文山這是第一次見到太子。

可下一秒，他就被太子的凜然氣勢嚇到，戰戰兢兢低下頭，不敢與之對視。

太子看著他這副懦弱的模樣，眼底的諷刺意味越發濃重，不過卻也悄悄鬆了口氣。因為太子明白，吳文山這樣的蠢貨根本不是宋禹丞喜歡的類型。原來傳聞中的如膠似漆，定然都是自家愛演戲的小孩，故意配合演出來逗他們玩的。只有傻子才會看不出來，可惜的是，上京那一些人全都是傻子。

這麼想著，太子慢條斯理地開口：「你有何事？」

「我、我想投奔太子爺，討口飯吃。」吳文山是真的有點害怕。雖然太子的語調並不嚴厲，但吳文山總覺得裡面隱藏著自己捉摸不透的殺意，讓他渾身發涼，原本想說的話全被盡數打亂。反而直接把最後的底牌交代出來，就是關於七皇子的事。

「我想說的就是這樣，太子爺若是看得上小人，小人願為您效犬馬之勞，助您成就大業。」

然而事與願違，太子並沒有半分被他打動的意思。

「你憑什麼覺得，就靠著你這三言兩語，我就能夠收留你？」太子一直面無表情的臉上突然露出一絲笑容，分明只是勾了勾唇角，卻莫名透出一種極度的危險氣息，那種壓迫感彷彿下一秒就要把他碾碎。

可此刻的吳文山分明心裡還在害怕，可身體卻直接被吸引了，生出一種說不出的隱祕快感，恨不得太子的這種氣勢再強些，最好能直接把他的靈魂撕碎，讓他在他身下徹底沉淪。

然而就在這時，原本關緊的門卻突然被「砰」地一聲踹開。

吳文山下意識回頭，卻被一腳踩住後腦，臉直接拍在地面上，驚叫一聲，幾乎立刻疼暈過去。

可就在吳文山昏迷前，他看到另外一幕他根本想像不到的場景。

他看見喻祈年走到太子面前，捏起太子的下頷，狠狠地吻住了他。

原本凜冽的氛圍，瞬間就被這個吻點燃了。然而和往常不同，不知道是不是因為吳文山的存在終究還是刺激到了太子。太子這次的回應，遠比以前要更加強烈，那種隱約的壓迫感，哪怕是宋禹丞這種強勢慣的人，也有一種被壓過一頭的感覺。

可越是這樣，就越能勾起他骨子裡的征服欲。

美人固然讓人著迷，而那種足夠強悍的美人才是最讓人沉醉的。

喘息著結束這個見面吻，宋禹丞順勢鬆開捏著太子下頷的手，摩挲著他的側臉。

眼前這個甘願被他掌控的男人，漂亮的臉上已經染上情慾，可他散發的氣場卻依舊不落下風。真的是，太誘人了。

宋禹丞的眼神閃了閃，只覺得太子這樣的反應，對他來說是無言的挑逗。最後完全忘記正事，隨便叫人把昏迷的吳文山帶出去關起來，然後就順手把太子推到書房的軟榻上，瞇著眼，恣意打量。

而太子像是極為不自在，下意識偏過頭，避開和宋禹丞的對視。如果不是他眼底壓抑著的那抹深沉，根本無法看出他其實正在勉強忍耐。

但這種忍耐，在宋禹丞的挑撥下瓦解崩潰。

其實就連宋禹丞也是第一次意識到，他的獨占欲竟然會這麼強。就在方才進門的瞬間，即便他知道吳文山的妄想不會得到任何回應，但也讓他心裡膈應極了，甚至衝動地想把太子藏起來，藏在只有他的世界裡，不給任何人看到。

宋禹丞的手指，沿著太子的側臉緩緩滑落，最終停留在衣領的領口。方才這麼一折騰，太子外衫的衣領早就散開了，這種若隱若現的感覺更讓人欲罷不能。

宋禹丞沒有動，就這麼垂著頭看著太子，彷彿只用眼神就能脫掉他身上的衣物，撫摸他的肌膚。

太子的臉微微發紅，但並非害羞，而是情慾被挑逗起來的真切反應。

「雲熙，吻我，主動一點。」宋禹丞的嗓音帶著些暗啞，但彷彿藏著鉤子，撩撥得人心癢難耐。

太子伸手扣住宋禹丞的後腦杓，微微用力，讓他低頭。

在雙唇相接的瞬間卻有些遲疑，就像是不知道接下來要怎麼做，整個人都怔住了，然而他這種無所適從的反應，卻讓宋禹丞忍不住低笑出聲。

「是不會，還是不好意思？」感受到太子的青澀，宋禹丞唇角的笑容越發恣意，「這麼純情，會讓我想要弄哭你……」低啞的嗓音一刻不停地在太子耳邊迴盪，就像海妖的誘惑，狠狠敲在心尖。

太子垂在榻上的另一隻手下意識攥緊，在和宋禹丞對視的時候，眼裡壓抑的情愫變得更加明顯。

「可你並不想現在發生什麼，不是嗎？」即便處於下位，就連身體都在宋禹丞的掌控中，太子也依舊十分冷靜，並不慌亂。

「為什麼這麼說？」宋禹丞的語氣有些危險，修長的指尖像是摩挲著什麼藝術品般地撫摸著太子的側臉。可接下來，就被太子難得主動在耳邊悄聲說的一句話給說愣了。

太子說：「因為你喜歡我，所以你不會在這裡草率行事。」

宋禹丞有點訝異地看向太子，卻被太子狠狠抱在懷裡，和他一起躺在軟榻上。

「祈年，我想你了。」太子的嗓音格外溫柔，不似方才的冷漠，然而字裡行間蘊藏的情誼卻越發讓人心軟。

宋禹丞沒有說話，但是摟著太子的手卻收緊不少。

直到良久，他才低聲回應一句：「雲熙，我也想你了。」

從離開容城去上京開始，宋禹丞有許多話想對太子說。但是真正回來後，那些積攢的千言萬語，最終只剩下這唯一的一句告白。

至於方才進門時的擔憂也一併消散，宋禹丞明白，自己是當局者迷了。他和太子之間，原本就無需解釋，至於吳文山更是什麼都不算。

然而太子卻琢磨著方才吳文山說的那些話，心裡想著，要怎麼和宋禹丞說出來。畢竟這種親生父親的陰私，即便宋禹丞和喻景洲之間的關係並不好，可喻景洲也依然是他的生父。尤其是喻景洲漠視宋禹丞的原因，更是讓人心涼。

想到這裡，太子忍不住把宋禹丞抱得更緊，那種鑽心的疼，細細密密地纏繞在心臟周圍，讓他無法喘息。

他的祈年，真的是從小過得太辛苦了。

然而太子和宋禹丞這邊氣氛正好，吳文山卻正處於極度的崩潰。

之前書房裡，宋禹丞那一腳雖然踩得很狠，但畢竟馬不停蹄奔波一路，所以即便下了力氣，也只是讓他傷了皮肉。

因此在被關到地牢沒多久，吳文山就漸漸清醒過來，可他不過剛剛恢復意識，又頓時懵住了。吳文山還記得昏迷前，他分明看到喻祈年在吻太子殿下？

並且太子殿下看起來像是主動臣服的那一個。可這怎麼可能？喻祈年不過是個沒有什麼本事的紈絝，為什麼太子這樣的人，會心甘情願和他在一起？

然而雖然他下意識想開口罵人，卻因為喻祈年強吻太子時的霸道而亂了心跳。那是他和喻祈年認識這麼久以來，從未見到過的模樣。吳文山甚至感覺，如果當初他認識喻祈年的時候，喻祈年就這麼對他，說不定自己真的會因此心動。

可這些不過都是他的癡心妄想，吳文山陡然後知後覺地反應過來另一件事——他是不是被喻祈年戴綠帽了？

看太子和喻祈年的關係，絕對不是一天兩天的事兒，肯定時間久遠，不然怎麼會如此親密？這麼看來，當初喻祈年接近他豈不是在騙他？甚至拿他當消遣？

吳文山的怒意瞬間生起，盈滿胸腔。之前那麼點旖旎心思也頃刻煙消雲散，恨不得立刻把喻祈年弄死，才能消解他心頭之恨。

然而現在的情景並不能滿足他發洩的衝動，甚至連逃脫都異常困難。吳文山覺得自己可能後半輩子都會被太子和喻祈年囚禁了，畢竟他掌握的那個祕密，至少在太子沒有奪得王位前，都是相當有用的。他作為告密人和證人，喻祈年和太子絕對會暫時留他一命。

此時上京的幾名皇子，卻全都被宋禹丞留下的人給折騰得雞飛狗跳。其實還是爭權奪寵那點事，並且，還得從鶯妃後宮獨寵這裡說起。

當年皇帝之所以會獨獨喜歡鶯妃，其實還有一段和命理有關的典故。

當年鶯妃選秀進宮的時候，曾經跳了一段〈霓裳羽衣曲〉，這種少見的舞蹈原就十分吸睛，鶯妃長得美豔，越發讓皇帝喜歡。

但僅僅如此還不至於讓她能夠聖寵不衰，真正讓皇帝欲罷不能的，是鶯妃跳舞時引來的奇景。就在鶯妃舞到最精采的瞬間，整個皇宮裡的鳥兒竟全都朝著她飛來，就連御花園裡平素最不願意理人的孔雀，也對著她展開了尾羽。

這般神奇的景致，怕是書裡寫的百鳥朝鳳也相差無幾。後來司天監看了鶯妃八字，說她有母儀天下之態，其子定是集鐘靈毓秀於一身。

偏也湊巧，七皇子出生時竟然彩霞滿天，彷彿是天降祥瑞之兆，這讓皇帝越發喜歡鶯妃和七皇子，並且認定七皇子和鶯妃就是他的繼承人。

至於上京民間更是傳遍七皇子是上天寵兒這樣的說法。

但天選之子這玩意說白了都是人為，想要造勢遠比想的簡單。

就像之前宋禹丞安排去上京的那位黃先生，當初烏鴉報喪的時候他就展現了一把神算子的威力，那麼這次關於真正的天選之子，他更是有著極大的話語權。

並且就像怕他一個人不夠讓人信服，宋禹丞還給他帶了一個特別的幫手，讓黃先生不過短短幾天，就成功混入司天監，成為正式官員，並且在皇子們的極力要求下，私下給他們每個人都各算了一卦。

而正是這一卦，才讓這些原本消停些的皇子們，瞬間又變得蠢蠢欲動。

誰能想到，黃先生給每個人算的卦都是大吉，有神龍之相，定能成就大事。

那些聽到卦象的皇子頓時全都興奮起來，就像彷彿已經能立刻繼承大統。

而黃先生則是端著一貫的和善表情，看著這些充滿期待的皇子，神色十分恭敬。他心裡十分清楚，如果換成司天監的其他人說出這些話，這些皇子還不會如此心動。

他現在是皇帝身邊的大紅人，皇帝現在對他可說是深信不疑。至於前些日子和他一直形影不離的那隻鸚鵡，更是極得皇帝寵愛，甚至認為那鸚鵡就是被上神神識依託的神鳥。

畢竟一般鸚鵡雖然善於學舌，但也就只是能簡單說幾句話。可黃先生的鸚鵡天生就通人話，不僅能和人正確交流，而且還能代替黃先生傳道授業解惑。

並且最神奇的是鸚鵡竟然還會解籤，黃先生批出來的卦，就由這隻鸚鵡說出來，顯得更加奇妙，越發讓人信服這一人一鳥真正有大神通。

因此，在第一次求雨成功後，黃先生就被皇帝召見進宮，進入司天監。

而這位黃先生也是個妙人，和司天監其他官員那種神神叨叨的模樣不同，黃先生與其說是一名道士，不如說更像是一名智者。他雖然對於朝堂上的大事小情，不會有什麼特別的見解，但是對於人情世故卻看得相當通透。

很多時候，就連皇帝和他聊天後也會覺得收穫頗豐，因此越發時常把他叫進宮談話。

至於那隻鸚鵡，皇帝甚至還會每天親自餵牠吃飯，哪怕這隻鸚鵡突然插話打擾到皇帝，也不會受到懲罰。並且還有宮人專門跟在鸚鵡身後，記錄神鳥每日都說了些什麼。

因此，在這一人一鳥備受皇恩的情況下，皇子們自然都會把黃先生說的話放在心裡。尤其在聽到黃先生的批註後，對自己的未來也多了不少期待。

上京也因為這幫皇子們的鬧騰，變得流言四起。今兒，這個皇子是金龍轉世，明兒，那個皇子有救國之才。總之一句話，除了遠在尨城的太子外，每位皇子的來歷都是有說法的。只不知道皇帝到底算什麼？要不然，怎麼兒子們聽著各個都不像是活人呢。

然而不管皇帝還是皇子，都全然不知，這一切是宋禹丞早就安排好的。

黃先生原本是喻家軍裡的一名軍師。不，應該說是唯一的軍師，道家傳人什麼的都是假裝，他只是善於察言觀色，習慣忽悠人罷了。

畢竟有一張如此睿智早熟的臉，不多加利用多可惜。

而宋禹丞這次派他來上京臥底，喻家軍那幫將士們更是全都樂壞了。

沒辦法，他實在是太煩人，話多還總是彎彎繞繞，最令人無語的是，黃先生還總是喜歡裝出一副仙氣飄飄的模樣，對他們掐指一算，即便知道是假的，但是對上那張臉，依然還是很容易產生他是高人的錯覺，甚至為此心驚膽戰。

至於那隻鸚鵡就更不用說了，黃先生貧，鸚鵡話也是賊多。

當初在巫女殿，這鸚鵡就特別喜歡說話，並且早早就領悟了神棍的真諦。現在來到大安朝，自然駕輕就熟，既沒有丟掉牠往日神鳥的威名，也滿足了自己喜歡說話的欲望。

黃先生這個新主人也頗合他的心意。

雖然對於這隻鸚鵡來說，黃先生並不像宋禹丞那麼吸引牠，但最起碼同為單身狗，也沒有整天管著牠、不講道理且十分凶殘的白色小啾。

一時間，在這一人一鸚鵡的折騰下，整個上京都跟著亂了起來。而那些蠢蠢欲動的皇子，也都向朝堂伸出了罪惡之手，試圖瓜分勢力。

至於七皇子，卻處於走投無路的境地。自從吳文山不見之後，他就開始被皇帝懷疑，不僅過去重金培養安插的釘子被盡數拔起，就連他和他母妃也失寵了一陣子。

所以現在該怎麼辦？七皇子一籌莫展，而兄弟們的內外攻擊，也讓他疲於奔命，產生朝不保夕的危機感。

「實在不行，就只能去找他了。」七皇子煩躁地在房間裡踱步了好半天，最後決定去找那位真正能夠幫他的人回來坐鎮。

然而七皇子沒想到，皇帝的疑心遠比他想的重，自從發現七皇子懷有異心之後，皇帝就派人將他死死盯住。因此，他這頭不過剛把信送出去，皇帝就得到了消息。

「陛下，這件事會不會有點不妙？喻將軍怎麼會和七皇子有牽扯？」帶著信過來的暗衛十分不解，眼神格外警惕。

皇帝卻十分淡定，不再像前些日子那麼激動憤怒，「這還用問？當然是心大了。不過能找上喻景洲，還真的是十分有趣。祈年這個親兒子都很少找過這個爹，倒是老七向他求助求得很順暢。」

皇帝的語氣說著說著就變得陰沉起來，吩咐道：「叫人盯著他們，我倒要看看這兩個人還能翻出什麼樣的風浪！」

那暗衛心裡一緊，頓時明白皇帝這是徹底對七皇子失望了，喻景洲心有反意幾乎是眾所皆知。七皇子和他走得如此近，可見本身也有不小的心思。皇帝再喜歡，也不會把一個存有異心的兒子留在身邊，七皇子估計遲早要完蛋。

一時間，整個上京風起雲湧。七皇子一失寵，諸位皇子抓到這千載難逢的機會，紛紛想在皇帝面前表現自己。殊不知，他們越是這樣，在皇帝心裡的分數就越低，和皇位之間的距離就越遠。

然而他們這邊鬧騰得不行，遠在容城的宋禹丞卻有了新的計畫。

之前吳文山意外出現，讓他和太子的感情變得更加親密。因此當太子詢問能否把吳文山交給他的時候，宋禹丞連一絲猶豫都沒有就答應了。

宋禹丞原本打算親自料理吳文山，可聽說吳文山好像握有什麼和七皇子有關的祕密，既然如此，那就交給太子處理好了，與其和吳文山周旋，不如趕緊把手上的正事忙完，例如必須立刻將造船這件事提上日程，可算來算去，最大的問題還是錢。

他正為錢發愁時，竟還有人主動送上門來找他的晦氣。

送上門的不是別人，正是那群海盜。上次宋禹丞對他們的洗劫可說是相當徹底，而這些海盜也的確因為宋禹丞的恐嚇而許久不敢出島。

但這幫海盜原本就不是靠著自給自足謀生，而是靠著在海上打劫來獲取優渥的生活。如此一來，在糧食吃完以後，他們第一反應就是去之前搶到糧食的地方再大幹一票。

然而他們不知道，他們一離開海盜島，宋禹丞就已經收到消息。同時，他們的老朋友——那些殺人蟹們也紛紛從海底游出來，慢條斯理地跟在海盜的戰船後面。

【第九章】肅清海盜島

這些海盜也漸漸感受到不對勁。

其實他們這次奇襲大安算是有備而來，之前被宋禹丞洗劫後雖然損失慘重，但還未到彈盡糧絕。即便勞倫斯被綁走，可技術皆已學會，因此在宋禹丞等人離去後，他們又快速做出一批火藥槍，雖然威力比勞倫斯製作的差了一點，但已足以成為殺傷性武器。

眼下是淡季，他們在海上沒有收穫後，就把目光又聚集到曾經光顧過的大安邊城。

但是他們這次的目的地是容城。

畢竟尨城繁華，他們上次突襲的速度很快，所以沒有被發現，可最近海上不大平靜，尨城不可能不多加注意，很容易會被抓住。

相形之下，同樣靠海的容城似乎就容易些了，哪怕看起來窮了點、地方小了點。

「首領，那一會咱們搶完東西……」一名海盜詢問道。

「全都殺了，所有活口一個不留，有好看的女人就搶回去。」那新上任的首領臉上滿是淫邪的笑容。其他海盜聽完也都一臉猥瑣，彷彿已經看到攻破容城之後獲得巨大豐收的美妙場景。

殊不知，他們的行程早已被暴露，不僅海中有殺人蟹，天空還有兩隻海東青在他們頭頂徘徊，幸虧監視他們的是海東青，而不是那隻被送到上京的鸚鵡，否則這段對話若傳到宋禹丞耳中，他們只怕立刻就會死在海上。

陰差陽錯，原本世界裡容城被屠的時間竟會提前來臨，但此時此景已大不相同，曾經這些海盜登陸時，容城守軍連飯都吃不飽，幾乎餓死，至於容城的百姓也同樣缺衣少食，沒有什麼反抗能力，只能當待宰的羔羊。

而這一次，由於宋禹丞提前到達，將容城改頭換貌，容城守軍更直接編進喻家軍裡，得到庇護和真正的鍛煉。

所以，這次海盜找上門來簡直是自尋死路。現在的容城有錢有糧，甚至有炮火和軍隊。

白色的海東青劃過天際，俯衝而下，落在宋禹丞的肩膀上，一面親暱地蹭著宋禹丞的側臉，一面低聲和他說著自己的見聞。

「那些海盜應該是傾巢而出了，傻大個已飛去海盜島那邊查看，再確定一下。」

「多謝。」宋禹丞摸了摸牠的頭，將牠重新放飛，等著下次回報，同時心裡生出了想把這些海盜一網打盡的想法，對任何形式的戰役來說，地形永遠占有先決優勢。

容城這些將士們幾乎沒有打過海戰，如果把他們拉去海盜所在的小島附近開戰，不如先挑選有利的地方開戰。

謹慎地在海圖上畫個圈，宋禹丞終於決定要在這裡把這幫海盜徹底解決掉。

畢竟這是唯一讓原身抱憾終身的事情，也是宋禹丞和原身的交易裡最重要的一項——保下容城百姓，不要讓悲劇重演。

包括宋禹丞自己在繼承了原身的情緒後，對於容城也有種說不出的執念。

他不是喜歡暴力的人，對付人的手段大多用計謀，鮮少真的見血，但如果有人想要動他守護的東西，就算拚死一戰，也要讓對方血濺三尺，付出更大的代價。

「這麼俐落地解決他們，不怕兔死狗烹？」站在宋禹丞身邊，太子看著他手裡的海圖，語氣略微有些不贊同。

太子明白，現在的確是個好時機。

這些海盜人數眾多，他們每次去外地洗劫時都幾乎傾巢而出，守在小島上的不過幾千人罷了。

因此，如果宋禹丞想要剿匪，這是最好的時機，如果能把他們一網打盡，就能夠真正大獲全勝。但是太子擔心的卻並非是這裡。

眼下皇帝看似心疼喻祈年，不過是因為心懷內疚罷了。畢竟在皇帝心裡，容城又破又窮，還時常有海盜侵襲，宋禹丞守在這裡，一不小心就會喪命。

可事實上，宋禹丞在容城根本是如魚得水，這些海盜都成了他掌中玩物。但一旦宋禹丞輕而易舉地把海盜剿滅，就會失去讓皇帝心疼他的最佳籌碼。

並且根據宋禹丞的計畫，最多兩年，容城就會成為大安最富有的城鎮之一。

到時候，依照老皇帝的多疑個性，很容易就把宋禹丞惦記上了。畢竟宋禹丞不僅有兵有錢，已足夠對他的皇位產生威脅。

然而對於太子的擔憂，宋禹丞卻完全不在意，甚至還把他拉到身邊，狠狠地親了一口。

「別擔心，等不了兩年，我就把整個大安親手送你。」宋禹丞落在太子耳邊的氣息極其曖昧：「你爺們可厲害，好好在家等我。」

「……」太子看著宋禹丞半是調侃半是認真的模樣，心裡卻十分溫暖。沉默了一會，才鄭重其事地答應道：「早去早回，我等你回來。」

「嗯，一言為定。這次剿滅了海盜後，我回來要和你討個東西。」捏了捏太子的臉，宋禹丞忍不住咬了咬他的耳垂，逗得太子臉上都染上一片豔色，這才心滿意足地離開。

「大人，我覺得你現在就是個正宗的流氓。」看不過去宋禹丞時刻調戲太子的模樣，系統忍不住站出來說了句話。

然而宋禹丞的回應卻讓它無語至極：「和自己媳婦兒，不叫流氓，那叫調情。不過算了，畢竟你未成年，大人的世界你還不懂。」

「……」再次因為未成年屬性被攻擊，系統又一次被宋禹丞懟得七竅生煙。如果不是顧忌他馬上要出門打仗，系統肯定要狠狠地在腦內和宋禹丞爭辯一番。

他的宿主現在越來越過分了！動不動就虐狗、餵狗糧、欺負系統什麼的，非常值得好好批判一番。

宋禹丞在忙碌中很快就將系統的抱怨遺忘腦後，由於這次打算徹底殲滅這幫海盜，因此幾乎把所有喻家軍都調出來了，宋禹丞抽走一萬名最優秀的將領士兵，剩下的全都讓喬景軒帶著，看他的信號，準備隨時出海攔截即將從海上殺過來的海盜。

在短暫的集結之後，幾乎所有人都鬥志高昂。

「爺，咱們什麼時候迎敵？」

宋禹丞帶著第一批人從尨城出發，他們還看不到那些海盜，但也明白這些妄圖侵略他們家園的人，已經距離容城越來越近。

「不，咱們不迎敵，爺帶你們去個好玩的地方！」宋禹丞唇角勾起，略微有幾分邪氣。

宋禹丞並不想和海盜短兵相接，他有更好也更輕鬆的辦法。

之前聽勞倫斯說，這幫海盜其實家底頗豐，尤其是珠寶和寶石這些貴重物品，他們在海島上用不到，也不敢帶著這些財寶出去交易，怕被擒獲祭天，於是全堆在一個藏寶庫裡。

因此，宋禹丞的打算很簡單，以現在喻家軍新兵的實力，想在海上一役就打敗擒獲這些海盜，恐怕有些難度，而且會傷亡慘重，但是把他們困在海上卻是再容易不過。

畢竟，沒人規定，把人留在海上只能動用軍隊不是嗎？

於是宋禹丞要帶著這些喻家軍，偷潛到海盜島上拿錢！說白了，就是打算直接端了海盜眼下沒什麼人守護的老巢。

宋禹丞相信到了陸地就是喻家軍的天下！別說島上只有幾千人，就算有幾萬人也一樣踏平了！

對於海盜來說，這絕對是最淒慘的一天。

他們原本打算去襲擊容城，可萬萬沒想到竟會被困在海上，重點是，困住他們的竟是過往他們視作食物的海鮮！

當第一隻貝類艱難地吸附在船幫上的時候，這些海盜根本沒有察覺。然而當數百、數千隻貝類附著其上時，他們的船就開始往下沉並且動彈不得了。

眼下，這些海盜正好行駛到隱約能看到容城海岸線的位置，非常危險，容城只要有漁船開遠點就能立刻看見他們，偏偏他們的船像是突然在原地打了樁，一動都不能動。

他們手忙腳亂著試圖把這些貝類清走，卻發現來了更加危險的生物——鯊魚。

鯊魚是海中掠食者，牠們喜歡成群結隊的狩獵，在海上，對這些海盜來說絕無法與之匹敵。更何況，距離他們不遠的地方還有一隻巨大的鯨魚，彷彿只要張開嘴就能把他們瞬間吞噬。

而之前曾跑上岸的那些好似長著鬼面的巨型螃蟹，也漸漸聚集在他們的船隻周圍，那些巨大而堅硬的甲殼和長腿，彷彿能夠瞬間將他們的船打沉淹沒。

「快！想法子調轉船頭。這些東西到底是怎麼回事？」海盜首領慌忙下令。然而他的聲音再大都沒有用，因為他們全都嚇傻了，呆滯看著海面，半晌回不過神來。

「這、這是不是海神的坐騎？」有人先認出了那隻鯨魚。

「好像是，當初海神大人就是騎著那隻鯨魚來的！」

「所以海神大人又發怒了？是不讓我們去容城嗎？」有人想到這個可能，頓時嚇得渾身顫抖。

此時島上的海盜也好不到哪裡去。

島上原本只有一、兩萬人，之前宋禹丞裝海神引起他們內鬥，兩、三千人折騰進去，現在又傾巢而出去容城，現在島上只有寥寥五千人留守。

因此，當宋禹丞帶著喻家軍上岸時，這些人根本毫無抵抗能力。

他們是海盜出身，在海上每個都陰險油滑到了極點，但在島上戰鬥力卻大打折扣。

尤其在最擅長陸地戰的喻家軍面前，更是連半分抵抗能力都沒有，只能任由宋禹丞帶著兵，像是逛大街般輕鬆地將他們剷平了！

「爺，這幫孫子還挺有錢的。」傳令兵帶人搜了一圈，很快就找到島上的藏寶庫。

宋禹丞也勾起唇角笑了，「你說這些東西要是送去上京，能賣多少錢？」

「別說一個容城，估計連彪城都能一起養活了。」

「那還等什麼？還不趕緊搬上船。」宋禹丞抬腿踹了一腳，同時從中挑了一顆最大的夜明珠在手裡把玩。

從一踏進寶庫，宋禹丞就看上這顆在黑暗中能發出柔和光芒的珠子。太子事務繁忙，總是忙到深夜，宋禹丞想把這顆珠子送給他。

至於其他珠寶，宋禹丞也想好了要和皇帝合作，他要把容城發展成皇商之城。

「爺，這些海盜呢？」東西搬完了，傳令兵看著被綁得嚴嚴實實的俘虜，皺眉詢問宋禹丞。

「當然是一起帶回去。」

「什麼？爺您瘋了？咱們船上沒這麼大的地方。」傳令兵頓時懵逼了。

「你是不是傻！咱們沒有，難道他們沒有嗎？」宋禹丞無奈地揉了揉額頭。不知道自家這個傳令兵是不是和喬景軒那個書呆子在一起混久了，原本挺機靈的，現在都變得有點呆了。

傳令兵聽完頓時明白，趕緊跑出去辦事。

如此又花了大半天，喻家軍這幫將士們才把俘虜和所有珠寶收拾完整。

宋禹丞放出信號，讓容城那頭的喻家軍開始動手。

只不過宋禹丞的動手，並非真刀真槍的拚殺，只是單純的實力碾壓罷了。可即便如此，對於後來合併進喻家軍的原五城守軍來說，也依然是一次很好的體驗。

眼下海上那些海盜雖然厲害，但已經被困了足足三天，缺水少糧，基本上已經沒有什麼反抗能力。所以即便五城守軍的實力不夠，宋禹丞也依然放心地把任務交給他們，不擔心會有人傷亡。

真正的將士，都是從沙場上滾爬出來的。沒有見過血、沒有感受過那種生命的流逝，就缺少對生命的覺悟，也缺少對戰爭的覺悟。可宋禹丞不是那種會白白讓自家將士送死的將領，所以這次的小戰役，就是給他們演習的最佳機會。

最後，當宋禹丞帶著船隊回到容城時，迎接他的就是剛剛見過血的五城守軍將士們，不，現在應該叫喻家軍的新兵們！

看著他們比往日更加鋒銳的氣勢，宋禹丞的眼裡多出幾分滿意的笑意。

他命自己身後的將士打開船艙，當裡面堆得滿滿的西洋寶石露出來時，所有人都震住了，緊接著就聽海岸上爆發出巨大的歡呼聲。

這是他們加入喻家軍，駐守邊城以來，獲得的第一次勝利。

而宋禹丞也在這樣的歡呼聲中，沉穩地從船上走下來，走向站在最前面的太子。

「我回來了。」宋禹丞伸手抱住太子，漂亮的眼睛裡滿是笑意。

而一向青澀的太子，也難得鎮定地回應了他的笑意，但是從宋禹丞的角度看過去，太子的耳朵完全紅了。

感覺，好像可以吃掉了。

宋禹丞意味深長地看了太子一眼，卻因為太過興奮而忽略了太子眼裡極力壓抑的複雜情緒。

喻家軍得勝歸來是天大的喜事，可接下來的善後事宜很多。

宋禹丞是喻家軍的統帥，即便他心裡裝著事兒，也必須先把後續的工作做完。

論功行賞、慰問傷患，還有俘虜的安排，以及將珠寶登記在冊……

幸好有太子在旁邊協助，不然宋禹丞覺得他恐怕通宵也弄不完這些瑣碎的工作。

可即便如此，宋禹丞和太子也依舊忙活到晚上才總算弄完。

等吃完宵夜、準備散步消食的時候，宋禹丞卻悄悄把藏著許久的夜明珠拿出來，「雲熙，這個給你。」牽著太子的手，把他拉進自己的臥房，宋禹丞手中的夜明珠散發出格外柔和的光芒。

宋禹丞也在這樣有點浪漫的場景下，鄭重地對太子說道：「雲熙，我心悅你。」

太子沒說話，但眼神比以往任何一次都亮，彷彿宋禹丞的告白是這世界上，最能讓他沉醉的話。

而宋禹丞也像是看懂了他的意思，再次在他耳邊低低念著：「雲熙，我喜歡你。」接著，就慢慢吻住太子的唇。

宋禹丞的性子一向強勢，就連吻也大多帶著霸道，因此此刻的溫柔顯得格外難得，哪怕在這難得中，始終有種難以言喻的掠奪，但依舊能夠輕而易舉地讓人為之沉淪。

但是今天的太子卻格外冷靜，不知道是因為宵夜的那杯酒帶來的醉意，讓他比平時大膽；又或許是他終於不再隱藏，打算露出最真實的渴望，試圖把宋禹丞吞噬。

修長有力的手指扣住宋禹丞的後腦杓，這種帶著些強迫的動作，針鋒相對，才更讓人想要侵略，想要看到太子在徹底沉淪後會美得如何驚心動魄。

看著太子的眼，宋禹丞覺得自己這次是真的被他蠱惑了，完全失去往日的分寸。

「雲熙，你說，你這麼誘人，我應該從哪裡開始吃掉你？」

宋禹丞接下來也變得更加放肆，就在這樣帶著情慾蠱惑的低語下，將太子的外衫慢慢滑落。

如果按照正常情況，到了這一步，接下來就是宋禹丞把太子推倒，好好享受他守候許久的美味。然而宋禹丞萬萬沒想到，他自以為的掌控竟然神奇地玩脫了。

在他說完這句話之後，一向純情的太子殿下竟然瞬間褪去乖順的面具，露出隱藏在純情下面的狼性。而宋禹丞開玩笑說的那句「怎麼吃掉你」，才是真正為自己挖了個巨大的深坑，讓太子實實在在地實踐了什麼才是真正的吃掉。

到最後，宋禹丞是結結實實地把自己挑逗太子時說過的話，全都體驗了一把。

可惜的是，被品嘗的人是他自己。

等第二天起床時，宋禹丞整個人都還是懵的。

可瘦痛的腰卻一刻不停提醒他，昨天是徹底翻車的一夜。

「還好嗎？」太子的嗓音依舊溫柔，連眼神仍是以往的青澀和純情，彷彿昨天晚上瘋起來沒完，且花樣不少的人並不是他。

「……」宋禹丞頓時感到無語。

然而這時候腦內的系統卻正在瘋狂嘲笑他：「嘻嘻嘻，撩啊！使勁兒撩啊！大人划船不用槳，全靠浪。【海豹式瘋狂鼓掌.jpg】」系統有種翻身做主人的興奮感。

宋禹丞卻是難得咬牙切齒：「你不是未成年應該被遮罩嗎？」

「是未成年啊，我昨天晚上也的確被遮罩了，但是今天早晨就解開啦！怎麼樣，是不是巨爽無比？【幸災樂禍.jpg】」

「……」面對這樣的系統，宋禹丞根本不想說話，可把系統遮罩後，就得繼續面對身邊的太子。

宋禹丞陡然覺得頭疼起來，心理落差太微妙，讓他有些不知所措。

畢竟雖然翻車了，可太子很溫柔，也沒有過分勉強。他一開始的確是有點被強迫的意思，但是後面的確被伺候得很舒服。

這麼想著，誰上誰下這點事……好像也沒什麼問題？

轉頭看了一眼太子，在成功把人看得耳朵發紅、目光游移之後，宋禹丞的心情又變得好一些。

「昨天晚上某些人可不是這樣的表現。」宋禹丞的語氣滿是調侃，可因為疲憊的暗啞而添上一種旖旎的誘惑。

太子沒回答，但看著宋禹丞的眼神卻興奮發亮。

不知道是不是因為發生了實質性的關係，太子的心情一直很好，就連平時相處時的小心翼翼都減少許多，像是真的放下心了。

宋禹丞見他這副反應，心一下子就軟了。

他看得出來，即便之前在告白之後，太子也一直非常不安，就像生怕他會突然不見，平時與他的相處也格外仔細，擔心自己對他不夠滿意。

所以，如果這樣能讓太子安心下來，他倒也無所謂上位或下位。方才的不適應，只是突然地位轉變讓他覺得彆扭罷了。

而太子也像是看出來他想通了，伸手抱住宋禹丞，把兩人之間的距離拉得更緊。

「祈年，我心悅你。」昨天晚上沒有出口的告白，這次真真切切地迴響在宋禹丞的耳邊。

太子的告白明顯更有重量也更加虔誠，彷彿宋禹丞就是他的全世界。

犯規了！宋禹丞閉了閉眼，只覺得自己的心跳都因為太子這一句話而失衡。

良久，他才把太子拉過來狠狠親了一口，威脅道：「再招惹我，我就立刻辦了你！」

隨後便翻身閉上眼睛補眠，心裡琢磨著某些人表面上看著純情，折騰起來可真是要了命。

太子像是看出宋禹丞在想什麼一樣，低低笑著，伸手把他摟在懷裡，陪他一起再膩歪一會。

歲月靜好，就適合跟心愛的人抱在一起，睡個回籠覺。

感情一旦發展起來就很快，尤其宋禹丞和太子都是有話直說的人，尤其太子在放下心結後，哪怕偶爾還是會因為宋禹丞的撩撥而不知所措，但大部分都能很好地回應。

更何況，宋禹丞最喜歡太子這個有點小純情的性子，兩人相處起來反而甜蜜得恰到好處。

可即便如此，戀愛也不過是調劑，兩人眼下都有更重要的事情要做。

對於容城、彪城等五城的後續發展，誰能想到，宋禹丞還真的在容城培養出個皇商。

第一批收繳的珠寶很快就送進上京，宋禹丞順便給皇帝送了封信：舅舅，這是祈年帶兵從海盜那裡收繳來的，我和表哥商量後決定賣給您。您看著給吧！我們只要銀子和糧食拿來造船和火藥槍。

非常簡單明瞭，要錢要得理直氣壯。

皇帝看完就樂了，忍不住和侍從說：「也就祈年這小混蛋能寫出這樣的摺子，拿到朝堂上去，豈不是要讓百官笑死？」

「小郡王是將才，自然豪爽一些。還是要恭喜陛下，海盜一平，容城那頭的禍患就減輕許多。」

「是減輕許多了，就是祈年和雲熙這兩個孩子啊……太傻。」皇帝嘆息了一聲，把太子的摺子也看了一遍。

太子的摺子等於是針對喻祈年那份摺子的具體解釋，並且還把剿匪的情況詳細說了一遍。

最讓皇帝動容的，是無論喻祈年還是太子其實都沒有什麼私心。

作為外甥、兒子、臣子，他們全然信任自己，把所有底牌都暴露給自己看，包括太子解釋喻祈年接下來的打算。

海商。這兩個字，對現在的大安來說是太久遠的名詞，如果喻祈年能夠辦成，那容城五城將會是大安最繁榮的地方之一，而且也會是最掙錢的地方之一。

但是喻祈年卻把所有的利益都留給他，或者說，是留給大安的國庫，至於剩下的，除了用作兵餉以外，就全都留給了百姓。

五城商人皆皇商，這樣的手筆，也就只有喻祈年和太子這種沒有私心的人能夠想出來，他們一份都沒摻入。摺子裡，太子特意解釋了他和喻祈年身分特殊，不好直接參與進來，懇請皇上派一位可靠的官員過來輔助經營，這樣帳務也會更清楚些。

就這樣輕易把所有錢和利益送給朝廷，這兩個孩子難道不怕未來若發生什麼事，他們會連條後路都沒有嗎？不，他們不是不怕，他們是真的不覺得自己會發生什麼事情，畢竟他們心裡裝的只有大安，根本沒有考慮自己會不會出事。

「唉。」放下太子的奏摺，皇帝又長長嘆了口氣。

旁邊的侍從見他神色不豫，也跟著勸了幾句：「您不必替太子爺和郡王爺擔心，這不是都有您照應著嗎？」

「現在是，可未來呢？你看看老七他們鬥得哪裡像是能容人的。祈年還好，怕是雲熙……」太子站著嫡子的位置，又當了這麼多年的儲君，即便心裡無意帝位，未來不管哪位兄弟上位，太子的下場都不會太好。

皇帝也是從奪嫡這一步走過來的，自然心裡明鏡般知道太子的下場。往日不覺得太子如何，倒也無所謂，可現在面對七皇子這一幫不肖兒，就不由自主心疼起了最孝順的太子來。

甚至開始懷疑，自己當初一意孤行覺得七皇子是繼承大統的最好人選，究竟是不是正確的？因為現在不論怎麼看，真正心懷天下又至純至孝的太子，反而比七皇子優秀太多了。

想到七皇子和喻景洲的密切關係，皇帝越想越覺得不對勁。思忖著當初給喻祈年兵權真是正確的選擇，萬一將來喻景洲反了，喻祈年手裡的兵才是他真正能用的利刃。

畢竟論起兵法謀略，放眼大安就只有喻祈年能和喻景洲抗衡，而喻祈年帶出來的兵也是出了名的厲害，不是繡花枕頭。

這麼想著，示意身邊的侍從下去，皇帝把暗衛叫來，再次吩咐道：「七皇子那頭不要放鬆，接著查。另外……」猶豫了一下，皇帝最後還是下定決心：「另外，去傳穆羅過來，雲熙和祈年打算開辦的皇商，恐怕得派他去容城幫著鎮場子。」

「您的意思是……」

「總得給這兩個傻孩子留條退路，也得給大安留條退路。」皇帝說著，自己也唏噓不已。

穆羅是太子太傅，太子可說是穆羅從小看著長大的，兩人的師徒情誼很深。而穆羅是大安有名的大儒，桃李滿天下。

這次皇帝把他派去容城，也是想給喻祈年和太子留條後路。依照穆羅的本事，皇帝相信他能協助太子和喻祈年，把容城五城發展成鐵板一塊。

哪怕未來其他皇子登基想要對他們不利，也能夠有地方可以逃脫。

但這也不一定。

皇帝的眼神晦暗不明，他已經開始對七皇子失望，只是捨不得這些年的培養罷了。不過來日方長，這帝位是他的，他想傳給誰，就傳給誰。

當皇帝正為喻祈年和太子的毫無私心而感動不已時，容城那頭的宋禹丞，卻剛剛從太子口中聽到吳文山帶來的大祕密。

「所以你的意思是，七皇子實際上是我的異母弟弟？」宋禹丞勾起的唇角格外危險，原本握著杯子的手指陡然用力，杯子幾乎瞬間就碎裂了。

太子緊張地拉過他的手查看，然而宋禹丞卻已完全沉浸在原身的回憶當中。

他終於明白為什麼原身上一世的結局會如此淒慘，虎毒尚且不食子，喻景洲這種人根本不配叫父親！宋禹丞突然想到一個細節，其實原世界裡，真正幫吳文山和原身牽線搭橋的就是喻景洲，目的就是要親手把他不喜歡的這個兒子，一步一步推向深淵。

抬起頭，宋禹丞看著太子低聲念叨了一句：「其實在喻景洲眼裡，我從來都不是他的兒子。」

原身的記憶突然像潮水般湧入，裡面竟然沒有任何一幕，哪怕一個背影是和喻景洲這個父親有深刻關聯的，唯一還算清晰的印象，就是他和吳文山初見的那一幕。

那一天，在將軍府的前廳，喻景洲難得露出笑容對原身說：「吳小公爺是個不錯的人。」

也正是這一瞬間，在原身心裡認定了吳文山是這個世界上最優秀的人。

沒錯，作為一名父親，這是喻景洲對原身說過最長的一句話，也是最富有感情的一句，其他哪怕是一句問安，都沒有出現過。而這富有感情的一句話，卻不過是為了幫助七皇子、送原身走上絕路。

喻景洲是瞎了，所以才看不見喻祈年的痛苦嗎？

宋禹丞難受得都快喘不過氣來了！他按住胸口，覺得絲絲縷縷的疼痛從心臟深處一點點蔓延開來，就像是用鈍刀子凌遲，每一刀都未必割下肉來，但是疼痛卻是真真切切的。

就像上個世界一樣，這個世界的宋禹丞冷靜旁觀到現在，竟然又再次被原身的經歷感染。

「大人！你冷靜一點！」系統立刻就慌了。

可宋禹丞沒有回答，他還沉浸在原身的記憶裡翻找。宋禹丞不敢相信，這個世界上竟然真的有這種捨棄一個兒子，去給另外一個兒子當踏腳石的父親。

宋禹丞不停翻查著原身留下的記憶，然而，在原身可以說是相當豐富的記憶裡，根本沒有喻景洲的影子。哪怕他從小對這個父親充滿孺慕和渴望，練得最精的便是喻家極富盛名的槍法。

宋禹丞看著原身記憶裡，第一次憑一手出神入化的槍法譽滿上京時，人人都在稱讚他的槍法精妙絕倫，可他卻只覺得悲哀。

畢竟，原身精湛的槍法根本不是喻家正宗祖傳的喻家槍，而是自己偷看喻景洲教著庶出兄長學到的一點皮毛，最後自己苦練而來的。

十歲的孩子，個子還沒有槍柄高，手心就已經磨出厚繭，稚嫩的思維還不懂什麼是人情世故，就已經先一步學會保家衛國！

原身將喻家祖訓記在心裡，十四歲就帶著當時只有五百人的喻家軍去剿匪。當時都說原身是在胡鬧，可最後當他拎著那個據說手上有數十條人命的山匪頭顱得勝歸來時，所有人卻都說喻家人理應如此。

可誰又知曉，生了喻祈年的喻家，從未給過他半點教導！

誰又看得到，自從原身的母親去世後，他就再沒有得到過半點溫情。

否則，他何必寧願捨了尊嚴，也要抓住一個被父親稱讚過一句話的吳文山？

喻景洲，你真的是太狠了。

宋禹丞閉上眼，試圖掩飾紅透的眼圈。他不願意再去觸碰原身那些禁忌的回憶，因為每一幕裡，那個沉浸在孤獨裡、渴望被認同的少年，都是把利刃在戳著他的心。

系統：「喻祈年是個好孩子。」

宋禹丞：「對，可惜喻景洲不是一個好爹爹。不過沒關係……」

系統：「你要做什麼？」

宋禹丞：「不做什麼，不想當爹，那就讓他跪下叫爸爸。」

結束和系統的腦內對話，宋禹丞抬頭看向太子，突然亦有所感地說：「雲熙，見過我舞槍嗎？」

「沒有。」太子先是搖頭，然後像是讀懂他的心思，緩緩開口：「但是我很想看看。」

「那就耍給你看。」宋禹丞勾起唇角笑了，命人將自己的槍拿來，清場以後，就這麼一招一式在太子面前舞了起來。

都說槍乃百兵之王，銳進不可擋，速退不能及。而宋禹丞的槍法，卻遠比眾人傳說的還要更加精妙神奇。

就看他一招一式充滿了殺伐決斷的氣勢，彷彿眼下並非在容城的郡王府院子裡，而是兵戈相見的沙場，槍尖一點，就會取人首級。

守在宋禹丞的身邊，太子定定地看著他，不發一語，但是眼裡的疼惜始終沒有減少，反而隨著舞動的長槍迅速增加。

雖然太子小時候並沒有和喻祈年見過面，但是關於他的傳言卻聽聞太多。多少人都說喻祈年是流氓、痞子、不學無術的混不吝，是仗著皇帝寵愛就為所欲為的紈絝。可真正調查過才知道，喻祈年不過是個得不到承認，也不被疼愛的孩子罷了。

除了他早逝的母親之外，從來沒有人真心愛過他。哪怕喻家軍的那些將士們，也大多是把他當做頂梁柱、無所不能的少年將軍，想要依靠他，得到庇護。可誰又想過，喻祈年真正想要的只是能有個人愛他。

他甚至每天晚上睡覺都會下意識尋找另外一個人的懷抱，只有牢牢地抱著他，他才會真正睡得安穩。這麼一個怕孤單也怕寂寞的人，這些年他到底是怎麼一個人走過來的？太子越想越心疼。

至於系統卻已經害怕到了極點，宋禹丞……宋禹丞竟然又一次沉浸在原身的情緒裡無法自拔，不知道是不是因為經歷類似，上個世界的謝千沉還只是讓宋禹丞一心想要復仇，可這個世界的喻祈年，卻讓宋禹丞下意識產生共鳴。

這樣不行，如果不能脫離情緒，成為真正的旁觀者，哪怕宋禹丞的實力再強，他在快穿總局也走不到最後。

可系統明白，宋禹丞表面看著強悍，可心裡卻是最柔軟的。他的溫柔是雙刃劍，能夠支持他立於不敗之地，可也同樣是推他進深淵的最佳推手。

他太容易同情這些祈願的原身，也太容易陷入這些人的悲慘際遇裡，這樣只須再過幾個世界，他恐怕還會再次隕落。

「大人、大人！」系統崩潰地拚命喊著宋禹丞。之前剛到這個世界時，它怕宋禹丞被原身影響太過，所以刻意為宋禹丞兌換了一個「旁觀者光環」，避免他太容易被原身影響。然而系統萬萬沒想到，相似的經歷，竟然再一次帶著宋禹丞沉浸在痛苦中。

如果他再次迷失，那它只能強行把宋禹丞從這具身體裡剝離，哪怕會損傷他的靈魂、哪怕會任務失敗，系統也只能出此下策，它只想生生世世陪著自己的宿主，再也不想看到當年的悲劇重演。

然而就在系統試圖動用許可權的時候，太子卻突然從椅子上站起來，快步走向宋禹丞。

「夠了。」他就像沒有看到飛舞的槍桿般，徑直走到宋禹丞面前伸手抓住槍桿，整個院子頓時安靜無聲。

如果這在戰場太子定然必死無疑，可宋禹丞本能地收勢避開他，再加上他已練了許久有些疲軟，太子才能輕而易舉地控制住他。

死死地把宋禹丞抱在懷裡，太子第一次主動吻上了他的唇，雖然依舊青澀，但是吻中的感情卻激烈到彷彿要把靈魂也一併吞噬。

「新年，不要難過，我一直陪著你呢！」太子的嗓音溫柔到了極點，每一個字都飽含情誼，直接落在人的心裡。

而被原身的經歷所影響的宋禹丞，也在這樣的安撫中漸漸冷靜下來。

「我……」他想說話，卻不知道要說些什麼。他依舊很混亂，甚至有些原本塵封的記憶，也跟著不停從腦海深處翻湧而出。

這些事兒估計只有系統知道。

在現實世界裡，幾乎所有人都默認宋禹丞就是個無父無母、靠著自己長大的孤兒。但實際上，宋禹丞是有父母的。

只不過，他是不被接納的那一個。

貧賤夫妻百事哀，當年的神仙眷侶在金錢面前也終究勞燕分飛。

父親入贅了有錢的女人家，母親乾脆給一個富豪當小情人，之後生下的私生子還被認祖歸宗，頗為受寵。

而他的存在就變成阻礙父母進入上流社會的汙點。

就在他的父母享受著奢侈生活的時候，不過五六歲的宋禹丞卻已經學會靠自己甜蜜懂事的外表，和淒慘的境遇來獲得周圍人的同情，討一些跑腿的零工，混一口飽飯。就這麼苟延殘喘地活了下來。

可誰能明白，跪著長大的感覺有多難受？一遍一遍揭開自己的傷疤會有多疼？可即便如此，他還要努力活下去，還要感激上天，最起碼他沒有流落孤兒院，最起碼他的父母還給了他一間可以用來避風的房子。

哪怕這房子裡什麼都沒有，到了冬天即使穿上所有的衣服、蓋著被子，也會手腳凍僵。

這些事情，宋禹丞原本覺得自己早就遺忘了。可在喻祈年的記憶影響下，那些陳舊的回憶再一次變得鮮明，哪怕是夏日的白天，宋禹丞也彷彿置身在寒冷的夜晚，手腳都泛起凍人的冰涼。

再強大的人也難逃心裡最可怕的陰影。

宋禹丞閉著眼，試圖把那些不堪的過往盡數遺忘。可越逼著自己，就越難以度過。

他抓著太子的袖子，就像是溺水的人握著一根浮木，整個人靠在太子身上，不想多說一句話。

在被系統拉著穿越之前，宋禹丞剛從手頭的案子裡解脫出來，緊接著連續三個世界的漫長經歷，讓他的精神疲憊到了極點。

就這麼睡一會吧！宋禹丞任由思維放空。

方才不管是系統的急切，還是太子的擔憂，他都聽見了。

他明白今時不同往日，他已經不再孤單，但過往的傷害無法痊癒，他撐不住了，需要休息。

在最後失去意識時，宋禹丞聽到太子在他耳邊說了一句話，讓他的唇角忍不住露出一絲笑意。

太子說：「好好睡吧，一切有我。我會讓喻景洲付出該有的代價。」

真好，原來這個世界上，還是有人願意無條件地寵愛他。

宋禹丞這一覺睡得很長，太子一直在旁靜靜守著他，連抱著他的姿勢都沒有變過。

「主子，小主子這邊要不要去請個大夫？」侍從擔憂地詢問。

「不用，祈年是心病。不過喻景洲那邊該動手時就動手吧。」

「主子您的意思……」

「能借刀殺人，就不要髒了自己的手，喻景洲再不堪，也是祈年的親生父親，我不能讓他背上弒父的罪名。叫咱們的人再審審吳文山，一個時辰之內，我要知道吳文山知道的所有事情！」

「是。」侍從應了一聲，趕緊下去辦事。看了一眼小主子即使睡著都疲憊至極的臉，心裡把喻景洲翻來覆去地罵了無數遍。

像小主子這麼好的人，喻景洲是眼瞎了才會不要這樣的兒子。可轉念一想，又覺得喻景洲眼這麼瞎也挺好，畢竟他們家太子爺可是巴不得搶人呢！

太子辦事起來，一向乾脆俐落。和宋禹丞直來直去的風格不同，太子不僅擅長陽謀，耍起陰謀詭計起來更十足小人。

在太子看來，喻景洲該不是為了七皇子，想要犧牲喻祈年吧？那他就讓喻景洲嘗嘗被祭天的感覺是有多美妙。

是夜，七皇子安插在喻景洲軍營裡的探子，突然打探到一個不得了的消息：原來喻景洲才是七皇子的親生父親，備受恩寵的七皇子，根本就不是真正的龍裔！

【第十章】

揭露真相撥亂反正

探子簡直不敢相信自己聽到了什麼，可喻景洲藏在身上的東西卻讓他無法反駁。

就看那隱祕的小箱子裡，鶯妃娘娘的貼身物件竟藏在喻景洲屋裡，而且花紋和材質分明是近一兩年皇宮裡的流行樣式。

另外，喻景洲收著的那些畫像也全都意味深長，是七皇子和兩位公主從出生到現在的，幾乎每個月一幅。另外，喻景洲的庶長子在和喻景洲密談時，竟然直接叫七皇子弟弟，並表示一定會全力支持七皇子上位。

聯想到七皇子和鶯妃其他兩位公主的出生時間，那還有什麼不懂的呢？

探子捧著自己收集到的證據心跳如雷，覺得自己窺探到了禁忌，很容易會喪命。

而且為了求證，他偷偷動了喻景洲的東西，依照喻景洲的仔細個性，應該很快就會發現，或許第一時間不會查到他頭上，但不過是早晚的問題。

與其這樣，不如逃回去找七皇子，雖然一樣有被滅口的風險，但是七皇子有可能看在他忠心的份上給予庇護，當然這個機率很小。

他一開始想過逃跑的可能，但他手裡握著這樣的祕密，一旦逃跑，不論七皇子還是喻景洲都會四處抓他，到時候就是插翅也難飛了。

至於向皇帝告密，他根本連想都不敢想。皇家醜聞，皇帝被人戴了綠帽，給別人養了這麼多年的兒子，還想將他送上儲君的位置，傳承江山社稷，想想就很丟臉了。

因此，左思右想後，這探子最終決定連夜離開喻景洲的軍營，返回上京找七皇子。

但在此之前，他留了個心眼，把一部分證據藏在貨物裡，託給一個鏢局，如果三天之後他沒送信回來，這鏢局就會把這些貨物送去彪城太子手上。當了這麼多年的忠僕，沒有功勞也有苦勞，如果七皇子真的要送他去死，那他也不介意拉七皇子陪葬。

是夜，做好一切準備，探子悄然離開喻景洲的大營。然而他不過剛走出沒多遠，喻景洲就發現了不對，立刻查到他的頭上。

「去！就算是挖地三尺也要把這個人給我找出來！」喻景洲勃然大怒，與此同時，心裡也生出了說不出來的懼怕。因為七皇子和他的關係一旦東窗事發，別說皇位，就連性命也難保。

「父親，現在怎麼辦？」喻景洲的庶長子也同樣非常害怕。

喻景洲沉默半晌，轉而寫了一封密信託人送給上京的鶯妃。

他已經顧不上別的，必須讓鶯妃做好準備。喻景洲心裡也隱隱生出一個想法，現在大安的皇子中，除了七皇子其餘都不成氣候，而太子又遠在容城，按照他現在的實力，如果直接突襲逼宮，說不定反而能讓七皇子迅速上位。

越想越覺得這個法子不錯，喻景洲算計著眼下的情況，琢磨著後續事宜的安排。

然而喻景洲算計得不錯，卻料錯了七皇子的反應。

平時對喻景洲畢恭畢敬，甚至比對皇帝還要親近的七皇子，這次竟然完全站到他的對立面，不僅沒有任何配合的意思，甚至還想要他這個親生父親的性命。

只能說不管是皇帝還是喻景洲全都瞎了眼，竟然把又毒又蠢的七皇子當成掌中寶。

畢竟，一般人在聽到這個消息後，正常的反應應該都是趕緊認祖歸宗，並配合喻景洲逼宮。然而七皇子的第一反應是進宮去質問鶯妃，等跟鶯妃證實一切屬實後，七皇子整個人都要瘋了，並且衝動地想立刻除掉喻景洲，以及喻景洲身邊所有知道真相的人。

「你瘋了！」鶯妃被他神奇的邏輯震驚得不能自已：「你父親有兵有權，我們直接逼宮，皇帝沒有任何反抗的能力。可一旦你父親死了，你以為你還有什麼底牌可以和其他人鬥？別忘了，遠在彪城的太子可是和喻祈年聯手了！」

鶯妃憤怒至極，狠狠一巴掌抽在七皇子的臉上，恨不得把這個孽子打醒。

然而蠢貨怎麼挨揍也不會變成聰明人，反而會將恨意積壓在心裡，眼下的七皇子就是這樣。

他竟然連鶯妃也一併恨起來，覺得如果不是鶯妃淫蕩，和喻景洲有了首尾，他就應該是正經皇室血脈，光明正大地繼承大統，而不是像現在有性命之憂。

離開鶯妃宮裡，七皇子心裡暗自下了決定。眼下他會配合鶯妃和喻景洲，但等到他榮登大統那天，不管是鶯妃還是喻景洲，他都要親手殺掉，把他的身分徹底隱藏起來，他就是大安真正的龍裔，他不允許自己的血統被任何人提出質疑。因此眼下要做的第一件事，就是趕緊把傳話的那個人殺掉。

這麼想著，七皇子回去之後就立刻動手。但是他沒有想到的是，兔子逼急了也會咬人，他以為殺掉來報信的探子就能高枕無憂。殊不知，三天後，一個名不見經傳的小鏢局，護送著足以讓他和喻景洲、鶯妃死上一百次的證據，往尨城趕去。

此時遠在容城的宋禹丞和太子正是一片安逸。

當宋禹丞終於從昏昏沉沉的沉睡中醒來後，意外覺得渾身上下都格外輕鬆。

「大人，你好點了嗎？」系統的聲音有點蔫蔫的，語氣也格外小心翼翼。

「已經沒事了，對不起，讓你為我擔心。」宋禹丞趕緊安慰，可接著就聽到系統哇的一聲哭了出來。系統雖然沒有實體，但是感情是真真切切的。而且之前宋禹丞的失控也嚇到它了，如果不是看太子把宋禹丞安撫下來了，它當時都衝動得想不顧一切帶宋禹丞離開這個世界。

哪怕後面宋禹丞緩和下來，昏睡過去，它提起來的心也依舊沒有放下。

「好了好了，是我不對，別哭了，嗯？」宋禹丞也有點不好意思，趕緊溫聲哄著自家膽戰心驚的小系統。可這人吧，就是這樣，當你委屈的時候，越有人安慰，就越想撒嬌。

因此，系統結結實實地大哭一場，最後還忍不住狠狠地威脅了宋禹丞：「你要是下次再這麼胡來，我就直接把你帶走，讓你家太子強行喪偶。你怕不怕？【矮腳貓式奶凶.jpg】」

「怕的怕的，可厲害死你了。」知道系統心情不穩定，宋禹丞比平時都要更加耐心哄它。

一直良久，系統才傲嬌地「哼」了一聲，然後將這件事翻篇。

宋禹丞見狀，也跟著鬆了口氣，在結束腦內對話後，轉頭面對抱著自己睡著的太子。

宋禹丞這一覺整整睡了一天一夜，現在正好是下午，太子之前估計一直守著他，眼底的青黑格外明顯。嘆了口氣，宋禹丞忍不住伸手摸了摸太子的眼角，眼裡流露出幾分心疼。

他是很累沒錯，可太子也一樣忙得團團轉。海盜剛平，容城五城正是百廢待興的時候，又要發展海商，又要造船造武器，太子負責五城全部內務，不可能不累。

「辛苦你了。」輕柔的吻落在太子的眼睫，宋禹丞的音調格外纏綿。

然而太子卻連眼睛都沒有睜開，就下意識把他往懷裡抱了抱，像是在回應他方才說的話。

宋禹丞沒有動，任由他這麼抱著自己。臥室裡很安靜，陽光也讓人感覺暖洋洋的，至於耳邊太子沉穩的心跳和溫柔的懷抱，更是輕易讓人沉醉。

宋禹丞突然覺得，和眼前這一刻相比，那些過往或許都不再重要，不論他的過去有多坎坷、多艱難，現在有太子陪著、心疼著，甚至寵愛著，那些遺憾就隨風而逝吧。

何必用別人的錯誤來懲罰自己、懲罰戀人？仇還是要報，該清算的恩怨也要接著清算，但是不能再讓夢魘繼續糾纏自己，失去自我。

如果不能就此解脫，那復仇與否又有什麼用處？

宋禹丞這麼想著，心裡豁然開朗，過去始終壓著他的沉重記憶也徹底煙消雲散。

他輕手輕腳下床，走到外間叫人送水洗漱，簡單地用了飯之後，便讓人把這兩天積攢的事務都匯總上來。

「小主子，您不用擔心，主子都已經處理完了。」太子的侍從怕喻祈年不放心，打算一樣一樣給他說明，可不過剛開個頭就被宋禹丞打斷。

「雲熙處理過了，就不用再和我說，只說還沒處理的就好。」

「這……」侍從有點猶豫，眼下沒處理的只有一件事，就是七皇子那件。可之前小主子不過聽了七皇子的身分就承受不了，要是聽說了後面的細節豈不是會直接崩潰？

可這一次容郡王的表現卻鎮定得出乎他的意料。

只見容郡王就像是個局外人般完全不受一點觸動，哪怕當他提到喻景洲私下裡曾給七皇子和兩位公主多少寵愛的細節時，小主子的神色都沒有一點改變。

侍從心裡暗自驚嘆他的強大，但也忍不住替他打抱不平，這麼好的小主子怎麼會有人不喜歡他？咬了咬牙，侍從把太子的算計和盤托出，在說到七皇子安排在喻景洲軍營裡的探子，已經拿到七皇子身世的證據時，容郡王竟然勾唇笑了。

「小主子？」侍從拿不准他這笑容是什麼意思。

「雲熙這法子不錯，不過還不夠，我再給他加把火。」

「您的意思是……」侍從和喻祈年共事的時間不長，還不能完全跟上他的節奏。

然而宋禹丞也沒有為難他的意思，讓他叫了自己的傳令兵過來，也沒避諱侍從，直接吩咐了一句：「在上京的黃先生，是不是把各皇子的卦送出去了？」

「爺，都送出去了。我看軍師回信說效果特別好，那些皇子們已經鬧成一鍋粥了。」

「讓他再推一把，把這封信交給他，他知道要怎麼做。」

「好勒！」傳令兵答應一聲，便轉身往外走，然而走到一半又突然想起什麼，回來對郡王爺說：「爺，還有一件事兒，不過不是我，是老喬要我和您商量的。」

「怎麼了？」

「您能不能和軍師說一下，以後來信別寫那麼多話，上京那麼多人肯定夠他嘮叨的，讓他放過我們吧！」傳令兵的臉都扭成一團。

黃先生每次給容城送信都要寫上好幾頁，信是用軍中的密碼寫的，破譯起來很麻煩，偏偏黃先生廢話一堆，翻來覆去幾次下來，哪怕一向很有耐心的喬景軒都快被搞瘋了。可又不敢不看，萬一信裡有什麼重要的內容可怎麼辦？一來二去，這些負責翻譯信件的將士們全都崩潰了，只能託傳令兵和郡王爺商量一下。

「欸，還是太嫩。」宋禹丞聽完他們的抱怨也有點無奈。還真不是黃先生難為他們，那些看似廢話的東西，實則都是在告訴他們現在上京那些公侯世家間的關係。

例如寫的這個宴會就很有意思。七皇子竟然和丞相的庶子走得很近，這幾乎直接告訴他們，七皇子已經沉不住氣，並且迫不及待想要上位當皇帝了！

還真的是野心勃勃，可惜智商不夠，血脈也不真，是個名不正言不順的西貝貨。

「你這位軍師是個妙人。」宋禹丞正在沉思，可身後突然響起的聲音將他的思緒打斷，宋禹丞回頭，正對上太子關切的眼神並詢問道：「有哪裡不舒服嗎？」完全不在乎眼前還堆積著公事，對太子而言宋禹丞永遠是擺在第一位的。

宋禹丞也明白他的意思，笑著回應道：「沒事，放心吧，雲熙。」

「嗯。」太子又盯著他看了一會，好似還有些不放心。然而宋禹丞卻故意在他耳邊悄聲念叨：「我可是睡醒吃飽了，你再這麼看我，我會忍不住想親你。」

「……」太子先是一怔，接著就別過頭，悄悄紅了耳朵。

原本等著回話的傳令兵和侍從對視一眼，不約而同低下頭，只覺得容郡王和太子分明沒有什麼過於親密的接觸，卻仍舊充滿了濃濃的狗糧味。

不過也就那麼幾分鐘，到底正事為重，宋禹丞和太子很快就回到關於七皇子的討論中。

對於太子想讓七皇子親手料理了喻景洲的打算，宋禹丞完全贊同。並且他和太子的想法如出一轍，認為喻景洲這樣的人根本不值得他為此弄髒了手。

不論是宋禹丞還是太子都個性果斷，說三更動手，就絕不會把人留到五更。

因此，上京那頭很快就亂了。

司天監裡，黃先生迎來他今天的客人——許久未見的七皇子。

然而當卦象解出來的瞬間，七皇子卻立刻像掉了魂般，直接告辭跑掉了，連後續的解釋都不聽了。

然而七皇子不知道的是，他找黃先生算的卦象很快就傳到皇帝的耳中，並且引起他巨大的疑惑。

那卦其實只有四個字：弄虛作假。

原本這四個字解開之後，是要告誡七皇子不要被眼前的虛情假意蒙蔽，並且暗示他身邊有小人出沒，眼前的富貴榮華都是鏡花水月，必須真正踏實下來，擁有真才實學才有希望成為治世明君。

按照常理，這種籤文不會引起皇帝的懷疑，而且也的確和七皇子現在的情況有些相符。

可偏偏七皇子心裡有鬼，聽到這四個字就被嚇到了，還以為黃先生是不是知道了什麼，第一時間就落荒而逃。

「陛下，七皇子的反應有點奇怪。按常理，這算是催促勤勉的卦象，七皇子為什麼會嚇成這樣？」

暗衛回報的時候，語氣有所保留。

然而皇帝想的卻更複雜，畢竟他之前就格外在意喻景洲，立刻聯想到為什麼這麼多皇子，偏偏他最寵愛的七皇子獲得喻景洲的支持？

畢竟按照常理，喻景洲心有反意，七皇子是被看好的儲君時，喻景洲應該扶持其他皇子，未來和七皇子爭權，哪怕喻景洲和太子走得近，皇帝都覺得比較說得通。偏偏喻景洲獨厚七皇子，除非……他們之間有什麼必然的聯繫。

七皇子到底在怕些什麼？皇帝的腦子一刻不停地琢磨，接著突然萌生一個格外可怕的想法。

如果這個弄虛作假就是指字面上的意思，換句話說以假亂真，七皇子並非是他親生兒子，那這一切就完全說得通了。

「去！去拿起居錄來！」皇帝慌忙下了命令，他越想越覺得不對勁，尤其在聽說七皇子兩天前去找過鶯妃，並且和鶯妃大鬧了一場後，皇帝就越發覺得可疑。

果不其然，在翻閱幾次鶯妃過往有孕的記錄後，皇帝發現，鶯妃有孕的時間都能和喻景洲在京裡的時間對上。所以他和鶯妃可能有染是嗎？

七皇子長得俊秀，的確像鶯妃，但是輪廓也有幾分喻景洲的模樣。

說來也巧，皇帝分明還記得，七皇子和喻祈年小時候有一次打架，就是因為有人說七皇子和喻祈年長得很像。

皇帝原本覺得表兄弟之間相像倒也正常，可現在想想，這哪裡是因為表兄弟，分明是因為兩人父親相同！

「喻景洲啊喻景洲，你還真的打得一手好算計。」皇帝低低念叨著，轉頭對暗衛吩咐：「想法子查查七皇子為什麼和鶯妃吵架，還有鶯妃這些年和喻景洲之間的聯繫。另外，叫那邊的人把喻景洲盯緊了。順便……」皇帝猶豫半晌，最終長嘆了一聲：「順便給祈年和雲熙帶話，就說朕想他們了，近日要召他們回來。」

「是。」能夠伺候皇帝這麼久，這些暗衛沒有一個是傻子，這一連串的動作背後代表什麼意思他們心知肚明。

七皇子這次是徹底完了，不管鶯妃和喻景洲之間有沒有關係，他都很難活命。至於鶯妃和喻景洲，恐怕比七皇子的境遇還要可怕。如果一切都是謠傳，那還稍微好一些，如果不是，估計都不會死得太痛快。

皇帝就這樣悄不作聲地展開調查，連鶯妃和喻景洲這兩個已經開始密謀謀反的人都沒有發現，在自己沒有注意到的地方，那些隱蔽的祕密已經被翻了個底朝天。

暗室裡，皇帝聽著太醫的回報，臉色陰沉如水。

他萬萬沒想到，自認精明一世竟然還栽了大跟斗。後宮三千，他獨寵鶯妃一人，結果鶯妃生的三個孩子竟沒有一個是他的親生骨肉，全部都是喻景洲的。

「青梅竹馬，兩小無猜，還真是一對情深義厚的璧人兒。」看著暗衛調查出來喻景洲和鶯妃之間的關係，皇帝唇邊的笑意越發讓人心驚膽戰。

他是皇帝，是這大安的主宰！可現在竟然被自己的妃子和臣子耍了，非但扣著三頂綠帽，替人家養了二十多年的兒子，甚至差點把祖宗打下來的江山也一併雙手奉上。

重點是，他還作死般的把自己的親生兒子全都養廢了，除了遠在尨城的太子。

深吸一口氣，皇帝暗自發誓，絕對不能讓這對姦夫淫婦死得太輕巧。

「去給尨城傳信，叫雲熙立刻回到上京。另外，給祈年下一道密折，讓他帶著喻家軍，去……去抓捕喻景洲。我大安的祖宗基業，只能傳到我楚家人手裡！」

「叫小郡王自己去？」暗衛頓時就震住了。

老皇帝也明白他的意思，沉思了一會，還是沒有更改決定的意思：「沒有別人了。大安現在能和喻景洲一拚的，就只有祈年。」

「是。」暗衛應聲而下，但是心裡對容郡王充滿了說不出的同情。

畢竟，就算再沒感情，喻景洲仍是容郡王的父親，大義滅親這四個字，說來容易，做起來卻難比登天。哪怕是對父親恨之入骨的人，都未必能下得了手，更何況喻祈年對喻景洲一向孺慕，這樣的命令就跟逼他用刀子捅心窩有什麼區別？

可皇帝說的沒錯，眼下大安能和喻景洲一拚的，唯有喻祈年和他帶著的喻家軍。

至於獨自一人的皇帝也同樣充滿懊悔。從上次之後，他就一直想要彌補喻祈年，可事實上他卻一直傷害著他。

「祈年，是舅舅對不起你，不過幸虧、幸虧你是個好孩子……」想到喻祈年和太子的省心和能幹，老皇帝嘆了口氣，神色也漸漸變得頹然起來。

他不擔心喻祈年的忠心，只擔心他太過悲戚，傷了身體。

喻景洲，可是他的親生父親啊！

可能夠登上帝位的，都是足夠狠心果決的。皇帝雖然對喻祈年百般愧疚，但下起命令卻沒有半分含糊，應對措施也做得很快，幾乎打了喻景洲和鶯妃一個措手不及。

鶯妃宮裡，正是夜深人靜，鶯妃還在睡夢之中，就被暗衛捂著嘴帶到用於審問的暗室關了起來，至於鶯妃宮裡的宮人也一個不落全部抓捕歸案。

親信被嚴刑審問，不過半個時辰，鶯妃宮裡的所有消息就被打探得一清二楚，包括鶯妃這些年在宮裡安插的大大小小的眼線和釘子，也被連根拔起。

「愛妃，朕還是第一次知道，妳竟然如此能幹。」看著手裡那厚厚一疊的罪證，皇帝憤怒到了極點。在這一刻，他感覺自己的三觀都盡數顛覆了，他甚至不敢相信自己寵了半輩子的女人，竟然是如此毒婦！

「私通喻景洲，混淆龍脈，意圖謀反。害死瑩嬪，先皇后難產，改寫太子的命格，四皇子外家的大罪，八皇子的腿，還有大皇子、二皇子天資愚鈍的傳言……除了七皇子，朕每一個兒子都被害慘了。就連那些嬪妃也沒有能生出兒子的，生出來的也都會中途夭折。」怒意聚集在胸口，皇帝的身體不停顫抖，「好，很好！朕竟然是第一次知道，朕喜歡的女人居然不配為人！」

然而鶯妃卻出乎意料地淡定。

不知道是因為過於害怕反而冷靜了，還是因為知道自己必死無疑，所以破罐子破摔，她大大方方地承認了自己的罪行，甚至還冷言諷刺。

「就是我做的又能如何？還不是因為你太愚蠢，纏綿美色，才給了我機會。陛下，您罵我又有什麼用呢？事情已經走到這一步了，我大不了一死，景洲會替我報仇，我的兒子也會登上王位。」

彷彿已經看到未來無限美好的光景，鶯妃笑得恣意而狂妄，根本找不到半分往日的嫵媚和溫順。

皇帝氣得一巴掌抽在鶯妃的臉上，命人將她帶下去關起來。

「審！給我狠狠地審她，我倒要看看，這賤婦的嘴巴會有多硬。至於喻景洲替妳報仇？」皇帝毫不留情地打消了她的癡心妄想，憤恨道：「那是絕對不可能的。喻景洲自己都性命不保，妳以為他能護著妳多久？」

「大安沒有能和他一拚的將領，太子外家那個廢物軍隊，是不可能敵得過景洲的！」

「那如果是喻祈年呢？」

「什麼？」一種不好的感覺瞬間籠罩在心頭，鶯妃驚詫地睜大眼看著皇帝，直到良久才哆嗦著說了一句：「喻祈年也不可能，景洲是他的親生父親。」

可說完這句話，鶯妃想到喻祈年被長公主培養出來對皇帝忠心耿耿的性子，就頓時害怕起來。

這一陣子，關於喻祈年的消息特別多。重點是，鶯妃知道一個關於喻家人的祕密，喻家人天生會馭獸，當初她進宮時，之所以能夠有百鳥起舞，其實是喻景洲在暗中操縱。

但是喻家人這個馭獸天賦，一代只傳一個人，當另外一個天賦更好的人出現時，原先具有天賦的人，就會漸漸失去這個神奇的能力。喻景洲現在就已經徹底失去了，但他們卻並不知道這天賦出現在誰身上，只能猜測有可能是喻祈年。

當初喻景洲的天賦已經強悍到可以駕馭任何小型獸類，如果喻祈年的天賦比他還要強，那會是什麼樣的光景？

喻景洲的軍營靠近山林，算是天險之地，如果是別人多半不成，但要是喻祈年去……或許根本不用兵，就能滅了喻景洲。

鶯妃突然就慌了，可皇帝卻並不給她求饒的機會，直接命人把她拉下去。

可想而知，等待她的必然是無盡的絕望。

鶯妃的倒臺速度遠比眾人想的要快。可這麼快的倒臺速度，整個後宮卻沒有任何討論的聲音，就像是根本不知道這件事般，甚至連宮外的七皇子更是一點風聲都沒有聽到。

不過這也正常，畢竟他在黃先生那卦算出來後就已經快要崩潰，畏懼到想要殺人滅口。此刻的七皇子心裡只想著要除掉所有知道自己身分的人，這樣自己不是龍裔的事情就能徹底隱瞞住了。

因此，在召集所有清客後，七皇子決定要策劃一場暗殺，他要殺掉喻景洲，然後安排自己的人接替喻景洲的位置。

那些清客都以為，七皇子是不放心喻景洲。畢竟喻景洲早就是司馬昭之心路人皆知，誰都心知肚明他存著反意，因此絞盡腦汁為他出謀劃策，最後得出了一個完美的暗殺。

然而他們並不清楚的是，七皇子想要除掉喻景洲只是單純為了保住自己身世的祕密。

在這幾名清客的努力下，七皇子這個刺殺計畫的確有不少可行性。

最重要的是，喻景洲一心把七皇子當成親兒子，自然不會對他多加防備。這麼一來，還真的讓他成功了！

就在七皇子派去的探子將利刃刺進喻景洲的心口時，喻景洲都懵住了，還是他的護衛反應快，趕緊把他救下來，刺客也當場自殺，彷彿自己是個身分不明的死士。

可惜的是，喻景洲沒死，而且從刺客闖入營帳時，喻景洲就知道他是七皇子的人，沒有阻攔是因為喻景洲以為這刺客是七皇子派來送信的。

只能說喻景洲自食惡果，他和鶯妃過度愛護七皇子，把他養得又蠢又毒，就連自己的親爹都不打算放過。

原本喻景洲已經準備好了，只要鶯妃放出信號，他就立刻出發圍京，強行逼宮，可現在差點連命都交代在七皇子的手裡。

「孽子！孽子！」喻景洲渾身發寒，由於失血過多感到一陣一陣的發暈。

如果不是喻景洲武藝高強，身強體壯，刺客如此精準的一劍絕對立刻把他性命帶走，若是旁人，喻景洲肯定第一時間就報復回去，可偏偏做下這一切的，卻是他一直心心念念要保他登上皇位的七皇子。

莫名有種現世報的挫敗感，喻景洲來不及交代什麼，就昏昏沉沉暈了過去。

殊不知，他因此耽誤了最佳的反抗時機。他帶在身邊的庶長子，放在同齡將領裡或許還有幾分實力，但在宋禹丞面前根本沒法比。

喻景洲的確沒有下過工夫栽培喻祈年，甚至沒有仔細看過他，但是喻祈年天資好又願意努力，這麼多年累積的實力，比起喻景洲這種老將領更莫測三分。

哪怕喻景洲自己都不一定能敵得過喻祈年，更何況是他的庶長子。

因此，當短兵相接時，宋禹丞帶著喻家軍幾乎沒用到什麼複雜的戰術，就乾脆俐落地攻破喻景洲的大營。

宋禹丞騎在馬上，拿起遊子弓，一枝利箭穿透了庶長子頭盔上的紅纓，將他釘死在旁邊固定營帳的木樁上。庶長子連一句求饒的話都沒有說全，就被喻家軍的將士們俘虜。

俗話說，擒賊先擒王。喻景洲父子兩人，一個被抓、一個臥床，剩下的營中將士，除了真正的親信之外，就沒有真心想要抵抗的。

畢竟宋禹丞抓人的由頭是謀逆造反，這可是株連九族要掉腦袋的大事兒，或許心腹還有些忠心，但普通將士是絕不願意同流合污的。

於是喻景洲的大營輕而易舉就被宋禹丞攻陷，原本皇帝諸人擔心遭到喻景洲負隅頑抗的情景根本都沒出現。

「要真論功行賞，估計還得算上七皇子。」站在喻景洲的營帳內，宋禹丞居高臨下看著床上虛弱的喻景洲，用調侃的語氣和身後的傳令兵說道。

「惡人自有惡人磨，他都是活該。爺您先歇著去，後面的事兒我們來。」傳令兵怕郡王爺心裡不好受，想把他支開，同時厭惡地看了喻景洲一眼。

然而他們這段對話，卻傳到躺在床上的喻景洲耳中，他勉力睜開眼，看見宋禹丞的第一反應，就指著他的鼻子罵道：「孽子！殺父弒兄的孽子！」

「你放屁！」傳令兵一下子就火了，要不是喻景洲現在這身板禁不住，他都想一拳懟死他。郡王爺日子過得多艱難呢！要不是遇見太子，否則他一個人還不知要過得多辛苦，喻景洲這個始作俑者竟然還有臉指責，簡直是活得不耐煩。

然而宋禹丞卻痞氣地勾起唇角，懶洋洋回了幾句：「你這句話，我會幫你轉告七皇子。不過我覺得也沒什麼，回上京後，你們一家人多半會在天牢裡重逢，到了那時候，你再親自跟七皇子說吧。」

宋禹丞走近看了看喻景洲，像是感嘆又像是追憶：「我追著你看了這麼多年，怎麼就沒看出來，你其實是個人渣？你現在是不是很驚喜，千嬌萬寵、費盡心力想要推上王位的兒子，竟然想取你的性命，這滋味如何？不過別覺得自己被辜負了，畢竟這可是遺傳的。幸好我像我母親，不是你養大的。」

宋禹丞這幾句話，聽著平淡，可每個字都戳中了喻景洲心裡最疼也最屈辱的那個點。

他辛辛苦苦為七皇子籌劃一切，可到頭來，卻被這個最重視的親生兒子給反噬了。分明只要起兵就能順利逼宮，可現在卻讓他變成階下囚。

「孽子，孽子啊！」喻景洲嘴裡一刻不停地念叨著，聲音也越來越虛弱，最後直接被氣暈過去。

宋禹丞沒言語，一直在床邊安靜地站著。

「爺，咱們接下來怎麼辦？」傳令兵擔心地看著郡王爺。上次郡王爺突然昏睡，把他們這幫心腹都嚇壞了，從此凡是與喻景洲有關的事情，都恨不得郡王爺一點都別沾手。

然而宋禹丞卻十分淡定：「叫咱們的大夫給他吊著氣，就這麼帶回上京。」

他可以在這裡直接了結他，但很多時候活著比死了更痛苦。更何況，死了就一了百了，只有活著才能真正贖罪。

他不會讓皇帝殺了喻景洲，他要喻景洲每天都生不如死地苟延殘喘，唯有這樣才能祭奠上輩子慘死的原身，和容城七萬條人命。

這麼想著，宋禹丞冷著臉走出營帳。

「大人……」系統小小聲喊他，生怕宋禹丞扛不住。

然而宋禹丞沒再讓系統擔心，他平靜地回覆系統一句：「真的不要緊，畢竟我已經不再是一個人了，雲熙還在上京等我回去。」

系統先是一愣，接著立刻感到狂喜。它以前總擔心宋禹丞的個性很容易感同身受，常陷入原身的情緒中無法脫離，而作為執法者，最忌諱的就是共情。

為了避免OOC的情況發生，每一位繼承原身殼子的執法者，都會百分之百感受到原身的靈魂甚至性格，也會根據不同的世界跟著改變自身的習慣，甚至是本性。

這樣雖然能防止執法者崩掉人設，但也給執法者帶來巨大的困擾，在任務結束後，他們很難立刻從原身的情緒中脫離出來。

因此不少感情類任務的系統，在選擇執法者的時候，會刻意挑選沒心沒肺的人。可再怎麼沒心沒肺，也有動心的一天，隨著做任務而陷進去的人也不在少數。

至於復仇類任務的執法者，就更加危險了。

會向總局祈願的原身，無一不是冤屈不甘到了極點，又無力反抗才會用靈魂作為籌碼，懇請總局還自己一個公道。而接受這種任務的執法者，雖然基本都能夠遊刃有餘，但實際上，這些原身殘留的負面情緒，會一直不停堆積在執法者心裡，久而久之，到了某個臨界值就會爆發，這些無力承受的執法者，通常會崩潰，繼而毀滅。

據說，總局目前還沒有任何一個接受復仇任務的執法者，能夠順利走到最後，甚至不少帶著復仇任務的系統都難以逃離。

不過幸好，它現在可以徹底安心了，因為宋禹丞已經找到了牽掛。

和其他執法者不同，宋禹丞的強悍並不是來自於他的頭腦，抑或是手腕實力，而是來自於他的溫柔個性。他有牽掛，就能維持本心不動搖。

畢竟宋禹丞承受過的悲慘遭遇太多，那些過往成就了現在的他，也讓他不忍心讓所愛之人體會自己曾經嘗到的痛苦。

所以，只要有牽掛在，宋禹丞就會拚了命地保持本我。

這就是他與生俱來刻進靈魂裡的溫柔。

然而這麼多個世界、這麼多的人，系統找了很久，終於在這裡找到了希望。

可系統的這番思索並沒有讓宋禹丞知曉，而是牢牢藏在了心底。

因為對系統來說，宋禹丞已經完全不記得過去的事情，連現實世界裡的心結都解開了大半，現在終於走到最好的時候，那些慘烈的過往最好就此全都忘掉，才是完美。

宋禹丞不費吹灰之力就料理了喻景洲，另外一邊的太子，也終於抵達上京。

和往日被皇帝處處防備的模樣不同，這次太子幾乎剛一踏進上京，就被皇帝請進密室裡，把最近所有查到的消息和盤托出。

當然，這些內容對太子來說並不新鮮，但他還是恰到好處地表現出一個孝順兒子該有的模樣。並且主動將這些事情攬下，為皇帝分憂。

可出乎他的意料，皇帝竟然阻止他：「父皇這一輩子，最對不起的孩子就是你和祈年，以後不會了。」皇帝拍了拍太子的肩膀，語氣格外頹然：「等這次祈年回來，你們都留在上京吧，也算是幫幫朕。大安的未來只能靠你們了，所以朕不會讓你背上弒弟的罪名。」

說完，皇帝就讓心腹屬下帶著太子去上書房，並且下令從今天開始，太子楚雲熙正式協同管理政務，並且表示，從今往後太子就是大安唯一的儲君、繼承大統的真正傳人。

「皇兒定不辜負您的厚望。」太子跪拜謝恩，垂下的眼底卻沒有半分欣喜，畢竟這都是他和宋禹丞算計好的結局。

然而在皇帝眼中，太子這份淡漠反而成了他純孝穩重的表現。

等到宋禹丞帶兵回到上京，太子已經協同處理政務一周有餘。

皇帝對於喻祈年生擒喻景洲父子，沒有將他們就地正法這件事，沒有半點責備或質疑，反而格外懊惱地伸手摸了摸宋禹丞的頭說道：「祈年，這次又是舅舅為難您了。」

宋禹丞沒說話，只是恭敬地跪下和他磕了個頭。

皇帝嘆了口氣，紅了眼圈。沉默良久後，最終讓人送喻祈年去找太子。

他看得出來，喻祈年有鬱氣積壓在心底，也明白喻祈年出兵抓了喻景洲以後，這滿朝堂的人會如何談論他。所以才越發憐惜這孩子，更加愧對於他。

他終究，還是虧欠了這孩子，看著喻祈年離開的背影，皇帝彷彿瞬間又老了十歲。

由於是宮廷醜聞，最後鶯妃、喻景洲和七皇子是被祕密審理的。具體如何審、怎麼審，宋禹丞和太子沒有參與，也漠不關心。

直到最後罪名確認下來，宋禹丞才露面去看了看，這些上輩子害了原身的罪魁禍首的最後下場。

按照常理，鶯妃和喻景洲私通，混淆龍脈，意圖謀逆，定然難逃一死。然而皇帝似乎並不想他們死得太過痛快，所以，皇帝並沒有立刻殺掉他們，而是在冷宮找了破舊的宮室給他們居住，甚至還打著

「仁慈」的旗號，把七皇子也送過去。

喻景洲三人，每日除了最基本的藥材食物外，不會得到任何補給，而眼下的喻景洲重傷瀕死，進氣多、出氣少；鶯妃則在審訊中承受各種花樣繁多的重刑，就連手腳都被折斷。基本的藥材，雖然能夠讓他們活著，卻無法令他們痊癒，不過是有一天算一天的熬日子罷了。

可這個條件，隨著七皇子也接到一個特殊命令後，變得更加考驗人性。

皇帝交代七皇子不能讓這兩人好過，如果他們好了，七皇子就要死。但是他也不能讓這兩人死了，只要有一個死了，他都要給他們陪葬。

「愛妃、景洲，你們倆不是一直渴望全家團圓？現在就好好享受天倫之樂吧！」皇帝語氣殘忍至極，給七皇子留下最後的口諭後就轉身離開。

從此留給這一家三口的，是無盡的絕望深淵。

七皇子這種又蠢又毒的小人，為了能夠活命，是一定會竭盡全力讓鶯妃和喻景洲過得痛苦。

在接下來的日子裡，喻景洲幾乎把這一輩子沒有吃過的苦和屈辱全然承受了一遍，也徹底明白「白眼狼」這三個字究竟代表什麼意思。

鶯妃和喻景洲就算重活一次也不敢相信，他們精心養育的孩子，竟然為了讓自己活下去，就硬生生折磨他們到求生不得求死不能的地步。

「你……你！」喻景洲躺在床上已經說不出話來，眼睜睜看著七皇子把兌了狗尿的藥強行餵到他嘴裡。一邊餵，還一邊不停辱罵他。

七皇子對他們真正充滿恨意的模樣，讓喻景洲不解。

在七皇子看來，如果鶯妃老老實實當寵妃，未來的帝位就一定是他的，根本不需要喻景洲幫著謀奪。現在的一切落魄和悲哀完全都是因為喻景洲勾引了他母親，混淆了自己的血脈，最終才會讓自己落到今天這個地步。

「一切都是你害的！如果不是必須讓你活著，我恨不得立刻殺了你，吃你的肉！」七皇子眼中的恨意幾乎要實質化，「喝啊！喝完藥啊！是不是覺得很憋屈？是不是恨不得現在就死了？我告訴你喻景洲！你想都不要想！我會讓你一直活下去，這樣我才能活下去！」

不顧喻景洲的反抗，七皇子使勁兒把令人作嘔的藥湯灌進喻景洲的嘴裡，那些不堪入耳的謾罵，完全是單方面的發洩。

七皇子已經忘記了，從一開始鶯妃得寵，到後面他被皇帝看中，全部都有喻景洲的謀算貫串其中。

「你這個孽子，我當初就應該殺了你！」喻景洲不堪侮辱，死死盯著七皇子。如果不是身體不能動彈，他勢必下一秒就結果了這個孽子。

然而喻景洲震驚的是，七皇子遠比他想的還惡毒。就在七皇子發覺他眼中的殺意時，竟然直接拿匕首挑斷了喻景洲的手腳筋脈。

劇烈的疼痛讓原本就虛弱的喻景洲再次陷入昏迷，然而他心裡知道，七皇子不會讓他這樣死去。

皇帝這一招，足夠狠毒！然而他這輩子，都不可能再有翻身的機會，徹底一敗塗地。

宋禹丞站在院外，聽著侍衛的複述，臉色始終未變。良久之後，才拿了自己的腰牌放到侍衛的手中，「給喻景洲叫名太醫，日常用藥也別吝惜，就記在我帳上。」

說完，他轉身就走了。太子見狀，沒有多說什麼，也跟著一起離開。

侍衛拿著腰牌，不敢應下也不好拒絕，只能回稟皇帝。

然而皇帝在聽到消息之後，跟著嘆息了一聲，「就照祈年說的辦，這孩子到底還是個心地仁善的，就是過於單純了些。」皇帝以為，喻祈年是不忍心看著父親受苦，才會命人找太醫照料。

他哪裡能想到，宋禹丞只是怕七皇子太給力，讓喻景洲死得太早。

這種生不如死的感覺，喻景洲還遠遠體會得不夠。當年原身被吳文山困了十年，直到最後獲罪，才真正走出吳國府的後院。如今，這種被至親之人背叛虐待的絕望滋味，也該換他們好好品味了。

畢竟，有什麼比最重視的兒子給他們的折磨更加諷刺呢？

至於吳文山據說太子已經幫他料理了。

罪有應得之人，到現在都已經得到報應，剩下的時間都屬於他和太子的了。

忍不住伸手拉住太子，宋禹丞輕聲喊他：「雲熙。」

「嗯。」

「以後，就和我一起好好過日子吧！」

「好。」看出他心裡所想，太子的眼神也變得溫柔至極。

回握住宋禹丞的手，鄭重得像是捧著一個寶物——追逐了這麼久，終於有一個世界你願意為我停住腳步。

最終，宋禹丞在這個世界，和太子楚雲熙一起生活了五十年。他們一文一武，親手將大安打造成河清海晏的太平盛世。

至於曾經號稱大安最窮苦的容城，在開通海商之後，反而成為大安最繁華的港口城鎮。

至於老皇帝在位期間混亂的朝堂，也同樣在太子登基後，和宋禹丞整頓一新，官員們都能在其位謀其事。

根據史書記載，楚雲熙在位期間，整個大安沒有出過一樁冤假錯案，也沒有百姓會因為過於貧窮而無法生活。而喻祈年和他帶領的喻家軍，也是大安最堅固牢靠的靠山，將大安守護得固若金湯。

哪怕是來自西洋的商人，在見識到喻家軍的強悍之後，都不得不感嘆大安是真正的國富民強。

最後，宋禹丞和楚雲熙是一起離開這個世界的。宋禹丞先一步進入沉睡，楚雲熙則用溫柔的語調，仔細叮囑他和宋禹丞帶出來的繼承人：「記得把朕和你祈年爹爹葬在一起。不要立后位，就用容郡王的名諱寫碑。別……別用皇后這兩個字，侮辱了他。」

將這一切都交代完後，楚雲熙也滿足地閉上了眼。

然而新帝卻跪在他們倆的床前，哭得泣不成聲。

新帝明白，在先皇眼中，喻祈年是和他真正並肩的伴侶，不是困於後宮的囚徒。所以，哪怕是死了，先皇也不希望那些不明就裡的後人，在提起喻祈年的時候指指點點，說他是靠著皇帝榮寵才有今天。而是希望天下人都知道，容郡王喻祈年，是大安名副其實的守護神。

宋禹丞從黑暗中回復意識的時候，已經是靈魂姿態。

「主線任務評定SSS，支線任務SSS。恭喜大人，這次成績相當完美，簡直沒有語言能夠讚美。不過大人，你現在的心情還好嗎？」系統問得小心翼翼。

「沒事，只是會想念雲熙。」宋禹丞語氣很平靜，但是心情卻十分複雜，不知道該如何形容。

這五十年來，他和楚雲熙之間的感情始終如一，而楚雲熙最後吩咐新帝的那番遺言更是讓他百感交集。

想當初第一個世界的時候，他調侃路德維希，說愛上自己就是喪偶式婚姻，結果現在先喪偶的卻變成了自己。可即便如此，宋禹丞也沒有後悔。因為對他而言，楚雲熙就是最美麗的夢境。守著這些回憶、記著楚雲熙的溫柔，就足以支持他一直繼續往前走下去。

宋禹丞原本有點低落的心情，卻因系統接著說的一句話，瞬間變得飛揚起來，甚至格外期待下一個世界。

系統說：「大人，咱們積分夠了，我能夠查詢到楚雲熙靈魂所在的世界，您要去嗎？【土撥鼠式探頭.jpg】」

「要去！」宋禹丞想都沒想，就立刻回答出來。可他還沒來得及詢問更細節的問題，就聽系統突然驚呼一聲：「這又是什麼鬼？」

然後就陡然接收到一段世界背景資料，這份資料讓宋禹丞無語到了有種想立刻回到大安，從頭再來一遍的衝動。

因為在下個世界，他穿的那具殼子，竟然是篇狗血一夜情文的主角之一。

重點是，別人都是一夜情帶球跑，他這個一夜情，卻是看了一場令人恨不得把眼戳瞎的活春宮。

沒錯，原身的確被人推進中了春藥的學霸小少爺的房間，但是最後，小少爺發洩的對象並非是原身，而是酒店房間裡自帶的充氣娃娃。

所以說，這到底算是哪門子的一夜情校園虐戀情深？

可世界已經選定，宋禹丞來不及質疑，就被立刻拉了進去。

【第十一章】

平凡人生的不平凡開場

感覺像是哭到睡著了，宋禹丞覺得現在兩隻眼睛腫得根本睜不開，頭也炸裂般地疼，身上一絲力氣都沒有。

他勉強讓意識清醒，然後就震住了。

這是一個幾乎和他童年的家一模一樣的地方，到處都是貧窮破舊的味道，牆壁處處是過於潮濕而產生的壁癌。

除了房間還算乾淨以外，就再也找不到任何值得人稱讚的地方。

宋禹丞坐起身，下意識摸了摸額頭，果然正在發高燒，勉強忍住暈眩，到櫃子找藥，發現空空如也的藥盒，告訴他這個家到底貧窮到了什麼程度。

這種連生病都吃不起藥的情景，真是太眼熟了。宋禹丞閉了閉眼，勾起的唇角充滿嘲諷之意。可在看到世界介紹的時候，方才的一絲嘲諷又化作哭笑不得的無奈。

原因無他，因為這個世界的背景實在是……太扯淡了，可偏偏真實得讓他心裡發酸。

總有一種人，不夠聰明、不夠漂亮、不夠討人喜歡，甚至放到人群裡就會泯然眾人之中。而原身，就是這樣一個沒有任何特點的普通人。

而且他比一般的普通人，還要更普通一些，經歷也更曲折。

和宋禹丞生前的情況類似，原身父母離異，不到一年就雙雙組成新的家庭。如果原身特別值得炫耀，那麼他這個前段婚姻留下的兒子，或許還會被領走，可奈何原身普通到除了被稱讚一句很努力以外，就再也沒有別的形容詞了。

「陸一洋，你很努力，但是你的成績確實差一些，老師建議你換到普通班怎麼樣？」

「陸一洋，你做這麼多題沒用，你的腦子跟不上啊，何必呢？」

「陸一洋，不是爸爸不重視你，你看你兩個弟弟，哪一個不比你優秀？」

這樣的話，原身從小聽到大，甚至連他的親生父母都覺得他渾身上下，除了省心以外，就找不到任何優點。初中的時候，那些課程還能靠著勤奮而拿到好成績，甚至考進重點高中的實驗班。可高二之後，學業難度提升，原身就跟不上了。

而且，悲哀的是，原身可以用來學習的時間也沒有初中多。上了高一之後，父母幾乎不約而同減少了給他的生活費，除了學費和日常必要開支以外，就再也沒有任何結餘，哪怕是本參考書都買不起，更別提像別的同學那樣參加補習班。

因此原身不得不想法子打工。但是能夠賺到生活所需又能配合學業的兼職太少，於是原身最後選擇一個時下正熱的兼職——網路寫手。

而這次事件的起因，就和原身的兼職有關。

從初三畢業到現在，原身已經堅持寫了三年。沒有一天斷更，甚至寒暑假時，為了掙到能夠支持下個學期生活的錢，他還會日更一萬字到兩萬字。

可惜的是，他的天賦太過平庸又缺少運氣，即便他足夠勤奮，成績也依然不盡人意。混了三年，在網站裡依然沒有任何知名度，除了有限的幾個死忠讀者以外，再也沒人知道他是誰。

畢竟，文筆不夠，腦洞普通，又缺少頂尖的天賦，像原身這樣的網文寫手實在比比皆是。他出不了頭，也看不到未來，卻沒有退路可走。

偏偏就在這時候，一個突如其來的轉機改變了他的命運。編輯出於同情，給了他一周人工榜。或許以前太缺少曝光，因此這次一曝光，原身的熱度也跟著起來了，如果按照一般的走向，這就是逆襲的開始。可惜的是，這是個校園虐戀文。

所以，原身並沒有換來同行的敬佩和讀者的喜歡，而是因為題材原因，得到不少謾罵吐槽，還有來自其他寫手紅眼病的打壓和汙衊。

最後，承擔不住壓力的原身決定放縱一次，拿出所有錢去酒吧喝酒，結果卻被小少爺的屬下，錯認成是酒吧的男公關，強行送給中了藥的小少爺封晉。後面的事兒，就是一夜情狗血文的老套路。

所以，原身都這麼窮了，想喝酒可以到樓下便利商店買瓶啤酒，為什麼要去酒吧？此外，封晉好歹是個有格調的小少爺，屬下怎麼會瞎成這樣，誤認穿著校服的原身是出來賣的？至於封晉放著大活人不看，非要抱著一個充氣娃娃？以及到底是怎樣的酒店，房間裡面竟然會有充氣娃娃？

槽點多到讓人不知該如何吐槽才好，宋禹丞甚至開始懷疑作者到底是怎樣的腦回路，才會寫出這麼逗比的虐戀情深文？

人家一夜情帶球跑，好歹肚子裡是揣得真娃，原身竟然一夜情帶跑的是那個充氣娃娃。

沒錯，原身被迫觀看了一夜的小黃片，生怕封晉清醒後惱羞成怒找他麻煩，所以乾脆向酒店把那個充氣娃娃買下來，一路用被單裹著帶回家裡。

這種神邏輯，從某種角度來說也是相當完美了。

越看越覺得有毒，宋禹丞感覺自己若是河豚，現在肯定就炸了。

「如果你不能給我好好解釋，我就立刻自殺讓任務失敗，然後人道毀滅了快穿總局。」

「大人、大人你冷靜，你不要雲熙大寶貝了嗎？他的靈魂轉生到這個世界了啊！【試圖色誘.jpg】」

「……」雲熙為什麼會轉生到這種謎之世界來？宋禹丞深吸一口氣讓自己冷靜下來，決定將這些有毒的劇情先放一邊，他得先去買退燒藥，不然再這麼燒下去，就算不變成肺炎，也會燒成二傻子。

宋禹丞找出錢包，正準備下樓買藥，剛走到門口就聽見手機在瘋狂響動。

打開一看，他眉頭就挑了起來。

是網路社群的留言提示，看名字是一位相處不錯的寫手朋友。

「一揚，你快去網站論壇看看，出大事了！你得罪誰了？竟把你扒成這樣？連長相還有部分真實身分的資訊都暴露出來了啊！」

一揚是原身的筆名，可論壇是什麼？資訊暴露又是怎麼回事？

或許是高熱讓宋禹丞的反應稍微有點遲鈍，也或許因為原身記憶裡沒有這一段情節，宋禹丞一時間不知道要怎麼回覆，他立刻點開朋友複製黏貼的網址，看看具體情況。

結果一看就氣樂了。這個封晉還真是個腦殘，原身在酒店留下的簽單上寫得明明白白，買走了一個使用後的充氣娃娃，稍微聯想一下就應該知道那天他和原身根本什麼都沒發生。

可或許是自尊心作祟，封晉不願意相信自己意亂情迷下，竟然是和充氣娃娃發生一夜情。

在查明原身的情況後，封晉又覺得和一個長相勉強算是清秀的人發生關係，簡直是玷污了自己。於是決定換種方式給原身度夜資，到原身所在的網站打賞。

並且金額也很逗，竟然給了一個八八八。這年頭，就算是個煤老闆打發人都是甩銀行卡、甩支票了，封晉一個豪門小少爺，竟然連一千元都拿不出來，這八百八十八元，和打發要飯的有什麼區別？

可偏偏原身寫文的這個網站，算是個中短篇兼職網站。而且這個世界對版權意識還不高，願意花錢看正版小說就已經很難得，包括各頻道銷售金榜的日收益，也就在三、四百塊錢左右。

所以封晉這個打賞一出，直接把原身推上了風口浪尖，甚至還推上網站首頁的土豪打賞榜。這種榜單，一向只有網站的大神作者才能獲得一席之位，就原身這種萬年撲街的小透明作者，怎麼可能會出現在這裡。

不少圈內作者都紛紛跟著圍觀，想要看看那個土豪到底是誰。接著，就有人扒出IP，發現封晉和原身都是B市人。

嗯……這就很耐人尋味了。

「該不是自己刷的打賞吧！要不然這樣的內容，怎麼可能吸引到土豪？」

「還用問，肯定是自己刷的。七萬字四十收藏，也能上分頻榜單，這都不是一句扶貧能夠解釋了，根本就是親兒子了好嗎？」

編輯群裡、野生群裡，不少同期的作者都在議論封晉的打賞，所有人都認定了是原身自己刷的打賞。甚至有好事的人，還把這件事掛到作者論壇，一起群嘲原身是精分刷榜，故意上演「土豪都愛我」的瑪麗蘇人設。

網文圈子說大不大，說小也真不小，竟然有位圈內人和原身及封晉同校。

封晉用的ID是本名，原身的筆名「一揚」是用真名改字的，所以這個人輕而易舉就扒出原身的馬甲，順勢聽到一些微妙的八卦。

因為封晉和原身今天都和老師請了假。封晉的朋友在學校就順口說，原身暗戀封晉並且給他下藥，所以兩人發生一夜情，今天都沒來上課。

這個同校的寫手覺得這件事很有意思，就放到論壇上了。

這下原本掐原身精分的人立刻全都炸了！網文圈子裡什麼樣的人都有，但這種用身體換打賞的操作，還真是第一次看見。

更何況，這同校寫手給出的資訊，也和封晉在原身文下的留言能夠對得上。

封晉留言的時候強調這是度夜資，大家一開始還以為是土豪配合作者賣萌，畢竟不少作者都喜歡開玩笑說求包養。

可現在八卦一出來，封晉的這幾句留言，就明顯是字面上的意思了。

這下，原身「一揚」這個筆名可徹底出了名。

畢竟八卦在論壇裡很容易引起熱度，那些嘲諷原身是精分戲精的帖子，也很快飄起了hot。樓裡說什麼的都有，但歸根究柢都在嘲諷原身。

宋禹丞看完前因後果，頓時覺得十分心累。覺得這些論壇裡的作者們是不是小說寫太多，這故事也編得太莫名其妙了吧！

可偏偏原世界裡，原身就是被這些人逼得走投無路，最後竟然昏了頭，覺得給他打賞的封晉反而是個好人。因為最起碼，封晉給了他錢。

「所以他為什麼會不甘心？他和封晉這點事兒，不是一個願打一個願挨嗎？」宋禹丞膩歪到不行，忍不住在心中跟系統抱怨。

前三個世界的原身，甭管是被騙、被陷害，還是被算計，最起碼都有點原因，本身也都是才華洋溢的人。

可這個世界的陸一洋卻一點骨氣也沒有，如果不是為了雲熙，宋禹丞恨不得直接找根繩子吊死，趕緊進入下一個世界。

然而系統的回答卻讓他沉默下來，「大人，雖然看起來很扯，但是陸一洋確實相當不甘心。並且這個世界也有支線任務，就是要幫陸一洋實現願望——希望有人能夠看到我。另外，這具身體的自帶天賦也有點微妙。」似乎不知道要怎麼說，系統的語氣十分遲疑，良久才低聲說出天賦的名字：「我的誠意和勤奮，能夠打動你的心。」

換句話說，原身沒有任何天賦，唯一擁有的就是勤奮和誠意。但是諷刺的是，對於一個缺少運氣的普通人來說，勤奮和誠意卻是最沒用的東西。

有什麼模糊的畫面在腦海裡一閃而過，宋禹丞眼底壓抑著怒意，原本對原身的諷刺，也都轉化成說不出的悲哀和憐憫。

畢竟，一個從小到大都沒有被人正眼看過的普通人，還能對他多要求什麼呢？或許他能掙扎著活到今天，都已經是謝天謝地了。

要知道，就連原身的父母也從未讚美過他啊！

按住胸口，宋禹丞的心中瞬間盈滿了原身隱忍至今的悲戚和寂寞，一股強烈的不甘和對成功的渴望也在血液裡沸騰。

沒有人願意一輩子平庸，更沒有人甘心終生屈居人下。哪怕再平凡、哪怕不夠幸運，心裡也裝著一顆期盼被別人認可的心。

所以原世界裡，他才會對封晉死心塌地。因為封晉是第一個願意正視他的人，即便這種正視，只是為了侮辱。

哪怕只有少數人，也想被人認可。

想知道，到底要怎麼樣才能抬起頭，驕傲地往前走。

原身殘留的意志，低低傾訴著卑微的願望。那種迷茫，就像是沒成熟的李子，只須一口就酸澀到讓人說不出話來。

其實也是個可憐人。

或許是被他相似的家庭背景所打動、或許是因為他自卑的訴求，宋禹丞瞬間理解了原身的心情，並在心中給了一個承諾：「放心，你的願望，我來替你實現。」

說完，宋禹丞長嘆一口氣，也不急著出去買藥，而是靠在門邊琢磨以後的事兒。

眼下的情況就像是捅了馬蜂窩，沒錢沒勢沒時間，還內憂外患一大堆。不過不管如何，還是要先把網站論壇的髒水洗掉。

「去查查這個論壇怎麼發圖片。」宋禹丞吩咐系統。

「查到了，都是最簡單的代碼。大人，這網站好low啊，伺服器爛得可以，隨便弄弄就能混進去。

【國寶式自信.jpg】」

「那咱們立刻來闢謠。」

「要怎麼做啊？」系統疑惑，覺得無從下手。

「那還用問，當然是直接把充氣娃娃的照片發到論壇上，並且把酒店結帳的發票拍照，一起放上去。至於內容……先不用放，等這兩張照片的熱度起來了，我再告訴你。」畢竟在第二個世界當了許久的經紀人，對於洗白這種程度的汙衊，宋禹丞簡直駕輕就熟。

交代完後，他就出去買藥了。病還得治，總不能因為在作者論壇被掛了，就要死要活的吧！這人啊，只有先活下去，才能期盼後面的翻身。

等他買完藥回來，吃了退燒藥之後，系統也向他彙報了論壇那邊的情況。

「大人，我快不行了。這幫寫網文的怎麼都腦洞這麼大啊！【突然笑死.jpg】」

「怎麼了？」宋禹丞懶得打開手機，直接詢問系統，聽完後也跟著笑出來。

原本宋禹丞以為還得適當引導一下，才能順利達到目的。然而這些善於發散思維的路人作者們，竟然不約而同灑起狗血，開始盡情腦補著宋禹丞、封晉還有充氣娃娃的愛恨情仇。

「我賭一根胡蘿蔔，他們倆是加上這充氣娃娃3P了！」

「充氣娃娃：這一夜，可把我累壞了。」

「封晉：是一揚美味，還是充氣愛妃誘人？怎麼辦？被下藥的我，無法分辨。」

「為什麼沒有人提出這種可能：封晉和充氣娃娃一夜春宵，一揚就是個看戲觀摩的。你們有沒有看他的文啊，凌晨四點竟然還有更新！」

「哈哈哈，所以一揚是吃了充氣娃娃的醋，才會把充氣娃娃買回家嗎？一揚：這個世界上，只有我才能迷住封少爺的眼。」

一堆有的沒的，林林總總讓帖子翻了好幾頁。宋禹丞對於這幫寫手的戰鬥力先是震驚了一下，然後就順勢把真相拋出去。

宋禹丞給系統準備一條相當長的聲明，大致內容就是那天晚上的相關事宜。

但是在這條聲明中，宋禹丞著重提出了三點。

第一，他是在酒吧門口被封晉的屬下強行帶走，並非自願。而且被關進酒店之後，房門一直被反鎖，他根本出不去。一直等到早晨，密碼鎖才失效解開。關於這一點，他有證據，並且會報警控告封晉的屬下。

第二，封晉和他根本什麼都沒有發生，只是強迫他看了一宿充氣娃娃play的小黃片。另外，他會把充氣娃娃帶走，不過是為了留下證據，證明自己所言非虛。

第三，封晉給的錢太少了，單單向酒店買充氣娃娃就花了三千二百元。若真想賠償，一個八八八肯定不夠。

這條聲明一出，因為這件事原本就熱鬧無比的論壇，又一次炸掉了。

「臥槽！這瓜好厲害，竟然反轉了嗎？」

「哈哈哈，不行了，這麼有理有據，我突然覺得之前扒的那些實錘都在搞笑了。」

「要我說，一揚也不用再費勁寫什麼撲街文，就把這個橋段寫寫，絕對是首金的範本啊！」

不少一直沉默吃瓜的路人，都忍不住跟著一起哈哈哈了起來。至於那些吐槽過一揚的人，這下也像失憶了般，一起在熱切討論。

可宋禹丞打臉向來不留餘地，並且在經過謝千沉那個世界之後，他最膩歪的，就是那些不用腦子盲目站在道德制高點的鍵盤俠。

論壇裡還在高高興興討論八卦的作者們，沒多久凡是吐槽過一揚的人幾乎都收到一封郵件，是針對他們汙衊陸一洋而發出的律師函。

原本熱鬧的論壇頓時冷清下來。那些造謠生事的作者們，也很快被自家編輯找上，讓他們立刻停止對陸一洋的汙衊並道歉。

「憑什麼？我只是吃了個瓜！陸一洋就是和那個叫封晉的小少爺進了酒店、住了一夜，我說兩句有什麼過分的？叫我道歉？絕不可能！」有脾氣暴躁的作者直接跟編輯發了脾氣。可緊接著，編輯的話，卻叫他們紛紛傻眼。

「可以不道歉，那陸一洋也可以告你。在你眼裡，你只是吃了個瓜，但是按照法律，你吃瓜用的那些類似於婊子、賤貨的字眼，已經造成人身攻擊。並且還涉嫌惡意捏造醜聞、語言暴力。網站這邊只負責通知，不會介入你們的官司。要怎麼做，你自己知道。」編輯對於這種不好好創作，成天只想惹事生非的作者也是膩歪得夠嗆，將利害關係說完就結束了對話。

這下，那些原本還信誓旦旦絕不屈服的作者，陡然全都慫了。原因無他，這年頭雖然網路暴力引起的民事訴訟並不多見，但是對大多數老百姓來說還是怕打官司。

這些鍵盤俠們在網上敢為所欲為，不過是仗著隔著網路沒人認識，就紛紛變成正義使者，等事情真正降臨到頭上時，他們比誰都害怕。

所以，即便臉都被打腫了，也只能忍著怒氣向陸一洋道歉。至於論壇裡和這件事相關的帖子也被迅速刪除。

而此刻的封晉，也看到陸一洋的回應，氣得摔了手裡的杯子。

封晉原本以為陸一洋暗戀他，所以故意搞這麼一齣，隨手給的八八八，也是在暗示陸一洋不要癩蛤蟆想吃天鵝肉。

結果現在可好，之前爆料陸一洋的那個腦殘，竟然轉手又把這帖子轉到學校的論壇上，看那火熱程度和瀏覽量，只怕學校裡半數學生都看見了。

下面一大堆諷刺吐槽的留言，甚至還有人匿名留言，說封晉是不是不行？要不然，陸一洋好歹是個大活人，封晉放著真人不碰，竟然去找了個充氣娃娃。

「刪帖，趕緊找人把這些帖子都刪了！」封晉氣得七竅生煙，第一個反應就是給陸一洋打電話，結果得到對方已關機的提示。再託人一查，發現陸一洋已經把他拉黑。

所以自己被陸一洋嫌棄了？被一個窮到連吃飯都費勁，在班級還是吊車尾的廢材給嫌棄了？

封晉氣得直接跳起來，恨不得立刻叫人開車去陸一洋家裡堵人。

然而這不過是他的美好願望，落在宋禹丞手裡，不論封晉願不願意，他這次的臉都只能丟個乾淨。

就看著短短一下午，不知道有多少封晉的哥們打電話詢問這件事的真偽。甚至還有一個籃球隊的死對頭，讓人送來一盒藍色小藥丸給他，並附上一條短信。

兄弟可以的，不行吃點藥，別老因為擔心被小情人吐槽不行，就去找充氣娃娃，酒店的多髒呢，不知道都被誰用過了。

封晉差點一口老血噴出來，半晌不知道要說些什麼。下半身更像被蟲子爬過般，泛起說不出的彆扭。

不用那死對頭說，他也明白，那充氣娃娃被多少人用過，哪怕他依稀記得自己是戴了套的，現在也噁心得無以復加。

然而壞事總是接二連三，他剛摔了手機，就有跟班焦急地跑進來和他嚷嚷道：「少爺，這可怎麼辦？外面好像有員警過來，說要和我們取證。」

封晉的跟班是真的不知所措，他萬萬沒想到，陸一洋說要報警竟然是真的，事情鬧大了。論壇、學校，消息傳得很快。而在驚動員警以後，封晉的家裡也很快知道了這件事。

「愚蠢！我平時就是這麼教你的？封家的臉都被你丟乾淨了！」

封晉的父親氣得一巴掌抽在封晉臉上，就連封晉的母親也一直捂住胸口。可事到如今，罵也沒有什麼用，最終還是得平息事端。

封晉的父母乾脆把封晉關在家裡，一起去處理封晉鬧出來的一堆麻煩。

宋禹丞在解決了這些麻煩之後，就打開原身家裡陳舊的電腦……開始碼字。

是時候開始寫一萬字了。終於心情好了一點，對著文檔，宋禹丞有種莫名的興奮。

然而系統卻十分崩潰：「大人，病還沒好需要休息啊！不要搞事情，一萬字什麼時候都能寫。」

然而宋禹丞的回答卻讓系統感受到一絲莫名的心酸：「我是可以休息，但是這些讀者不會等你。」沒辦法，現在的網文圈子就是這樣。大神在上，粉紅滿地，身後還有無數後起之秀，至於中間的老透明更是數不勝數。

別的不說，光原身所在的這個兼職網站，好作者和好作品無數。而原身寫的文本身就並非完美，再不勤奮的話，讀者為什麼還要為他停留？

天下永遠沒有白掉的餡餅。

宋禹丞嘆口氣，仔細翻看原身留下的大綱和細綱，心裡也感慨萬千。

有些事情必須要眼見為實，才能明白有多沉重。

在繼承原身記憶的時候，宋禹丞也知道原身是個很努力且勤奮的人。但此刻宋禹丞才明白，他到底有多努力、多勤奮。

一個全篇六十萬字的文，光細綱就寫了十萬字。而這十萬字細綱，並不是單純的大綱，還經過反覆琢磨和標注。

不僅注明了需要轉換視角的地方、挑動情緒進行高潮鋪陳這些大的方向，原身甚至連每一個小細節，需要凸顯出什麼樣的特質都標得一清二楚。

可惜的是，筆記做得再認真，本身腦洞不夠、筆力不足，寫出來的成品只能算是普通，也難怪他要用字數來換取讀者的喜歡。

收回思緒，宋禹丞照著原身的習慣，把今天要寫的情節全部寫完。

和第二個世界裡才華橫溢的謝千沉不同，原身這一章內容寫得極為困難。不僅要斟酌用詞，甚至還要不時停下來自問自答：我寫的內容，真的是讀者想看的嗎？

如果不是，就要不斷推翻重寫。

這麼折騰下來，說好的一萬字，宋禹丞硬是從下午三點寫到凌晨三點。這期間，他連一口水都沒時間喝，緊接著在進入網站後臺打算發文的時候，卻被文下評論區裡的評論給震住了。

不知道是該用無聊的人太多來形容，還是該冷笑總有些自作聰明的中二喜歡指點江山，來吐槽這些人的留言。

在宋禹丞看來，原身的文的確稱不上極品，但也不至於爛到罪大惡極的程度。可單看下面的評論，彷彿是全世界最難看的小說，多看一個字就要把人看瞎了那麼誇張。

「真是可怕的文筆，現在連小學生都不流行這種瑪麗蘇寫法了，作者寫成這樣，是連小學都沒有畢業嗎？」

「爽文也要有邏輯的！這個設定是和十幾年前的狗血小言學的嗎？」

甚至還有連文都沒看過，就跟著這些謾罵的評論下面喊著，「謝謝排雷。」

一字一句看似無心，但是對人的傷害卻是巨大的。

哪怕是宋禹丞這樣意志堅定的人，看完都有點搓火。

不過就是寫個網文，要靠這個生活，怎麼還得給這些噴子跪下了是嗎？窩囊成這樣，還寫什麼逆襲爽文，自己都過得跟炮灰沒什麼兩樣。

宋禹丞深吸口氣，將寫好的更新放上去，才勉強冷靜下來。

當他仔細翻看著評論區後，越來越覺得不對勁，感覺一些打負分的評論，雖然名字不同，但是口氣卻很相似。

「系統，查查這些刷負評的人到底是誰。」宋禹丞下意識查詢了原身的記憶。發現一個非常微妙的情況，就是這些留差評的人，留評論的時間非常集中，簡直像是組團來的。

至於評論內容，也無外乎是文筆差、作者腦殘、毫無邏輯、上榜有黑幕這四樣。如果真的是讀者，即便罵人的想法一樣，也不至於都集中在同一時刻出現。

宋禹丞覺得事情應該不會這麼簡單，但網文圈子，水也會跟娛樂圈一樣深？宋禹丞琢磨了一會，還是決定求證。

然而系統隨後給出的結論，卻讓宋禹丞感到十分可笑，也十分心涼。

到底是這個世界沒有的高科技，不過短短幾分鐘，系統就查出來這些所謂罵街的讀者，馬甲背後的真實身分。

果然不出宋禹丞所料，百分之八十都是作者圈子裡，和原身同期的小透明寫手。

至於他們這麼做的原因也很簡單——嫉妒。

翻看著系統歸納出來的結論，宋禹丞唇邊的笑意也越發冷凝。

「大人，咱們現在該怎麼辦？」系統也被氣得不行，恨不得直接黑了這幫人的電腦手機，再來一次第二個世界裡的怨靈作祟。

然而宋禹丞的回答卻出乎系統的意料，「不怎麼辦，繼續寫下去就行。原身的天賦不是叫『我的誠意和努力，能夠打動你的心』嗎？那就拿出最大的誠意和努力來打動他們就好了。至於那些惡意中傷的作者……」宋禹丞的眼裡多了一絲狡黠，「不是眼看著就要入VIP上架收費了嗎？查好那些人會什麼時候入V，咱們和他們一起上架！」

「……」系統頓時無語了，甚至感覺宋禹丞是不是瘋了。網站上架排行榜按照千字收益，就看宋禹丞現在的成績，雖然另外幾個也是撲街，可還差著一截呢！

重點是這個天賦到底能有什麼用處！難不成讀者會因為宋禹丞勤奮，就真的留下來看文？系統第一次覺得，自家大人的打算可能會落空。

這次不是系統在唱衰宋禹丞，主要是原身留下來的這個故事，數據實在是太微妙了。五百收藏可以入V，寫了八萬字就剛剛好卡在五百收藏。至於第一章和最後一章的點擊雖然不錯，能夠達到三比二的狀態，證明至少看過第一章的人有三分之二會繼續看下去。

可這並沒有什麼用，因為第一章的點擊只有一千，就這樣的數據入V，連系統都要懷疑宋禹丞一天能不能掙到十塊錢。

一般這種情況，最好是選擇一個開V人數比較少的時間，保證上架之後的排行位置。

然而宋禹丞卻相當執著：「就和那幾個一起上架，不要緊的。」

「那好吧。」看宋禹丞這麼堅持，系統也只能順了他的意。最終兩人敲定在這周的周二入V。

然而宋禹丞的上架公告一掛出去，那幾個刻意黑過陸一洋的作者都忍不住在心裡吐槽起來。

其中一名叫「徽墨筆談」的作者就第一個譏笑出聲：「這個一揚是腦子壞掉了嗎，一個剛五百收的文，竟然也敢入V。」

而徽墨筆談的基友，一個叫「院外之人」的人也跟著諷刺：「寫瑪麗蘇的都膽子大唄！做夢以為自己能跟他文裡的人物一樣，萬千寵愛於一身，網站讀者都愛他。」

「哈哈哈，別提了，你看到他寫的內容了嗎！簡直智障到了極點，豪門世家出來的男主角，竟然沒有一點世家子弟的風範，還要努力學習參加高考。哎呀我去，我要笑死了。」

「我也看到了。其實也不是不能參加高考，好歹給點金手指啊，你看他筆下的主角，從第一章開始補習數學，補到現在竟然剛剛考到班級前十名。」

「哈哈哈，要不咱們再去刷個負分吧！我和你說，我還有小號。」

「走，把群裡那幾個也叫上。爽完了我還得去寫一萬字。一揚竟然要和我一起上架，看我怎麼在排行榜上碾壓他！」

這兩人說著就紛紛換了小號奔去一揚的文。果不其然，留言好評的讀者依然三三兩兩，更多的是他們帶人留下的吐槽。

不過與之不同的是，之前他們吐槽，原身會一直不停解釋，並且還會很誠懇地道歉，說不好意思，寫得不好，給您帶來不好的閱讀感受了，以後會努力寫出不辣眼睛的文。

而也正是因為這樣的答覆，才會勾引他們一而再、再而三地去原身那裡刷負評。

原因很簡單。一個是因為欺負弱者帶來的快感，畢竟他們也一樣是老撲街，寫了幾年都沒寫出什麼名堂，但每當看到原身的情況比他們更淒慘的時候，他們的心裡就會莫名多出優越感。

至於另外一個，就是他們覺得原身虛偽。都是寫文的，不管是誰，看到自己辛辛苦苦寫出來的文，被人謾罵吐槽成這個樣子都要氣死了。所以他們對於原身這種彷彿是虛心求教的模樣十分看不慣，甚至覺得他就是在裝白蓮花，故意表現得很虛心，實際上說不定背後怎麼罵街呢！

看看，裝模作樣了這麼久，現在就不再回覆留言了，看著一揚對他們的吐槽和抹黑不再有任何解釋，徽墨筆談幾個都認為一揚肯定是氣瘋了，所以不敢說話，怕崩掉人設。

這幾個人一邊在心裡暗爽，一邊斟酌著吐槽效果最好的句子留言，於是短短五分鐘，評論區裡就多了一串負分和吐槽的留言。

「大人，不行，我忍不了了！太欺負人了啊！【氣成河豚.jpg】」系統一直在刷著宋禹丞寫的這篇文的資料，恨不得每多一個點擊都記錄得明明白白。所以徽墨筆談他們一刷負評，系統這邊就收到了，一看內容，頓時氣得火冒三丈。

宋禹丞在掃了一眼之後，卻淡定得不行：「甭搭理他們，再等三天，我讓他跪下叫爸爸！」

說完，宋禹丞又繼續專心打字，他時間太緊了，一分鐘都不能浪費。

然而系統卻被他這句「跪下叫爸爸」懟了一臉，非常迷茫，宋禹丞到底要怎麼讓這些人跪下。因為單看文章數據，宋禹丞的整體表現的確比那些人差太多了。

越想越覺得緊張，系統在心裡默默盤算，如果實在不行，它就黑了網站的系統，搞出無數帳號來訂購宋禹丞的文。

它家大人第一次當網文寫手，怎麼能數據不好。都這麼辛苦了，再掙不到錢，作為一名實力寵宿主的系統，它絕對不同意！哼！

這麼想著，系統的情緒很快又平復下來，並且覺得自己厲害壞了，簡直男友力爆棚，非常值得扠腰站一會兒。

然而系統不知道的是，它的這麼點小心思早就被宋禹丞看透了，只是沒說罷了。另外，宋禹丞是真的胸有成竹，而不是故弄玄虛。

宋禹丞有十足十的把握，上架那天可以一鳴驚人。

在結束和系統短暫的腦內對話之後，宋禹丞一直寫到凌晨六點多才算完成。將近十六個小時的不停打字，讓他感覺手指都快不會動了。可即便這樣，他也不能立刻睡覺補眠，因為有另外一件事情要做──聽教育網上的英文晨讀周報。

可以說，這是原身有限的課外資源裡，最實在且便宜的一個了。只要一年五十塊錢，就能在每天早晨六點半，聽半個小時的英文廣播。

看起來沒有什麼用，但是對於原身來說，這是唯一一個除了學校課本外，能夠提升他英文聽力的途徑。原身一直相當珍惜，從未落下一天，所以即便宋禹丞本身就精通英文，依舊打算延續原身的習慣。

這不是逞強或者裝模作樣，而是對原身的尊重。

他繼承了殼子，就要把他最大的優點發揮到淋漓盡致。

「陸一洋沒有成績，真的是老天不長眼了。」看著宋禹丞累成狗，還要努力聽著英文廣播做筆記，系統的心裡就難受到不行，甚至比剛到這個世界的宋禹丞，更希望立刻結束這個世界。

它當慣了金手指，也走過許許多多的世界，幾乎每一個世界的主角，都是那種慘遭陷害、抑鬱不得志的天才。可這個世界的陸一洋，卻是一個真正的普通人。太讓它心酸，也太讓它感到無所適從。

畢竟天賦二字，寫起來分明這麼簡單，可之間的鴻溝卻宛若天塹。

這樣沒日沒夜的寫文、學習，原身已經堅持了三年，但是他連一句最基本的肯定都沒有得到。

「大人，這個世界任務沒法做，若不行咱們就走吧。」

然而宋禹丞的回答，卻讓系統久久說不出話。

「不能走。」關掉耳機，宋禹丞一邊洗漱準備休息，一邊回答系統的話：「大千世界三千，那些等待救贖的天才等不到執法者，或許仍有可能逆襲。但是陸一洋不一樣，如果我不留下幫他，那麼你覺得這個世界上，還會有誰能看得到他？」

摘下鼻梁上壓得難受的黑框眼鏡，宋禹丞站在洗手臺的鏡子前，看著裡面那張乍看只是清秀的臉。

不夠大的眼睛，普通挺直的鼻子，一般感覺的嘴，除了娃娃臉讓他顯得比實際年齡小了幾分之外，似乎就沒有別的形容詞可以形容。

當然，這的確可以算是中等偏上的長相，可誰讓原身的父母和異母異父兄弟們，都長得格外漂亮好看呢？

「其實陸一洋長得很耐看，尤其眼睛很漂亮。」宋禹丞的聲音很低，但是卻說進了系統的心裡。因為宋禹丞並非是共情之後的憐惜，而是貨真價實的大實話。原身的眼睛真的很漂亮，黑白分明格外澄澈。而最動人的，還是他的眼神，不知道是不是隱忍了太多苦難，所以反而透出一種說不出的沉穩味道。

而這種味道，必須要仔細品味才能感受得到。

就包括原身的長相，也同樣是那種越看越好看的耐看型。

「人都是感官動物，第一眼就區分了天才和普通人。」宋禹丞嘆息了一句。然後轉身回到臥室，準備睡覺。

他還有四個小時的休息時間，然後就必須起來念書打字。

系統也不再說話，只是沉默地看著宋禹丞，盡可能的陪伴著他。但是心裡卻不停疑惑，上個世界的楚雲熙到底在哪裡？大人都這麼困難了，為什麼還不出現？

然而，不管系統怎麼想，現在的宋禹丞卻已經完全沉浸在任務當中。

為了準備三天後的上架，宋禹丞這個周末平均每天只睡四個小時，剩下的時間，一半留給念書，一半留給寫文，竟然真的準備出三萬多字的存稿。

可更令系統震驚的是，周二上架的時候，宋禹丞竟然十更了！

沒錯，他居然把所有的存稿都放了出去。

系統頓時有種快要瘋掉的感覺。

宋禹丞這文原本入V時候的免費章節字數就比別人多。而排行榜根據入V章節的千字收益來算，就看宋禹丞更新三萬字之後，整個千字瞬間拉低到了千字兩毛六，這根本不用想，就知道完全涼了。

然而宋禹丞卻看著後臺一共不到十塊錢的收益，淡定得不行，竟然收拾東西去上學了。

所以他家大人是破罐子破摔了嗎？

系統也乾脆懶得看。並且決定，等宋禹丞不注意的時候就去做點手腳，反正它存在的意義就是金手指，不做點什麼才是不對的。

如此一想，系統也心安地跟著宋禹丞一起去上學。

多半是因為之前封晉的事情鬧大了，所以當宋禹丞踏進班級的時候，班裡那些原本不怎麼注意他的同學，也忍不住多看了他幾眼。

可平時很少互動，即便有想問八卦的人也沒有開口。更何況，還有幾天就要月考了，與其關心這個，不如多複習，爭取高考的時候考個更好的大學。

宋禹丞自然看得懂他們的想法，覺得不被打擾還挺好的。回到自己座位之後，他也拿起書安靜看了起來，他現在最缺的就是時間，就連一秒鐘也不能浪費。

然而很多時候，不是你不找事，事情就能放過你。

學校裡安靜無聲，但在網文的世界裡卻直接炸了，因為誰也沒有想到，一揚的那篇撲街文竟然真的逆襲了。

一個幾乎評論區沒有一個好評，貼著入V線，不被任何人看好，甚至還作死十更把千字拉低到谷底的文，竟然神奇地贏了排行。

不少圈內人都目瞪口呆，甚至野生作者群裡也都不停討論，到底是讀者眼睛瞎了，還是他們瞎了，誤把大神當撲街？

【第十二章】

網文世界的逆襲

宋禹丞所在的網站，上架千字排行榜即時更新。宋禹丞寫的文一開始排在第三頁第一個的位置，還不至於到系統想的那麼慘不忍睹。

畢竟榜單一共就四頁的文，後面的還有倒V和完結V，宋禹丞的位置不偏不倚，正好是所有順V文裡的最後一個。

徽墨筆談那些人都笑噴了。

「哈哈哈，不行了，我就知道，一揚這爛文上架了也是白搭。」

「你說他怎麼想的，十更三萬字。寫得爛，就算更一萬字讀者也不願意買，別說是更三萬字了！」

這些人嘲諷著、譏笑著，甚至忘了自己的作品也沒能擠上第一頁。

誰叫一揚的數據比他們的文還要爛，有人墊底，他們撲街得相當安心，彷彿只要靠著嘲弄別人的失敗，自己就能變成功。

他們甚至還有閒心再去一揚的文下面刷一波負評，帶一波節奏。

然而兩個小時後，事情的發展卻完全出乎他們的預料。

起先是一條這樣的評論：「這文能寫得有多爛，我看評論區罵聲一片，突然好奇。」

緊接著，這位讀者在第三章之後忍不住又留了一條評論：「這文有毒，我原本只是好奇看看，結果被糊一臉，但是意外挺有趣的。」

按理說，這樣的留言不算是讚美，甚至對一些玻璃心的作者而言，絕對是相當不客氣了。但是放到一揚這充滿謾罵的評論區裡，卻顯得格外獨樹一幟。

畢竟，這是唯一一條帶有正面意義的評論。

可萬事都需要一個開始，就連徽墨筆談那些自認是寫手圈的老人，都完全沒想到，從這一條評論開始，一揚這篇文的數據竟然真的開始好轉了。

而他們堅持不懈的詆毀，反倒在無形間，變成推一揚上位的最佳助力。

人都有一種獵奇心理，當一篇文全都是負評時，反而會讓一些人產生好奇，想看看到底寫得多爛、文筆多差，才會被罵成這樣。

然而等真正點進去以後，不少人都忍不住笑了。

因為真的寫得很一般，倒不是說看不下去，槽點有的，尬點也有的，包括一些敘事模式都稍微有一些凌亂。

如果說有什麼優點，就是作者給人的感覺十分誠懇。雖然有這樣那樣的不足，但是所有看到這篇文的讀者都能明白，這個叫一揚的作者已經盡力了，不論喜不喜歡這篇文，至少作者的態度很誠懇。

有一部分人實在看不下去，最終棄文了。

但那些覺得也不是那麼無可救藥的讀者，卻依然看了下去。

畢竟對大部分人來說，看小說是消遣，這篇文或許沒有那麼好，但是拿來打發時間也沒什麼問題。

就這樣，還真有幾百名讀者願意留下來看看後面到底寫了什麼內容，可當他們往下看之後卻紛紛震驚了。

因為他們發現，雖然這篇文寫得並不完美，但是作者一直在進步的。

尤其當寫到五萬多字的時候，有些彆扭影響閱讀的斷句，和偶爾凌亂的視角轉換，竟然也神奇地改善了。

作者在進步，並且不斷審視，完善作品，哪怕原本有些平庸的老梗，竟然也莫名變得生動起來。

到了入V前的那一章，竟然連套路都變得熟練許多。

「好神奇。我以前聽人家說過，作者的寫作水準是會隨著字數累積而改變，一揚這位作者居然真的越寫越好。」

「前三章實力勸退，可從第五章之後，就意外漸入佳境，寫得也很有幾分味道。不知道那些差評是怎麼回事。只能說，這個作者有毒。」

「這個梗太老套了，就像是N年前那種升級流打臉文。但是這個作者很厲害，他是真的很認真在寫，肉眼可見的進步。衝著這點我想追文，享受一下養成的樂趣。」

隨著時間推移，越來越多的讀者留下類似的留言。而隨著這樣的留言增多，原來徽墨筆談那些人刷的差評，也被正面評價一點一點壓下去。

後面點進來的讀者，在看到評論區的時候，幾乎看到的都是稱讚一揚進步好快，現在很少能看到這麼踏實努力的作者這種評價。

而這樣的評價，也吸引了大批人的好奇心，想要看看一揚的進步到底有多大。然而看完之後，他們全都服氣了。

不是因為內容的精彩而服氣，而是因為宋禹丞的認真還有勤奮而服氣。

網站要求入V更新一萬字，之後上架字數不限。因此為了排行位置能更好，很多作者在上架這天就不更新了。然而一揚卻完全相反，他不僅更新了，還是十更。

至於這十更的內容，也出乎意料並非是水文，而是真正的劇情，並且內容比入V前還更好看。

而宋禹丞之所以這樣做的目的只有一個，慶祝第一次順V，並且感謝所有願意訂閱的讀者。

在正文下的作者有話說裡，宋禹丞認真地感謝了每一位來看文的讀者。

寫文三年，沒有一天斷更過。雖然現在寫得依然不好，但是能夠順V，對我已經是巨大的進步了。謝謝所有願意看到這裡的讀者，謝謝你們給的肯定。我會繼續加油，努力寫出更好看的內容。

如果一揚說的話沒有水分，那麼寫文三年，一天都沒有斷更過，這到底是什麼概念？有人好奇翻閱了一揚的專欄，看完之後除了震驚於他的勤奮，就只有感嘆一揚的努力。因為他真的一千零九十五天，沒有一天斷更。每一篇開的文，都有好好完結。

即便那些文的數據並不優秀，但一揚依然全部完結，並且勤勤懇懇地開新文。

可以說，他的數據一本比一本好，即便仍差很多作者一大截。

眼下訂閱的這些讀者，覺得一揚寫的內容還不至於看不下去，但他優秀的坑品和努力卻讓他們莫名地想要追下去。

因為在絕大多數人的心裡，勤奮的人都值得被尊重，即便眼下還不夠好，但是他們心甘情願守著一揚，看著他進步。

就這樣，越來越多的人願意訂閱追更，而宋禹丞的收藏和千字也開始動了起來。

五百、八百、一千五、三千？收藏幾乎每個小時以等比級數增長。誰都沒想到，不過僅僅十二點到一點這一個小時裡，這篇文竟整整漲了一千五百多的收藏數。

至於宋禹丞此時在榜上的位置，也已經上升到第二頁的第三位，排在他前面的就是那位帶人刷負評的徽墨筆談。

「我的媽，這也太嚇人了吧！第二頁逆襲倒還有些可能，第三頁居然也可以？」

「不是，你們看到他首末點了嗎？有三分之二的人在看完第一章之後，竟然都接著看下去了，這也太誇張了些。」

「這個世界好玄幻，難道爛文日更三萬就能逆襲？我的世界觀都崩塌了啊！」

不少人為此感到震驚，至於徽墨筆談那幾個更是氣瘋了。

「我只不過去打字，幾個小時沒看，為什麼變成這樣？」

徽墨筆談在看見群裡的討論內容後，第一反應就是質疑。可緊接著群裡其他作者的回答卻讓他有種被打臉的感覺。

「我也不懂，據說是後面訂閱很高所以逆襲了。」

看似理所應當的回答，卻讓徽墨筆談的心裡越發不平衡。

後面訂閱很高？就一揚這樣的文，怎麼可能訂閱很高？他自己的作品也在榜上，千字都沒有多出兩塊錢，就一揚這種爛文竟然還能長出千字？

這就是赤裸裸的羞辱，別拿他當個傻子。

這麼想著，徽墨筆談也忘記了這裡是編輯群，直接口不擇言地罵了一句：「逆襲個屁！就是第一名的粉紅一個小時也漲不了一千五，一個爛文竟然能長成這樣，簡直搞笑。」

「那就是刷收益了唄！除非他V後訂閱和V章前末點能夠持平，要不然，他無論如何也排不到第二頁。」第一時間回覆他的，是那個跟他一起給一揚刷負評的院外之人，他比徽墨筆談還要憤怒。

畢竟他已經被一揚按在地上摩擦一波了。因為原本第二頁第三個是他的作品，宋禹丞逆襲之後，占了他的位置，直接就把他壓倒了第二頁的尾巴，弄不好還會被壓倒第三頁。

因此，院外之人現在看到「一揚」這兩個字，都恨得牙癢癢，完全不能理解自己怎麼會被這種人給碾壓了。

然而隨著他們兩人的吐槽，群裡其他和他們關係不錯的作者也跟著附和起來。至於他們附和的，就是一揚刷收益這一點。

「呵呵，我說他寫成這樣，還敢日更三萬呢！原來是這裡等著。刷收益的大垃圾！」

「真的是忍不了了，已經舉報，為什麼管理員還不判定？」

「估計是不想作為唄！畢竟他刷收益，網站也掙錢。網站為什麼要理會咱們的舉報？」

「那就讓這種刷子，強行壓了我們這種努力寫文勤勤懇懇的作者？」

空口定罪，就因為一揚有逆襲的趨勢，徽墨筆談這些人就顛倒黑白，說一揚的數據是刷出來的。

可天知道，宋禹丞分明窮到都快沒飯吃了，怎麼可能有錢去刷收益？

至於他們口中努力寫文的其他勤懇作者，更是可笑，不僅這幫人的勤奮都用在盯著別人的數據上，努力也放在鍥而不捨給同期作者刷負評上。

由於發現網站裡出現破壞競爭規則的大刷子，徽墨筆談幾個在私下商議後，決定要把宋禹丞刷收益這個無恥行徑公布給全網站的作者。

於是，五分鐘後，一個暗示性極強的帖子，在網站論壇出現，標題就叫「見證大神的誕生」。

主樓：今天簡直嚇到我。句子都念不通、邏輯奇怪、低級瑪麗蘇的文，還能首末點三比二，並且在榜上從第三頁逆襲到第二頁。如果沒有別的原因，我認為這是大神崛起的預兆。【尷尬.jpg】

這就是傳說中的明褒暗貶了。

看似是討論的帖子，實則是在掛一揚刷收益。

「我也看到了。上午還是第三頁，中午的時候就是第二頁了。」

「關鍵是這部作品的收藏長勢驚人。現在，除了排在第一頁的兩個粉紅以外，就沒有比這部長得更多的作品了。」

「萬一是人家真的寫得好呢！主樓的紅眼病氣息也相當濃郁了。」

畢竟不是所有吃瓜的人都是腦殘，而且作者論壇裡，許多作者也都格外門清。一揚的逆襲是有點讓人驚訝，但還到不了叫人側目的狀態，不是所有人都像徽墨筆談幾個這麼眼皮子淺。

而且一些敏感的人開始暗自琢磨，這個叫一揚的作者是不是得罪誰了，所以才會三天兩頭被掛。

然而盲目吃瓜的人永遠都比冷靜旁觀者多，只有真正混作者論壇的老人，才明白一個規則，其實一個帖子、一場污衊，想要快速蓋起樓、引起熱度，只需要三個人，其中有兩個知道怎麼更改IP，就已經足夠了。

而徽墨筆談、院外之人這幾個人，就是箇中高手。他們之前也這樣搞過數據剛有些起色的小透明，絕大多數都被他們掐死了，沒有被掐死的也是黑料纏身，必須夾著尾巴做人。

因此這一次，他們對一揚也打算用同樣的做法。

從最開始的數據，到後面對文章內容的嘲弄。徽墨筆談這幾個人，一步一步換著IP在樓裡帶節奏。他們甚至還會偶爾發一些「人家很努力了，何必要質疑」這種能夠引起人反駁的話。

因此，不過短短一個小時，就讓這個帖子熱了起來，並且到後面，那些一開始幫一揚說話的路人都不得不保持沉默。

沒辦法，撕逼不過，又不是真親友，何必蹚渾水呢。

可誰又能想到，論壇帖子掛得那麼高，一揚的排行竟然又往前提，成為第二頁第一個，壓死了徽墨筆談！而且在數據刷新之後，文章的收藏又漲了六百。

「臥槽！又漲了、又漲了！」帖子裡，有人時刻記錄著數據。

「這刷子也太囂張了吧！我看管理員已經正在查詢了，為什麼還不判定啊！」

論壇裡那些已經被成功洗腦、認定一揚就是刷子的作者們，紛紛義憤填膺，並且帶頭去網站的舉報中心舉報。

就看舉報中心刷分類別的分項裡，第一頁幾乎一多半的篇幅，都是舉報一揚刷分的，至於舉報原因更是千奇百怪。

不用細琢磨，就能感受到撲面而來的嫉妒情緒。

至於此刻的徽墨筆談，萬萬沒想到一揚竟然會在榜上直接壓死他！

「這不可能！這不科學啊！寫成這樣的文，為什麼會逆襲？我V章末點明明有一千多啊！」徽墨筆談整個人都懵了，心裡只覺得這絕對不是真的。

然而他的那幾個朋友，也很快回應道：「我也覺得不可能，你平均單章訂閱人數都破千了，怎麼還會被壓？這絕對是刷子啊！」

「網站到底管不管了！要不咱們找編輯去吧！」

分明是自己文寫得不行，又不願意好好更新，還V章注水，就因為污衊一揚幾句，就開始自我洗腦，覺得自己委屈極了！

論壇那頭，有人帶著節奏再次唱衰了一波，幾乎把帖子裡所有認為一揚就是刷了收益的作者的憤怒全部帶了起來。甚至已經有人表示，要帶頭組團去刷負分，網站不懲罰，他們也絕對不放過這個大刷子！

至於徽墨筆談也找上編輯，要舉報一揚刷收益，想知道網站到底管不管。

然而徽墨筆談並沒有第一時間得到答案。可就在他等待的時間裡，另外一邊的宋禹丞，卻在琢磨著自己接下來的更新。

其實宋禹丞一直都沒有刷網站的收益和資料，包括系統也沒有時間管。

中午午休一開始，宋禹丞就抱著手機躲到一個沒有人注意的角落，然後把之前複製下來的細綱放到手機的打字軟體裡，開始拚命寫文。

這也算是原身三年多來一直維持的習慣。

如果作業不多，午休利用五分鐘把飯吃完就開始打字，爭取這一個半小時裡，可以寫出一千字。然後下午課間加在一起再寫五百字，回家之後，寫出一千五百字，就可以一更了。

所以宋禹丞遵從原身的習慣，一分鐘都不能浪費。

另外還有一點，就是他這一章寫得很艱難。畢竟這是一個大高潮結束後的過渡章節，要怎麼寫才能引起讀者對下一個劇情的期待感，這才是最重要的。

「賣點……賣點，我要知道我這篇文，到底要靠什麼才能吸引讀者。」宋禹丞在心裡念著網文最基本的核心要素，琢磨了幾分鐘後，還是把手裡的這段刪掉，他決定再次推翻重寫。

對宋禹丞來說，勤奮不僅僅是打了多少字，還代表要竭盡全力寫出現階段能寫出的精采情節。所以，他時間緊迫，更新都要跟不上了，哪有工夫去管網站上的謾罵。

至於系統，也在幫著一起出主意，商量卡文的這段情節要怎麼寫。

幸好還有一節自習課，因為特殊情況，宋禹丞少見地把學習的時間拿來寫文。只能說，不辜負他的努力，在推翻重寫第三十遍後，他手裡的這一章終於達到能夠發出去的水準了。

「謝天謝地，還是趕上了！」宋禹丞輕嘆了一聲，這才有心情去關注網文。

結果一看，宋禹丞自己都忍不住笑了，這次真的逆襲了，但那些紅眼病作者也太腦殘了一點，居然組團去他文下刷負評。

看著消停了沒多久的評論區，又再次被負評淹沒，系統直接就炸成了煙花。

「#@%¥#@……%¥&¥……%&%&……%¥」也不知道具體說了什麼，反正一連串出來的都是亂碼。

「垃圾總局，竟然又和諧我！【象拔蚌式發怒.jpg】」

「好了，沒事兒。」被自家義憤填膺的小系統逗得不行，宋禹丞趕緊開口安撫它。

雖然不過剛剛接手任務，第一次接觸網文，但是宋禹丞已經能夠感受到網文圈的一個重點。對於一個網路寫手來說，最重要的是作品，與其和這些刷負評的人解釋，不如多寫幾個字、多琢磨琢磨劇情，畢竟讀者的喜歡才是真正的衣食父母。

這麼想著，宋禹丞直接把手裡的更新放上去，並且決定，越罵他就越要寫，還要寫得更好，氣死這幫孫子！

原身努力寫了三年，雖然一直撲街，但是進步也是實打實的。別的不說，就看原身關於琢磨套路題材這些要素時看過的文、寫下的感受，以及做大綱時仔細標注的寫文重點，就已經是許多作者都做不到的細節。

宋禹丞也正是因為原身這種一刻不停的勤奮努力，才會如此肯定這次一定會成功。當然，這個成功或許對於很多大神來說，根本不算什麼。但是對於撲街的一揚而言，能夠有人認可就已經是勝利了。

宋禹丞覺得，作為一個普通人，可能永遠都比不過一個天才。但只要願意往前走，哪怕每天只能走出細微的一小步，日積月累也會成為別人口中的成功者。

而當你成功了以後，不會有人管你原本是不是一個普通人，因為外人能夠看到的只有最終結果。宋禹丞心態很穩，他還得趕緊寫作業，說好了要考上一所不錯的大學，哪裡有時間管這些亂七八糟的事情。

只能說，如果這是娛樂圈，那徽墨筆談的法子肯定就奏效了，奈何網文圈是一個相對更靠本事吃飯的地方。

詆毀得再多，讀者不是傻子。被前三章的青澀劇情勸退的肯定有很多，吐槽的也不少，但是看到後面就被作者巨大的進步驚豔，甚至不少人被展開後的劇情吸引。

這些讀者給予的肯定，完全能夠代替宋禹丞，把那些紅眼病作者們的臉打腫。

就在宋禹丞將最新章節更新出去後，千字排行的名次又再往前了，爬上了第一頁的第三位。

至於評論也忽然爆多，總算沒辜負他一個章節就重寫了三十次的辛苦，這次發出的內容得到不少讀者的認可。前三章的單章評論連五條都沒有，到這一章已多達五十條。

有猜測伏筆的、期待後續發展的，還有喊著要看下文，看不到吃不下飯的，這些留言直接把那些負評蓋了下去，效果立竿見影。

當然，這樣的成績依然和大神無法比，但對於普通作者而言已經算是不錯的成績了。

此時，原本一面倒的論壇帖子，宋禹丞雖沒有說話，但是網站編輯卻代替宋禹丞放出官方資料。從點擊漲幅、收藏漲幅，到訂閱漲幅，每個數字都公開透明，正因為這些透明的數據，讓這幫叫囂要抵制刷分的作者們，全都被懟得脹紅了臉，無話可說。

根據網站給出的資料來看，一揚的文完全符合開始缺少曝光，在榜上突然被人發現，因此開始漲數據的狀態。

加上這篇文從五萬字之後點擊就穩定成長，也讓人震驚不已。

這次編輯既然站出來說話，就說明了宋禹丞的成績是他自己該得的。

是非曲直，終於真相大白。不管是罵過的、懷疑過的，還是替一揚打抱不平過的、覺得一揚倒楣過的，幾乎所有看過帖子的人都在這一刻沉默了。

編輯：經過幾位管理員和技術人員的反覆查證，作者一揚在榜上連載的文章沒有任何資料異常，也不存在刷收益這樣的事情。文下負評已經處理。另外，希望作者們謹言慎行。

這一番話看似官方公告，實則有點警告的意思在裡面了。

就像之前樓裡一些清醒的吃瓜黨說的，一揚不是什麼盡人皆知的大神，榜上逆襲的文也幾乎天天有，怎麼就只有一揚被聲討？是不是有人為操縱？

當時他們說了一句公道話就被群嘲，現在看到那些紅眼病被打臉，心裡也都十分痛快，忍不住跟帖給一揚加油，甚至個性外放的，直接去一揚的文下給他訂閱打賞，表示支持。

因此，在編輯解釋清楚之後，掛一揚的帖子終於消失了，文下那些亂七八糟的負評也跟著消停。至於徽墨筆談更是被編輯警告了。

編輯和作者是利益共同體，他們挖掘有潛力的作者，根據作品的表現結合自己的判斷給榜，希望得到更好的收益，也渴望從手裡培養出大神。

一揚的編輯就是這樣一位資深且眼光精準的編輯，他之前看過一揚的文，一開始的確寫得不好，但是他覺得這孩子很努力，而且一直在進步，於是編輯願意給他一個機會，看看到底能不能操作起來。

網文圈裡很少有一本成神的作者，更多是經過數年磨煉，寫過幾千、萬字之後最終才能登神。這一路上，大起大落的作者不計其數，唯有一直進步、不斷超越自我的，最終才能成為大神。而編輯看中的就是一揚足夠勤奮，又願意好好琢磨劇情的這個優點。

可他沒有想到的是，手底下的其他作者居然會搞這些小技倆。

之前一揚的文下一直出現負評，他已覺得奇怪，但當時在忙別的事，顧不到這裡，現在終於有空來處理一下這些事兒。

徽墨筆談就正好撞到他的槍口上。

「關於一揚是否刷分這件事，論壇裡已經解釋得十分明白了。至於你，需要和我解釋另外一件事。」編輯說著，給徽墨筆談發了一個文件檔。

徽墨筆談先是不解，可在接收之後都懵住了，不知編輯是怎麼查到的，竟然把他在文下所有的小號全都扒了出來。

「當作者，就要把心思放在創作上，盯著別人自己是火不了的，不管你覺得他寫得多爛，只要有讀者看，就證明還是有好的地方，別把讀者當傻子，也別把其他人當傻子。再有下次，我就不是和你談談，而是要和你解約了。」編輯這一番話可以說是相當嚴厲，哪怕語氣委婉，對於徽墨筆談已經是非常嚴重了。

坐在電腦前，徽墨筆談覺得自己受到巨大的屈辱，他脹紅了臉，根本不知道要怎麼回答。與此同時，徽墨筆談那幾個助紂為虐的朋友，也同樣被編輯找來談話。

天下沒有不透風的牆，他們之前聯手欺負一揚的時候覺得自己厲害壞了，可以掌控輿論。可現在真相大白之後，他們的壞名聲也一樣迅速傳遍了寫手圈。

從此不得不夾著尾巴做人，再也不敢出來。

此時，剛剛在放學路上聽到系統回覆結果的宋禹丞卻沒有什麼反應，很快又琢磨起晚上要寫的更新內容。

「大人，您都不覺得痛快嗎？」謎之感到自家大人到了這個世界以後變成書呆子，每天過著苦行僧一樣的生活，想想都覺得頭禿。

然而宋禹丞卻回答：「一個搬弄是非、人品有問題的紅眼病，和一個更新勤奮、每天都在進步的正經寫手，你若是編輯會保哪一個？另外，網文圈子和之前經歷過的其他世界不同，我只要把文寫好、能夠得到讀者的喜歡，就足夠氣死那幫說三道四的人了。」

「可是心裡不會感到不平嗎？」想到之前論壇上那些謾罵，系統就難過得不行，恨不得咬死那幫空口白牙汙衊人的傢伙。

可宋禹丞卻嘆了口氣，「會不平，但是我沒有時間。」

說完，他就繼續思考要怎麼讓劇情變得有趣，都已經開始收錢了，總不能寫得慘不忍睹，坑騙人家吧。

系統見他這麼認真，也閉上嘴不再說話。

宋禹丞的家和學校之間的距離不算太遠，當他快到家時，突然在巷口隱約聽到有小孩的哭聲，腔調有點奇怪，並且讓宋禹丞有種莫名的熟悉感。

「什麼情況？」系統也愣住了。

宋禹丞這裡雖然是老街區，但是街坊鄰里大多家庭和睦，沒聽說有哪家天天打孩子的。所以這是誰家小孩闖禍了？

系統的第一反應是這個。但是宋禹丞卻並不這麼想，他甚至還下意識皺起眉頭，循著聲音尋去。

「大人？」系統有點不解。

「我去看看。」越靠近，宋禹丞的心裡就越發多了一種說不出來的緊張感。當穿過小巷，看到正在哭泣的孩子時，宋禹丞完全怔住了。

「叔叔……」那孩子一邊哭著，一邊喊出來的就是這幾個字。

雖然不是說中文，但是宋禹丞立刻就聽懂他在說什麼，臉色也瞬間變得蒼白。因為這孩子說的是法語，但是宋禹丞知道自己不會法語。重點是，這孩子的長相讓宋禹丞覺得十分熟悉，像是在哪裡見過。

「童佑寧？」宋禹丞莫名想起之前度假世界裡巧遇的那個叫童佑寧的少年。

仔細想想，童佑寧的長相和眼前的這個小孩有點相似，甚至也有點像路德維希。

就像是要印證宋禹丞的想法，那孩子也在此時抬起頭，一邊努力掙脫拉著自己的時髦青年，一邊努力朝宋禹丞伸胳膊。

「哥哥、哥哥，求求你，救救我、救救我。」男孩煙灰色的眼眸被淚水浸染，顯得格外氤氳，像是藏著萬千星辰。那張漂亮精緻的臉蛋，更是讓宋禹丞的腦袋裡炸開了煙花。

宋禹丞的腦海裡陡然閃過一個陌生的畫面，讓一向淡定的他臉色變得蒼白。

這可說是宋禹丞第一次這麼失態，因為眼前的場景，似乎在很久之前也曾發生過，熟悉到了幾乎能預測接下來的每一個細節。

他都可以預料，如果不救下這個孩子，接下來這孩子會被賣給一個有虐童癖的家庭，受盡折磨，一年後被家人找到時已經毀掉了。

「大人？」系統突然插話，打斷宋禹丞的思緒。

宋禹丞回過神之後，也明白現在不是胡思亂想的時候，他必須立刻做些什麼來阻止這孩子被帶走。

「等等！」宋禹丞上前一步，攔住想要強行把男孩帶走的青年。

走近之後，男孩的手腕上明顯有被綁過的痕跡，更讓宋禹丞越發肯定這青年絕對不是小男孩的親人，很明顯，這不是綁架就是拐賣。

「打擾了，請問您和這孩子是什麼關係？」

「多管閒事，這是我外甥！」完全沒有想到會在這種地方遇到人，青年有點慌張，甚至口不擇言。

「可這是我叔叔家的孩子，我怎麼沒有見過你？」宋禹丞說著指了指那小孩，同時福至心靈地說了一句法語：「配合我，我想法子救你。」

那小孩原本哭得厲害，在聽到宋禹丞說話之後，絕望的眼神瞬間湧現希望，死死盯著宋禹丞一個勁兒的點頭，不僅拚命往宋禹丞身邊掙扎，還用中文喊了一句：「哥哥。」

真是認識的？這下，青年徹底慌了。這小孩是他在路上撿到的，原本想送到警察局去，但是正好他一位有錢的親戚看中了，說這孩子是外國人，父母肯定不好找，不如賣給他，他沒兒子，以後養大了也算是一樁美事。

不用細想就知道親戚的心思不正，但即便如此，他依舊決定賣了。他本來就是個小混混，和這孩子也沒有任何關係，白來的錢幹麼不要？

因此，他綁了這孩子兩天，一直到今天親戚過來，他才鬆開繩子，帶著孩子過來交易。

原本一切都很順利，這孩子餓了整整兩天，幾乎沒有半點力氣。可不知道為什麼，偏偏走到這裡就意外哭喊起來，哭聲還挺大。

他選的這條小巷平時不會有人路過，可今天就遇見了放學回家的宋禹丞。

而宋禹丞，還偏偏打算管這樁閒事。

不過是一個窮學生，如果不行就……想到親戚許諾的鉅資，貪念瞬間壓過慌亂，青年看著宋禹丞的眼神也變得兇狠起來。

然而不知道是不是宋禹丞在這個世界的偽裝太過成功，青年始終沒有看出宋禹丞隱藏在溫柔面具下的強悍。

但是系統只有一個感覺——完了。當然，這個完了，是指那個青年。

宋禹丞這個人看似溫柔，可他是靠自己長大的，骨子裡還是有點狼性和狠勁，要不然無依無靠早被人欺負死。

而宋禹丞也因為自己幼年的經歷，格外厭惡欺負孩子的人。不管是生而不養的父母，還是像這種昧著良心把孩子往火坑裡推的混混。

宋禹丞輕手輕腳地把書包放在旁邊，確定裡面的東西不會損壞以後，他直接朝那個混混走去，也不知道他是用了什麼巧勁，不過捏了青年的手腕一把，就讓他半個胳膊都麻了，不得不鬆開了抓著孩子的手。

「在這裡等我，我還有事情要辦。」宋禹丞的語氣溫和，配上法語特有的韻律，特別動人。

小男孩很懂事，明白自己得救了，一個勁兒點頭，乖巧地站到牆角，還費力地把宋禹丞的書包抱在懷裡，免得在地上沾了灰塵。

——這是哥哥很重要的東西，哥哥幫了我，我會給他看好。

男孩心裡這麼想著，把書包又抱得更緊了些。

宋禹丞看著有趣，忍不住揉了揉他的腦袋，然後再次轉頭面對那名青年。

「現在換咱們倆好好聊聊，你方才到底要對我弟弟做些什麼？」依然是相當溫和的語調，但是眼神和表情已截然不同，強悍的氣勢讓那名青年膽戰心驚。

這哪裡是一個普通高中生會有的模樣，分明是那種手腕高超又久居上位的大佬才會有的姿態。

於是，當員警十分鐘後趕過來時，那拐賣未果的青年連滾帶爬地撲過來，一把鼻涕、一把眼淚地抓著員警的袖子，求員警把他帶走。

「……」員警也被嚇了一跳，然而在聽過宋禹丞的解釋後，也有點無奈，覺得這青年分明是自己作死，撿到走失的孩子送去警察局是好事，結果一念之差當了壞人，涉嫌拐賣兒童，即便未遂也犯下大罪。

於是員警把三人帶回警局做筆錄。

一個小時後，終於結束善後工作的宋禹丞，站在家門口，低頭看著抱著自己大腿的團子，頓時覺得有點頭疼。

分明是走失兒童，都已經把他安全送到警局，可宋禹丞萬萬沒想到，小男孩說什麼都要和他回家。

之前遇到事情的時候，男孩知道自救，表現還算沉穩。現在安全了以後，儼然就跟換了一個娃一樣，哪裡還有什麼機警沉穩，分明就是個大號版的奶團子，還不時撒嬌的那種。

偏偏宋禹丞喜歡這樣無害柔軟又貼心會賣萌的崽兒。

因此，剛一對上男孩的漂亮眼睛，宋禹丞的心就軟了一半，一邊揉了揉他的頭髮，一邊溫和解釋：「我很窮，在我這裡沒有警局吃得好、住得好，你怕不怕？」

「不怕！哥哥是好人，等……等叔叔來接我，哥哥就跟我一起住叔叔家，這樣就不會窮啦！」多半是能感受到宋禹丞的喜歡，奶團子一改方才的可憐兮兮，把小胸脯拍得啪啪響，一副我可仗義的模樣。

宋禹丞再也忍不住，低頭親了他一口。然後就慢條斯理開了門，「好好好，等你找到叔叔，我就跟你回去吃大餐。讓你叔叔做好心理準備，我可能吃，且特別不好伺候。」

「沒關係，才不要管他介不介意啦！哥哥我最喜歡你！最最喜歡你！」

甜甜蜜蜜的小奶音哄得宋禹丞心裡軟得不行，抱著孩子進屋，給他做了飯，看著吃飽了，洗好澡，送到床上哄睡了，這才算是徹底消停。

「養孩子也挺有意思的。」宋禹丞忍不住感嘆了一句，可就是不知道為什麼，他總覺得之前和男孩相遇的一幕格外熟悉。但現在安靜下來再想，又覺得自己是不是想多了？可心裡始終疑惑為何突然能夠用法語和這孩子交流。

宋禹丞仔細想了很多遍，他確信自己絕對沒有學過法語，包括在上個世界，連雲熙都會了法語，他仍沒有學會，沒道理到了這個世界就能無師自通。

這太奇怪了。宋禹丞百思不得其解，然而系統的提醒頓時將他拉回現實：「大人，你的更新、你的作業。」

「……」臥槽！想起還有一大堆事兒沒做，宋禹丞立刻把所有疑惑扔到腦後，繼續投入寫文和作業當中。

真是要命了，明天學校有數學考試，加上日更一萬字，顯然今天又要熬通宵了。可不知道為什麼，或許因為屋子裡多了一個人的緣故，即便很累，但宋禹丞的心裡卻莫名覺得十分熨帖，工作狀態也變得更加積極。

【第十三章】

尷尬的久別重逢

奈何再怎麼積極，宋禹丞一直折騰到凌晨四點才總算能躺上床睡覺。輕手輕腳把睡得暖呼呼的團子摟在懷裡，宋禹丞忍不住在他的面頰上親了一口，便安心地沉睡。

然而此時B市的另一頭，一位青年正面沉如水地聽著屬下的報告。

「簡總，小少爺終於找到了。老街區那頭的民警抓到了一個拐賣未遂的小混混，我剛才去詢問，混混拐的小孩應該就是小少爺。」

「那人呢？」青年的臉上依舊面無表情，但是周身上下懾人的氣勢，讓祕書也有點畏懼。他跟了青年五、六年，可依舊摸不清他的喜怒。尤其是現在這種危急時刻，祕書戰戰兢兢地把得到的資料放到青年手裡。

「是位高中生救了小少爺。我們調查了一下，雖然身世有點曲折，但身家清白，是個普通人。就是有一點奇怪……他竟然會說法語，根據他在學校的成績來看，這少年連英語都不是很俐落，為什麼會說法語？」

見青年眼神變得有些怪異，祕書心裡咯噔一下，趕緊又補充了一句：「簡總您放心，我立刻讓人再仔細查查。」

「不用了，我明天親自去見他。」青年看著資料上的照片，半晌沒有移開眼。看到上面寫著這名少年最近做過的事情，他意外勾起唇笑了。

到底是那個人，就算換了身分，行事也依舊這麼乾脆俐落。只是他在這個世界也過得太苦了點，怎麼就窮到連飯都快吃不上了？

忍不住嘆口氣，青年摸了摸宋禹丞在警局做筆錄時留下的照片，心裡也覺得有點發酸。

不過好在這是最後一次，以後自己都不會再讓他受苦。這麼想著，青年叫祕書再更仔細調查一下宋禹丞的具體情況，尤其是最近發生的事。

看宋禹丞照片上的模樣，像是累到了極點，青年覺得自己應該做點什麼，讓他別這麼辛苦。

另外，如果明天要見面，他想著是不是應該立刻去剪頭髮，順便選一身新的衣服。他記得宋禹丞喜歡美人，絕對要給他留下完美的第一印象。

這麼想著，青年就忙碌了起來。至於走丟的團子他也不再著急，如果是在別人家裡，他肯定會連夜把崽兒帶回來，可孩子在宋禹丞那裡，就真的不用急了。

因為宋禹丞最會養孩子。

閉了閉眼，青年似乎瞬間沉浸在過去的回憶裡，就連眼神都變得溫柔許多。那雙和小男孩如出一轍的銀灰色眼眸，變得越發漂亮迷人。

當青年因為要和宋禹丞見面而輾轉難眠時，宋禹丞卻在早晨起來後，憂慮地看著面前乖巧的團子，不知道要怎麼辦。

「哥哥你放心，我會好好看家噠！」感受到了宋禹丞的擔心，小男孩又一次拍起了小胸脯，表示讓宋禹丞趕緊去上學，自己一個人在家裡沒問題，賊靠譜。

可要真的靠譜，又怎麼會在街上走丟？看著面前自信滿滿的團子，宋禹丞最終決定參加完上午的考試，就立刻請假回家。

雖然他總是擔心，但是這孩子的確比其他同年齡的小朋友獨立，上午三個小時不在他身邊應該不會有問題。

宋禹丞又多囑咐了他好幾句，這才趕緊收拾東西往學校趕去。

上學路上，宋禹丞又翻出了錯題本，把平時的難點和易錯點仔細看了好幾遍。直到走進教室，他才把手裡的筆記放下。

結果卻發現教室裡的氣氛有點不大對，大家都用一種奇怪的眼神看著他。

這是怎麼了？宋禹丞先是疑惑，然後就對上一雙充滿恨意和嘲弄的眼神——正是封晉。

之前充氣娃娃的烏龍事件，讓封晉丟了好大的臉，好幾天沒在學校出現，原本宋禹丞還以為封晉多半要轉學。

看著封晉含著怒意走近的身影，宋禹丞下意識說了一句話：「封晉，你那個充氣娃娃還放在我家呢！你什麼時候要來拿？」

這句話讓全班同學都跟著爆笑出聲。

陸一洋都報過警，事情也鬧過了，現在竟然又跟他提什麼充氣娃娃，是故意給他難看嗎？

封晉的臉色陡然沉了下來，咬牙切齒道：「都可以啊，看你方便。」

他這句話說得很冷，心裡更是憋著一把火，甚至開始算計，只要他去了，陸一洋就別想好過！

呵呵，充氣娃娃？他要讓陸一洋自己當一回充氣娃娃。

然而這不過是封晉一廂情願的想法。

宋禹丞回道：「不用等我方便，等回家我就用快遞給你寄回去好了。另外還有一件事，那充氣娃娃的尾款什麼時候還給我？我很窮的，等著吃飯。」

宋禹丞這話說得一板一眼，一看就十分真誠，然而放在這個情境下有一種說不出的諷刺味道。

陸一洋的情況自然不用說，全校估計都找不出一個比他還窮的人，並且成績、長相不突出，一年到頭和人說不了幾句話。

可封晉就不同了，天之驕子，學霸大少爺，一身高貴矜持冷漠疏離的樣子，配上女生口中盛世美顏的長相，簡直像是漫畫裡走出來的男主角。

結果現在卻被陸一洋這樣追著要錢，當然了，重點還是那個跨不過去的充氣娃娃。

「噗哈哈……」也不知道是誰第一個繃不住，緊接著全班都笑出聲來。

封晉的臉色頓時變得難看至極。然而宋禹丞卻故意朝他勾了勾唇角，嘲弄的神色讓封晉氣得七竅生煙。可眼下在班級裡，他也不好立刻出手，只能暫時隱忍。

然而宋禹丞沒多看他一眼，坐好後又重新拿出課本開始複習，儼然一副學習使我快樂，我心無旁騖只想學習的模樣。

封晉含怒走出教室，打電話給他的一位表哥，讓他帶人來，晚上好好收拾陸一洋。

「我會提前告訴你們時間，到時候狠狠地打！打出人命我負責！」封晉的口氣很大，彷彿真的能輕而易舉收拾了陸一洋。

然而他不知道，這通電話一打出去，那頭期待和宋禹丞見面的青年就已經收到消息。

「簡總，您看這事兒……」

祕書皺著眉，也覺得很氣不過，封晉不過仗著封家有幾個錢就為所欲為。

青年聽完，眼裡也同樣壓抑著一絲怒意，原本發生酒店那個烏龍事件就讓他很不爽了，封晉不夾著尾巴做人，竟然還這麼囂張。

青年也忍不住冷笑了一聲，「給封如春打通電話，告訴他，如果不會管兒子，以後我來替他管。不是只有他兒子會仗勢欺人。」

「是！」祕書答應著，趕緊下去辦事。

五分鐘後，在學校裡的封晉再次接到父親的電話，毫無疑問，自然是劈頭蓋臉一頓臭罵。

「爸，這到底是怎麼回事？」封晉只覺得自己倒楣到了極點，什麼時候陸一洋這種小可憐，也值得他父親特意打電話罵他一頓？

然而他父親卻說：「簡錚聿親自來關切，你覺得這是件小事嗎？」

「簡錚聿？」封晉也懵了，完全不懂，窮得連飯都吃不起的陸一洋，怎麼會和簡錚聿有關係？這不會是在逗他吧？然而父親是不會騙自己的，說簡錚聿插手了陸一洋的事情就一定是真的，畢竟那個人的身分可不是封家能夠輕易置喙。

簡錚聿是全世界數一數二的富豪，他本人更是整個投資圈爭相敬仰的存在。

所以陸一洋這是碰見貴人了？這樣一個普通人，到底哪裡吸引了簡錚聿？

封晉越想越煩躁，一推桌子，起身走出教室，開始考慮要不要立刻轉學？封晉肯定方才自己和陸一洋的那段對話，立刻又會成為全校同學的笑料。

他長這麼大，沒這麼丟人過！

然而他這麼生氣，宋禹丞那頭卻興奮得不行，哎呀！終於有錢了！

算一算充氣娃娃的總價格，減掉網站上的打賞，封晉至少還得給他兩千八才能把這個錢填補上。更何況，封晉好歹是個豪門小少爺，若四捨五入給個整數三千元，他更歡迎。

系統：「大人，你的節操呢？」

宋禹丞：「窮人沒有資格說節操。」

系統：「……」

成功把自家小系統懟了個啞口無言，宋禹丞收拾了一下東西，準備接下來的考試。

宋禹丞對這次的考試格外重視，因為在他接管原身的身體之前，原身就已經準備了好久。雖然數學並非是原身的強項，但是努力了這麼久，宋禹丞希望這次的成績能夠進步。

就先努力考到一百一十分吧！想到滿分一百五，宋禹丞給自己定下目標。

兩個小時的時間很快過去，總算沒辜負他這麼長時間的複習，考卷出乎意料的容易，一些過於困難的問題他仍然解不出來，但基本題型和誤導性比較強的題目他卻能手到擒來。

宋禹丞估算了一下自己的分數，心裡也有了底，然後去找老師請假。

老師很快就同意了，在老師眼裡陸一洋是那種典型的好孩子，特別省心也勤奮，唯一的缺點就是資質普通，但這不是他的錯，陸一洋已經盡力了。

「回去路上要小心，如果有困難第一時間給老師打電話，別不好意思，知道嗎？」拍了拍陸一洋的肩膀，老師的叮嚀滿是關切，她也是當母親的人，因此無法理解陸一洋的父母到底在想什麼。

孩子已經竭盡全力了，或許不能達到他們期望的完美，但能夠健健康康長大，成為一個有擔當的好人，不就已經是最好的結果了嗎？為什麼要這麼對他？可無奈她只是一名老師，有些事沒辦法管，也只能盡可能多照顧陸一洋。

「謝謝您，我沒事。」宋禹丞點頭答應，便收拾書包回家。

想到團子已經一個人在家裡小半天了，心裡就跟長了草一樣。因此，宋禹丞一出校門就叫了輛車，並且在路上打電話要快遞上門收件。

其實宋禹丞對這個充氣娃娃原本也沒有那麼在意，但是現在家裡多了個小朋友就必須要注意了。崽兒一看就是個聰明伶俐的，萬一真被他發現那得多糟，這種髒東西絕對不能汙了小孩的眼。

這麼想著，宋禹丞又客氣地催了司機兩句，說自己弟弟一個人在家，能不能開快點。

五分鐘後，宋禹丞終於回到家裡。剛一開門，右腿就被一個軟乎乎的團子迎面撲住。

「哥哥，你回來啦！」揚起的小臉滿是興奮的笑意，彷彿抱住宋禹丞，就是抱住了全世界的糖果，煙灰色的眼眸格外澄澈，清晰地倒映著宋禹丞同樣滿是笑意的臉。

「寶貝，你一個人在家會不會害怕？」宋禹丞低頭把軟乎乎的團子抱起來，狠狠地親了一口。

「不會噠，我可厲害了，可以幫哥哥看家！」驕傲地揚起小腦袋，今天的奶團子又是一個覺得自己特別厲害的膨脹團。

宋禹丞被他逗得不行，又在他額頭上落下一吻。兩人就這麼你親我一口，我親你一口地往屋子裡走去。如果不是快遞上門取件，估計宋禹丞還得和這小團子再膩歪半個小時。

「好了，寶貝你先在屋裡等會兒，哥哥要寄東西。」

「是什麼？」小孩特別好奇。

「少兒不宜的那種，等你長大了告訴你。」

「那、那好吧！」雖然不情願和宋禹丞分開，但小孩還是乖巧答應了。

「我三分鐘就回來。」捨不得地捏了他的鼻尖，宋禹丞趕緊去另一個房間的櫃子裡，把那個充氣娃娃抱出來，並且用酒店的床單裹好了送下樓給取件的快遞。

一般人肯定會因為抱著個充氣娃娃而感到羞恥，但宋禹丞經過大風大浪，這點小事根本不算什麼。可不知道為什麼，在下樓的過程中，宋禹丞卻明顯感覺到一種微妙的彆扭感，好像一會兒會有意外發生。

「你說，我不會剛下樓就撞上封晉吧？」宋禹丞拋出合理猜測。

然而系統卻有氣無力地回覆一句：「撞上不是更好？可以直接跟他要錢了。」

「有道理！」完全忽略系統語氣裡的無奈，宋禹丞頓時又格外理直氣壯起來。

然而就在他走出樓門的瞬間，他這種理直氣壯陡然化作一種說不出來的心虛。

因為迎面走過來的男人，長著一張格外熟悉的臉，分明就是第一個世界的路德維希。

那麼問題來了，喪偶式婚姻的另一半突然出現，他要怎麼和他打招呼才不會太尷尬？

然而系統卻像是怕宋禹丞不夠混亂般，又補了一句更狠的：「大人別慫，這個就是你心心念念的雲熙大寶貝啊！【皮皮蝦我們走.jpg】」

宋禹丞頓時就尷尬了，可事情就這麼湊巧，也不知道是哪裡來的一陣邪風，竟然把包著充氣娃娃的床單給吹開了。與此同時，之前約的那個快遞大叔，估計也看到了宋禹丞，直接走上來熱情地和他打招呼道：「哎呀，是你叫的快遞對不對？是情趣用品對吧！」

說完，還自顧自把宋禹丞手裡的充氣娃娃接過去，並且熟門熟路地當著青年的面檢查了一下。

「哎呀，別覺得不好意思。我們每天發這些的可多了，檢查一下比較踏實，以免到貨之後買家覺得有問題。」說完，快遞大叔見宋禹丞表情微妙，還以為他是不好意思，趕緊補了一句：「年輕人就是臉嫩，放心吧！東西交給我肯定沒問題。」

接著，和宋禹丞核對了一下送貨地址後，就又風風火火地走了。

留在原地抱著床單的宋禹丞，頓時很想掉頭就走，一是因為充氣娃娃，另一個是因為路德維希和太子竟然是同一個人。

然而系統緊接著又補了一句：「第二個世界的陸冕也是他。大人，你有沒有覺得好刺激？」

「……」什麼好刺激，分明是刺激過頭了好嗎？想到自己第二個世界，最後當著陸冕的面跳樓，宋禹丞頓時有種自己多半要完的感覺。

可緊接著，青年像是看出他心中所想，直接伸手把他抱在懷裡。

很好，雲熙果然是有記憶的，就是不知道記得多少。

然而耳邊響起的話，就又讓宋禹丞的僥倖徹底消失。

「早就說過，喪不喪偶不是你說的算。」青年的語氣裡滿是笑意。

很好，這根本就不是知道多少的問題，而是全部知道！

宋禹丞被動地任由青年抱著，格外生無可戀。

然而宋禹丞不知道，青年的語氣雖然有調侃，但卻沒有埋怨，甚至還多了一絲慶幸。因為他第一個世界碰上宋禹丞的時候，還沒恢復記憶，只是本能地追逐著宋禹丞。而第二個世界的時候，他的記憶也依然支離破碎，只在夢中知道自己一直在尋找著這樣一個人。

或許是第二個世界裡，後面的三十年只能捧著謝千沉的照片和錄影過日子，實在太過淒苦，於是到第三個世界時，他竟然一出生就擁有之前的記憶。

直到現在，他已經完全獲得過往的真相，就連和宋禹丞有關的那些過去，也全都巨細無遺知曉。

簡錚聿覺得，這是過去的自己在告誡現在的自己，不要錯過眼前人。

這麼想著，簡錚聿看著宋禹丞的眼神格外溫柔，那種深沉到了極點的感情，也在極力的隱忍中化作情深似海。或許是因為上一世的經歷太過甜蜜，他竟然連偽裝都不想，只想立刻抱住心心念念的人，告訴他，自己十分想他。

更何況，簡錚聿早就從宋禹丞難得的慌亂裡，看出宋禹丞其實也保留著上一世的記憶。

輕柔的吻落在宋禹丞的眉間。無人的老舊樓道裡，久別重逢的戀人不用什麼更親密的動作，就已經足夠讓甜蜜的滋味在安靜的空間裡渲染開來。

原本覺得十分尷尬的宋禹丞，心裡那點彆扭也因此豁然開朗，伸手摸了摸簡錚聿埋在自己肩膀上的後腦杓。

「對還有兩個月才滿十八歲的青少年，做出這樣的動作，叔叔你不覺得有點親密過度？」

宋禹丞帶著笑意的逗弄，和過往一模一樣。不過簡錚聿已經能夠略做抵抗，雖然仍舊紅了耳朵，但是身體卻不再像以前那樣因為緊張而瞬間變得僵硬。

果然還是那個愛著自己的太子楚雲熙。雖然一開始因為系統的補刀而震驚了一下，但是想到上一世兩人之間的相濡以沫，宋禹丞覺得，果然只有他和路德維希、陸冕是同一個人，才能夠解釋，為什麼大安原本的世界裡，不應該出現在彪城的太子會突然出現，進而和他結成伴侶。

這麼想著，宋禹丞嘆了口氣，「雲熙，有沒有想過，如果我不記得你可怎麼辦？」

「沒關係。」簡錚聿搖了搖頭，「你不記得，我就再重新追求你。我愛你。」

煙灰色的眼眸盈滿深情，就像當初第一個世界他離開前，路德維希求婚時的樣子，可溫柔的語調又和第三個世界的楚雲熙如出一轍。

宋禹丞搖搖頭，覺得自己終究還是栽在他的手裡，再加上撿來的團子也是人家的娃，只能帶著大的一起回家了。

不過這模樣相似的一大一小，見面時卻沒有宋禹丞想的那麼驚天動地。

分明被混混抓的時候還哭得可憐吧唧的奶團子，這會子見到親人反而板起臉，「這麼久才找到我，小叔你好笨。」宋禹丞完全沒有想到，說好的甜團秒變毒舌。

然而簡錚聿的反應，也同樣在他的意料之外，只見一向沉穩的男人，非但沒有安慰小朋友，反而懟了回去：「你不笨，你怎麼走丟的？」

一針見血。原本還板著臉的團子，瞬間沒了氣勢，蔫噠噠地湊到宋禹丞身邊，抱住他的大腿低頭不說話。

「好了，這兩天沒少受罪，你別說他。」宋禹丞是個慣會寵孩子的，原本就對這團子喜歡得不行，再加上現在知道還是自家崽兒，自然而然就護上了。

宋禹丞伸手把小孩抱在懷裡熟練地哄了哄，直到把他逗得重新笑了起來，才遞給簡錚聿抱著。

「別再說他了啊，好好聊天。咱們兩人的事情等一會再說，我還有更新要寫！」又囑咐了一句，宋禹丞把一大一小安排好了，這才重新坐回到電腦前寫文。

一天就二十四個小時，一秒鐘都不能浪費，至於敘舊可以等到正事辦完了再繼續，畢竟人已經找到，其他都來日方長。而且這叔侄倆剛見面，肯定也有很多話要說，需要留一些空間給他們交流。宋禹丞這麼想著，覺得這個安排其實挺不錯。

至於被拋在一旁的簡錚聿，也只能嘆了口氣，抱著懷裡不怎麼合作的團子去廚房看看，然後帶上鑰匙下樓買菜。

宋禹丞這日子過得也太苦了點，想到冰箱裡寥寥無幾的幾片葉菜，和簡單到了只有鹽和油的調味罐，簡錚聿心裡也有點泛酸。

覺得不論如何都得給宋禹丞好好補補，甚至暗自決定，如果宋禹丞不想和他回去，那他就住過來。

「小叔，咱們帶著哥哥一起回家吧！我都和他約好了。」之前和宋禹丞說得信誓旦旦，但是真見到了簡錚聿，小團子也有點擔憂，萬一叔叔不同意可怎麼辦。因此絞盡腦汁地琢磨著，要怎麼磨得簡錚聿同意。

畢竟他最喜歡哥哥了，說什麼都想和哥哥一直一直在一起。

然而他這麼點小心思，簡錚聿自然也看得出來，笑著摸了摸小侄子的頭，簡錚聿難得溫和地安慰道：「沒事，要是一洋不和咱們走，叔叔就帶你住進來。」

「真的嗎？」心情有點低落的團子，頓時眉開眼笑起來。然而不過一會，就又板著臉特意提醒了一句：「那小叔你要多交一點房租，哥哥說他可窮了。」

「……」所以這到底是誰的親侄子？看著自家團子一心一意為宋禹丞打算，簡錚聿也是哭笑不得。果然宋禹丞養孩子依然還是這麼厲害，哪怕只有一天，都能立刻收買小孩的心。

但即便如此，簡錚聿還是希望宋禹丞能夠好好照顧自己。這麼想著，他熟練地挑了最好的大骨，並且打算再買一口熬湯的鍋，宋禹丞家裡一看就什麼都沒有，別的都好說，這些日常要用的東西必須先買齊了。

簡錚聿一邊在心裡列著單子，一邊叫手下去置辦，等明天宋禹丞上學之後再送來。

與此同時，宋禹丞已經把全副心思放在寫文上。

平時這時候，他正在學校找地方偷寫，不僅吵鬧，甚至有的時候連坐的地方都沒有。現在能夠坐在家裡打字就十分幸福了，更加不能浪費時間。

而且現在手裡的文已經漸入佳境，不知道是不是因為長此以往的磨合，在上次那章推翻重寫三十次之後，宋禹丞接下來竟莫名地越寫越順手，不僅不再卡文，就連速度都加快許多，每小時能多寫八百多字，代表宋禹丞每天能夠節省三分之一的時間用來休息和睡覺。

雖然這麼一點時間，對別人也許不足為奇，但對宋禹丞來說，能夠提前一小時睡覺已經是最大的鼓舞了。

因此他更加用心寫文，此外，宋禹丞還打算衝月榜。

網站月榜，開文十一天上榜，四十一天下榜，按照文章積分排行。而宋禹丞在上次下榜後，收藏已經達到六千多。

最近正巧大神們剛剛結束舊文，沒有開文。至於榜單上的粉紅們，也完全沒有到逆天的地步，不少小透明只要跟著順位，就能排到月榜前二十。

網站只有月榜前二十名的作品，才會在手機APP的頁面上顯示，得到的曝光將是巨大的。

將方才寫好的章節發出去，宋禹丞計算著現在月榜上的整體積分，覺得自己還是很有希望，只要努力加更。

「大人你現在已經日更一萬字，再加更是打算寫多少字？」系統不是很贊同。

但宋禹丞卻給出一個驚人的加更數字：「我要日更一萬五千字。」

「你瘋了？」系統被嚇了一跳。

「沒關係啊，」宋禹丞格外淡定，「時速不是增加了嗎？」

「……」系統頓時啞口無言，恨不得和簡錚聿通話，讓他管管自家這個已經瘋了的宿主。每天只睡四個小時，這不是要上天還是什麼？

然而簡錚聿居然完全由著宋禹丞這麼折騰。

簡錚聿的表現讓系統十分無語。一個大總裁放著別墅不住，真的帶著娃和家當搬到宋禹丞這個小公寓裡，並且還完全接手所有日常瑣事。

以至於宋禹丞每天除了上學、逗逗團子、學習和寫文以外，恨不得連睡覺都有人幫著脫衣服。整體算下來，加更非但沒有耽誤他的睡眠，反而還因為簡錚聿的照顧而增加睡眠時間，每天至少可以睡六個小時。

「所以這算是男男搭配幹活不累嗎？」感受到宋禹丞這陣子的好心情，系統除了吐槽，就再也沒有別的念頭。

「那是！果然還是要有媳婦兒。」不知道是不是上個世界叫慣了，宋禹丞到了這個世界也依然沒有改口，甚至連秀恩愛的姿勢都沒有任何改變，依然還是那麼喪心病狂。

因此，對於他這種毫不關愛小動物的態度，系統並不想說話，甚至還想對著宋禹丞瘋狂投擲一萬隻哈士奇。可轉念一想，要是秀秀恩愛日子能夠不那麼辛苦，那它其實也能忍忍。

這麼想完，系統頓時覺得自己特別善解人意，哪怕是翻遍整個總局，也找不出另外一個像它這麼優秀的系統了。

然而宋禹丞這邊日子過得順利，網站那頭卻又出了不少爭端。

因為誰都沒有想到，宋禹丞竟然能夠爬上首頁月榜的尾巴尖。

說來也巧，剛好被宋禹丞壓下去的是一位和他同天上榜的小粉紅作者。

原本不少人說，一揚千字榜上的漲幅比她要好，就已讓她很不爽。

但是下千字榜之後，一揚的文雖然漲幅更多，但是起點太低，整體數據不如她，讓她稍微得到一些安慰。可現在的月榜之爭，又讓他們兩人的競爭再次白熱化。

看著一揚比她多出來的十萬積分，小粉紅頓時鬱悶到了極點，覺得自己被一揚這樣的撲街作者壓了，簡直丟人至極。

不行，她必須要想法子追回來。

然而這念頭一起，一揚就像是故意的一般又更新了一章。

這下好了，加上新增章節的積分之後，他們的差距不再是十萬這種看起來能夠輕易超過的數字，而是變成了困難的五十萬。

這怎麼可能？小粉紅憤怒地關上網頁，忍不住在自己的讀者群裡吐槽了一句：「我現在算是明白什麼叫不公平了。文寫得爛不要緊，竟然還能靠著字數在月榜壓人。」

「大大怎麼了？發生什麼事情啦？」

「大大不要委屈，我們都在呢！」

小粉紅一說完，群裡不少正在聊天的讀者都頓時著急了。

【第十四章】

被遺忘的過往

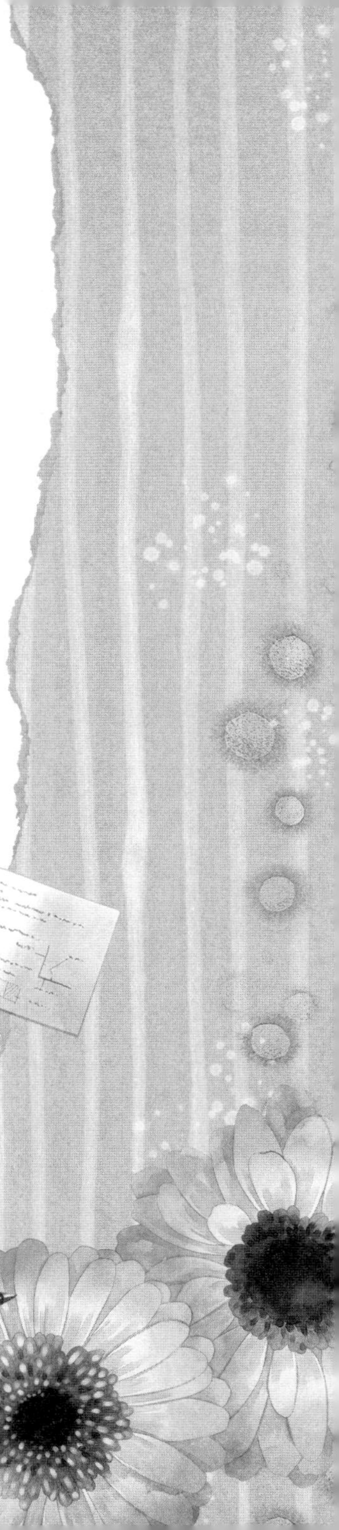

只能說作者情況各有不同，在網文圈裡，偏商業類型的寫手，除非成為最頂尖的大神，否則很難圈住死忠粉，大部分時候都是人走茶涼。

只要手裡的文一完結，一兩個月都不開新文，估計就再也沒人記得你是誰。

這個小粉紅卻是偏向網紅類的作者。文章的商業性不夠，但是作者人設好，文字也相對有深度，這樣的作者，可能在連載期網站收益一般，但是圈粉能力卻很高，社群的粉絲人數多，完結之後也很容易被網友推薦。

因此，即便這只是一個小粉紅，她的粉絲凝聚度也遠遠高於其他同等級的作者。

不過在群裡抱怨一句，也能立刻引起群裡粉絲們的熱情討論。

更何況，這小粉紅暗示得太明顯，幾乎不用扒，一眼就能看出這個用字數壓人的作者就是一揚。

「走！去看看這個一揚的文，我不信這種口水文能壓了大大。」

「別去，我剛看完，求生欲讓我趕緊退出，那文太有毒了，套路就算了，還土到掉渣。」

不少讀者義憤填膺，覺得網站的月榜彷彿有黑幕。

畢竟對於對文字水準要求較高的他們來說，勤奮不能當飯吃，寫得爛就是寫得爛，憑什麼占據月榜？月榜難道不應該給寫得更好、文筆更好的作者嗎？

此時小粉紅格外心機地點了一句：「沒辦法，他更新太快了，我打字很慢，還要字句琢磨。哪怕留言和收藏多一點，也和人家寫商業文的比不了。」

這下，那些讀者就更覺得作者委屈了。

我們家大大都這麼辛苦了，每天這麼努力在日更三千，每一句話都要在心裡琢磨好幾遍才能發出來，憑什麼因為那個一揚更新的字數多，就被壓下去？這也太不公平了吧！

到後面，當小粉紅彷彿洩氣一般說出：「不行，我不想寫了，感覺太丟人，也太心灰意冷。」

不少人趕緊上網站給她打賞鼓勵，並且補分撒花。

這個網站打賞時附加的兩分評論是算積分的。因此，這些讀者們在小粉紅的暗示下，也紛紛將打賞拆成最小數額，給小粉紅帶來更多的積分。

「我看那個一揚這次要怎麼壓我！」小粉紅的基友群裡，小粉紅興奮地給基友截圖，並且覺得一揚那種寫文low爆的撲街，根本就沒有和她一戰的實力。

然而她沒想到，就在她好不容易靠著粉絲砸上榜後，一揚竟又一次更新了。

積分刷出來以後，還是比她多十萬。

小粉紅頓時就懵住了，仔細一看，或許之前半天月榜的緣故，一揚的文竟然直接漲了三百多收藏。

越想越不甘心，小粉紅不僅在讀者群裡抱怨了，還在當天作者有話說裡寫道：我第一次知道，原來月榜不是憑實力上去的，是靠字數。就算你每一章寫得再精雕細琢又有什麼用？還不如人家寫一萬五千字的口水廢話。

不少粉絲都覺得她太可憐，紛紛留言安慰，可即便如此也沒讓小粉紅的心情好轉，反而更糟。

「大家都不要給我留言打賞了，反正打賞得再多，也拚不過人家日更一萬五。」

說完，小粉紅不再回應讀者，好似已經傷心到了極點。讀者群一下子就亂了，她們不少人是一路跟著小粉紅走過來的，都非常喜歡這個作者，見到自家大大委屈成這樣，也都忍不住紛紛跟著生氣。

也不知道是誰第一個說要給一揚刷負評，後面有不少人都因為氣氛感染，跟風贊同。哪怕有比較冷靜的人攔了一下，只換來一句「不幫著大大就趕緊退群滾」這樣的話。

就這樣，宋禹丞這個命運多舛的文，又迎來第三波刷負評，而且這一次刷負評的讀者全是真讀者，而非假帳號。

這幫讀者聯手起來刷負評的速度相當快，一個人一章一則，只要十個人就有三百多則。更何況，他們還遠遠不止十個人。

因此，宋禹丞的積分瞬間掉了四百多萬，別說比不過那個小粉紅，就連那些數據不如他的作品都已經排在他前面了。

「臥槽！這人也太過分了吧！」系統直接就炸了。

他是親眼看著宋禹丞一個字、一個字寫過來的。也知道宋禹丞為了這篇文，付出多少努力。

對，一揚這個筆名是個平凡人，也的確是個寫商業文的，可就因為文筆不夠精緻、題材不夠深意，就要被否定存在的資格？這種評價方式是誰定的？

自有網文以來，文藝文靠著高格調來吸引讀者，商業文靠著輕鬆逗趣來娛樂讀者，這不早就是圈內的共識嗎？

這些人憑什麼空口白牙一句寫得爛，就心疼被一揚踩下去的作者？那每天只睡不到六個小時，恨不得每一秒、每一個心思都放在如何提升自己、如何讓自己寫得更有趣的一揚又有誰來心疼？

「啊啊啊——大人你別攔著我，我要去刷負評！@#！@%#￥！@%#￥！我能讓他這篇文變得整體積分都是負的！」系統已經氣成河豚，如果能夠化成實體，估計他現在就會衝到那個粉紅面前，狠狠揍他一頓。

然而宋禹丞卻平靜地攔住它：「不用氣，我有法子。」

「你有什麼法子？還不就是加更？你看看你，最近要是沒有簡錚聿，你都快累死在電腦前面了啊！」系統不能理解，宋禹丞分明有那麼多法子可以幫原身逆襲，為什麼就死磕在這個網站上了！

可宋禹丞卻回答：「因為這是他的夢想。我的確可以用其他法子輕而易舉幫他逆襲，但陸一洋三年來筆耕不輟的努力和勤奮，就再也沒人知道了；他沒有講完的故事，也再也沒人能夠看到，這對他不公平。」

「那對你就公平嗎？大人您是執法者，不是給這幫訴求者圓夢的聖誕老人！」

「可我確實因為他們活下來了，做人應該感恩，對嗎？」宋禹丞說得順理成章，但是卻連他自己都沒有意識到，這句話是有問題的。

因為他這次綁定系統的時候，根本就不是在瀕死狀態。

至於聽到他這句話的系統也頓時沉默了，不僅沉默還有種恐慌。

其實到了這個世界後，系統總是有種莫名的擔憂和暴躁。因為它覺得，宋禹丞似乎要恢復記憶了。但是它不能確定，現在的宋禹丞到底能不能接受那段記憶？

應該可以的，畢竟現在有簡錚聿陪著他，簡錚聿不會讓宋禹丞崩潰的。

系統不再說話，並且用沉默表示自己同意了宋禹丞的打算。

宋禹丞太累了，系統不想讓他把時間浪費在和自己的爭執上。系統不再和宋禹丞較勁，它把小粉紅在所有場合裡的對話全部記錄下來，以便宋禹丞日後使用。尤其那小粉紅在基友群裡和基友嘚瑟，自己是如何操縱讀者主動組團給一揚刷負評的那段對話，更是重點標注存檔。

系統恨得咬牙切齒。然而此時的宋禹丞卻持續不斷打字。四百萬積分，他現在每更新一章，大概增加五十萬積分，那就是需要八章才能把積分補回來，正好現在是週末，明後兩天都不上學，他可以靠加更來挽回損失。

因此，算上日常五更，宋禹丞覺得他每天十更，就一定能在周日的時候，重新回到首頁月榜上。

這麼想著，宋禹丞又再一次信心滿滿，一心一意寫文。

畢竟不淡定也沒有辦法，小透明沒有人權。即便文下宋禹丞的一些讀者已經發現有人鬧版，可他們到底不算是一揚的真愛粉，所以也只是說幾句話就算了。

但是當宋禹丞的更新放出來時，作者有話說卻莫名讓人感受到一種說不出的心酸：今天積分掉得很厲害，但還是想衝月榜，明後兩天打算十更，大家替我加油吧！

又是十更？這作者也太給力了吧！

追更新的讀者一下子情緒就被挑了起來，可隨後反應過來，一揚加更的理由，雖然他只是說了積分掉得厲害，可大家都看得出來，他掉積分的理由，就是因為從別的作者那裡過來的腦殘粉。

而另外一邊的網站論壇，一揚和這小粉紅的月榜之爭，也被不少作者關注。其中一點進去作者專區，第一個人氣貼文說的就是這個。

#聽說那個一揚要十更來衝月榜了，你們相信嗎？#

這個標題讓不少人都跟著躁動起來。

畢竟如果放在那種全職作者紮堆的地方，十更雖然聽著厲害，但是很多作者在上特別推薦版位或者剛上架的時候，都會爆出這樣的更新字數。可這裡是個兼職網站，各頻道作者們日更三千都已經算作坑品良好，更別提十更。

原本宋禹丞上架那天十更就已經很嚇人，但不少人覺得他多半有存稿，因此過後就忘。

然而現在宋禹丞說又要十更，還是連續兩天，那就太嚇人了。

「這個一揚什麼手速啊！之前五更就很可怕了，現在還要十更？」

「雖然很厲害，但是我其實更好奇他會寫什麼樣的內容，肯定會很水吧！」

晚上十點，正好是論壇最活躍的時段，不少逛論壇的作者都跟著討論起來，特別好奇一揚明天會怎麼寫這個十更。

於是，週六零點，一更準時出現，不多不少剛剛好三千字。

有人立刻點進去，然後就被裡面緊湊的劇情嚇了一跳。

和他們想像會廢話一堆的章節不同，一揚這一章是打臉前的鋪墊，雖然文字樸實無華，但是講故事的手法明顯已經稱得上嫻熟。重點是他的敘事節奏，將氣氛一點一點鋪陳出危機感，緊張的情緒烘托得恰到好處。

等到收尾的地方，幾乎每個讀者的心都被提到頂點，恨不得立刻看下一章主角要如何打臉。

「啊啊啊，為什麼停在這裡？大大下一更什麼時候？」

「不行，大大這劇情寫得越來越好，現在已經欲罷不能，沒有下文我沒法睡覺啦！」

或許是因為宋禹丞這一章結尾卡得太好，幾乎所有追文的讀者都被卡得嗷嗷叫。至於那些原本想看看一揚寫了什麼，好嘲諷他十更水的論壇作者，也有一種被瞬間打臉的錯覺。

「誰說一揚寫文很糟，同為爽文作者，這打臉套路已經看得我想下跪了！」

「我想知道，這麼高強度的更新，他到底是怎麼想出這些情節？不會頭禿嗎？」

一開始，這樣的言論還被人惡意嘲諷是一揚的親友，可隨著時間的推移，越來越多作者看文求證後，也都只剩下感嘆。

這種不水文的爆更，他們是真的服氣！

作者視角看文，和讀者視角看文不同。讀者看的單純只是內容好不好看，然而作者看的卻是如何抓住讀者的心。

的確，一揚的文字只算是通順，但是他將寫作技巧琢磨得很透徹，每一句話都盡可能寫在了點子上，完全沒出現冗長而無用的情節。

這樣的水準，必須是經過長時間的琢磨，和不斷自我改進才能夠做到。

「奉勸那些無腦跟風黑的人多睜大眼睛看看人家的優點。都說文人相輕，可前提是，你也得算是個文人。」

這話說得很是狠辣了。不少人都陷入沉默，原本熱鬧的帖子也變得冷清不少。

此時，凌晨兩點，宋禹丞準時地送上二更。

有人刷到更新，點開一看，果然是酣暢淋漓的打臉，漂亮的翻身仗。而踩死炮灰之後獲得的巨大利益，也將原本無形的舒爽實質化，讓人得到滿足。

但因為主角地位產生的變化，揭露冰山一角的新地圖，也在連載最後上了重重一筆。的確只是鋪了個伏筆，但是這段伏筆的描寫已經足以讓人浮想聯翩，對新的地圖更加期待。

因此，即使是半夜兩點，但是宋禹丞這段更新一發出來，下面的留言依舊爆了！畢竟總有那種上夜班和習慣晚上出沒的夜之小精靈。眼瞅著不過短短半個小時，單章留言依舊超過了六十筆，每一個都是喊著作者不厚道，卡章卡得喪心病狂，再也不是原來那個溫柔可愛的好大大了。

至於論壇那頭的作者們，心情也紛紛變得更加微妙起來。

等到了第二天上午九點發三更的時候，那些關注一揚的人全都震驚了。因為一揚是真的現寫現發，按照他更新的頻率來看，時速也就在一千八到兩千之間，兩個小時更新一章。

這個寫作速度，對於作者們而言只能算是普通。正常情況下，不會有人認為自己用這種時速可以日寫十更，但現在，一揚正在努力朝這個方向努力。

而大多數的人都覺得他一定能做到。果不其然，十一點一揚準時發出四更、下午一點五更、三點六更、五點七更……十一點，十更結束。

「我的媽呀，我盯著看一整天了，他就像機器一樣，一直沒有休息嗎？」

「剛剛追完了十更的我，無話可說。我只能說，就算他真的寫得爆爛，衝著這個勤奮，我也敬他是條漢子。更何況，寫得真好看，一點注水都沒有。」

「別說你了，下面讀者都瘋了好嗎？在咱們網站，什麼時候有過這麼厲害的更新了！」

「月榜位置也提前了！距離首頁還差三個！不行我好興奮啦！突然覺得特別燃。」

「一揚加油！我們挺你！」

只能說，很多時候，勤奮和拚搏這四個字能夠帶來的正能量和鼓舞，遠遠大於人們的想像。畢竟，一揚不拉踩、不抱怨、不哭慘、不用違背公平競爭的手段，人家就靠自己想要拚個首頁月榜又有什麼錯？

網站的哪條規定不允許作者入V後加更？

至於之前那些小粉紅讀者們的嘲諷，擺在一揚的勤奮面前，就更是和放屁一樣可笑。你們家大大勤奮？真的好勤奮啊！一天寫三千字，一分鐘蹦出一個字，一天都不止三千了。至於那句我家大大認真，擺在一揚這裡就更是笑話。

然而即使作者們都站在一揚這邊，但是小粉紅群裡的讀者卻依然在給一揚刷負評的道路上奮鬥。

小粉紅讀者群裡的讀者們，也看到了一揚的月榜排名。在氣憤之餘，她們又萌生新的念頭。當然，這個帶頭說要給一揚刷收藏的，正是小粉紅的親友。

說白了，在群裡都是小粉紅在背後指揮、引導風向。

其中一位潛水看了半天的讀者，實在忍不住出來懟了一句：「妳們這樣真的很過分了！昨天刷負評人家都沒說什麼，只說要努力靠字數拚回來。現在妳們還這麼害人家。惡意刷分是多大的罪名，在作者圈子裡可以說是和抄襲畫上等號了。無冤無仇的，這麼毀人家合適嗎？」

然而他這段話剛說完，就直接被踢出了群。

那位讀者也被氣得夠嗆，只覺得群裡那幫腦殘粉蘿莉怕不是都被那粉紅給下了降頭，這麼沒良心的事情都幹得出來。

這讀者也是個混論壇的，一時衝動之下，真身上陣，直接把那小粉紅給掛了。

從小粉紅賣慘，到她明著、暗著引導讀者去一揚那裡刷負評。同時點出小粉紅群裡一直帶人排擠一揚的讀者，並且給出了小粉紅和那親友關係密切的證據。最後亮出自己的讀者號截圖自證清白。

「我萬萬沒想到，一直才華橫溢且有風骨的作者，真實面目竟然是這樣。」

看著那讀者放出的最後一張截圖，不少人都忍不住笑了出來。倒不是因為那讀者胡說八道，只是感覺這小粉紅太過腦殘，竟然得罪了自己最大的金主。

沒錯，這位被小粉紅親友踢出群的讀者，正是小粉紅打賞榜上的第一名，並不是一本，而是本本，總共加起來，已經打賞這小粉紅三萬多塊錢。而這還僅是在網站上的，如果算上其他地方的打賞那就更多了。

絕對是自己作死沒錯了！

「我能說什麼，我就沒見過這麼二缺的作者啊！」

「哎呀，金主爸爸別走，金主爸爸看看我，我比那貨人品好多了也更才華橫溢。實在不行，你去看看我們一揚！勤奮且誠懇，進步賊快，絕不敷衍。」

論壇裡，有追捧金主的、有嘲諷小粉紅的，也有自薦的。但是這每一句的玩笑話，背後都代表著對那小粉紅的嘲諷和鄙夷。

可最打臉的還在後面，誰能想到，小粉紅的前金主竟然真的去看了一揚的文，並且一出手就是打賞一千。

「第一次看這種商業題材的文，一開始的確寫得很爛，但是後面漸入佳境，竟然也很有幾分味道。作者很踏實也勤奮，欣賞你！」

在網站，高於一百塊錢的打賞就會在網站首頁的捲軸滾動，因此這位讀者不過才剛打賞一揚，幾乎全網站的人都看到了。

「哈哈哈，這就叫賠了夫人又折兵。」

「牆都不服，就服你！」

論壇上一片歡樂，小粉紅的基友群裡，小粉紅快要瘋了，一個勁兒指責親友。

「妳是怎麼回事？怎麼會把她踢出去啊！沒長腦子嗎？妳這次真的是害死我了！」

被看不上眼的作者碾壓、被論壇的人嘲諷、原本的作者人設崩塌，又丟掉最大的金主，小粉紅覺得自己的寫作生涯徹底完了。

「……」小粉紅的親友也很無語。她原本還想要解釋，自己並不知道群裡說話的那個人是平時給小粉紅打賞最多的讀者，而且她會踢人，也是小粉紅說有不和諧的人就給踢出去。

但她沒有想到的是，現在事情鬧大了，小粉紅竟然把所有的錯誤都推到她頭上。要知道，她原本和一揚沒什麼利害關係，完全是因為這小粉紅求她，才出手幫忙的。

可現在，卻變成她是罪人，要把人害死了！

小粉紅的親友一生氣，乾脆也不回話了。而論壇那邊鬧大了以後，小粉紅只能在網路上哭訴賣慘，說自己並沒有那個意思。

每個人都不是完美的，每個人都有自己的努力方式。她也努力了，想上月榜有什麼不對？難道因為她說出真話就是白蓮花？

至於讀者刷負評這件事，她更是推得一乾二淨。只說自己真的不知道，那時候去寫文了，乾脆俐落地把所有的鍋甩到親友身上。

然後還私聊親友，說親友不是寫手圈的，請她幫忙背鍋一次，日後會補償的。

小粉紅的親友看著論壇裡對自己的嘲諷，還有網路上安慰小粉紅順便踩她的那些留言，心裡只覺得涼成一片。

也不知道出於什麼心態，她直接把小粉紅和自己關於一揚這件事裡的所有聊天截圖，發到論壇和網路上。

「我不是寫手圈的，只是出於仗義才伸手幫忙，結果沒想到，認識一匹貨真價實的白眼狼。我做的錯事我承擔，我會和一揚道歉。但是你們扔給我的鍋，我也不背。看好了，真正玩弄人心的白蓮婊到底是誰！」

這下，原本就在嘲諷小粉紅的論壇，就變得更加熱鬧。至於網站的粉絲們，也都因為這些真相而震驚不已，完全不敢相信，自己喜歡的作者竟然是這樣的人。

作者靠作品說話，至於操作人設紅起來的，一旦人設崩塌，那就什麼都不剩下。

於是小粉紅瞬間沒落，至於那些依舊存留的死忠粉，也有不少人對她轉路人，不過看在文的份上，勉強繼續追下去。

如果小粉紅之後能把心思都放在寫文上，或許還有辦法挽救。奈何經歷過這件事之後，她心態就已經完全崩了，之後寫出來的文也沒有原本的水準，最後就連單純想要追文的讀者都失去了。

一步錯，步步錯，小粉紅徹底泯滅在網文圈的茫茫人海中。

然而宋禹丞卻完全與之相反，在經過連續爆更拚月榜之後，他的文終於在月榜上站穩了。

首頁月榜的流量是巨大的。而現在的宋禹丞卻停下每天五更的腳步，改成三更。剩餘的時間，他拿來修改前面的章節。

只能說真的是量變引起質變。在經過這麼多字數的積累和反覆琢磨後，現在宋禹丞寫出來的內容，最起碼講故事的節奏和套路的運用，是能夠吸引人的。

所以在修改開頭之後，越來越多的讀者跟著被吸引進來。

這一次，他們不再否認也不再嫌棄，而是感嘆這篇故事是有趣的。

此時，宋禹丞在這個世界裡已經待了整整一個月。

「真的很不容易了。」看著鏡子裡宋禹丞消瘦了一圈的臉，系統格外痛心。

然而宋禹丞卻笑了，「是不容易，但是很有趣不是嗎？」

說完，他收拾東西準備上學。兩天前的模擬考成績要發了，不知道這次會不會比上一次有進步。

「一揚，這次考得很好。」宋禹丞剛一走進班級，就被老師攔住，帶著笑意的臉上滿是讚賞。

宋禹丞看著成績單上又進步了十幾名的排名，心滿意足。

他依然算不上學霸，但是已經比過去進步很多。

然而如果日子真的能一直這麼過下去，其實也很不錯。每天為了夢想、為了學業而忙碌，過著辛苦卻充實的生活，總能真切感受到自己活著的意義。

而回到家後，甜蜜蜜的小團子會撲上來抱住他的大腿撒嬌，溫柔的簡錚聿也總會準備好可口的晚飯。這樣的生活，對於宋禹丞來講已經是天堂。

宋禹丞心裡其實有一個連系統都不知道的願望。

他想要個家，一個只屬於自己的家。

而當初第三個世界的太子之所以會感動他，一個是因為太子的深情，另外就是太子無時無刻的陪伴，不管宋禹丞走到哪裡，不用回頭，他都會出現在身邊。

所以，眼下的日子對宋禹丞已經等於置身天堂，頗有幾分樂不思蜀的意味。

學校下課鈴剛響，宋禹丞就興沖沖地拎著書包準備回家。

成績進步這麼多，他想第一時間跟簡錚聿分享。並且今天是發稿費的日子，終於有錢了，他想帶全家人去外面吃一頓。

宋禹丞琢磨著團子最近總在念叨的那家兒童餐廳的消費，盤算著手上的錢夠不夠。

可有些事情永遠是人算不如天算。

就連系統都沒有想到，宋禹丞竟然會在校門口遇見一位意料之外的不速之客——這是一位非常漂亮的中年女人，穿著合身的套裝，帶著溫雅的微笑，一舉一動都顯得格外有氣質，一看就家境殷實。

而後，一位少年從學校裡跑出，一邊喊著「媽媽」一邊跑到女人的身邊。

「累不累？」女人一邊寵溺地摸著少年的頭，一邊溫柔地詢問他這一天的學校生活，順便把少年帶到轎車旁。

不知道是無心還是有意，母子兩人竟然和宋禹丞打了個照面。

那少年看向宋禹丞的時候，眼裡閃過可憐和鄙夷，至於那個女人卻冷漠得彷彿根本看不見他。一種說不出的痛苦心情瞬間將宋禹丞籠罩，他的腦海裡忽然不斷湧出的記憶，一刻不停地在他眼前飛逝。

這個女人是原身的母親，而那個滿臉鄙夷的少年，是原身同母異父的弟弟。比原身小五歲，卻因為天資聰穎，連跳三級，直接升入高一，湊巧就在宋禹丞所在的學校。

偏偏宋禹丞的真實人生裡，也出現過相同的情景。

不同的是，他那個連跳三級的弟弟，並非神童，不過是從小的精英教育讓他顯得比同齡的孩子聰慧罷了。至於宋禹丞自己，也並非像陸一洋只是個普通人，他當時是年級裡貨真價實的學霸，也是當時的校草。

可那又有什麼用？就算他是全世界最優秀的，他的母親也不會愛他。因為，宋禹丞的存在正代表著她的貧窮過去，對宋禹丞的母親來說，足以和噩夢畫上等號。

如果生了又不想負責，這些人到底為什麼要生孩子？

看著女人的背影，宋禹丞半低著頭，腦袋像是要炸裂般疼痛。

他原本以為，自己早已遺忘這些過往，沒想到觸景傷情時，宋禹丞才明白他其實記得多麼深刻，甚至每一個細枝末節都生動得好似昨天發生的事。

自宋禹丞有記憶起，他的家裡永遠都是冰冷孤單，父母永無休止的吵鬧，還有那扇高到搆不到把手的大鐵門，以及饑餓、寒冷和獨自一人的恐懼。

他自有記憶以來，幾乎沒有被父母抱過的回憶。他們的婚姻正像他們對待孩子的態度，互相厭惡、名存實亡。

宋禹丞的父親想要不勞而獲的成功，而宋禹丞的母親只想成為闊太太。可想而知，這樣兩個人婚後的日子會是多麼淒苦和荒謬。

好在他們都能憑藉不俗的外貌找到合適的對象，一個入贅富婆，一個傍上富豪，宋禹丞就成了沒有人要的孩子。

宋禹丞印象最深的，是父母離婚的那天，他們的表情那麼興奮，唇角的笑意如此深刻，幾乎在簽完字的瞬間，就立刻衝出家門投向新的生活。

而躲在角落裡，貪戀地看著他們笑容的宋禹丞，卻被他們完全遺忘了，甚至還被鎖在家裡。

那是宋禹丞第一次看到父母的笑容，可那次的笑容帶來的卻是噩夢。

家裡除了冷開水就再也沒有其他東西，宋禹丞餓了整整三天才有好心的鄰居發現不對勁，把門砸開，把宋禹丞救出來。

在醫院養病的三天裡，除了好心的鄰居阿姨來看過他以外，就再也沒有別人出現。宋禹丞甚至還聽到醫院和鄰居阿姨打電話聯繫他的父母時，被當成騙子。

「我早就再婚了，那個野孩子和我有什麼關係？」

如此熟悉的嗓音，吐出來的話卻像捅進心口的利刃。

最後，宋禹丞的醫藥費是鄰居阿姨出的，醫院也給了不少減免。

在出院回到自己空蕩蕩的家裡，宋禹丞瞬間明白，他已經徹頭徹尾成為孤兒，再也不用期盼什麼父母的笑容。

從今往後，他只有一個人。靠著自己，利用周圍人的善意苟活下去。

不，應該說，幸好他的周圍還有善良的人。

沒有餓死家中、沒有因為缺少醫藥費被攆出醫院，他已經要感激命運。

年幼的宋禹丞狠狠地抹了一把臉，從此之後，不論過得再困難，臉上也只剩下溫和的笑意。

可到了眼下，這些真實的兒時回憶翻湧而出，他的眼裡卻突然泛起淚意。

不知道是因為那些塵封的舊回憶太傷人，還是因為和陸一洋的情況幾乎重疊的經歷帶來的悲哀太深沉，宋禹丞感覺自己連呼吸都變得困難。

剛剛那對母子擦肩而過時的輕蔑眼神，也讓他瀕臨崩潰。

「我以後，一定要成為一名優秀的老師。不用結婚，就領養幾個被遺棄的孩子就好。我肯定會是溫柔的父親，給他們最優秀的生活，讓他幸福快樂的長大。不能變成優秀的人也不要緊，只要平安健康、好好做人就可以了。」

腦海中，似乎有個熟悉的嗓音這麼念叨著，宋禹丞仔細聆聽，發現說話的人分明是他自己，忽然，一種莫名的恐慌和絕望，像是細密的蛛網將他一點一點束縛。

更令宋禹丞感到驚慌的是，他赫然發現自己原本的記憶竟然開始變得模糊，彷彿大學畢業後成為律師都只是假象，這些記憶都不是真實的。

真正的他，在大學畢業那一天就已經死了。

這到底是怎麼回事？宋禹丞的思緒亂成一團，那些關於過去的回憶太多也太複雜，幾乎把他逼瘋。

「大人？」系統察覺出宋禹丞的靈魂變得不穩定，頓時緊張起來，生怕宋禹丞再出現問題。

可這一次，危機很快就結束了。

「哥哥，我來接你啦！」一聲甜蜜的小奶音將宋禹丞混亂的思緒打斷，緊接著，漂亮的團子跑上前來，親昵地抱住他的大腿。

而後，一個熟悉又溫暖的懷抱從後方把他整個人抱在懷裡，恰到好處地化解了心裡的淒寒。

「一洋，臉色這麼難看是中暑了嗎？要不要緊？」低沉好聽的男聲在宋禹丞的耳邊響起，話中的關切之意就像是春風，把宋禹丞瞬間從痛苦的回憶中拉出，讓他不再繼續沉溺黑暗過往。

宋禹丞有點迷茫地低下頭，先是看了看抱著自己大腿的團子，又轉頭看了看簡錚聿。一大一小，兩張格外相似的臉上，都寫滿擔憂和關切。兩雙同樣漂亮迷人的眼睛裡，也都只倒映著他的模樣。

所有負面情緒瞬間消失殆盡，緊接著，簡錚聿的鄭重承諾，也讓宋禹丞無處安放的心找到了歸處。

「禹丞，別害怕，我一直陪著你呢！」

是啊！不管自己到了哪裡、是什麼身分、什麼樣的面孔，簡錚聿都一直陪著自己呢！

所以，他其實早就不是獨自一人，親人不喜歡他又如何？生而不養，根本不配為父母，他又何必為了這種人來懲罰自己？

他已經有了屬於自己的家、有了自己喜歡的人，至於別人，從今爾後都和他無關。

一直以來，壓在他心頭的心結終於徹底解開。之前因為和原身過於共情而被影響的性格，也漸漸解放出來。就連對自己在現實世界裡到底是不是律師這件事，宋禹丞都已經不在意。

他穿越過這麼多的世界，扮演過太多身分，真的或假的又能如何？他在這個世界是陸一洋，上個世界是喻祈年，上上個世界是謝千沉。但是在簡錚聿面前，他始終都只是宋禹丞。

緩緩勾起唇角，宋禹丞這一瞬間的笑容不再是陸一洋的平凡模樣，那種發自靈魂的獨特優雅氣質，哪怕在陸一洋這樣平凡的外表下，也無法遮掩。

「哥哥好漂亮！」第一次見到這樣的宋禹丞，還抱著宋禹丞大腿的奶團子整個人都懵住了。

可簡錚聿卻悄悄拉住宋禹丞的手，並且用身體擋住其他人的視線。

「不要在外面這麼笑……」簡錚聿下意識地說道，然而看似很不講理的要求，配上彆扭的眼神，卻明顯在暗示一個事實——簡錚聿吃醋了。

宋禹丞忍不住笑得更厲害，直到簡錚聿快要忍無可忍時，才悄悄在他耳邊留下承諾：「那以後只和你這麼笑好嗎？」

本、本來也是只跟我才這麼笑的。

這個念頭在簡錚聿的心裡轉了兩轉，但最終還是沒有說出來。可拉著宋禹丞的手卻又緊了緊。

知道他多半是不好意思了，宋禹丞也不再逗他，隨後把團子抱在懷裡，三人一起回家。

他覺得現在的自己才是最強大的，因為真正有了掛念，就不會被任何事情打倒。

「好。【已然哭成傻逼.jpg】」系統幾乎是哽咽著說出這個字。

而宋禹丞也同樣明白系統的心情，溫柔地安撫它：「別哭，以後都沒事了。」

【第十五章】

偷雞不成蝕把米

宋禹丞的心結初解，完成任務的狀態也變得更加遊刃有餘。

然而陸一洋的生母卻因為校門口的偶遇，生出一絲疑惑。她總覺得，來接宋禹丞的那一大一小看著格外熟悉。

「你記得校門口來接他的那兩個人嗎？」她詢問了兒子，忍不住想要確認一下。

「妳是說帶著拖油瓶來接野種的小白臉？」分明是同母異父的兄弟，可少年的語氣卻沒有絲毫對陸一洋的尊重，反而極為鄙夷。

突然聽到母親問起陸一洋，還以為母親是想念那個前夫的孩子，就十分不滿。可話一說完，他就反應過來母親的問題重點不是陸一洋，而是那個接陸一洋的人。不論長相或是眼眸的顏色都太特殊，嚴格說起來，只有簡家的簡錚聿符合這些特徵。

「不會吧！那個野種怎麼會勾搭上簡錚聿？」少年的臉色也變了。

陸一洋的生母皺起眉，沒有說話，猶豫是否要把這件事和丈夫說一聲。她心裡總感覺十分不安，彷彿有事即將發生。

接下來的兩個月，宋禹丞依舊維持著三點一線的生活。簡錚聿的到來不僅僅是生活上的協助，更多的還是學習上的輔導。宋禹丞自己也沒想到，他經歷了這麼多世界，到頭來，在這個世界裡竟然給簡錚聿當了學生，想想也挺有趣的。

「代入這個公式，解開以後，要在這裡列方程式。」溫暖的燈光下，簡錚聿和宋禹丞坐在一起，看著剛發下來的卷子，幫宋禹丞複習功課。

和學校老師的授課方式不同，簡錚聿的說明更直白簡略。最重要的是，簡錚聿和宋禹丞之間的默契度很高，有他教導讓宋禹丞的學習效率變得更高。

「還有嗎？」趁著宋禹丞把最後一道錯題改完，並且抄到筆記本上，簡錚聿起身去廚房給宋禹丞熱了一杯牛奶。

他一直覺得宋禹丞太瘦了，所以只要在家，就會隔三差五地給他投餵食物。

宋禹丞沒接，仰起頭就著簡錚聿的手喝了一口，「今天的功課做完了，還有更新沒寫。你明早是不是要開會？先去睡吧！」

「不要緊，我陪你。」簡錚聿搖搖頭，隨便從旁邊書架上拿了本書，然後坐在宋禹丞身邊。

宋禹丞順勢靠在他肩膀上，抬著頭看他，「寶貝兒，親我一口，給我補充點能量，我可是要賺錢養家的人！」

屋裡還有孩子在呢，親一口什麼的……簡錚聿下意識轉頭看了一眼在旁邊床上睡覺的奶團子，頓時紅了耳朵。

宋禹丞被他逗得不行，壓著嗓子笑了好一陣子，才算平靜下來。然而他萬萬沒想到，就在他打算開始寫文時，唇上卻意外落下一個溫柔的吻。轉頭一看，簡錚聿已經紅著耳朵、坐直身體開始看書了。

這麼直白的可愛還真是犯規，宋禹丞眨眨眼，覺得自己被誘惑了，很想撲上去幹點什麼。

系統：「大人，距離您固定更新的時間還剩下一小時二十分鐘。【包公式鐵面無私.jpg】」

宋禹丞：「……下次這種事情請看場合說。」

被系統懟了一臉，宋禹丞無奈地坐到電腦前開始辦正事。沒辦法，他現在的時間太緊，哪怕是小小的溫存也得算著秒數。幸好馬上就要高考，他手裡的文也快完結了，只要熬過這段時間就輕鬆了。

日子就這麼平淡卻又溫馨的過下去，所有的一切也開始往好的方向發展。

學習方面，原身陸一洋的反應很慢，接受新知識的速度不快。好在他足夠勤奮沉穩，只要學會了就不會忘記，並且還能通過反覆複習和琢磨，學得很徹底。而宋禹丞本身也並非什麼嬌氣的貴公子，也是苦出來的，眼下這一點辛苦對他來說不算什麼，最起碼，他比原身幸運，簡錚聿給了他一個家。

至於網文那頭，到底已經開竅，宋禹丞沒有停止前進的步伐，甚至還抽空把前面寫得十分凌亂的劇情重新修補過了。

「很少在網站上看到在連載期間把前面劇情bug全部修補，又不耽誤更新的作者了。雖然通篇文看下來不夠完美，但是這種嚴謹的態度，作為路人十分喜歡。」

「喜歡一揚大大，不過每次看到大大更新時間都在半夜，還是想說一句早點休息啊！身體才是最重要的。」

「竟然就這麼完結了，真的好捨不得，不過三次元是最重要的。大大考試加油！我們等你喔！」

宋禹丞的誠意和敬業，終於贏得讀者的敬佩和支持。

畢竟天賦這東西太過寶貴，大部分都是沒有天賦但有目標又願意努力的普通人。更何況，宋禹丞付出的努力是有效果的，起碼品質已經足夠排在中等以上了。

此時，宋禹丞在家裡抱著團子翻看網站上的留言，心裡覺得十分溫暖。

「大大加油！我們嗯……愛你！」奶團子已經認字，胖胖的手指指著宋禹丞手機上的評論，一個字一個字念出來。雖然「等」這個字太複雜，奶團子還不認識，但是他很快就聰明地換成一個自己最喜歡的字眼。

「哪裡來的愛，這個字念『等』。」宋禹丞無奈地捏了捏小人精的鼻子。

「就、就是我愛你嘛！哥哥我最喜歡你了！」鼻子被捏住，說話有點悶悶的，但作為最甜的團子，他還是堅持把自己的心裡話說出來。因為在他眼裡，哥哥就是全世界最好的人，有誰不愛他呢？

這麼想著，已經化身糖精的團子習慣性地摟住宋禹丞的脖子，狠狠親了他一口。然後就把頭埋在宋禹丞的肩膀裡使勁兒蹭了起來。

宋禹丞被他蹭得偏了偏頭，可臉上的笑意卻越發明顯，乾脆抱著團子去廚房看看。

眼下他們正等著簡錚聿做飯，平時掌控大權的總裁，如今穿著圍裙窩在小公寓裡做飯也格外讓人著迷，一家大小都在身邊，宋禹丞只這麼看著就覺得心裡很踏實。

「哥哥看我！」對於宋禹丞的忽略，團子不怎麼滿意，使勁兒蹭了宋禹丞一下，試圖抓回他的注意力，獨占欲非常強。

宋禹丞被他逗得心都軟了一半，乾脆低下頭，在他側臉狠狠地親了一口，笑道：「好，哥哥一直看著你。」

冬去春來，距離高考的時間越來越近了。在寒假結束後，宋禹丞又順利完結了一本新文，不過他接下來不打算開新文了，決定先把網文放一邊。

今年兩本文的稿費已經足夠他後面的生活。至於剩下的時間，他準備全力放在學習上。陸一洋的夢想是要考上一所師範大學的中文系，湊巧宋禹丞對老師這個職業也頗有好感，他挺喜歡帶孩子，所以也格外上心。

然而在外人眼中，陸一洋最近的轉變可以說是相當巨大。

宋禹丞原本就是個頗為招眼的人，雖然五官不是頂尖，但很耐看。再加上簡錚聿這段時間的仔細照顧，脫離過往的蒼白之後，不少人發現陸一洋其實長相不錯，個性溫柔沉穩，乾淨的氣質就像是小說裡走出來的國民初戀。

不少之前沒注意到他的女孩，也忍不住把目光放到他身上，班上同學也開始逐漸接納他。

「一洋、一洋，你知道老師上次說的題目是什麼？」

「一洋，你作業寫了嗎？咱們對一下答案。」

「一洋，筆記借我抄一下可以嗎？」

這天一早，宋禹丞剛走進班裡就被同學圍住了。

主要是宋禹丞一向認真刻苦，老師說過的內容他都能像印表機般一字不落地記錄下來。再加上字寫得好，筆記整理得完美，班級裡那些之前看不上他的學霸也漸漸變得喜歡和他接觸。

後來，他們發現陸一洋真的很努力，天資不高卻不愚鈍，在他有點淒慘的身世下還能靠勤能補拙，逐漸進步，不少人都真心敬佩他。

高中正是最講義氣的年紀，即便他們知道陸一洋能夠養活自己，也依然忍不住想要照顧他。

對於這種善意，宋禹丞全然接受，並且力所能及地給予回報。很多時候，人與人之間的關係就是這樣改善的，因此等到了高考倒數五十天的時候，宋禹丞在班上的人氣相當高，加上他年齡在班裡算是最小的，可以說是團寵也不為過了。

這天下課，宋禹丞去老師辦公室送教材，順手幫老師把班級作業本取回來。

班上三十個學生，雖然作業本不厚，但疊在一起也不少。宋禹丞又瘦，就顯得手裡的東西特別重的樣子。

「老馬怎麼又讓你幹這個，辦公室離教室這麼遠，怎麼不叫我們去。」班長正好剛從數學組辦公室出來，一看宋禹丞捧著東西，趕緊接過去。

「沒有多沉。」宋禹丞沒有拒絕他的好意。

然而班長聽完卻不以為然地看了一眼他的胳膊，忍不住評價一句：「你有四十五公斤嗎？我看你比我妹妹還瘦。」

「五十五公斤了！」宋禹丞無奈。

「那也太瘦了，你都不長個子。」

「……」宋禹丞徹底沉默，不長個子的他有什麼辦法！原身的身體條件就在這裡擺著。

兩人就這樣吵吵鬧鬧地回到班級，路上還遇見其他同學。十七、八歲的小少年是最能折騰的時候，五、六個人就堪比一場大戲。

走廊盡頭，封晉站在角落裡愣怔地看著眼前的場景，說不清楚心裡是什麼感覺。

他根本不敢相信之前懦弱得連正眼看人都不敢的陸一洋，現在竟然變成這副模樣。

「驚訝吧！」封晉在學校裡的狗腿子忍不住和他分享八卦，「別說你，我們都特別詫異。這個陸一洋經過上次的事情之後，整個人都變了。真別說，還是你眼光好，可惜了，他怎麼就入了簡家那位大佛的眼。」

邊說著，他還邊遺憾地咂了咂嘴，「你看到他的那雙眼了嗎？真夠勁兒！」

封晉聽著，心裡的怪異感就越發加深。

其實自從那天被陸一洋當眾羞辱之後，封晉的心裡就一直惦記著這件事。

重點是，在父親的耳提面命下，他不敢當面對陸一洋做什麼實質性的報復。畢竟陸一洋救了簡錚聿的侄子，即便簡錚聿沒說什麼，但是單憑簡錚聿帶著侄子一起搬進陸一洋家，就足以讓人明白他已攀上簡家的大船。

哪怕簡錚聿眼下只是因為要安撫小侄子，所以和陸一洋往來親密，也足以讓陸一洋從此高枕無憂一輩子了。

可越是這樣，就越讓封晉不舒服。當初陸一洋毫不留情的羞辱，不僅讓他在警察局那邊留下案底，同時也成為圈子裡最大的笑柄，到現在他依然能夠清楚感受到，別人在看他時眼裡的嘲諷。

然而他過得這麼狼狽，陸一洋卻如魚得水，不再像以前那麼懦弱渺小。

封晉心裡的火氣一下子就上來了，恨不得衝到陸一洋面前，給他點教訓。

但他也明白，現在的陸一洋已今非昔比，即使在學校，他若敢動手，陸一洋班上的同學一定會護著他，更別提簡錚聿了。

所以除非他能讓陸一洋自己心甘情願地跳進陷阱，否則一切都是空談。越想越糾結，封晉乾脆轉身回家。至於導師辦公室裡他還沒取到的高考複習資料，也沒興趣去拿，高考算個屁，他是封家大少爺，還怕沒有學校念嗎！

這麼想著，封晉的心思又活絡了，他打算調查陸一洋，並直覺陸一洋身上有把柄，只要他能抓到。

於是封晉悄悄買通隔壁班的同學，暗中調查陸一洋的近況。一個禮拜後，他看到的卻是一個完美無缺的陸一洋。

「今天模擬考成績出爐，陸一洋成績又進步了，年級前二十，比上次提高了三十多名。」

「之前作文比賽的成績出來了，陸一洋拿全國二等獎。」

「今天是陸一洋的生日，他們班同學悄悄買了蛋糕要給他過生日呢！」

隔壁班的同學也很盡責，不管陸一洋發生了什麼事，都原封不動地傳簡訊給封晉。然而每一條好消息都讓封晉心裡跟長了草般難受，莫名其妙的嫉妒更是燒得他怒火攻心。

可很多時候，往往你越不願意碰見誰，就越會碰到那個人。

簡家宴會。

其實是簡錚聿看宋禹丞最近時間還可以，所以打算把他帶在身邊介紹給其他人認識，名義上說是感謝，可實際上就是把宋禹丞公開護在簡家的名下。

兩人住在一起有一段時間了，外面各種猜測一直很多，不過忌憚簡家才不敢把話說到明面上。當然就算簡錚聿一直壓著，最後也不會怎麼樣，可對於簡錚聿來說，他最不能接受的就是宋禹丞被人指指點點。所以確定宋禹丞這個周末可以抽出時間後，簡錚聿就決定舉辦了這場宴會。

邀請的人不多，但都是有實力的家族，畢竟簡錚聿的目的只是為了讓宋禹丞能光明正大進入他的圈子。當然，這個宴會也有邀請封家。

封晉作為封家繼承人，也順理成章跟著父親前去赴宴，不管他多麼不情不願。

宴會當天，封晉一走進宴會廳就愣了一下。不知道是不是因為要介紹陸一洋的緣故，邀請了不少同齡人。眼下，他們正三三兩兩聚在一起聊天，和大人們的圈子自然分開。

封晉仔細看了一圈，發現陸一洋和簡錚聿都不在，他悄悄鬆了口氣，隨便找了幾個玩得比較好的混了進去。

然而他還是低估了之前那件事的影響力。從他出現開始，周遭的竊竊私語就一直沒有停過。

封晉心裡的火氣就起來了，最讓他難以忍耐的還是過往幾個朋友看他的眼神也變得很微妙。

其中一個還點了他一句：「你等一下找機會和一洋道個歉。我進門的時候和他聊了兩句，是個很好的人。」

什麼叫和陸一洋道歉，還陸一洋是個很好的人？那意思是說他封晉有問題了？

封晉不可思議地看著眼前的好友，開始懷疑陸一洋是不是給他們下了什麼迷魂藥，竟然能讓全世界都為他說話。

他深吸一口氣，努力想要控制脾氣，可這些人還在不停戳他的痛處。

「你別端著架子，陸一洋現在身分不一樣，況且那件事確實是你不對。」

你們根本就什麼都不知道！封晉很想這麼反駁那些人，然而就在他感覺控制不住脾氣想要開口時，簡錚聿帶著陸一洋出現了。

的確是不一樣了。不知道是不是場合打扮不同，現在的陸一洋和在學校裡又是截然不同的氣質。淺色的襯衫將他身上特有的書卷氣和少年的純淨感襯托得淋漓盡致。雖然年輕卻異常沉穩，待人接物比起這一屋子的世家子弟並不遜色，甚至更優秀。

因此，在簡錚聿的介紹下，宋禹丞很快就融入其中，不管這些人之前如何，眼下他們的目的都是追捧。可也正因為如此，封晉總覺得陸一洋眼下的風光都應該是他的，如果當初不是陸一洋踩他上位，怎麼可能會有現在的體面。

這麼想著，封晉盯著陸一洋的眼神變得越發不懷好意。他突然想到這次來之前特意準備的東西，封晉覺得是時候給他點教訓了！

露臺上，宴會過半，簡錚聿去應酬，宋禹丞難得一個人，乾脆找了個沒人的地方安靜一會兒。最近一直很累，難得參加一次這樣的宴會也當作是休息了。

慵懶地靠在欄杆上，宋禹丞喝了一口果汁，眼裡多了些笑意。他沒成年，簡錚聿管他管得厲害，堅決不讓他喝酒，只能用果汁應景。

當然了，經歷過那麼多世界，別說喝酒，就是毒藥他都吃過，可即便如此，簡錚聿的細心還是讓他覺得很熨帖。

就在這時，露臺的門被人推開，宋禹丞抬頭，正對上神色不善的封晉。

這是要報復自己？宋禹丞似笑非笑，只覺得這個世界的渣攻，不知道是不是年紀特別小的緣故，竟然格外腦殘。

說句難聽的，這就是他穿過來得早，原身身上還沒有那麼多亂七八糟的事情。如果真讓他穿到原身和封晉有點什麼的時候，別說封晉，就是封家都抵不住宋禹丞的報復。

「找我做什麼？」宋禹丞懶得和他多說廢話，開門見山。

封晉壓抑許久的憤怒一下子爆發出來：「賤人！別以為自己傍上簡錚聿就能為所欲為。」可他下面的話還沒說出口，就被宋禹丞一杯果汁兜頭淋下。

「陸一洋你瘋了！」

宋禹丞挑眉，「是誰瘋了？你找上門罵我，難道我還要乖乖聽你罵人？」

「分明是你先算計我！」

宋禹丞頓時無語，乾脆和他說明白：「封晉，我和你到底是誰算計誰？最開始在酒吧裡，是你的屬下不分青紅皂白把我抓去的。在酒店裡抱著充氣娃娃不放的是你自己，更是和我半點關係都沒有。至於後來，同樣也是你無事生非跑到我連載的網站鬧事，現在卻說一切都是我的錯。人的臉面是自己給的，別太難看。」

「臉面？」封晉嗤之以鼻，「陸一洋，你能這麼囂張不就仗著抱上簡錚聿的大腿？」

「那又如何？」宋禹丞啼笑皆非，「如果你真的這麼想那就是這樣吧！簡錚聿有權有錢，我抱著他的大腿，的確可以對你為所欲為！」

封晉忍無可忍，直接扔出一個東西，「我早晚會讓所有人知道你的真面目。」

宋禹丞看了一眼，竟然是一本陸一洋曾經的日記本，上面寫著他對封晉的羨慕，可卻被封晉曲解成了愛慕。

宋禹丞這次徹底無奈地笑了，「我說封晉你是不是太幼稚了？誰中二期的時候沒崇拜過人呢！」

說完他轉身離開，封晉被他這種雲淡風輕的態度惹火，但顧忌著地點不敢造次。

和封晉的偶遇不過是宴會裡無傷大雅的一個小小插曲，宋禹丞自己轉頭就忘，然而簡錚聿顯然不這麼認為。

本來也沒什麼，簡錚聿看得出來，即便原身對封晉也並不是愛情，頂多是因為羨慕封晉的人生罷了，更別提宋禹丞了。

宋禹丞喜歡美人，封晉的長相就入不了他的眼，而且不聰明。可偏偏封晉還很會挑撥，竟然找人想法子把那本日記遞到自己手裡。

想起上面原身寫的那些話，簡錚聿心裡就覺得很膈應。不過簡錚聿吃醋一向吃在明面上，所以一回家就把日記交給宋禹丞，然後就沉著臉不說話，明顯是在暗示：我醋了，你快哄哄我。

而他表現得這麼明顯，宋禹丞自然也看得出來，甚至很喜歡簡錚聿這種無傷大雅的小醋勁。

「哥哥，你覺不覺得叔叔今天不高興？」奶團子也同樣敏感，摟著宋禹丞的脖子撒嬌。

宋禹丞笑著捏了捏他的臉，「是啊，那你去哄哄他？」

「嗯……」團子盯著簡錚聿半晌，和宋禹丞咬耳朵，「沒事兒，叔叔這麼大的人了，可以自己冷靜。今天晚上哥哥和我一起睡吧！」

小心眼轉得極快，絕對是親侄子。

宋禹丞笑得不行。簡錚聿無語地伸手把壞心眼的團子拎走，強行哄睡，然後回到和宋禹丞的房間。

宋禹丞這會剛洗好澡，靠在床頭擦頭髮，見他進來，就朝他招手，「寶貝兒，來！」

簡錚聿：「……」

宋禹丞伸手摟住簡錚聿的脖子，在他臉上安撫地親了一口，「別吃醋，我就只喜歡你。」

「嗯。」簡錚聿的心情立刻由陰轉晴。

簡錚聿把宋禹丞摟在懷裡，幫他吹乾頭髮後，一起躺下休息。

宋禹丞現在時間太緊，簡錚聿不願意讓他把事情浪費在自己無聊的小心眼上。他因為喜歡所以會吃醋，但是不希望過猶不及，從情侶之間的小情趣變成了傷人隔心的引子。

宋禹丞自然感受得到簡錚聿的想法，心裡一暖，也就由著他了。

另外一邊，封晉始終等不到簡錚聿和陸一洋鬧翻的消息。最令他氣憤的是，這種疑似綠帽都沒讓簡錚聿生氣，反而更加疼愛陸一洋。

聽圈子裡的人說，因為陸一洋高考在即，簡錚聿為了晚上陪讀，連應酬都不去了。不過他原本也不怎麼喜歡出去應酬，現在更理所當然地拒絕。

這種漠視的態度讓封晉覺得自己彷彿是個跳梁小丑！

封晉在臥室裡煩躁地走來走去，心裡想著對付陸一洋的辦法，足足琢磨到半夜，他也沒有找到一個合適的切入點。

「少爺，夫人叫我給你送宵夜，讓您看書別看得太晚。」女傭的敲門聲打斷了他的思路。

封晉剛想說「我不吃」，就因為「夫人」兩個字靈光一閃。封晉突然想起來，陸一洋渴望親情，甚至在日記裡表示過，如果能夠得到父母認可，哪怕去死都行。

如果是這樣那就太好了！畢竟陸一洋那對親生父母可是圈子裡的大笑話。陸一洋幾次當眾折辱他，那他就乾脆捅了陸一洋的心窩子。

這麼想著，封晉找人要到陸一洋的異母弟弟的手機號碼，打去挑撥離間。

電話接通後，他也沒說什麼，只是感嘆了一下簡錚聿對陸一洋的好。

「你這個哥哥真有本事，踩了我上位不說，轉頭就勾搭上簡錚聿。我原本還想報復，現在只擔心被他報復。要我說，咱們倆也是同病相憐了，誰不知道你媽對不起他來著？」

「我媽對不起他？一個野種，每次過來不是要錢就是賣慘，沒有把他打出去已經對他很寬容了好嗎？報復我？誰給他這麼大的臉！」

原身這個異母弟弟本來就瞧不起陸一洋，上次的簡家宴會他原本也想去，可是父親最後沒有同意。後來他聽朋友說，陸一洋那天十分風光，心裡就更加嫉妒。現在被封晉一挑撥，直接就炸了，根本沒有意識到，自己其實被封晉當成堵槍眼的棋子，反而滿心琢磨著明天要如何給陸一洋難堪。

宋禹丞並不知道這兩人的齷齪打算。

第二天照常上學，剛到班級門口就被人堵住，仔細一看是那位異母弟弟。

「你找我有事？」

「對！」異母弟弟高高在上地開口道：「媽叫你準備準備，今天晚上打算邀請簡總來家裡吃飯，讓你幫忙聯繫一下。」

「什麼？」宋禹丞只覺得這個人有病，「我記得初中的時候你們就和我劃清界線，說我們不是一家人，現在叫我去請簡錚聿，你是吃錯藥了嗎？讓開，別耽誤我時間，我還要上早自習。」宋禹丞伸手把人推開，轉頭要進教室。

異母弟弟把他拉住，開口就是顛倒是非的瞎話。

「之前有人說你翅膀硬了我還不信，現在看看還真是一頭白眼狼。還劃清界線哩，真要劃清界線，你這些年的日常開銷是哪裡來的？你現在住的房子是誰家的？還有你上學的錢又是誰給的？理所應當花著我家的錢，現在說沒有關係，你是不是覺得誰都是傻子？」

「你別胡說八道！你瞅瞅自己，再看看一洋。別一副一洋占你便宜的樣子！你們家養他這麼多年，就是把人養得和竹杆一樣嗎？換我我也不認你們。」由於兩人就站在門口，方才的爭執教室裡的同學都聽到了，擔心宋禹丞被欺負，都趕緊出來幫著說話。

「就是！別把誰都當傻子，我們都長眼睛了，一洋這些年過得怎麼樣我們都看得見！」

「趕緊回你自己班上去！要不然我們要找班主任了！」

眾人七嘴八舌，直接把陸一洋的異母弟弟懟得說不出話，然而越是這樣，他越是要說。

「你們都被騙了！」他義憤填膺，直接把原身小時候在他家門口跪著訛生活費的事都說出來：「我親眼看到的，我爸那天給了他三十萬。陸一洋根本就不是看起來的這麼窮，他都是裝的。這些年，他在我媽和他親爸兩邊訛錢，不知道訛了多少積蓄。」

宋禹丞聽到這裡真的忍不住了，拿出手機登上網路銀行，調取出銀行帳號的明細。

「你要算帳，我就和你算個清楚。當年的三十萬，並不是我自己要的，而是你媽必須給的！我姥姥，也就是你媽的親生母親，當年重病，手術要三十萬，可你媽卻消失了。老家找到我這裡，我才帶人去你家找人，結果那女人卻親口說她不管！」

宋禹丞越說越氣：「連手把手把她養大的親媽都不管，舅舅都給她跪下了，我能怎麼辦？只能跟著一起跪。這就是當年三十萬的真相！至於你口中的訛錢，我這些年的銀行明細都在這裡了，到底給了我多少錢，你自己看。你要是不相信，可以回去問問你媽！我初三的學費還是好心的鄰居借我的。」

「你胡說八道！根本不是這樣的。」

「不是？你知道那女人當初為什麼離婚嗎？根本就不是因為感情破裂，而是因為那兩口子都是貪戀富貴，又好逸惡勞不願意自己努力賺錢的緣故！他們都想找個有錢的老公或者老婆，各自在外面玩得飛起，婚姻早就名存實亡。我當時才五歲，然而在他們各自找到金主後，就毫不猶豫地拋棄我了。」

宋禹丞冷眼看著異母弟弟，一字一句說道：「從那天起，我們就不是一家人了！我不把他們當仇人已經是看在血緣的份上。另外，我現在已經滿十八歲，等高考結束後我就會走法律程序，和他們斷絕父子、母子關係。不配為人父母的，又何必留著稱呼互相膈應？」宋禹丞說完，甩開異母弟弟的手，轉身進教室。

班裡其他同學也趕緊去安慰他，生怕陸一洋難受。至於因為爭吵而被吸引過來的其他班級的同學，這下看異母弟弟的眼神也變得微妙起來。

畢竟異母弟弟之前作為跳級上來的天才，又是有錢人家的小少爺，再加上長相不錯，很符合不少人心目中的學霸初戀。可現在被扒皮之後，原本的那點憧憬都變成泡沫，反而覺得他一家子都夠噁心的。

「離婚挺正常，再婚也常見，可到底是為人父母，生而不養也太過分了點！」

「生而不養也並不算什麼吧！我覺得最可怕的是自己的親媽都不管。」

學校裡的八卦一向傳得很快，才兩三天的工夫，幾乎全校都知道異母弟弟和陸一洋之間的那點事，這一家子都是狼心狗肺，誰知道和他們交往，以後會發生什麼事，沒准哪天就被坑了，因此大家看到異母弟弟都繞著走。

異母弟弟偷雞不成蝕把米。可如果事情就這麼結束了那倒還好，不過在學校裡被人鄙夷。可他為難陸一洋的消息，很快就被人告訴簡錚聿。

「然後呢？」辦公室裡，簡錚聿面無表情地摩挲著手裡的鋼筆，好像祕書彙報的事情和他沒有關係。然而祕書跟了他多年，能感覺得出來，簡錚聿不是不生氣，而是已經怒到極點。

祕書說話的語氣變得更加小心翼翼：「陸少手裡有證據，被直接打臉了，學校裡已經傳遍了。不過有一件事很微妙，在他找上陸少的前一個晚上，封晉給他打過電話，好像是挑撥了幾句。」

「知道了，一洋沒吃虧就好。」簡錚聿點點頭，然後說起了別的事情。

可祕書心裡門清，簡錚聿越是不提，只怕就是越在意，看來這一家子要有麻煩了。

果不其然，原身異母弟弟的父親，公司突然發生變故。

原本在B市相當掙錢的公司，竟然一夕坍塌了。許多說好的合作對象，寧願支付高額違約金，也堅持解約，至於那些同行更是對他們唯恐避之不及。

「兄弟，咱們認識這麼多年，就算你要害我，也得讓我死個明白是不是？」陸一洋生母再婚的對象徹底沒轍，求爺爺告奶奶地想弄明白問題的癥結。

朋友被纏得不行，暗示了一句：「你可以問問你妻子，她是怎麼得罪簡錚聿的。」然後就掛了電話，立刻關機。

自己的妻子得罪了簡錚聿？丈夫先是懵住，接著突然想起前些日子的一個傳言。

一個多月前，簡錚聿的侄子走丟，找了三天多被警察送回來，說是在老城區被一名高中生救了。後來簡錚聿不知道是為了報恩，還是其他什麼緣故，就帶著侄子住在那名高中生家裡。

他一開始還以為他們是說著玩的，可現在朋友的這句話，卻勾起他對於過去的一些回憶。

他如果沒有記錯，妻子和他結婚前還生了一個孩子。那孩子好像就住在老城區。如果是這樣……想到妻子十幾年對那孩子不聞不問，丈夫心裡頓時一片冰寒。

他急匆匆回家，第一句話就是興師問罪：「妳還真是災星！妳的好兒子，現在想要弄死我們！」

「什麼意思？」原身生母還稍微抱著一絲希望，希望這一切不是真的。

可惜她的想法終究還是落空了。而且簡錚聿辦事滴水不漏，根本就不給她任何去騷擾懇求宋禹丞的機會。

丈夫的公司很快破產倒閉，原身生母一家背上巨額債務。至於那個連跳三級的異母弟弟，現在也不用再瞧不起陸一洋。因為失去金錢這個後盾後，他也不過是個普通人。

至於原身生父的下場也同樣如此，甚至還更加淒慘，最後竟然連一個落腳地都沒有，不得不回去老家種地養豬。

而宋禹丞卻和他們截然相反。

應該是心結完全解開的緣故，這一次宋禹丞不需要共情就能完全掌控原身的情況，做起任務更加得心應手。

高三一年，是宋禹丞過得最辛苦的一年，寫文和學習幾乎占據他所有的時間，即便是團子和簡錚聿都不能太過顧及。

但是最終總算沒有辜負他的努力。

高考成績出來，宋禹丞成功考上一所本科重點大學，雖然不是頂尖名校，但口碑和人氣都很不錯。至於網文也收穫頗豐。半年一百八十萬字，雖然還無法登上神壇，但已經讓他小有名氣，也擁有一群固定粉絲。

宋禹丞對這個成果也是格外滿意。或許和前三個世界的成就相比，他作為陸一洋的人生是最平淡無味的，甚至毫無波瀾。

但是這種靠著自己努力而充實地過活，誰又能說這不是一種成功呢？更何況，他還有越發黏人可愛的團子陪著，以及永遠和他不離不棄的簡錚聿。

人生如此應當知足。

又過了小半個月，這是宋禹丞最後一次高中返校和老師告別。

宋禹丞感覺，他的任務或許到這裡就會結束，但是他想讓系統幫他兌換五十年留下來。

「兌換是沒問題啦！反正積分是夠的。就是主線任務比較微妙，倒不是沒完成，主要是穿越過來的時間太早了，原身和封晉還沒有開始談戀愛啦！也不知道最後這個綠帽要怎麼算？」

「管他呢！反正支線任務已經完成了不是嗎？」宋禹丞逗著系統。

「是這麼回事，四捨五入一個億，反正咱們有的是積分揮霍，主線任務什麼的不重要。【水獺式財大氣粗.jpg】」

「你夠了。」宋禹丞被系統越來越奇葩的表情包逗得不行。

兩人一邊在腦內對話，一邊往學校裡走。

畢業季的情緒，總是最容易讓人傷感，就算平時關係平淡的同學，到了臨別時分也會依依不捨。

這一場送別會開了一下午，到後來，幾乎所有人都情緒失控地哭了一鼻子。

「心情怎麼樣？會不會有點捨不得？」

送別會結束後，宋禹丞剛一走出校門，就迎上等他出來的簡錚聿。煙灰色的眼眸，在夏日的陽光下顯得格外通透，每一個眼神都寫滿了對他的深情。

宋禹丞也勾起唇笑了，走上前去想要和他說句話。

然而就在這個時候，一個尖銳的女聲瘋狂地嚷嚷著：「野種，你該死！」

然後宋禹丞就眼睜睜看著面前既熟悉又陌生的女人，高舉著水果刀朝他胸口刺來。

那架式、那恨意，就好似陸一洋出生在這個世界上是一種錯誤。

【第十六章】最後的真相

這一瞬間，宋禹丞整個人都懵住了。

虎毒尚且不食子，原身的母親竟然會舉起利刃，想要親手殺了親生兒子。

一種說不出的難過從心底生出，就是這麼小小的猶豫，原身母親已經衝到宋禹丞近前。利刃也近在咫尺，下一秒就會狠狠捅進宋禹丞的心臟。

宋禹丞閉上眼，覺得自己恐怕是躲不掉了。然而就在此時，一個人影突然擋在他面前，把他攔到後面，與此同時，刀子也狠狠刺入那人的胳膊上。

是簡錚聿。

大把鮮血流了下來，這一幕彷彿像是電影的慢鏡頭，一幀一幀放過去，讓人看著心驚。

此時，宋禹丞的腦子裡彷彿像是玻璃碎裂般，發出清脆的聲響，埋在腦海深處的禁忌記憶，終於盡數解開。

「糟了！」系統是第一個反應過來，頓時就慌了。

而簡錚聿也皺起眉，試圖把宋禹丞帶離開這裡，想慢慢安撫他。

然而宋禹丞的反應卻出乎他們倆的意料。

就像是直接崩了人設，宋禹丞勾起唇，不再掩飾自己和原身格格不入的靈魂。黑框眼鏡下的雙眼幾乎沉鬱得看不到盡頭，除了黑暗就只剩下仇恨。

「傷了我家的崽兒，妳說我該怎麼回報妳？」宋禹丞笑吟吟地詢問著原身母親，分明是溫柔至極的話語，卻讓人感覺猶如臘九寒冬。

「你、你這個野種……」第一次見到陸一洋變成這副模樣，他母親也被嚇得夠嗆，原本就尖銳的嗓音變得支離破碎。

然而宋禹丞還饒有興致地附和道：「我的確是個野種，有媽生沒爹教。更何況，親媽還狼心狗肺到了能動手殺了親生兒子。妳說我這樣的人，能好到哪裡去？」

宋禹丞這幾句話說得輕描淡寫，但是話中蘊藏的戾氣比原身母親手裡的水果刀還要駭人。

「冷靜點，我沒事。」簡錚聿顧不上手臂上的傷口，用力抱住宋禹丞。

然而此時的宋禹丞已經完全失去理智，一門心思地想要弄死原身母親。

在之前的世界裡，他就曾親眼看著自己養大的孩子，被這種母親賣子求榮，死於非命。而重新來過的這個世界，他又遇見了這種不配為人的父母。

當時沒能毀了一切，這一次他絕不能再輕易放過。

「大人！大人你冷靜！」系統已經完全控制不住。他把宋禹丞能夠掌控的所有權限全部關閉，可沒有任何作用。

早在剛剛加入總局時，宋禹丞不過剛完成三次任務，就已對快穿總局的系統結構十分瞭解。他現在變得更加強大，系統對他的控制根本毫無用處，只能乾著急。

「大人！」系統又一次喊他，幾乎要急瘋了。

要知道，宋禹丞現在的靈魂是崩潰之後重組的，才溫養了四個世界，根本不可能完好如初，一旦再發生劇烈的波動，就會魂飛魄散，徹底消亡。

可就在這時，簡錚聿福至心靈的一句話，真正拯救了宋禹丞一命。

「哥，我沒死。」原本低沉的嗓音，略微帶了些撒嬌的意味。而那種因為叫出久違稱呼的羞恥感，反而顯得聲音的主人格外純情，好似當年固執地要守在他身邊的小孩，又重新出現在他面前。

「佑寧……」混亂的記憶讓宋禹丞分不清時間和空間，但是他本能地喊出那個死死刻在心底，寧願遺忘，也不敢回想的名字。

接著，原身這具殼子再也無法承擔宋禹丞過於強悍的靈魂，出於自我保護，終於暈了過去。

「是、是有驚無險嗎？」系統戰戰兢兢，然而沒有人能夠給它一個確切答案。

至於簡錚聿，也趕緊叫人開車送自己和宋禹丞去醫院，同時吩咐祕書把原身的母親抓起來，送去警察局處置。

殺人未遂，如果操作得好，絕對足夠她在監獄裡好好享受了，哪怕她真的精神有問題，他也會幫她尋找一間最好的療養院，好好度過餘生。

將懷裡的宋禹丞抱緊，簡錚聿的眼中滿是擔心。

按照他的推測，宋禹丞醒來後就會徹底恢復記憶。

可即便如此，簡錚聿仍舊擔心有意外發生，越發小心翼翼。

當簡錚聿和系統為宋禹丞操碎了心時，宋禹丞則發現自己陷入一個冗長的夢境裡。

他夢見自己現在的記憶並不是真的，而是總局在他精神崩潰後篡改的。

他大學並不是念法律系，而是念了國內最好的師範大學，並且在大三就申請到保送國外念研究生的資格。

可在大四畢業正準備出國的那一天，他剛剛走出校門就被突如其來的車禍奪走了性命。如果不是湊巧被快穿總局看上，恐怕這輩子就這麼結束了。

宋禹丞是個求生欲很強的人，不願意自己就這麼孤單死去，所以，他接下總局的任務，開始穿越各個世界，成為總局的執法者。

記憶的閘門徹底打開。

宋禹丞就像是局外人，看著記憶深處隱藏著的那些堪稱神奇的畫面。

他竟經歷過星際、修仙、獸人、古代種田、侯府皇家的，還有豪門大院的各種世界，只有他想不到的，沒有這裡出現不了的。幾乎每個世界裡，他都是不同的模樣，但都牽著一個年齡差不多的男孩，身邊還陪伴著一個傻白甜的萌新系統，沒事就賣蠢，關鍵時刻就被馬賽克，過了好幾個世界仍是未成年，偏偏有一堆沒用的賣蠢表情包。

這個系統的名字倒和它本身的狀況相符，名為養成。

說白了，宋禹丞的任務就是穿越各個世界，將這個世界的命運之子撫養成人。

無獨有偶，被宋禹丞養成的命運之子就是簡錚聿的各種分身，而簡錚聿的真實身分是主神。

大千世界三千，主神為了保證各個世界的平衡，便將自己分裂開來，分布到各個世界成為命運之子，守護眾生。

然而惡隨善而生，有光的地方就有黑暗。

不知道從什麼時候起，那些黑暗發現了主神分身的存在，並且試圖將分身吞噬，進而統治世界，甚至想要誘惑主神墮落，成為墮神。

因此，在巨大的惡念影響下，不少世界裡的命運之子命運都相當坎坷，即便他們最後還是完成了守護世界的任務，但是聚集在他們身上的負面能量沒法宣洩，越積越多。

因此，總局為了及時止損並協助主神，決定尋找一位最合適的執法者成為主神分身的引導者，把分身養大，並且灌輸正確的三觀和思想。

而希望成為優秀的老師及父親的宋禹丞，就變成他們看中的最佳人選。

於是宋禹丞一出事，總局就趕緊把人搶過來，並且說服宋禹丞簽下合約，成為真正的執法者。

可如果事情真的如此簡單，也就不會有後來發生的那些悲劇了。

因為，宋禹丞的任務看似輕鬆，實則麻煩又辛苦。

那些惡念為了吞噬命運之子，每次都會設置各種危險，而宋禹丞作為命運之子的引導者，承受的惡意也同樣巨大。

但宋禹丞的表現卻遠遠超出總局對他的預料。

和其他執法者不同，宋禹丞身邊的系統是一個並不成熟的小系統。總局的人一開始認為，和主神的分身在一起，最起碼氣運一定不錯。再加上人手過於緊張，所以就將剛剛開發出來的小系統配給宋禹丞作為搭檔。

可他們卻錯估了惡意的實力。第一個世界，宋禹丞幾乎九死一生，最後拚盡性命才將命運之子成功養大。而接下來的每一個世界，宋禹丞都是舉步維艱，甚至在獸人世界裡，他若算錯一步，別說護住命運之子，就連自己都沒法存活。

因此，在第六個世界開始之後，總局終於發現宋禹丞的危機，並且和他協商是否需要更換一個經驗老道的系統。可此時的宋禹丞已經把傻白甜的小系統當成了自家崽兒，哪怕辛苦一些也不願意和它分開。

就這麼的，一人一系統，靠著高超的手腕，有驚無險地度過九十九個世界。按照總局規定，只要再成功走過一個世界，宋禹丞就可以功成身退，重生回到現實。

而意外就此發生。

第一百個世界是末世。

簡錚聿在這個世界的身分，是一個未來會成為人類唯一超九階雙系異能者的救世主。但是可笑的是，他也是第一個被研究所抓捕回去，試圖解剖的小白鼠。

原因無他，只因為比起其他異能者來說，簡錚聿是一個孤兒，而煙灰色的瞳色也並非他是混血兒，而是他本身在空間和時間兩個異能上極具天賦。

在末世，什麼樣的異能都有可能出現。而簡錚聿的異能卻是最珍貴的，一個能夠同時操控時間和空間兩樣異能的男孩，對於研究員來說就是最誘惑的存在。

偏偏簡錚聿的這兩個異能，在四級以前並沒有太多的攻擊手段，因此面對研究所的追捕根本無法逃脫，而宋禹丞就是在這個時候出現在簡錚聿的面前。

如果按照以前的劇情發展，宋禹丞一定會竭盡全力把簡錚聿撫養長大，將他悉心教導成一個合格的守護者。

可人算不如天算。在經過太多的任務世界後，宋禹丞的疲憊已達頂點，精神緊繃，全靠一根弦吊著，都是為了能把簡錚聿養大，才苦苦掙扎。

然而眼看著任務即將結束時，簡錚聿傳說中的生母竟然意外出現。一開始，她用楚楚可憐的模樣接近宋禹丞和簡錚聿，然後又在不經意間說出自己的苦難，說自己在末世弄丟了兒子，尋找不易，好不容易才找到他，順理成章和簡錚聿相認。

接下來的日子，她把母親的形象扮演得惟妙惟肖，就連宋禹丞都相信她是一個疼愛孩子的母親。可就在這個時時，那女人竟趁著宋禹丞睡著時，狠狠地捅了他心口一刀，強行抱走簡錚聿，親手將他交給研究所，就為了給在她身邊長大的那個孩子換取一瓶免疫藥劑。

所以，就因為不在身邊長大，她就不承認簡錚聿是親生兒子了？竟為了另外一個兒子的健康，親手送眼前這個兒子去死？

簡錚聿才五歲啊！她怎麼忍心，又怎麼捨得？

可偏偏宋禹丞傷得太重，即便有系統這種金手指，也依舊恢復很慢。等他闖進研究所的時候，只看到自己小心翼翼寵著的男孩，被關在一個宛若棺材的器皿裡，渾身上下都是手術的刀口。而一旁的記錄儀上，腦死亡三個字格外刺眼。

一直緊繃著的弦終於斷了，一個喪盡天良的生母，成為壓倒他的最後一根稻草。

宋禹丞爆發了。

不知道是為了祭奠過去的自己，還是為了祭奠自己還沒來得及長大的小孩。

宋禹丞屠了整個研究所的人，為簡錚聿復仇。

宋禹丞的異能是傀儡師，顧名思義，世間萬物都能變成他手裡的牽線木偶。

因此，宋禹丞極其殘忍地操縱了一幕又一幕淒慘的默劇。

他讓無良的生母親手凌遲了另外那個寶貝得不得了的兒子。

讓那些研究員們自己拿起手術刀，一刀一刀，像當初對待簡錚聿那樣，解剖了自己。

至於渴望等著簡錚聿的血液讓自己晉級的異能者們，宋禹丞更是讓他們品嘗了自己的血液是什麼樣美妙的滋味。

整整三天三夜的單方面屠殺，研究所裡只剩宋禹丞一個活人。

最後，從仇恨中清醒過來的宋禹丞，看著腳下的屍山血海也徹底精神崩潰，失去繼續走下去的能力。太黑暗也太可怕了，他以為自己能夠克服，可每走過一個世界，那個世界的負面能量就聚集在他身上、積壓在他心裡，漸漸把他推入無邊懸崖。

此時的系統根本幫不上半點忙，只能眼睜睜的看著宋禹丞被總局灌輸一段虛構的記憶，把他送回原本的世界。

再後面，就是系統不甘心，經過嚴格的訓練後，決定將宋禹丞找回來，並且向總局提交訴求。

原本總局對這種要求通常都會立刻駁回，可這一次，卻意外是主神率先同意。

也正因如此，宋禹丞成為總局唯一一個在精神崩潰後，還能重新回來的執法者。就連系統都被主神特許，可以換一個輕鬆一點的屬性——攻略部門的綠帽系統。

原因也很單純，一是因為宋禹丞的能力，另外一個原因是主神發現，所有自己被宋禹丞養大的分身，都出乎意料地愛上他。

於是最後連祂自己也跟著愛上宋禹丞。

宋禹丞在回到總局後參與的第一個世界裡，主神禁不住思念，於是化身成為那個世界裡的路德維希，出現在宋禹丞面前。

但尷尬的是，楚嶸竟然是那個世界的命運之子。並且宋禹丞在和他接觸的過程中，還小小養成了一把楚嶸這個可愛的弟弟。

即便失去記憶，仍會本能地完成以前的任務，宋禹丞的敬業簡直讓主神哭笑不得。可偏偏剛和宋禹丞見面的路德維希，還沒恢復作為主神時候的記憶。畢竟主神的精神力太過龐大，一個凡人的殼子無法完全承受，只能封印一大部分的記憶和能力，於是就出現了第一個世界的烏龍。

自己的分身居然突然跑掉了，還跑去宋禹丞在現實世界裡的家門前，以至於主神費了好大的力氣才把路德維希收回來。

夢境到此終於告一段落。

宋禹丞終於漸漸甦醒，他終於明白一路走來和系統之間很多違和的理所當然，是因為他們之前就一起走過許多世界。至於積分，他之前累積了九十八個評價SSS世界的積分，當然多到可以隨便花。

「大人？」系統第一個發現宋禹丞的狀態回歸穩定，忍不住興奮得哭了起來。

「好了好了，別哭，我沒事。」宋禹丞的語氣一如既往地溫柔，但這次卻多了許多寵溺，就像當初他沒失憶前習慣和系統說話的語氣。

系統聽到之後，哭得更加厲害，哽咽得泣不成聲。

「哥，你終於沒事了。」

「嗯，別哭，我沒事了。」宋禹丞被系統感染得眼圈也有些發紅。

這些過去的記憶，對他來說太沉重也太複雜，難怪當初的自己寧願崩潰，也不願意再回憶起這些噩夢一般的過往。

「禹丞。」耳邊關切的話語，打斷了宋禹丞的思路。

他抬頭，正對上簡錚聿專注的眼神。

簡錚聿不再是過去那個需要他庇護的孩子，而是能夠和他並肩往前走的伴侶。可即便如此，簡錚聿的真實身分仍然超乎宋禹丞的預料。

「怪不得之前那個度假世界會這麼奇怪，我說怎麼莫名其妙會被拉去那種末日世界，還遇見一個和楚嶸有點相似的人。原來都是同一個人。」

「沒辦法，你最後突然消失，楚嶸一下子就爆發了，竟然跑去你在的空間。所以我也沒轍，只能去找他，但又不能把你擱置了，所以乾脆送去末世。」

「所以童佑寧沒有死？」

「怎麼可能會死。你忘了他的異能是時間了嗎？他原本是為了等你來救，所以把自己的時間凍結，造成假死的假象。結果沒想到異能失控，你來的時候他也沒醒，反而是你崩潰了。」

「怪不得後來傀儡師會成為禁忌，其實就是因為我造成的那場屠殺吧！」

「不是你的錯，他們該死。」提到那段劇情，簡錚聿的眼裡也多了幾分沉重。

「算了，不說這些。」想到簡錚聿藉由夢境給他看到的那些真相，宋禹丞忍不住調侃了一句：「我在夢裡看到，你所有的分身都愛上我了？」

他本意是想逗逗簡錚聿，然而簡錚聿卻回答得格外認真：「對，他們都愛上你了。可不管是哪一個分身，歸根究柢，本質都是我。」

「如果是別人接了任務，把你養大呢？」

「那也不會發生什麼，因為吸引我靈魂的人永遠只有你一個。」雖然是主宰萬物的主神，可在宋禹丞面前，簡錚聿卻依然十分青澀，不過是一句認真告白的情話，都能把他逼得耳朵發紅。

見他這副模樣，宋禹丞就忍不住想要逗弄他。

伸手捏住簡錚聿的下頷，宋禹丞仔細地吻住簡錚聿的唇。格外溫柔的吻，細水長流的溫情反而更加打動人心。

「我愛你。」抵著簡錚聿的頭，宋禹丞的語氣是從未有過的鄭重，彷彿這短短三個字，許下的就是生生世世。

而簡錚聿在聽完之後，臉上也同樣露出了幸福的笑容。

「我也愛你，只愛你。」

這是神的誓言，代表著永恆的承諾。雖然世人都說，神就應該博愛世人，可簡錚聿完全不同，他的心很小，小到了只裝得下宋禹丞一個人。

接下來的日子過得格外平順起來。

宋禹丞大學沒有住校，簡錚聿一直陪在他身邊。

等宋禹丞大學一畢業，兩人就順理成章結了婚。雖然都是男人，不可能有孩子，可奶團子的存在卻讓一切變得完美。

宋禹丞最會帶孩子的，再加上愛屋及烏，奶團子五、六歲的時候就顯示出他的與眾不同，不過他對商業不感興趣，反而迷上做科學研究。

簡錚聿和宋禹丞也不逼他，反正簡家有錢，以後公司找人幫著管就行，再不濟，還有奶團子未來的伴侶和他的孩子呢！

就這樣，一家三口和和睦睦，而奶團子也不負期望，最後找了一個極具商業頭腦的伴侶回來，也算是讓簡錚聿的商業帝國沒有後繼無人。

二十年後，簡錚聿把公司完全交棒給奶團子的伴侶，然後就和宋禹丞一起全世界到處玩。直到宋禹丞停留在這個世界的時間到了，兩人才一起離開。

任務結束後回到虛空裡，這一次宋禹丞不是獨自一人，簡錚聿陪在他身邊，以至於後面的任務世界也變得相當順利了。

他們倆一個是快穿總局最優秀的執法者，一個是三千世界之主的主神，宋禹丞和簡錚聿聯手起來，那些任務簡直完成得又快又完美，彷彿像是在度蜜月。

另外，這兩人秀起恩愛來也是相當不要臉。

幾乎每個世界一睜開眼，簡錚聿就會以宋禹丞最需要的身分出現。而宋禹丞只須對上他的眼神，就能迅速認出簡錚聿，根本不理會渣攻，就愉快地和簡錚聿聯手刷起支線任務。

至於系統則是每天都沉浸在各種風味的狗糧裡，痛苦並快樂著。並且時刻告誡自己，它是綠帽系統，才不是隔壁的打臉系統啦！

自家大人以前分明也沒這麼熱衷於打臉，怎麼這次記憶回籠後就開始不務正業了？系統越想越覺得生無可戀。

剩餘的九十六個世界，順利地依次完成。宋禹丞也完美地獲得重生獎勵，並且得到不老不死、擁有無盡生命的身體。

但即便如此，宋禹丞也依然希望能回到現實世界看看。畢竟，那裡才是他真正的根基所在。

熟悉的時空扭曲感結束，宋禹丞的耳朵裡傳來久違的嘻鬧聲，他睜開眼，最先映入眼簾的是他曾經結束生命的那條街道。

還是他記憶裡的味道，人也都是記憶裡的人，甚至周圍咖啡店的招牌都依然熟記於心。

但這次和過去不同。現在的宋禹丞已經不再是獨自一人，也不再了無牽掛。

轉過頭，宋禹丞笑著和身邊的簡錚聿對視。接著，兩人垂在身側的手，下意識地牽在一起。

死生契闊，與子成說。執子之手，與子偕老。這世界上，總有一個人，哪怕歷經物換星移，尋遍千山萬水，也只為守在你的身邊。

而簡錚聿，就是宋禹丞終於等到的那個人。

（全文完）

【獨家番外】

你是我永遠的信仰

簡錚聿陪著宋禹丞，一起回到宋禹丞死前的現實世界。

與之前穿越各個世界相比，在現實世界的日子明顯要平淡許多，畢竟不再需要逆襲，也不用打臉反派，宋禹丞過得還挺愜意的。

至於簡錚聿更是出乎宋禹丞預料，原本以為主神在現實世界裡也有個正兒八經的工作，結果不僅沒有工作，他連身分證都沒有。

兩人現在在現實世界宋禹丞的家裡，坐在臥室的床上，宋禹丞推了推簡錚聿問道：「你這樣算不算是賴上我了？」

簡錚聿臉色微妙，似乎在隱忍著什麼。

「怎麼了？」宋禹丞一愣，接著陡然被撲倒。

「簡錚聿？」簡錚聿的動作太大，宋禹丞沒坐穩，被撲倒在床上，下意識地摟住簡錚聿的腰，怕他摔下去。可摟住的瞬間，宋禹丞敏感地察覺到懷裡的人有點不對勁兒。

等等！這是誰？陌生卻又熟悉的感覺，讓宋禹丞本能生出戒備，好在耳邊傳來的聲音打

散了宋禹丞的焦慮。

「宋宋。」比簡錚聿平常的嗓音要清亮許多，顫抖的尾音讓人有種脆弱感。

宋禹丞馬上認出了懷裡的人是楚嶸。

「你怎麼會在這裡？」宋禹丞一瞬間有點慌，畢竟他在楚嶸的那個世界是用本名，後來楚嶸和路德維希一起求婚，他疑似要拒絕小朋友就算了，還在求婚當場消失不見了，這麼一想，莫名覺得有大豬蹄子的嫌疑。

可楚嶸卻不管不顧地死死抱著他不撒手，像是怕他跑了一般。

宋禹丞心裡一軟，嘆了口氣把人又抱得緊了緊。雖然當時不是愛情，可到底是自己半路養大的小孩，那時候他看著楚嶸一點一點從萬眾矚目的國民弟弟，變成溫文爾雅又心有城府的楚家掌權人。

一路走來，楚嶸的幾次難過與痛苦歸根究柢都是因為自己。這麼想著，宋禹丞難免心軟，也就由著他了。

而楚嶸作為簡錚聿的分身，自然在各個方面都和簡錚聿一樣。

宋禹丞聊了兩句就明白過來，正是簡錚聿在和他玩情趣呢！怪不得簡錚聿在這世界沒身分，只怕是要把過去所有和宋禹丞在快穿世界裡擦身而過、沒有結局的分身，都掏出來HE一次。

畢竟那時候的宋禹丞還沒愛上簡錚聿。而且宋禹丞的職業素養真的很高，他不管在哪一個世界都是以任務為主，只要能拿到最高評價，就連自己的性命都能算計進去。

沒在一起之前，宋禹丞還真不覺得有什麼，畢竟作為老師他已仁至義盡。可現在相愛

後，就有點心疼之前每個世界眼睜睜送自己離開，然後孤零零留下的簡錚聿了。

而楚嶸原本就是個會撒嬌的，現在仗著宋禹丞心軟，更是可勁兒裝可憐。他本來就長得好看，性子也有點小驕傲，現在為了宋禹丞更是連爪子都拔了，一字一句都是害怕和想念，更是戳得人心尖子發軟。

宋禹丞本來就是個會寵人的，這下更是縱得楚嶸鬧騰得不行。親親抱抱還不夠，最後終於鬧到床上。

「宋宋，我愛你。」楚嶸的吻落在宋禹丞的唇上，意外地純情且虔誠。

可分明連宋禹丞自己都被他挑逗得陷入情慾，這樣的反差讓宋禹丞一瞬間不知道該如何應對，只能閉上眼隨著他在自己身上折騰。

直到過了良久，才伸手扣住他的頭，溫柔的回吻，「楚嶸，我也愛你。」

一夜時間就這麼過去，宋禹丞被楚嶸鬧騰得幾乎到早晨才睡。如果不是身體被改造過，宋禹丞懷疑自己是起不了床的，但即便如此，宋禹丞坐起來時，仍覺得身體有點沉。

昨天是鬧得太瘋了。

換了家居服下床，宋禹丞洗漱完畢之後，突然發現楚嶸不在臥室，走到外面才聞到早點的香味。

「什麼時候學會做飯了？」宋禹丞清楚記得楚嶸很嬌氣，別說自己做了，就算別人做好飯送到他面前，若做得不好吃，他都懶得動筷子，總不能是因為回歸本體後就多了做飯的技能吧！

這麼想著自己也笑了，可走到廚房門口才發現自己想錯了。

站在廚房裡的男人比楚嶸高很多，看起來十分清瘦，黑色的襯衫雖然顯得格外挺拔，但也為他更添了一重憂鬱氣質。

他早就聽到宋禹丞起床的聲音，卻不敢回頭，如果仔細看，會發現他的手都在不停顫抖。可即便如此，他還是努力控制住，像是生怕自己一個過大的動作，就會把眼前美好的畫面打破。

宋禹丞心裡一動，認出了這個人的身分，「陸冕？」

上前一步，強迫做飯的人轉過身來面對自己，果然是他！

不過和第二個世界初見時的樣子不同，現在的陸冕太瘦了，用一句形銷骨立來形容都並不過分，如果不是本身長得好模樣，恐怕這麼站著都讓人害怕。

「禹丞，吃飯了。」宋禹丞原本以為他會抱抱自己，會衝上來親吻，甚至熱情地直接把自己帶上床。可是陸冕不僅沒有，甚至是畏懼的，他害怕宋禹丞的靠近，連最簡單的肢體接觸都不敢，甚至把早點端出廚房時還繞過宋禹丞。

客廳裡，熱騰騰的粥和包子擺在桌上，配上爽口的小菜，不管怎麼看都讓人十分滿足。

然而宋禹丞的心思卻不在早點上，他覺得陸冕的狀況十分不對勁，他過分小心翼翼，甚至不敢看自己一眼。

怎麼會這樣？宋禹丞琢磨不明白。

直到中午陸冕說要去買菜的時候，宋禹丞才突然反應過來他到底怎麼了——陸冕以為自己是在做夢！

在謝千沉那個世界，宋禹丞最後當著陸冕的面跳樓，他當時想著就這樣結束任務前往第

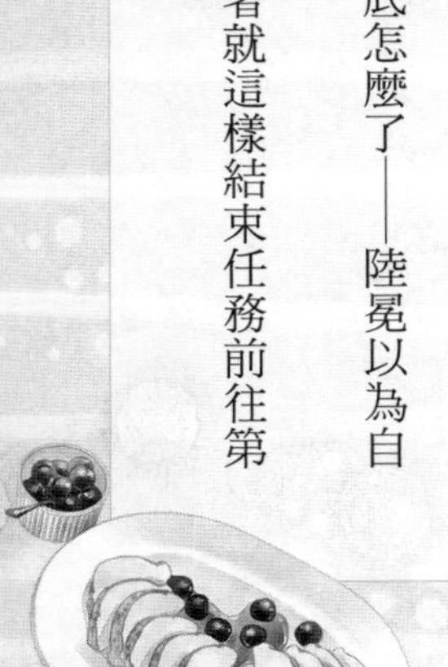

三個世界吧！可對於陸冕來說，這一幕成了一輩子的心理陰影。

要命了。

看著晚上躺在床上連眼睛都不敢眨的陸冕，宋禹丞心裡一陣一陣地抽疼，伸手把陸冕抱在懷裡，身體的溫度燙得他渾身發抖。

「禹丞。」他小聲叫著宋禹丞，嗓子哽咽得說不出話。

第二個世界，他守著宋禹丞的墳墓過了四十年。一開始他還能忍受，可時間越久執念越深，最後他幾乎每天都能夢到宋禹丞，甚至感覺宋禹丞就在他隔壁的房間裡。每次都忍不住要跑去看看宋禹丞是不是回來了。可最後什麼都沒看到，陪伴他的，最終只有那夜宋禹丞從頂樓一躍而下的夢魘。

以至於到現在他依舊分不清夢境和現實。

宋禹丞明白他的心情，只能一遍一遍安撫他，讓他知道自己是真的：「陸冕，別怕，我回來了。」

到了最後，宋禹丞自己都不知道是怎麼睡著的。

就這樣和陸冕一起生活了一個多禮拜，陸冕才不再會半夜驚醒，不再會因為一點風吹草動而害怕，宋禹丞嗅到了他可能要回歸本體的味道。

果不其然，這一晚上陸冕像瘋了一般折騰宋禹丞。最後摟著宋禹丞睡著時，他突然說了一句：「禹丞，我再也不用擔心你會離開我了。」

宋禹丞轉頭，狠狠地吻住他，「陸冕，我會永遠和你在一起。」

如同宋禹丞的猜想，等他第二天再睜眼時，發現陸冕已經不在了，自己卻躺在一名少年的大腿上。

和陸冕及楚嶸不同，少年很安靜，懷抱也很溫暖，但是身上卻隱隱有血腥味。不是軍人長年征戰沙場的那種殺伐決斷，而是經歷過末世的絕望逃殺之後的特有戾氣。

「佑寧！」宋禹丞瞬間就認出來人，激動地坐起來。

如果說，宋禹丞的消失和死亡對於楚嶸和陸冕是無法磨滅的恐懼，那童佑寧就是宋禹丞心裡最大的夢魘。

當初童佑寧的死，給他帶來的刺激太大，甚至把宋禹丞一直秉承的信念打破，成為他心底最大的執念。

「哥，我沒事兒。」看到宋禹丞醒了，童佑寧摸了摸他的頭，臉上的笑意一直都沒散，乖巧得不行，還是當初那個安靜跟著宋禹丞、吃了多少苦都不發一語的小孩。

「嗯。」宋禹丞點點頭，抱住童佑寧，不大想撒手。

兩人就這麼膩歪了半天，等到從床上下來，已經是中午了。

和陸冕及楚嶸不同，童佑寧有記憶起就身處末世，所以即便宋禹丞知道，童佑寧只是簡錚聿的分身，還是很想帶他體會一下什麼是真正的太平盛世。

兩人在外面瘋玩了一天，嘗過不少小吃美食，最後到市裡最大的廣場。

晚上八點，音樂噴泉準時開始，五光十色的水柱晶瑩剔透，宛若童話世界。

宋禹丞拉著童佑寧走到女神像邊拿出兩枚硬幣，其中一枚放到童佑寧的手裡。

「你看上面那個水瓶，據說把硬幣扔進去，願望就會實現。」

「哥你之前在這裡許過什麼願望？」

宋禹丞笑了，「我許願能有一個人陪我長長久久。」

童佑寧看了他一會，突然伸手扔出手裡的硬幣。

「叮咚」一聲，硬幣應聲落入水瓶，童佑寧轉頭看著宋禹丞，「我許願你的願望都能成真。」

宋禹丞沒有把手裡的硬幣扔出去，而是緊緊抱住童佑寧。

「你在，我的願望就已經成真了。」

「哥，你幸福嗎？」

「嗯。」

「我也是。」童佑寧低頭吻住宋禹丞，等他再抬起頭的時候，已經變回了簡錚聿。

「世人以神為寄託，禹丞，你是我永遠的信仰。」

（完）

【作者獨家訪談—下】

攻受設定、角色性格塑造、作者最愛橋段完整公開

Q7：來談談主角宋禹丞吧，您覺得他是一個怎樣的人？尤其關於他的感情觀很令人好奇。此外，書中只提到他原本是名離婚律師，當初為何會接受快穿總局執法者的任務，是不是有什麼不為人知的裡設定呢？

A：有的，宋禹丞那個律師的記憶是假的，他之所以會接受快穿總局的任務是因為求生欲，具體原因在最後一個世界有揭曉。

至於他是個怎麼樣的人，我想大家看過小說之後就會明白了。總的來說，我覺得宋禹丞是一個內心很溫柔的人。

Q8：故事裡的攻受屬性，是在開坑前就已決定的，還是隨著故事進展才慢慢確定的？

A：開坑前就定下來了，不過先定下來的是受的名字。

其實宋禹丞這個名字有點牽強的解釋，禹是夏朝開國的皇帝，丞有輔佐之意。

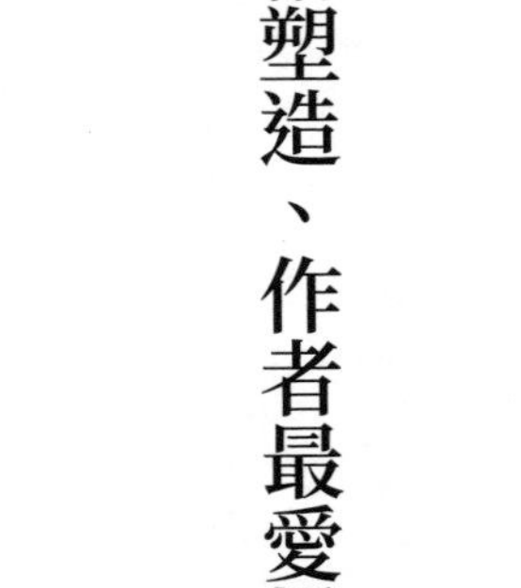

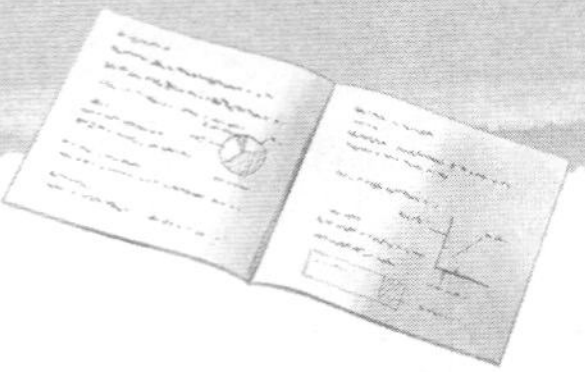

當時直覺認為主角叫宋禹丞的話，一定會是一個俊美且能力很強的人，而且屬性是受。

然後接著思考，這種美人的伴侶，若不是帝王也會是神祇，所以就有了攻。之後因為受已經很俊美且漂亮了，攻就必須也得是個大美人，要不然站在一起多不和諧？會覺得攻不夠漂亮就委屈我家宋宋了。

大致就是這麼決定攻受角色的。

Q9：能否請小貓簡單描述一下，妳覺得書中的攻是個怎樣的人？為什麼會喜歡上宋禹丞？

A：有點反差萌的人吧，對外比較冷淡凜冽，但在宋禹丞面前就變得有點靦腆人妻的味道。會害羞，可是不會反抗。

但是所謂的「人妻」只是表面，實際上很有小心機，有點腹黑。他太瞭解宋禹丞了，知道宋禹丞喜歡美人，所以每個世界都是外貌俊美，總能第一眼就引起宋禹丞注意；而且他明白宋禹丞看似強悍，實則柔軟又欠缺安全感，如果太過強硬逼著他，不僅得不到他的心，還會把人給逼跑了。所以他就用「潤物細無聲」的方式，以比較弱勢、好像等著被宋禹丞寵愛的姿態出現，然後一點一點把人拴住，宋禹丞從此就跑不掉了。

不過他也是因為歷經前面幾次的失敗，才漸漸找到最合適的追求方式。

至於為什麼喜歡上宋禹丞，當然是因為宋禹丞的溫柔啦！宋宋是一個看起來很強悍，實際上心裡特別柔軟的人。而且實際上，支持宋禹丞變得強悍的理由，就是他想守護的東西，因為愛而變得強大。

攻一個人那麼久，被宋禹丞養大幾次之後，就忍不住動心了，兩人的戀情算是養成的吧！

Q10：可否偷偷透露一點，這部作品裡小貓最喜歡的橋段？

A：其實喜歡第三個世界宋禹丞去借糧的橋段，寫的時候自己都笑死了。我之前沒有寫過這種痞氣的人設，當時一個勁兒的擔心不會寫著寫著就崩人設了吧！結果反而謎之樂在其中。尤其是借糧的橋段，我一邊寫一邊樂，一邊覺得自己是個人才（不要臉喂喂喂）！

Q11：最後一個問題啦！感謝小貓辛苦的回答，《你無法預料的分手，我都可以給你送上》已經上市了，請小貓對讀者說幾句話吧(ミ ºωº ミ)♡

A：第一次在臺灣出版真的非常緊張，謝謝出版社的編編願意給我這個機會，也希望大家能夠喜歡我的故事。如果看完之後能給大家帶來愉悅和滿足就最好了！或是覺得這個故事足以消磨時間，也很不錯。

喵以後會繼續努力噠！爭取寫出更好看的故事！愛你們，麼麼噠！

i小說 006

你無法預料的分手，我都能給你送上3（完）

國家圖書館出版品預行編目（CIP）資料

你無法預料的分手，我都能給你送上3 / 小貓不愛叫著. -- 初版. -- 臺北市：
愛呦文創, 2019.2
冊；　公分. --（i小說；006）
ISBN 978-986-97031-6-1（第3冊：平裝）

857.7　　107017215

愛呦文創

作者	小貓不愛叫
封面繪圖	Leila
責任編輯	高章敏
文字校對	劉綺文
行銷企劃	羅婷婷
發行人	高章敏
出版	愛呦文創有限公司
地址	10691台北市忠孝東路四段59號10-2樓
電話	（886）2-25287229
郵電信箱	iyao.kaoyu@gmail.com
愛呦粉絲團	https://www.facebook.com/iyao.book
總經銷	聯合發行股份有限公司
電話	（886）2-29178022
地址	231新北市新店區寶橋路235巷6弄6號2樓
美術設計	廖婉禎
內頁排版	洸譜創意設計股份有限公司
印刷	沐春行銷創意有限公司
初版一刷	2019年2月
初版三刷	2022年4月
定價	320元
ISBN	978-986-97031-6-1

原著書名《你無法預料的分手，我都能給你送上》由北京晉江原創網絡科技有限公司授權出版。

愛呦文創

愛吻文創